Libro II de la bilogía
Los Monstruos de Verity

Un Dueto Oscuro

VICTORIA SCHWAB

Traducción de Nora Escoms

PUCK

Argentina – Chile – Colombia – España
Estados Unidos – México – Perú – Uruguay

Título original: *Our Dark Duet*
Editor original: Greenwillow Books, un sello de HaperCollinsPublishers.
Traducción: Nora Escoms

Copyright © 2017 *by* Victoria Schwab
All Rights Reserved
This edition is published in agreement with the author, c/o BAROR INTERNATIONAL, INC., Armonk, New York, U.S.A.
© de la traducción 2018 *by* Nora Escoms
© 2018 by Ediciones Urano, S.A.U.
Plaza de los Reyes Magos 8, piso 1.º C y D – 28007 Madrid
www.mundopuck.com

ISBN: 978-84-96886-96-4
E-ISBN: 978-84-17312-31-2
Depósito legal: B-21.141-2018

Fotocomposición: Ediciones Urano, S.A.U.
Impreso por: Rodesa, S.A. – Polígono Industrial San Miguel
Parcelas E7-E8 – 31132 Villatuerta (Navarra)

Impreso en España – *Printed in Spain*

Para aquellos que están perdidos dentro de sí mismos.

*Quien pelea con monstruos debe cuidarse de convertirse
a su vez en un monstruo... Si miras hacia el interior
de un abismo durante mucho tiempo, el abismo
también mira dentro de ti.*

FRIEDRICH NIETZSCHE

El infierno está vacío, todos los demonios están aquí.

WILLIAM SHAKESPEARE, *La tempestad*

PRELUDIO

Allá lejos, en el Páramo, había una casa abandonada.

Un lugar donde se había criado una niña y un muchacho se había quemado vivo; donde habían destrozado un violín y asesinado a un desconocido...

Y donde había nacido un nuevo monstruo.

Ella estaba en la casa, y el muerto estaba a sus pies. Pasó por encima del cadáver, salió al patio e inhaló aire fresco mientras el sol se ponía.

Y empezó a caminar.

Allá lejos, en el Páramo, había un depósito olvidado.

Un lugar donde el aire aún estaba impregnado de sangre, hambre y calor; donde la chica había escapado y el muchacho había caído, y los monstruos habían sido derrotados...

Todos menos uno.

Estaba tendido en el suelo del depósito, con una barra de hierro clavada en la espalda. Le raspaba el corazón con cada latido, y bajo su traje oscuro la sangre se iba extendiendo como una sombra.

El monstruo agonizaba.

Pero no estaba muerto.

Ella lo encontró allí tendido, le arrancó el arma de la espalda, y lo observó escupir sangre negra en el suelo del depósito y levantarse a su encuentro.

Él sabía que su creador estaba muerto.

Y ella sabía que el suyo, no.

Aún no.

Verso 1

CAZADORA

DE MONSTRUOS

1

Prosperity

Kate Harker iba corriendo.

En la pantorrilla tenía un corte poco profundo que sangraba, y le dolían los pulmones por el golpe que había recibido en el pecho. Dio gracias a Dios por su armadura, aunque fuera improvisada.

—*Dobla a la derecha.*

Sus botas resbalaron en el pavimento al doblar la esquina y tomar una calle lateral. Lanzó una palabrota al ver que estaba llena de gente: había restaurantes con toldos y mesas en la acera, a pesar de la tormenta que se avecinaba.

Teo alzó la voz en su oído.

—*Te está alcanzando.*

Kate retrocedió y retomó la calle principal.

—Si no quieren una gran cantidad de bajas, búsquenme otro lugar.

—*Media calle, luego a la derecha* —dijo Bea, y Kate se sintió como el avatar de un juego en el que una chica es perseguida por monstruos por una ciudad enorme. Solo que esta ciudad enorme era real: la capital en el corazón mismo de Prosperity… y los monstruos también eran reales. Mejor dicho, el monstruo. Había bajado a uno, pero la perseguía un segundo monstruo.

Las sombras se dispersaban a su paso. Corría un aire frío en la noche húmeda, y grandes gotas de lluvia se filtraron bajo el cuello de su ropa y le corrieron por la espalda.

—*Adelante a la izquierda* —le indicó Bea. Kate pasó como una exhalación frente a una hilera de tiendas comerciales y se internó en un callejón, dejando una estela de miedo y sangre como quien va dejando migajas de pan. Llegó a un lote angosto y a un muro, solo que no era un muro sino la puerta de un depósito, y por una fracción de segundo se sintió otra vez en el edificio abandonado en el Páramo, esposada a una barra en un recinto oscuro mientras más allá de la puerta se oían golpes de metal contra huesos, y alguien...

—*Izquierda.*

Cuando Bea repitió la indicación, Kate parpadeó para borrar aquel recuerdo. Pero estaba harta de correr y la puerta estaba entornada, de modo que entró al espacio vacío y dejó la lluvia atrás.

Aquel depósito no tenía ventanas ni luz, salvo la que entraba desde la calle, que apenas alcanzaba a iluminar un par de metros; el resto de la estructura de acero se hundía en una negrura absoluta. Kate sentía en la cabeza el golpeteo de su pulso mientras encendía una vara de neón (idea de Liam) y la arrojaba a las sombras; una luz blanca estable inundó el depósito.

—*Kate...* —intervino Riley por primera vez—. *Ten cuidado.*

Ella lanzó una risotada. Tenía que ser Riley quien le diera un consejo inútil. Recorrió el depósito con la mirada, vio unos cajones apilados desde los que se podía alcanzar las vigas del techo y empezó a trepar por ellos. Acababa de subir al último cuando los goznes de la puerta rechinaron.

Kate se paralizó.

Contuvo el aliento mientras unos dedos, no de carne y hueso sino otra cosa, aferraban el borde de la puerta y la abrían.

Oyó estática en su oído sano.

—¿*Estado?* —preguntó Liam, nervioso.

—Ocupada —susurró Kate, colgada de las vigas, mientras el monstruo ocupaba el espacio de la puerta, y por un instante imaginó los ojos rojos de Sloan, sus colmillos relucientes, su traje oscuro.

Ven aquí, pequeña Katherine, le decía. *Ven a jugar.*

El sudor se le enfrió en la piel, pero solo era un engaño de su mente; la criatura que estaba entrando con sigilo no era un Malchai. Era algo totalmente distinto.

Tenía, sí, los ojos rojos de un Malchai y las garras afiladas de un Corsai, pero su piel era del color negro azulado de un cadáver en descomposición, y no venía en busca de sangre ni de carne.

Se alimentaba de *corazones.*

Kate no sabía por qué había dado por sentado que los monstruos serían los mismos. Verity tenía su tríada, pero en Prosperity había encontrado una sola clase de monstruos. Hasta ahora.

Por otro lado, Verity tenía la tasa de delincuencia más alta de los diez territorios (en gran medida gracias a su padre, estaba segura), mientras que los pecados de Prosperity eran más difíciles de identificar. En las cifras, Prosperity era sin duda el territorio más rico, pero se trataba de una economía robusta que estaba pudriéndose desde adentro.

Si los pecados de Verity eran cuchillos, rápidos y crueles, los de Prosperity eran veneno. Lentos, insidiosos, pero igualmente letales. Y cuando la violencia empezaba a conformar algo tangible, algo monstruoso, no ocurría de una sola vez, como en Verity, sino que era como un goteo, tan lento que la mayoría de los habitantes de la ciudad seguían fingiendo que los monstruos no eran reales.

Aquella cosa que entraba al depósito sugería lo contrario.

El monstruo inhaló, como si intentara *olerla*; fue un recordatorio escalofriante de cuál de los dos era el depredador y cuál, por el momento, la presa. Kate sintió que el miedo le recorría la espalda mientras la criatura movía la cabeza de lado a lado. Y entonces levantó la vista. Y la miró.

Kate no esperó.

Se dejó caer, y se sostuvo de la viga de acero para amortiguar la caída. Aterrizó agazapada entre el monstruo y la puerta del depósito, con estacas en las manos, cada una del largo de su antebrazo y afilada al extremo.

—¿Me buscabas?

La criatura giró, y dejó al descubierto dos docenas de dientes negro-azulados en una mueca feroz.

—¿*Kate*? —insistió Teo—. ¿*Lo ves*?

—Sí —respondió secamente—. Lo veo.

Bea y Liam empezaron a hablar al mismo tiempo, pero Kate se dio un golpecito en el oído y las voces se apagaron, reemplazadas un segundo después por un ritmo intenso, un bajo pesado. La música le llenó la cabeza y acalló el miedo, la duda, el pulso y todo lo demás que no le servía.

El monstruo flexionó sus largos dedos, y Kate se preparó; el primero había intentado hundirle el puño en el pecho (tenía los hematomas como prueba). Pero el ataque no llegó.

—¿Qué te pasa? —lo provocó, sin oír su voz por la música—. ¿No te gusta mi corazón?

Al principio, por un momento, se había preguntado si los delitos grabados en su alma la harían, en cierto modo, menos apetecible.

Aparentemente, no.

Un segundo después, el monstruo lanzó el ataque.

Kate siempre se sorprendía al descubrir que los monstruos eran tan rápidos.

Aunque fueran muy grandes.

Aunque fueran muy feos.

Lo esquivó con rapidez.

Cinco años y seis escuelas privadas la habían preparado en defensa personal, pero los últimos seis meses cazando aquellas cosas que salían por las noches en Prosperity... Esa había sido la verdadera instrucción.

Esquivó los golpes, intentando eludir las garras del monstruo y traspasar su defensa.

Las garras arañaron el aire por encima de la cabeza de Kate cuando se agachó para esquivarlas y pasó el filo de la estaca de hierro por la mano extendida de la criatura.

Esta gruñó y la atacó, y solo retrocedió cuando sus garras se clavaron en la manga de Kate y dieron con la malla de cobre que tenía debajo. La armadura absorbió la mayor parte del daño, pero aun así Kate ahogó una exclamación cuando, en alguna parte de su brazo, se le abrió la piel y empezó a sangrar.

Lanzó una palabrota y clavó la bota en el pecho de la criatura.

Esta la doblaba en tamaño y estaba hecha de hambre, de sangre y Dios sabía de qué más, pero la suela de la bota estaba enchapada en hierro. La criatura trastabilló hacia atrás, intentando aferrarse mientras el metal puro le quemaba una parte de la carne moteada y dejaba al descubierto la membrana gruesa que le protegía el corazón.

Ese era el blanco.

Kate se lanzó hacia adelante y apuntó a la marca aún humeante. La estaca perforó cartílago y músculo, y se hundió con facilidad en aquel centro vital.

Qué curioso, pensó, que hasta los monstruos tuvieran corazón frágil.

El impulso la hizo seguir avanzando; el monstruo cayó hacia atrás, y cayeron juntos. El cadáver de la criatura se desplomó debajo de ella como un montículo de sangre y podredumbre. Kate se puso de pie con dificultad y contuvo el aliento para no inhalar aquellas emanaciones nocivas hasta que llegó a la puerta del depósito. Se recostó contra la puerta y presionó la mano sobre la herida que tenía en el brazo.

En su oído estaba terminando la canción, y Kate cambió el interruptor nuevamente a Control.

—*¿Cuánto hace ya?*

—*Tenemos que hacer algo.*

—Cállense —les dijo—. Aquí estoy.

Una sarta de palabrotas.

Algunas palabras clásicas de alivio.

—*¿Estado?* —preguntó Bea.

Kate sacó el celular del bolsillo, tomó una fotografía al montículo sangriento que estaba sobre el concreto y la envió.

—*Cielos* —exclamó Bea.

—*Genial* —dijo Liam.

—*Parece falso* —observó Teo.

Riley parecía descompuesto.

—*¿Siempre se… disgregan?*

Aquella letanía en su oído era un recordatorio más de que esas personas no tenían por qué estar de ese lado de la pelea. Tenían su propósito, pero no eran como ella. No eran cazadores.

—¿Y tú, Kate? —preguntó Riley—. ¿Estás bien?

Tenía la pantorrilla bañada en sangre, que también goteaba desde sus manos, y a decir verdad, se sentía un poco mareada, pero Riley era humano... podía no decirle la verdad.

—Mejor, imposible —respondió, y cortó la llamada antes de que alcanzaran a oír su respiración entrecortada. La vara de neón parpadeó y se apagó, y Kate quedó envuelta en la oscuridad.

Pero no le importó.

Ya no había nada allí.

II

Kate subió la escalera, dejando a su paso gotas de agua gris. Había empezado a llover otra vez camino al apartamento, y aunque hacía frío, Kate había disfrutado empaparse, pues la lluvia le había lavado lo peor de la sangre negra.

Aun así, se veía como si acabara de tener una pelea contra un frasco de tinta... y hubiera perdido.

Llegó al descanso del tercer piso y entró con su llave.

«Cariño, ya llegué».

Nadie respondió, por supuesto. Estaba alojándose en el apartamento de Riley —un apartamento que pagaban los padres de él— mientras él «vivía en pecado» con su novio, Malcolm. Kate recordaba que la primera vez que había visto el lugar —los ladrillos a la vista, las obras de arte, los muebles tan mullidos, hechos para el confort— había pensado que, evidentemente, los padres de Riley no compraban del mismo catálogo que Callum Harker.

Kate nunca había vivido sola.

En los dormitorios escolares siempre se alojaban de a dos, y en Harker Hall, había estado su padre, al menos en teoría. Y la sombra de él, Sloan. Kate siempre había dado por sentado que disfrutaría la privacidad, la libertad, pero resultó que el hecho de estar sola perdía parte de su encanto cuando uno no tenía otra opción.

Puso fin a la oleada de autocompasión antes de que alcanzara su máximo nivel y se encaminó al baño, al tiempo que se quitaba la armadura. *Armadura* era una palabra un tanto exagerada para la malla de cobre que llevaba estirada sobre el atuendo de *paintball*, pero el interés combinado de Liam por el diseño de disfraces y los juegos de guerra daba resultado... el noventa por ciento de las veces. El otro diez por ciento, bueno, eran garras afiladas y mala suerte.

Kate se vio en el espejo del baño —el cabello rubio y mojado recogido hacia atrás, manchas de sangre negra como pecas en las mejillas pálidas— y se miró a los ojos.

«¿Dónde estás?», murmuró, preguntándose cómo estarían pasando la noche otras Kates en otras vidas. Siempre le había agradado la idea de que había un yo diferente por cada decisión que uno tomaba o dejaba de tomar, y en alguna parte había otras Kates que nunca habían regresado a Verity y nunca habían llorado por marcharse.

Otras Kates que aún oían por ambos oídos y que tenían dos padres en lugar de ninguno.

Otras Kates que no habían huido, no habían matado, no lo habían perdido todo.

¿Dónde estás?

Una vez, tiempo atrás, la primera imagen en acudir a su mente habría sido la casa que estaba del otro lado del Páramo, con sus pastos altos y su cielo abierto. Ahora era el bosque que había detrás de Colton, una manzana en la mano y el canto de un pájaro arriba, y un chico que no era un chico con la espalda apoyada en un árbol.

Abrió la ducha e hizo una mueca de dolor al quitarse la última prenda.

El espejo se empañó por el vapor, y Kate contuvo un quejido cuando el agua caliente cayó sobre su piel lastimada. Se recostó contra los azulejos y pensó en otra ciudad, otra casa, otra ducha.

Un monstruo en la bañera.

Un chico quemándose desde adentro.

Su mano sosteniendo la de él.

No voy a dejarte caer.

Mientras el agua muy caliente caía gris y roja óxido y, por fin, clara, Kate se observó la piel. Estaba convirtiéndose en un entramado de cicatrices. Desde la que tenía en el rabillo del ojo, con forma de lágrima, y la línea pálida que iba desde la sien hasta la mandíbula —las marcas del accidente de tránsito en el que había muerto su madre— hasta la curva de los dientes de un Malchai a lo largo del hombro y la marca plateada de las garras de un Corsai sobre las costillas.

Y luego estaba la marca que no veía.

La que se había provocado ella misma al alzar la pistola de su padre, oprimir el gatillo y matar a un desconocido, y manchar así de rojo su alma.

Kate cerró la ducha.

Mientras colocaba apósitos sobre sus últimos cortes, se preguntó si en alguna parte habría una versión de sí misma que estuviera divirtiéndose. Con los pies apoyados sobre el respaldo de una butaca de cine mientras aparecían monstruos entre las sombras, y el público gritaba porque era divertido tener miedo cuando se sabía que no había peligro.

No debía sentirse mejor al imaginar otras vidas, pero así era. Uno de esos senderos conducía a la felicidad, mientras que el de Kate la había llevado adonde estaba.

Pero allí, se dijo, era exactamente donde debía estar.

Había pasado cinco años intentando convertirse en la hija que su padre quería: fuerte, dura, monstruosa; hasta que había descubierto que, en realidad, su padre no la quería.

Pero él estaba muerto y Kate no, y había tenido que encontrar algo que hacer, alguien que pudiera *ser*, alguna manera de sacar provecho de todas esas habilidades.

Y sabía que no bastaba; por muchos monstruos que matara, no lograría deshacer el que había creado, no borraría el rojo de su alma, pero la vida solo transcurría hacia adelante.

Y allí, en Prosperity, Kate había encontrado un propósito, una razón de ser, y ahora, al mirarse en el espejo, no veía a una chica triste, ni solitaria, ni perdida. Veía a una chica que no le temía a la oscuridad.

Una chica que cazaba monstruos.

Y que lo hacía muy pero muy bien.

III

El hambre le carcomía los huesos, pero estaba demasiado cansada para salir a buscar comida. Subió el volumen de la radio y se desplomó en el sofá, con un suspiro de alivio por el simple confort de tener el cabello limpio y una sudadera suave.

Nunca había sido tan sentimental, pero el hecho de vivir sin más posesiones que un bolso le había enseñado a valorar las cosas que tenía. La sudadera era de Leighton, el tercero de sus seis internados. No sentía ningún apego por la escuela en sí, pero la sudadera estaba gastada y era abrigada: un trocito de una vida anterior. No se permitía apegarse a esos recuerdos, solo lo suficiente para que no se le escaparan. Además, los colores de Leighton eran verde bosque y gris, mucho mejor que la mezcla horrenda de rojo, púrpura y color café de St. Agnes.

Encendió su tablet y se conectó al chat privado que Bea había creado en el mundo infinito del servidor abierto de Prosperity.

Bienvenido a los Guardianes, se leía en la pantalla.

Así habían elegido llamarse Liam, Bea y Teo, antes de que apareciera Kate. Riley tampoco había sido parte del grupo, hasta que ella lo había incorporado.

LiamonMe: jajajajajajaja lobos

TeoMuchtoHandle: es una pantalla. todos saben lo que pasó en verity

Beatch: No veas nada → no oigas nada → convéncete de que no pasa nada

LiamonMe: no sé una vez tuve un gato malísimo

Por un momento, Kate se quedó mirando la pantalla y se preguntó por centésima vez qué hacía allí, hablando con esas personas. Dejándolas entrar. Detestaba el hecho de que una parte de ella deseaba ese contacto simple, y hasta lo aguardaba con impaciencia.

RiledUp: Chicos, ¿vieron ese titular sobre la explosión en Broad?

Kate no había salido a *buscar* amigos; nunca había jugado bien con otros, nunca se había quedado en una escuela el tiempo suficiente para establecer lazos verdaderos.

RiledUp: Un tipo entró a su apartamento y arrancó el caño de gas de la pared.

Claro que Kate comprendía el valor de los amigos, la aceptación social de ser parte de un grupo, pero nunca había entendido la atracción emocional. Los amigos querían que uno fuera sincero. Que les contara cosas. Que los escuchara, se interesara por ellos, se preocupara e hiciera muchas otras cosas para las cuales Kate no tenía tiempo.

Lo único que había buscado era una pista.

RiledUp: Cuando ocurrió, su compañero de cuarto estaba en el apartamento.

Kate había llegado a Prosperity seis meses atrás con aquel único bolso, quinientos dólares en efectivo y un mal presentimiento que fue empeorando con cada noticia. *Ataques de perros. Violencia callejera. Actividades sospechosas. Actos brutales. Numerosos sospechosos. Alteraciones en escenas de crímenes. Armas que desaparecían.*

LiamonMe: Tétrico.

Beatch: Qué deprimente, Riley.

Una docena de relatos que tenían detalles delatores, de los causados por dientes y garras; y luego estaban los rumores en el servidor abierto, que señalaban el mismo lugar, el mismo nombre que raspaba la piel: *Verity*.

Pero, salvo que saliera a recorrer las calles por la noche con un cartel que dijera CÓMANME en la espalda, Kate no sabía a ciencia cierta por dónde empezar. En Verity, nunca había sido difícil encontrar monstruos, pero aquí, por cada aparición verdadera había cien *trolls* y fanáticos de las teorías de conspiración que se adueñaban de los hilos. Era una aguja en un pajar donde muchos idiotas gritaban: ALGO ME TOCÓ.

Pero allí, entre la estática, Kate reparó en ellos. Las mismas voces aparecían una y otra vez, intentando hacerse oír. Se llamaban Guardianes, y no eran cazadores, sino hackers (*hacktivistas*, según Liam), convencidos de que las autoridades eran incompetentes o bien se empeñaban en ocultar las noticias. Los Guardianes examinaban minuciosamente los sitios y buscaban videos, marcaban cualquier cosa que les resultara sospechosa, y luego filtraban los datos a la prensa y los pegaban en los foros, intentando conseguir que *alguien* los escuchara.

Y Kate los había escuchado.

Había seguido una de sus pistas, y cuando resultó verdadera, había vuelto a la fuente por más. Entonces se había enterado de que los Guardianes eran apenas un par de estudiantes universitarios y un chico de catorce años que jamás dormía.

TeoMuchtoHandle: sí, es triste. pero qué tiene que ver eso con los Comecorazones?

Beatch. Desde cuándo los llamamos Comecorazones?

LiamonMe: Desde que empezaron a *comer corazones*, obvio.

Kate seguía sin querer hacer amigos. Pero a pesar de sus esfuerzos, estaba empezando a conocerlos mejor. A Bea, que era adicta al chocolate amargo y quería ser investigadora científica. A Teo, que jamás se quedaba quieto y hasta tenía en su cuarto un escritorio con cinta de correr. A Liam, que vivía con sus abuelos y se involucraba demasiado para su propio bien. A Riley, cuya familia lo mataría si se enterara de dónde pasaba las noches.

¿Y qué sabían ellos de ella?

Nada más que un nombre, e incluso eso era verdad solo a medias.

Para los Guardianes, ella era Kate Gallagher, una fugitiva que tenía talento para cazar monstruos. Conservó su nombre de pila, a pesar de que el sonido de aquella sílaba la sobresaltaba cada vez que lo oía, segura de que alguien de su pasado la había encontrado. Pero era lo único que le quedaba. Su madre estaba muerta. Su padre estaba muerto. Sloan estaba muerto. El único que podía decir su nombre con algún grado de conocimiento era August, y él estaba a cientos de kilómetros de allí, en Verity, en medio de una ciudad en llamas.

Beatch: Tiene mucha más lógica que *Corsai, Malchai, Sunai.* ¿Quién les habrá puesto esos nombres?

TeoMuchtoHandle: ni idea.

Beatch: Me enloquece tu falta de curiosidad profesional.

Los Guardianes habían fastidiado a Kate durante meses para conocerla en persona, y cuando llegó el momento, ella casi se había echado atrás. Los había observado desde la acera de enfrente, todos tan... normales. No era que pasaran inadvertidos —Teo tenía el cabello corto y azul, Bea tenía el brazo cubierto de tatuajes, y Liam, con sus enormes anteojos anaranjados, aparentaba doce años— pero no parecían algo salido de Verity. No eran soldados de la Fuerza de Tareas de Flynn. Ni chicos consentidos de Colton. Eran simplemente... normales. Tenían una vida fuera de esta. Cosas que perder.

LiamonMe: ¿Por qué no llamarlos por lo que son, por lo que hacen? Devoradores de cuerpos, de sangre y de almas. Y listo.

Kate imaginó a August en el túnel del metro, sus pestañas oscuras aleteando mientras levantaba su violín, la música emanando donde el arco rozaba las cuerdas, transfigurada en hebras de luz ardiente. Llamarlo «Devorador de almas» era como decir que el sol brillaba. Era técnicamente correcto, pero apenas una fracción de la verdad.

RiledUp: ¿Alguna noticia de Kate?

Kate cambió su estado de *incógnito* a *público*.

HunterK ha ingresado al chat.

Beatch: ¡Hola!

TeoMuchtohandle: estabas al acecho

RiledUp: Ya empezaba a preocuparme.

LiamonMe: ¡Yo no!

Beatch: No digas, señor karateca.

Los dedos de Kate danzaron sobre la pantalla.

HunterK: No tienen por qué. Sigo en pie.

RiledUp: No deberías desaparecer sin cerrar sesión.

TeoMuchtoHandle: uuuh, Riley está en modo papá.

Modo papá.

Kate pensó en su padre, en los puños de su camisa manchados de sangre, en el mar de monstruos a sus pies, en su expresión engreída justo antes de que le pusiera una bala en la pierna.

Pero sabía a qué se refería Teo: Riley no era como el resto de los Guardianes. Ni siquiera estaría allí de no ser por ella. Era estudiante de posgrado; cursaba Derecho en la universidad y hacía una pasantía en el departamento de policía local, que era lo que interesaba a los Guardianes, ya que les daba acceso a las cámaras de la policía y a los informes de inteligencia. No era que Teo no pudiera hackearlos, como ya había señalado una decena de veces, pero ¿para qué derribar de una patada una puerta que ya estaba abierta?

(Según Riley, la policía estaba «al tanto de los ataques y seguía atenta a las novedades», lo cual, en lo que a Kate respectaba, era solo una manera larga de describir la *negación*).

RiledUp: *pone cara de papá* *menea el dedo*

RiledUp: Hablando en serio, será mejor que no manches mi sofá con sangre.

HunterK: No te preocupes.

HunterK: La dejé casi toda en la escalera.

LiamonMe: O_O

HunterK: ¿Alguna pista nueva?

TeoMuchtoHandle: todavía nada. las calles están tranquilas.

Qué idea extraña.

Si podía seguir así, abatiendo a los Comecorazones a medida que iban surgiendo en lugar de ocuparse de sus destrozos, dos pasos adelante en vez de atrás, quizá las cosas no empeorarían. Quizá podría impedir que llegara a ser un Fenómeno. *Quizá...* Qué palabra inútil. Quizá fuera solo una manera de decir que no *sabía*.

Y Kate detestaba no saber.

Cerró el navegador y sus dedos vacilaron un momento sobre la pantalla oscurecida; luego abrió una nueva ventana e inició una búsqueda de Verity.

Kate había aprendido a captar señales de otros territorios en su segundo internado, que estaba en el límite este de Verity, a una hora de la frontera con Temperance.

Supuestamente, los diez territorios debían transmitir en forma abierta, pero si uno quería saber lo que ocurría realmente en otro territorio, tenía que ocultarse tras la cortina digital.

Esa era la idea, pero por más que buscaba, Kate no lograba encontrar el modo de volver a casa.

Era verdad que habían vuelto a imponer la cuarentena, que las fronteras que se habían abierto tan lentamente en la década anterior habían vuelto a cerrarse de repente. Pero no había ninguna cortina tras la cual esconderse: no llegaba absolutamente nada de Verity.

No había ninguna señal.

Cabía una sola explicación: seguramente las torres de transmisión estaban fuera de servicio.

Con las fronteras cerradas y sin comunicaciones, Verity estaba oficialmente aislada.

Y a la gente de Prosperity no le *importaba*. Ni siquiera a los Guardianes: Teo había empleado la palabra *inevitable*. Bea pensaba que nunca deberían haber abierto las fronteras, que deberían haber dejado que Verity se consumiera como fuego en un frasco de vidrio. Incluso Riley parecía indeciso. Solo Liam demostraba un leve atisbo de preocupación, pero era más pena que interés. Ellos, por supuesto, no sabían lo que Verity significaba para Kate.

Demonios, Kate tampoco lo sabía.

Pero no podía dejar de buscar.

Todas las noches revisaba, por si acaso; examinaba todas las migajas que veía en el servidor abierto, con la esperanza de hallar alguna noticia sobre Verity, sobre August Flynn.

Era de lo más extraño: había visto a August en su peor momento. Lo había observado descender a través del hambre hasta la enfermedad, la locura y la sombra. Lo había visto arder. Lo había visto matar.

Pero ahora, cuando lo imaginaba, no veía al Sunai hecho de humo ni a la figura que ardía en una bañera. Veía a un chico de ojos tristes sentado solo en las gradas de la escuela, con un estuche de violín a sus pies.

Kate dejó la tablet a un lado y se reclinó en el sofá. Se cubrió los ojos con un brazo y dejó que el ritmo constante de la radio la envolviera hasta que se adormeció.

Pero entonces, en el silencio entre una canción y otra, oyó pasos en el hueco de la escalera. Se quedó inmóvil y volvió el oído sano hacia la puerta mientras los pasos se hacían más lentos y se detenían.

Kate esperó que llamaran a la puerta, pero eso no ocurrió. En cambio, oyó el sonido de una mano en la manija de la puerta, el estremecimiento de la cerradura al intentar abrirla sin éxito. Los dedos de Kate se deslizaron bajo el almohadón del sofá y sacaron una pistola. La misma con la que había matado a un desconocido en la casa de su madre, la misma con la que había disparado a su padre en su oficina.

Oyó una voz apagada afuera, seguida por un roce de metal, y Kate levantó la pistola al abrirse la puerta.

Por un momento, la silueta que estaba en el umbral no fue más que una sombra; las luces del pasillo dibujaban el contorno de una figura apenas más alta que ella, de bordes redondeados y cabello corto. Nada de ojos rojos, ni dientes afilados, ni traje oscuro. Solo Riley, allí de pie, haciendo equilibrio con una caja de pizza, seis latas de refresco y una llave.

Al ver el arma, Riley levantó las manos, con lo cual la caja, las latas y el llavero cayeron al suelo. Una de las latas estalló y hubo una lluvia de refresco en el descanso de la escalera.

—Maldición, Kate —dijo, con voz estrangulada.

Kate suspiró y dejó la pistola sobre la mesa.

—Deberías llamar.

—Este es *mi apartamento* —replicó él, mientras recogía la caja de pizza y el resto de los refrescos con manos temblorosas—. ¿Le apuntas a todo el mundo con un arma, o solo a mí?

—A todos —respondió Kate—, pero en tu caso, dejé puesto el seguro.

—Me halagas.

—¿Qué haces aquí?

—Bueno, ya sabes —repuso Riley—, vine a ver cómo está la okupa que vive en mi apartamento, para asegurarme de que no haya destrozado el lugar.

—Querías ver si dejé sangre en el sofá.

—Y en la escalera. —La mirada de Riley se desvió un instante hacia el arma que estaba sobre la mesa—. ¿Puedo pasar?

Kate abrió los brazos sobre el respaldo del sofá.

—¿Contraseña?

—Traje pizza.

De la caja emanaba un aroma celestial. El estómago de Kate gruñó.

—Bah, está bien —respondió—. Puedes pasar.

IIII

Cosa curiosa, los rituales.

Las personas los consideraban fórmulas complicadas, hechizos de magia, o compulsiones inculcadas en el subconsciente durante meses o años de repetición.

Pero, en realidad, *ritual* era una manera elegante de decir *hábito*. Una cosa que se había vuelto más fácil hacer que no hacer. Y los hábitos eran sencillos... especialmente los malos, como dejar entrar a la gente.

Kate se acurrucó en un extremo del sofá, y Riley, en el otro, mientras el conductor de algún programa de trasnoche murmuraba chistes malos por televisión.

Riley recogió una de las latas que se le habían caído.

—Esto va a ser divertido —dijo, mientras se disponía a abrirla. Se preparó para el estallido, y suspiró aliviado cuando no ocurrió.

Kate se sirvió una segunda porción de pizza, intentando disimular el dolor cuando las vendas le jalaron la piel bajo la manga.

—No era necesario que hicieras esto —dijo, entre bocados.

Riley se encogió de hombros.

—Lo sé.

Kate lo observó por encima de la corteza de su pizza. Riley era delgado, tenía cálidos ojos pardos, una sonrisa que le ocupaba toda la cara, y complejo de salvador. Cuando no estaba en la universidad o en el departamento de policía, trabajaba como voluntario con adolescentes en riesgo.

¿Acaso eso era ella para él? ¿Su último proyecto?

Hacía ya tres semanas que Kate estaba en Prosperity cuando sus caminos se cruzaron. Ella había pasado las noches en edificios abandonados, y los días, sentada en el rincón de algún café con una taza en la mano, mientras buscaba pistas en el servidor abierto.

No pasó mucho tiempo hasta que la gente del café la echó; hacía horas que no compraba nada. Aun así, no le hizo gracia que un sujeto se sentara en su mesa con la excusa de estudiar y le preguntara si necesitaba ayuda.

Kate había tenido su primer enfrentamiento con un monstruo la noche anterior, y no le había ido bien. Pero tomando en cuenta que toda su experiencia (sin contar las clases de defensa personal en la escuela) consistía en haber ejecutado a un Malchai amarrado y en haber escapado por muy poco a que un Corsai la destripara en el túnel del metro, en realidad no debería haberse sorprendido.

Había logrado salir sin más que un labio partido y la nariz rota, pero sabía que no tenía el mejor aspecto.

Respondió al muchacho que no le interesaba Dios ni lo que fuera que él vendiera, pero no se fue. Minutos después, apareció delante de ella una nueva taza de café.

«¿Cómo te hiciste eso?», le preguntó, señalando con la cabeza el rostro de Kate.

«Cazando monstruos», respondió ella, porque a veces la verdad era suficientemente extraña para ahuyentar a la gente. «Eh... entiendo», dijo él; era obvio que no le creía. Se puso de pie. «Vamos».

Kate no se movió.

«¿A dónde?».

«Tengo una ducha caliente y una cama extra. Puede que incluso haya comida en el refrigerador».

«No te conozco».

Él extendió la mano.

«Riley Winters».

Kate se quedó mirando la mano abierta. No le agradaba mucho la caridad, pero estaba cansada, tenía hambre y se sentía muy mal. Además, si él llegaba a intentar algo indeseado, estaba bastante segura de poder con él.

«Kate», respondió. «Kate Gallagher».

Riley no intentó nada, gracias al novio ya mencionado; solo le dio una toalla y una almohada, y una semana más tarde, una llave. Kate nunca entendió del todo lo que había pasado. Tal vez había sufrido conmoción cerebral. Tal vez él había sabido convencerla.

Kate bostezó y dejó el plato de cartón en la mesa, junto a la pistola.

Riley se extendió para tomar el control remoto y apagó el televisor.

Kate respondió encendiendo la radio.

Riley meneó la cabeza.

—¿Qué te hizo el silencio?

Él no sabía, claro, del accidente en el que había muerto la madre de Kate y ella había perdido la audición en el oído izquierdo. No sabía que, cuando a uno le quitan el sonido, necesita encontrar maneras de recuperarlo.

—Si quieres sonido —dijo Riley—, podríamos *conversar*.

Kate suspiró. Ese era el juego de Riley.

La atiborraba de comida y azúcar hasta que ella estaba en un éxtasis de calorías vacías, y entonces, invariablemente, empezaba a indagar. Y lo peor era que alguna parte masoquista de ella debía desear eso, el hecho de que alguien se *interesara* lo suficiente como para preguntar, porque siempre lo dejaba entrar. Siempre terminaba allí, en el sofá, con latas de refresco y cajas de pizza vacías.

Un mal hábito.

Un ritual.

—De acuerdo —dijo, y a Riley se le iluminó el rostro, pero si pensaba que iba a hablar de sí misma, se equivocaba—. ¿Por qué mencionaste esa explosión?

Riley la miró, confundido.

—¿Qué?

—En el chat, mencionaste una explosión. Intencional. ¿Por qué?

—¿Viste eso? —Se recostó—. No lo sé. Los Guardianes me hacen buscar cosas que no encajan, y me llamó la atención… Es el quinto asesinato-suicidio de esta semana. Son muchos, incluso para Prosperity.

Kate frunció el ceño.

—¿Crees que sea algún tipo de monstruo?

Riley se encogió de hombros.

—Hace seis meses no *creía* en los monstruos. Ahora los veo por todas partes. —Meneó la cabeza—. Probablemente no sea nada. Hablemos de otra cosa. ¿Cómo estás tú?

—Pero mira la hora que es —dijo Kate con ironía—. Malcolm se va a poner celoso.

—Gracias por preocuparte —repuso Riley—, pero te aseguro que nuestra relación es lo suficientemente estable para permitirnos un tiempo con los amigos.

Amigos.

La palabra la golpeó en las costillas y le quitó el aliento.

Porque ella conocía un secreto. Había *dos* clases de monstruos: los que acechaban en las calles y los que vivían en la cabeza de uno. Kate podía combatir a los primeros, pero los otros eran más peligrosos. Siempre, pero siempre, iban un paso más adelante.

No tenían dientes ni garras, no se alimentaban de carne, sangre ni corazones.

Simplemente le recordaban lo que ocurría cuando dejaba que alguien se acercara.

En la mente de Kate, August Flynn dejaba de pelear, por ella. Se hundía en la oscuridad, por ella. Sacrificaba una parte de sí mismo, su humanidad, su luz, su alma, por ella.

Kate podía tolerar su propia sangre.

No necesitaba la de nadie más en sus manos.

—Regla número uno —dijo, obligándose a hablar con voz serena, casi ligera—. No hagas amigos. Eso nunca termina bien.

Riley hizo girar una lata de refresco entre las manos.

—Pero ¿no te sientes sola?

Kate sonrió. Era muy fácil cuando se sabía mentir.

—No.

||||

La violencia
tiene sabor
olor
pero más que nada
tiene
    calor...
la sombra
se yergue
en la calle
envuelta
en humo
en fuego
en ira
en furia
    gozando
        la tibieza
y por un instante
la luz alumbra
un rostro
y encuentra...

pómulos
un mentón
un mínimo
vislumbre
de labios
por un instante…
pero no basta
    nunca basta
un ser humano conserva
tan poco calor
y vuelve a enfriarse…
y vuelve a tener hambre…
sus bordes
se desdibujan
se pierden en la oscuridad
como siempre lo hacen
los bordes
quiere
más
busca
la noche
y encuentra…
una mujer, una pistola, una cama
una pareja, una cocina, una tabla de cortar
un hombre, un aviso de despido, una oficina
toda la ciudad
una caja de
fósforos
en espera de
    alguien que los encienda.

I

Verity

El violín de acero brillaba bajo sus dedos.

El sol daba sobre el cuerpo metálico del instrumento y lo convertía en luz, mientras August pasaba el pulgar por las cuerdas, revisándolas una última vez.

—Oye, Alfa, ¿estás listo?

August cerró el estuche y se lo cargó al hombro.

—Sí.

Su equipo lo esperaba, apiñado en un pedacito de sol en el lado norte del Tajo, una barrera de tres pisos que se extendía como un horizonte oscuro entre Ciudad Norte y Ciudad Sur. Ani estaba bebiendo de una cantimplora mientras Jackson revisaba el cargador de su arma, y Harris, bueno, hacía cosas típicas de Harris: mascaba goma y arrojaba cuchillos a un cajón de madera en el que había dibujado una imagen muy rudimentaria, muy *grosera*, de un Malchai. Incluso lo había bautizado *Sloan*.

Era un día fresco y estaban vestidos con el uniforme completo, pero August llevaba solamente pantalones de combate y camiseta polo negra, con los brazos descubiertos salvo por las filas de líneas negras cortas que le rodeaban la muñeca como el puño de una manga.

—*Puesto de Control Uno* —dijo una voz por el intercomunicador—, *cinco minutos.*

August hizo una mueca de disgusto por el volumen, a pesar de que se había quitado el auricular del oído y lo tenía colgado del cuello. La voz pertenecía a Philip, que estaba en el Edificio Flynn.

—Oye, Phil —dijo Harris—. Cuéntame un chiste.

—*Los intercomunicadores no son para eso.*

—¿Qué te parece este? —propuso Harris—. Un Corsai, un Malchai y un Sunai entran a un bar...

Todos rezongaron, incluido August. En realidad, no entendía la mayoría de los chistes de la FTF, pero sabía lo suficiente para reconocer que los de Harris eran horribles.

—Detesto esperar —murmuró Jackson, echando un vistazo a su reloj pulsera—. ¿Ya les dije cuánto odio esperar?

—*Qué sarta de quejosos* —comentó por el intercomunicador la francotiradora del equipo, que estaba en un techo cercano.

—¿Cómo lo ves desde allí? —le preguntó Ani.

—*Perímetro despejado. Sin problemas.*

—Lástima —dijo Harris.

—*Idiota* —transmitió Philip.

August no les hacía caso; tenía la mirada fija en el objetivo, del otro lado de la calle.

La Sala de Conciertos de la calle Porter.

El edificio en sí estaba empotrado en el Tajo, o mejor dicho, el Tajo se había construido en torno al edificio. August entornó los ojos para ver mejor a los soldados que patrullaban la barrera, y le pareció divisar la silueta delgada de Soro, pero luego recordó que Soro estaría ya en el segundo puesto de control, seis calles al este.

A sus espaldas, estaba empezando la discusión de siempre.

—… no sé por qué nos tomamos la molestia; estas personas no harían lo mismo por…

—… no tiene nada que ver…

—¿No crees que sí?

—*Lo hacemos, Jackson, porque la compasión debe prevalecer sobre el orgullo.*

La voz llegó con toda claridad por el intercomunicador, y August imaginó al instante al hombre a quien pertenecía: alto y delgado, con manos de cirujano y ojos cansados. Henry Flynn. El comandante en jefe de la FTF. El padre adoptivo de August.

—Sí, señor —respondió Jackson, acatando la reprimenda.

Ani le sacó la lengua. Jackson le mostró el dedo mayor. Harris rio entre dientes y empezó a arrancar sus cuchillos de la madera.

Sonó un reloj.

—Es hora —anunció Harris, animado.

En la FTF siempre había habido dos clases de personas: las que peleaban porque creían en la causa de Flynn (Ani) y aquellas para quienes la causa de Flynn era una buena excusa para pelear (Harris).

Claro que últimamente había una tercera clase: los reclutas. Refugiados que habían cruzado el Tajo, no porque necesariamente *desearan* pelear, sino porque la alternativa de quedarse en Ciudad Norte era peor.

Jackson era una de esas personas, un recluta que había trocado servicio por seguridad y había acabado por ser el paramédico del escuadrón.

Miró a August.

—Después de ti, Alfa.

Los integrantes del equipo habían asumido sus puestos formales a cada lado, y August tomó conciencia de que estaban mirándolo, esperando sus órdenes, del mismo modo en que seguramente alguna vez habían mirado a su hermano mayor. Antes de que lo mataran.

Claro que no sabían que había sido August quien lo había matado, que había hundido la mano en el pecho de Leo y rodeado con sus dedos el fuego oscuro del corazón de su hermano, y lo había apagado; no sabían que a veces, cuando cerraba los ojos, aún le dolía en las venas aquel calor frío, la voz de Leo resonando firme y hueca en su mente, ni que se preguntaba si se había ido del todo, si la energía se perdía, si...

—¿August? —Esta vez fue Ani quien habló, con las cejas arqueadas, esperando—. Es hora.

August se esforzó por ordenar su mente descontrolada; se permitió apenas un parpadeo lento, se enderezó y ordenó con la voz de un líder:

—En fila.

Cruzaron la calle con paso rápido y firme, August al frente, Jackson y Ani a cada lado de él, y Harris en la retaguardia.

La FTF había retirado las láminas de cobre del interior de la sala de conciertos y las había clavado en las puertas, como placas sólidas de luz bruñida. La presencia de tanto metal puro quemaría a un monstruo de menor porte (incluso August hizo una mueca, pues el cobre le revolvía el estómago) pero no se detuvo.

El sol ya había pasado su punto más alto, y en la calle las sombras empezaban a alargarse.

Había una inscripción en las placas de cobre de las puertas que daban al norte.

PUESTO DE CONTROL N.º 1 DE CIUDAD SUR

POR VOLUNTAD DE LA FTF

SE OTORGARÁ ACCESO

A TODOS LOS SERES HUMANOS

ENTRE LAS 8 Y LAS 17 HORAS.

PROHIBIDO PASAR CON ARMAS.

DIRIGIRSE A LA SALA DE CONCIERTOS.

NOTA: AL INGRESAR A ESTE EDIFICIO,

USTED ACEPTA SER EXAMINADO.

August apoyó la palma de la mano en la puerta, y los demás miembros de la FTF le dieron paso cuando la abrió de un empujón. Una vez, tiempo atrás, se habían topado con una emboscada y August había recibido una andanada de disparos en el pecho.

Las balas no le habían hecho nada —un Sunai bien alimentado era inmune a ellas— pero una había herido a Harris en el brazo y, desde entonces, el equipo estaba más que dispuesto a dejarlo hacer las veces de escudo.

Pero esta vez, cuando August entró, solo lo recibió el silencio.

Según se leía en una placa en la pared, la Sala de Conciertos de la calle Porter había sido «un centro de cultura en la capital durante más de setenta y cinco años». Incluso había una imagen debajo del texto, un grabado del vestíbulo principal en todo su esplendor de madera, piedra y vitrales, lleno de parejas elegantes con ropa de gala.

Mientras recorría el salón, August intentó cerrar la brecha entre lo que había sido el lugar alguna vez y lo que era ahora.

El aire estaba rancio; los vitrales ya no estaban; las ventanas estaban tapiadas y cubiertas con más láminas de cobre; el suelo de piedra pulida estaba cubierto de escombros, y la iluminación cálida se había cambiado por lámparas reforzadas con luz ultravioleta que emitían un brillo tan intenso que August podía oírlo con la misma claridad que una señal del intercomunicador.

El vestíbulo en sí estaba vacío, y por apenas un segundo, esperanzado y tonto, August pensó que no había llegado nadie, que ese día no tendría que hacer aquello. Pero luego oyó el roce de zapatos en el suelo, las voces apagadas de quienes aguardaban en la sala, tal como les habían indicado.

Sus dedos aferraron con más fuerza la correa del estuche del violín.

Ani y Jackson se abrieron para hacer una recorrida rápida, y August siguió avanzando. Se detuvo ante la imagen de una mujer dibujada en el suelo. Estaba hecha de vidrio: cientos, quizá miles de cuadraditos de vidrio, algo más que la suma de sus partes; un *mosaico*, así se llamaba.

—*Pasillo izquierdo, despejado.*

La figura tenía los brazos extendidos y la cabeza echada hacia atrás mientras de sus labios salía música en forma de cuadrados dorados.

—*Pasillo derecho, despejado.*

August se arrodilló y pasó los dedos por los azulejos que rodeaban el mosaico, siguiendo los tonos púrpura y azules que formaban la noche en torno a ella, y detuvo la mano sobre una nota dorada. Era una sirena.

Él había leído acerca de las sirenas, o mejor dicho, Ilsa había leído sobre ellas. A August siempre le había interesado más la realidad que los mitos —la realidad, la existencia, ese estado inconstante del ser entre un gemido y un estallido— pero su hermana tenía afición por los cuentos de hadas y las leyendas. Ella le había contado sobre las mujeres del mar, de voces tan bellas y peligrosas que podían hacer naufragar a los marinos contra las rocas.

Te roban el alma con una...

—Cuando quieras —dijo Ani a su lado.

Los dedos de August se apartaron de los azulejos de vidrio. Se enderezó y giró hacia las puertas internas, las que daban a la sala de conciertos en sí. El violín le pesaba en el hombro, y a cada paso creaba un leve rumor de cuerdas que solo él podía oír.

August se detuvo ante las puertas y tocó su intercomunicador.

—¿Conteo?

Se oyó la voz de Phillip en la línea.

—*Según la cámara, parecen unos cuarenta.*

A August se le fue el alma al suelo.

Pero para eso estaba allí.

Esa, se recordó, era su función.

﷽ II

En otra época, quizás, la sala de conciertos había sido deslumbrante, pero el tiempo —el Fenómeno, las guerras territoriales, la creación del Tajo— la habían afectado visiblemente.

La mirada de August recorrió la sala —el cielorraso sin cobre, las paredes desnudas, las filas sin asientos— hasta que, inevitablemente, se posó en las personas que estaban apiñadas en el centro.

Cuarenta y tres hombres, mujeres y niños que habían cruzado el Tajo en busca de refugio y seguridad, con ojos dilatados por la falta de sueño y el exceso de terror.

Estaban desaliñados; su ropa fina había empezado a deshilacharse y se les notaban los huesos bajo la piel. Costaba creer que fueran las mismas personas con quienes August se había cruzado en las calles y en el metro de Ciudad Norte, personas que podían permitirse el lujo de fingir que el Fenómeno nunca había ocurrido, que habían pasado tantos años desdeñando a Ciudad Sur y habían comprado su seguridad en lugar de luchar por ella, que habían cerrado los ojos, se habían tapado los oídos y habían pagado su diezmo a Callum Harker.

Pero Callum Harker estaba muerto. August mismo había recolectado aquella alma.

Se rezagó y dejó que Harris tomara la delantera. El soldado marchó por el pasillo central, subió de un salto al escenario y abrió los brazos con la elegancia de un artista innato.

—¡Hola! —saludó alegremente—, y bienvenidos al Punto de Control Uno. Soy el capitán Harris Fordham y estoy aquí en representación de la Fuerza de Tareas de Flynn…

August había oído a Harris pronunciar ese discurso cien veces.

—Han venido aquí por su propia voluntad, lo que demuestra que tienen *un poco* de sensatez. Pero también esperaron *seis meses* para tomar esa decisión, o sea que tan sensatos no son.

Tenía razón. Aquellas personas eran las sobras, las que se habían convencido de que podían seguir adelante sin la ayuda de Ciudad Sur, demasiado obstinadas para admitir (o demasiado tontas para comprender) lo que les esperaba.

En aquellas primeras semanas, cuando se hizo obvio que la muerte de Callum dejaba sin efecto su promesa de protección, se había producido una avalancha: cientos de personas cruzaban el Tajo todos los días (entre ellas habían llegado Jackson y Rez).

Pero algunos habían optado por quedarse, se habían encerrado en sus casas y se habían dispuesto a esperar que la ayuda fuera hasta *ellos*.

Y cuando eso no ocurrió, les habían quedado tres opciones: quedarse donde estaban, atreverse a cruzar el Páramo —aquel lugar peligroso más allá de la ciudad, donde el orden dejaba paso a la anarquía y cada uno debía arreglárselas solo— o bien cruzar el Tajo y rendirse.

—Llegaron hasta aquí —prosiguió Harris—, de modo que saben seguir instrucciones, pero además son un grupo que da lástima, de modo que voy a decirles esto de manera fácil y sencilla...

Entre la multitud, un hombre masculló: «No tengo por qué tolerar esto», y se dio vuelta para salir. Jackson le bloqueó el paso.

—No pueden obligarme a quedarme —gruñó el hombre.

—En realidad —respondió Jackson—, debería haber leído la letra pequeña. El ingreso a un establecimiento de revisión implica el consentimiento de ser examinado. Aún no lo han hecho, por lo tanto no puede retirarse. Tómelo como una medida de precaución.

Jackson le dio al hombre un empujón hacia el escenario, mientras el rostro de Harris pasaba de alegre a sombrío.

—Escúchenme. Su gobernador está muerto. Sus monstruos los consideran comida. Estamos ofreciéndoles una oportunidad, pero la seguridad no es gratis. Eso lo saben bien, dado que todos eligieron pagar por ella en su momento. Pues bien, les tengo malas noticias. —Echó un vistazo con cara de pocos amigos a una mujer que tenía un rollo de billetes en las manos cargadas de anillos—. En Ciudad Sur, las cosas no funcionan así. ¿Quieren comida? ¿Quieren refugio? ¿Quieren seguridad? Tienen que trabajar. —Señaló con un dedo la insignia de la FTF en su uniforme—. Todos los días, todas las noches, salimos a pelear para recuperar esta ciudad. Hubo un tiempo en que la FTF era algo optativo. Ahora es obligatorio. Y *todos* los habitantes de Ciudad Sur participan.

Ani le hizo una seña para que terminara, y así, de repente, la expresión de Harris volvió a ser amigable.

—Ahora bien, tal vez ustedes están aquí porque han visto la luz. Tal vez vinieron porque están desesperados. No importa cuál sea el motivo que los trajo, han dado el primer paso, y los felicitamos. Pero antes de que puedan proceder al siguiente paso, debemos examinarlos.

Ese era el pie para la entrada de August.

Se apartó de la pared y empezó a caminar por el largo pasillo central. Sus botas marcaban un ritmo parejo, amplificado por la acústica de la sala. Alguien se puso a llorar. La acústica también amplificó el llanto. August observó al grupo, buscando el movimiento delator de una sombra que solo los Sunai podían ver, la señal delatora de un pecador, pero entre la iluminación de la sala y los movimientos nerviosos de la gente, se le hizo difícil.

La gente murmuraba a su paso.

Aunque aún no se hubieran dado cuenta de *qué* era él, sí parecían percibir que no era uno de ellos. Durante mucho tiempo se había esforzado por pasar inadvertido, pero eso ya no importaba.

Una niñita de unos tres o cuatro años (nunca le había resultado fácil calcular la edad de la gente) se aferró a una mujer vestida de verde. Su madre, supuso August, a juzgar por la mirada acerada de aquellos ojos cansados. August miró a la niña y le sonrió con lo que esperaba que fuera calidez, pero la criatura hundió la cara en la pierna de su madre.

Tenía miedo.

Todos tenían miedo.

De él.

La necesidad de retirarse le subió como bilis por la garganta, compitiendo con la necesidad de hablar, de asegurarles que no había motivos para que tuvieran miedo, que él no estaba allí para hacerles daño.

Pero los monstruos no podían mentir.

Este es tu lugar, dijo una voz en su cabeza, suave y dura como la piedra. Una voz que parecía la de su hermano muerto, Leo. *Esta es tu función.*

August tragó en seco.

—Ésta parte es sencilla —decía Harris—. Sepárense, a un brazo de distancia, eso es...

Cuando August subió al escenario, se hizo silencio en la sala... tanto que podía oírlos conteniendo la respiración, los latidos de sus corazones asustados. Se arrodilló, abrió las trabas del estuche —el sonido que produjeron fue como un disparo en sus oídos— y sacó su violín.

Sunai, Sunai, ojos de carbón...

Al ver el instrumento y caer de pronto en la cuenta de a qué se refería la FTF cuando hablaba de *examinar,* hubo un estremecimiento en la sala.

El alma te roban con una canción.

Un hombre de treinta y tantos años perdió la compostura y echó a correr a toda velocidad hacia las puertas. Llegó a dar tres o cuatro pasos hasta que Ani y Jackson lo detuvieron y lo obligaron a arrodillarse.

—Suéltenme —suplicó el hombre—. Por favor, déjenme ir.

—¿Por qué? —replicó Jackson—. ¿Tiene algo que esconder?

Harris batió palmas para llamar la atención de la gente nuevamente hacia el escenario.

—La revisión va a empezar.

August se enderezó y apoyó el violín bajo el mentón. Miró a la gente, un mar de rostros, todos marcados por emociones

tan intensas que le hicieron comprender lo mucho que les faltaba a sus propios intentos. Había pasado cuatro años intentando aprender, intentando *imitar* aquellas expresiones humanas,
como si eso fuera a convertirlo en humano.

No había querido otra cosa que eso, y lo había deseado tanto que habría sido capaz de cualquier cosa, hasta de vender su
alma. Había hecho todo lo posible, incluso había ayunado hasta el límite de sus fuerzas... y había perdido.

Pero August nunca podría ser humano.

Ahora lo sabía.

No se trataba de lo que era, sino del *porqué*, de su función,
de su papel. *Todos* tenían un papel que cumplir.

Y el suyo era ese.

August apoyó el arco en las cuerdas y tocó la primera nota.

La nota quedó en el aire un largo instante, como una hebra solitaria, bella e inofensiva, y solo cuando empezó a debilitarse, a desvanecerse, August cerró los ojos y dio inicio a la
canción.

La melodía salió, fue tomando forma en el aire y serpen-
teando entre los cuerpos que allí había, atrayendo sus almas a
la superficie.

Si August hubiera tenido los ojos abiertos, habría visto
cómo se les caían los hombros y agachaban la cabeza. Habría
visto cómo dejaba de pelear el hombre que estaba en el suelo,
igual que todos los demás; el miedo, la ira y la incertidumbre
desaparecían mientras escuchaban. Habría visto cómo sus soldados se aflojaban y quedaban con los ojos vacíos, perdidos en
el embeleso de la canción.

Pero August mantuvo los ojos cerrados, disfrutando del
modo en que sus propios músculos se relajaban con cada nota,

y la presión que sentía en la cabeza y en el pecho cedía al tiempo que el deseo se convertía en una necesidad profunda, hueca y dolorosa.

Se imaginó en un campo, más allá del Páramo, con pastos altos meciéndose al compás de la música; se imaginó en una sala insonorizada en Colton, donde las notas flotaban y se refractaban contra las paredes blancas; se imaginó solo. No solitario. Simplemente... libre.

Entonces terminó la canción, y por un instante, mientras los acordes iban desvaneciéndose en la sala, mantuvo los ojos cerrados, sin querer regresar.

Al final, lo que lo hizo regresar fue el susurro.

Podía significar una sola cosa.

Se le tensó la piel y se le fue el alma al suelo, y surgió en él la necesidad, simple y visceral, la oquedad en el centro de su ser, ese lugar abierto, imposible de llenar.

Cuando abrió los ojos, lo primero que vio fue luz. No la luz brillante de las lámparas UVR que iluminaban el vestíbulo, sino el aura de las almas humanas. Cuarenta y dos eran blancas.

Y una era roja.

Un alma manchada por un acto de violencia, un acto que había dado origen a algo monstruoso.

Era el alma de la mujer de verde.

La *madre*, aún con la niñita a su lado, un bracito aferrado a su pierna. Tenía la piel bañada en luz roja, que corría por sus mejillas como lágrimas.

August se obligó a bajar la escalera.

—Me rompió el corazón —confesó la mujer, con los puños cerrados—. Por eso aceleré. Lo vi en la calle y aceleré. Sentí cómo se quebraba su cuerpo bajo los neumáticos. Lo arrastré fuera del camino. Nadie me descubrió, nadie lo supo, pero todavía oigo aquel sonido cada noche. Estoy tan cansada de oírlo...

August extendió la mano para tomar las de la mujer pero se detuvo a un centímetro de su piel. Debería ser fácil. Era una pecadora, y la FTF no albergaba pecadores.

Pero no le resultaba fácil.

Podía dejarla ir.

Podía...

En la sala, la luz empezaba a atenuarse mientras el brillo de cuarenta y dos almas volvía a hundirse bajo la superficie de la piel. En la mujer, el resplandor rojo era más intenso. Ella lo miró a los ojos, más allá de él, quizás a través de él, pero lo miró.

—Estoy tan cansada... —murmuró—. Pero volvería a hacerlo.

Esas últimas palabras quebraron el hechizo. En alguna parte de la ciudad, había un monstruo que vivía, cazaba y asesinaba por lo que esa mujer había hecho. Ella había tomado una decisión.

Y August tomó la suya.

Le envolvió las manos con las suyas y apagó la luz.

~~IIII~~ III

Apenas todo terminó, August se retiró al vestíbulo, lo más lejos posible del rumor colectivo de conmoción, del alivio palpable de los que se habían salvado, del grito desgarrador de la niña.

Se quedó sobre el mosaico de la sirena, frotándose las manos. En su mente resonaban las últimas palabras de la pecadora; bajo su piel, aún cantaba la vida de aquella mujer. Esa vida le había dado un momento de fortaleza, de firmeza, no tanto de hambre saciada —hacía meses que no tenía *hambre*— como la sensación de volverse sólido, real. Una calma que se evaporó apenas la niña empezó a gritar.

August se había adelantado al equipo de recolección y había sacado el cadáver de la madre de la sala, para que la niña no lo viera. Le había resultado extraña la sensación de su piel en las manos, fría, pesada y hueca de un modo que le dio deseos de apartarse.

Había pasado mucho tiempo observando a los soldados de la FTF; ya no intentaba imitar sus expresiones, sus posturas, los tonos de sus voces, pero se le había hecho un hábito observarlos. Había visto cómo les temblaban las manos después de las peores misiones, cómo bebían, fumaban y hacían chistes para reponerse.

August no se sentía asqueado ni inquieto.

Solo vacío.

¿Cuánto pesa un alma?, se preguntó.

Menos que un cuerpo.

Se abrieron las puertas de la sala de conciertos.

—Por aquí —dijo Harris, encabezando el grupo. Ani llevaba a la niñita en brazos.

August sintió que Jackson le apoyaba una mano en el hombro.

—Hiciste tu trabajo.

August tragó en seco y apartó la mirada.

—Lo sé.

Llevaron a la gente hacia las puertas que daban al sur. Estaban trabadas, pero August ingresó el código mientras Ani daba un golpecito a su intercomunicador.

—¿Despejado?

Se oyó un crujido de estática y la voz seca de Rez.

—*Más despejado, imposible.*

Los recién llegados abrieron paso a August cuando este se dirigió al frente del grupo, y retrocedieron como si esa pequeña distancia fuera a mantenerlos a salvo.

Afuera, Ciudad Norte se alzaba ahora a sus espaldas, pero el sol continuaba su lento descenso entre los edificios.

Aún les quedaba una hora antes de que empezara a anochecer, lo cual significaba que, de momento, los monstruos no eran lo que más los preocupaba. Los Corsai no se apartaban de la oscuridad, y si bien la luz del día no incapacitaba a los Malchai, sí los debilitaba. No, el verdadero peligro, mientras el sol estuviera afuera, eran los Colmillos: humanos que habían jurado lealtad a los Malchai, que veneraban a los monstruos como a dioses, o que simplemente habían preferido someterse antes que huir. Eran los Colmillos quienes habían emboscado a su equipo aquella vez en la sala de conciertos, quienes habían cometido la mayoría de los delitos a la luz del día, quienes traían nuevos monstruos al mundo con cada pecado.

August empezó a cruzar la calle.

Apenas seis calles separaban el punto de control del Edificio Flynn, pero cuarenta y dos civiles atontados, cuatro soldados de la FTF y un Sunai serían un objetivo demasiado tentador. Tenían una docena de jeeps, pero la gasolina no abundaba y los vehículos eran muy requeridos, además de que siempre aumentaban las tensiones tras una sesión de revisión, y Henry no quería que los nuevos reclutas se sintieran como prisioneros camino a la cárcel.

Camina con ellos, le había dicho el hombre. *Paso a paso.*

Entonces August y su escuadrón encabezaron la marcha hacia la escalinata ancha en la esquina.

Oyó pasos de botas cerca de él, pasos serenos, sin prisa, y un momento después Rez estaba caminando a su lado.

—Hola, jefe.

Ella siempre lo llamaba así, a pesar de que le llevaba diez años; más, incluso. Al fin y al cabo, August solo *aparentaba* diecisiete años. Había surgido del humo de los disparos y las vainas en el suelo de una cafetería, cinco años antes. Rez era bajita y menuda, una de las primeras reclutas de Ciudad Norte que habían cambiado la medalla de Harker por la insignia de la FTF. En su vida anterior, como ella la llamaba, había sido estudiante de derecho, pero ahora era una de las mejores en el equipo de August: francotiradora de día, y de noche, su acompañante en las misiones de reconocimiento y rescate.

August se alegró de verla. Ella nunca le preguntaba cuántas almas había recolectado, nunca intentaba restarle importancia a lo que él había hecho. A lo que tenía que hacer.

Juntos, llegaron a la escalera cerrada por un portal, un arco de acero que la marcaba como estación del metro. Al verla, varias personas aminoraron el paso.

August no las culpó.

En gran parte, los túneles del metro eran el dominio de los Corsai, túneles oscuros como aquel por el que había corrido con Kate, llenos de sombras que se crispaban y se retorcían, garras que brillaban en la oscuridad, susurros de *golpeaquiebraarruinacarnehuesogolpeaquiebra* entre dientes.

Pero la escalera que había más allá del portal resplandecía de luz.

La FTF había pasado tres semanas asegurando minuciosamente el pasaje, sellando todas las grietas y llenándolo con tantos rayos UV que Harris y Jackson le habían puesto el apodo de «el bronceador», pues uno podía salir bronceado con solo caminar entre el punto de control y el Edificio.

Rez abrió las cerraduras, y August hizo una mueca por la cantidad de luz mientras bajaban al andén y de allí a las vías.

—¡No se separen! —ordenó Ani, mientras Harris volvía a cerrar el portal.

Abajo, era una zona muerta: las señales del intercomunicador no funcionaban, y había eco en los túneles mientras caminaban en filas de dos y de tres. Jackson y Harris quebraban el silencio emitiendo instrucciones a los conmocionados reclutas mientras August se concentraba en los latidos de su corazón, en el *tic-tac* de su reloj, en las marcas en las paredes, contando la distancia que faltaba hasta que pudieran salir a la superficie.

Cuando al fin subieron la escalera que llevaba a la calle, el Edificio se alzaba ante ellos como un centinela, iluminado desde la torre hasta el borde de la acera. Alrededor de la base del edificio había una franja reforzada con UV del ancho de una calle: el equivalente tecnológico del foso de un castillo, que se encendía cuando la luz del día empezaba a atenuarse.

La escalinata del edificio estaba flanqueada por soldados, con expresiones que variaban entre la seriedad y el fastidio al ver a los sobrevivientes recién llegados de Ciudad Norte; pero cuando vieron a August, bajaron la mirada al suelo.

Rez se apartó con un «Hasta luego, jefe», y los cuarenta y dos reclutas subieron la escalinata, pero August se quedó al borde de la franja de luz, aguzando el oído.

A lo lejos, en alguna parte más allá del Tajo, alguien gritó El sonido era demasiado lejano, demasiado agudo, demasiado quebrado para que lo captara un oído humano, pero August lo oyó, y cuanto más escuchaba, más sonidos oía y más empezaban a desenmarañarse los acordes, y el silencio fue poblándose con una docena de ruidos definidos: un crujido en la oscuridad, un gruñido gutural, el roce de metal contra roca, el zumbido de la electricidad, un sollozo desgarrador.

¿Cuántos habitantes, se preguntó, quedaban aún del otro lado del Tajo?

¿Cuántos habían cruzado a Ciudad Sur o huido al Páramo?

¿Cuántos nunca habían logrado salir?

Una de las primeras cosas que habían hecho Sloan y sus monstruos había sido reunir a la mayor cantidad posible de humanos y encerrarlos en cárceles improvisadas en hoteles, edificios de apartamentos, depósitos. Se rumoreaba que cada noche soltaban a algunos. Solo por la diversión de cazarlos.

August se dio vuelta y entró. Fue directamente hacia los ascensores, evitando los ojos de los soldados, de los nuevos reclutas, de la niñita a la que entregaban a un integrante de la FTF.

Se apoyó contra la pared del elevador, disfrutando el momento de soledad... hasta que una mano detuvo la puerta antes de que se cerrara. El metal se abrió y entró otro Sunai.

August se enderezó.

—Soro.

＃＃＃＃
||||

—Hola, August —lo saludó Soro, y se le iluminaron los ojos. Sus dedos rozaron el botón del piso doce.

El Sunai más reciente parecía mayor que sus hermanos, pero trataba a Ilsa como a una bomba de tiempo, y a August lo miraba como él mismo había mirado a Leo alguna vez: con una mezcla de cautela y deferencia.

Soro tenía considerable estatura y contextura delgada, y su piel pálida estaba marcada por pequeñas X negras. Tenía un penacho de cabello plateado que funcionaba como una sombra y alteraba su rostro según cómo caía. Hoy lo tenía peinado hacia atrás, y se le veían bien los pómulos delicados y las cejas fuertes.

Al principio, August había pensado que Soro era *ella*, aunque en verdad no había estado seguro, y cuando se había armado de coraje para preguntarle si se consideraba hombre o mujer, la reciente adición a la familia Flynn lo había mirado un largo rato antes de responder: «Soy Sunai».

Esa fue toda la respuesta, como si lo demás no importara, y August supuso que así era. Desde aquella vez, nunca lo consideró otra cosa que Soro.

67

Cuando se cerraron las puertas y el elevador empezó a subir, August echó un breve vistazo de reojo al otro Sunai. Tenía el frente del uniforme empastado con una mezcla de sangre negra y humana, pero aparentemente Soro no lo notaba o, al menos, no le importaba. Disfrutaba la caza… no, quizá *disfrutaba* no fuera la palabra más apropiada.

Soro no tenía ni la rectitud de Leo, ni la extravagancia de Ilsa, ni (al menos, por lo que August podía ver) el deseo complicado de ser humano de este. Lo que sí poseía era una decisión inquebrantable, una convicción de que los Sunai existían solamente para destruir a los monstruos y eliminar a los pecadores que los habían creado.

Orgullo: tal vez esa fuera la palabra correcta.

Soro se *enorgullecía* de su capacidad para la caza, y si bien carecía de la pasión de Leo, igualaba y hasta superaba su técnica.

—¿Tuviste un buen día? —le preguntó August, y Soro lo miró con un asomo de sonrisa, tan leve que otros probablemente no lo notarían, tanto que al mismo August podría habérsele escapado si no hubiera pasado tanto tiempo aprendiendo a demostrar sus propias emociones tan solo para que los humanos las vieran.

—Tú y tus preguntas raras —murmuró—. Acabé con siete vidas. ¿Eso cuenta como *bueno*?

—Solo si merecían morir.

Se formó una ligera arruga en la frente de Soro.

—Por supuesto que lo merecían.

Lo dijo sin la menor vacilación, sin dudas, y mientras observaba el reflejo de Soro en la puerta de acero, August no pudo sino preguntarse si aquel carácter decidido tendría algo que ver con su catalizador. Como todos los Sunai, había nacido de una tragedia, pero a diferencia de la masacre que había engendrado a August, la de Soro había sido más... voluntaria.

Un mes después de que Ciudad Norte volviera a caer en el caos, un grupo autodenominado OPH —Organización de Poder Humano— logró apoderarse de un depósito de armas y decidió volar los túneles del metro, donde vivían tantos de los monstruos de la ciudad.

Y dado que no era fácil matar a los Corsai (las sombras eran fáciles de dispersar, pero difíciles de eliminar), atrajeron a la mayor cantidad de Malchai que pudieron hacia el interior de los túneles, usándose *a sí mismos* como carnada. Fue un éxito... si es posible llamar éxito a una misión suicida. Mataron a una buena cantidad de monstruos, además de veintinueve humanos; un sector del metro de Ciudad Norte se derrumbó, y lo único que emergió de entre los escombros fue el Sunai autodenominado Soro, seguido por una estela tenue y entrecortada de música clásica, de la que Harker había puesto en el metro durante tanto tiempo.

El elevador se detuvo en el piso doce; Soro bajó y miró atrás brevemente antes de que se cerraran las puertas.

—¿Y tú?

August lo miró sin entender.

—¿Y yo qué?

—¿Tuviste un buen día?

August pensó en el hombre que había rogado por su vida, en la niñita aferrada a la pierna de su madre.

—Tienes razón —dijo, mientras se cerraban las puertas—. Es una pregunta rara.

Cuando August llegó al techo del edificio, su cuerpo necesitaba tomar aire con urgencia.

No era algo físico, como el hambre o las náuseas, pero lo sentía igualmente como un impulso de subir, subir, subir hasta lo más alto del edificio.

Desde allí se veía toda la ciudad.

No era una terraza donde se podía subir. No se podía llegar por elevador ni por la escalera principal, pero el año anterior August había encontrado una portezuela en una sala de electricidad del último piso. Ahora, salió al aire fresco mientras el sol tocaba el horizonte y soltó una exhalación lenta con un estremecimiento.

Allí arriba, podía respirar.

Allí arriba, estaba solo.

Y allí arriba, por fin, se desmoronó.

Así lo sintió, como un lento desarmarse: primero la postura, luego el rostro, cada centímetro de su cuerpo que estaba tieso por mantenerlo en su sitio bajo el peso de tantas miradas inquisitivas.

Contrólate, murmuró Leo en su mente.

August acalló la voz y se adelantó hasta que las puntas de sus botas rozaron el borde del techo. Era una caída de veinte pisos; abajo no había más que concreto. Le dolería, pero solo un instante.

Siempre le había encantado la ley de gravedad de Newton, cuando dice que las cosas caen a la misma velocidad, sin importar de qué están hechas. Un rodamiento de acero. Un libro. Un ser humano. Un monstruo.

La diferencia, claro está, era lo que ocurría cuando llegaban al suelo.

El impacto partiría el concreto bajo sus botas. Pero cuando el polvo se despejara, él seguiría allí. De pie. Intacto.

Todo cae, musitó Leo.

August retrocedió un paso, luego dos; se sentó en el techo tibio por el sol y abrazó sus rodillas. Las marcas negras brillaban en su piel.

Había pasado mucho tiempo intentando esconderlas, pero ahora las llevaba a la vista. Una por cada día desde la última vez que había pasado a la oscuridad.

Una por cada día desde que...

Me mataste.

Cerró los ojos con fuerza.

Ahora realmente eres un monstruo.

«Basta» susurró, pero la voz de Leo siguió resonando en su cabeza, y lo peor era que no sabía, no lograba discernir, si se trataba solo de un recuerdo, un eco, o si en verdad era Leo, algún último fragmento de su hermano que se aferraba a los huesos de August.

Había matado a Leo, había segado su vida, o su alma, o lo que fuera que los Sunai tuvieran en su interior, y ahora estaba dentro de él. August imaginó esas dos vidas, la suya y la de su hermano, conviviendo como el agua y el aceite, rehusando mezclarse.

A menudo se había preguntado si los humanos cuyas almas recolectaba permanecían dentro de él, si alguna parte de aquellas personas, de las personas que habían sido, se quedaba en su sangre y se fundía con su alma. Pero los humanos nunca tenían voz. Leo, sí.

Dime, August. ¿Todavía tienes hambre?

Clavó las uñas en la superficie áspera del techo. Hacía meses que no tenía hambre, y detestaba eso; odiaba estar lleno, odiaba la fuerza que le daba; odiaba el hecho de que cuanto más a menudo se alimentaba, más vacío se sentía.

Pero más que nada, odiaba el hecho de que alguna parte pequeñita de él *quería* volver a hacerlo, volver a sentir aquel escozor febril, como los que anuncian una gripe; recordar cómo era estar vivo, tener hambre. Cada día, cuando entraba a la sala de conciertos, tenía la esperanza de que todas las almas fueran blancas. Casi nunca era así.

El cielo empezó a oscurecerse como una magulladura. August dejó que su frente se apoyara en sus rodillas y respiró en el espacio diminuto que quedaba, mientras caía la noche. El sol casi había desaparecido cuando el aire se movió a su espalda y una mano se apoyó en su cabello.

—Ilsa —dijo suavemente.

August alzó la cabeza mientras su hermana se sentaba a su lado en el techo. Estaba descalza, con los rizos color fresa sueltos y ondeando en la brisa; todo en ella parecía abierto, confiado. Era muy fácil olvidar que ella había sido la primera Sunai, que había creado el Yermo, había borrado todo un sector de la ciudad y a todos los que allí estaban.

Nuestra hermana tiene dos lados. Y no se tocan.

Pero August nunca había visto el lado oscuro de Ilsa; solo la conocía así, juguetona, dulce y a veces perdida.

Ahora, lo único perdido en Ilsa era su voz.

August echaba de menos aquella cadencia rítmica que hacía que todo pareciera más leve, pero Ilsa ya no hablaba. Tenía abierto el cuello de la ropa, y se veía la cicatriz feroz que le rodeaba la garganta como una cinta. Obra de *Sloan*. Le había cortado las cuerdas vocales, le había cercenado la voz y le había robado la capacidad de hablar, de *cantar*.

Y, sin embargo, así como la voz de Leo tenía un lugar en la cabeza de August, también lo tenía la voz de Ilsa, y cuando lo miró a los ojos, él pudo leer la pregunta en los de ella. La preocupación constante. La suave insistencia.

Háblame.

Ilsa entrelazó un largo brazo con el de August y apoyó la cabeza en su hombro, y August *supo* que a ella sí podía contárselo.

Contarle sobre la niña y su madre, la voz persistente de Leo dentro de su cráneo, el ansia de volver a tener hambre y el miedo que sentía: miedo de su función, miedo de no poder cumplirla, miedo de poder hacerlo, miedo de lo que necesitaba llegar a ser, de aquello en lo que estaba convirtiéndose, de lo que ya era, y de la verdad que existía por debajo de todo aquello, más silenciosa que antes, pero allí estaba, de todos modos: aquel anhelo vano, inútil e imposible de ser humano. Un deseo que constantemente intentaba sofocar. Un deseo que contenía el aliento hasta que él se desconcentraba, y entonces volvía a aflorar, sediento de aire.

Podía contarle todo eso a Ilsa, confesarse, como tantas almas condenadas se confesaban ante él, pero ¿de qué serviría? Las palabras eran como fichas de dominó alineadas en su mente, y si empezaba a hablar, si volteaba aquella primera ficha, todas caerían sin remedio. ¿Para qué? ¿Por el impulso egoísta de sentirse...?

Ilsa aferró el brazo de él con más fuerza.

Háblame, hermanito.

Pero la orden de un Sunai no tenía peso sin palabras. Era injusto, August lo sabía, que solo porque ella no podía hablar él no tuviera la obligación de responderle.

—Todo salió como debía —dijo, porque eso no era una mentira, aunque no lo sintiera como la verdad.

Ilsa alzó la cabeza y una expresión de tristeza cubrió su rostro como un rubor. August apartó la mirada. Ilsa lo soltó y se tendió de espaldas en el techo de concreto, con los brazos abiertos, como si intentara abrazar el cielo.

El día despejado estaba convirtiéndose en una noche clara y sin luna, y allí arriba, a tanta altura, ahora que la red eléctrica del norte estaba desconectada, August podría distinguir un puñado de estrellas. No era como las pinturas de luz que había visto en el cielo fuera de la ciudad; apenas un puñado de puntitos que titilaban arriba, que ahora estaban, enseguida desaparecían y volvían a aparecer, como el recuerdo de aquella noche en el Páramo, cuando estaba con Kate y empezaba a sentirse mal. Cuando el automóvil robado se descompuso y estaban de pie al costado de la carretera, Kate temblando de frío y August ardiendo, y arriba, el cielo era una tela cubierta de luz. Cuando él se quedó contemplando el cielo, fascinado por la cantidad increíble de estrellas, y ella dijo que las personas estaban hechas de polvo de estrellas, y quizás él también.

August había deseado que así fuera.

—¿*Alfa?* —llegó la voz de Philip por el intercomunicador.

August se enderezó.

—Aquí estoy.

—*Tenemos un SOS. El equipo Delta solicita apoyo.*

—¿Norte o sur? —preguntó August, al tiempo que se ponía de pie.

La breve pausa le dio la respuesta antes de que Philip hablara.

—*Norte*.

August miró más allá del Tajo, hacia la mitad norte de la ciudad, reducida a contornos y sombras. Sintió la mirada de su hermana, pero no miró atrás. Su bota rozó el borde del techo.

—Allá voy —respondió.

Y entonces saltó al vacío.

⊬⊬⊬

⊬⊬⊬

A Sloan, los edificios le recordaban a unos dientes despare-
jos, una boca irregular que mordía el cielo herido. Era el crepúsculo, esa hora en la que el día daba paso a algo más oscuro,
cuando incluso las mentes humanas cedían ante lo primigenio.

Estaba de pie ante las ventanas de la torre, mirando hacia afuera, como tantas veces lo había hecho Callum Harker.
Era capaz de apreciar la elegancia, la poesía del *creado* que
reemplaza al *creador*, la sombra que perdura más que su origen.

La oficina ocupaba una esquina del edificio otrora deno-
minado Harker Hall, y dos de sus paredes consistían en vidrio
sólido. Contra el fondo que iba oscureciéndose, los ventanales
reflejaban solo algunos fragmentos de su imagen. Su traje negro se fundía con el anochecer, mientras que las líneas afiladas de su rostro brillaban blancas como el hueso, y sus ojos
como brasas horadaban orificios rojos idénticos en el horizonte urbano.

A medida que avanzaba la noche, su reflejo fue solidificándose en el vidrio.

Pero al ponerse el sol, empezó a filtrarse luz artificial desde el sur, con lo cual la imagen se empañó como con una bruma, una *polución*, la espina dorsal iluminada del Tajo, y más allá, se alzaba el Edificio Flynn contra la oscuridad.

Sloan golpeaba, pensativo, una uña afilada contra el vidrio, marcando un ritmo constante: el del *tic-lac* de un reloj.

Habían pasado seis meses desde que había ascendido al lugar que le correspondía por derecho. Seis meses desde que había puesto a media ciudad a sus pies. Seis meses, y el Edificio Flynn seguía en pie; la FTF aún *resistía*, como si no se dieran cuenta de que era inútil, de que los depredadores estaban hechos para doblegar a sus presas. Él les demostraría, desde luego, que no le ganarían, que *no podían* ganarle, que el fin era inevitable; la única pregunta era si se someterían, si tendrían una muerte rápida o si sería lenta.

Sloan volcó su atención a su mitad de la ciudad, más envuelta en tinieblas que en luz. La poca luz que había tenía su propósito: mantener con vida a sus alimentos. Los Corsai nunca habían sido criaturas moderadas; se alimentaban de cualquier cosa que estuviera a su alcance. Si algo caía en las sombras, era de ellos. Pero los Corsai estaban confinados a esas sombras, y por eso los Malchai enjaulaban sus comidas en edificios bien iluminados y trazaban senderos con faroles potentes a través de la oscuridad.

Pero había *otras* luces salpicadas por la ciudad.

Las de aquellos que se *escondían*.

Finas franjas que escapaban por debajo de las puertas y las ventanas tapiadas, lamparillas de seguridad convertidas en faros, tan firmes y atractivas como un latido.

Aquí estoy, decían, *Aquí estoy, aquí estoy, ven por mí.*

Y él iría.

Llegaron voces por la puerta abierta de la oficina, el murmullo entrecortado de un forcejeo, un cuerpo arrastrado, resistiéndose, gritando contra una mordaza.

Sloan sonrió y se apartó del ventanal. Rodeó el gran escritorio de roble y, como siempre, sus ojos se vieron atraídos hacia la mancha en el suelo de madera, donde la sangre había dejado una sombra permanente. Los últimos restos de Callum Harker.

Los últimos, claro está, además de él.

Abrió la puerta de par en par, y un segundo después entraron como una tromba dos Malchai, arrastrando entre ellos a la muchacha. Esta tenía todo lo que él quería: cabello rubio, ojos azules y espíritu de lucha.

Katherine, pensó.

Claro que la chica no era Katherine Harker, pero hubo un momento —*siempre* había un momento— hasta que sus sentidos se aclaraban y Sloan advertía la decena de diferencias que había entre la hija de Callum y aquella impostora.

Pero al final, esas diferencias no tenían importancia. El rasgo más importante no estaba en el rostro, la silueta o el aroma. Estaba en el modo en que se resistían.

Y esa chica sí que estaba resistiéndose. Incluso amordazada y maniatada. Tenía el rostro bañado en lágrimas, pero sus ojos ardían. Lanzó una patada a uno de los Malchai pero erró cuando este la obligó a arrodillarse.

Sloan entornó los ojos con disgusto al ver la fuerza con que el Malchai asía el brazo desnudo de la muchacha, las partes donde sus uñas puntiagudas la habían hecho sangrar.

—Les dije que no la lastimaran —les reprochó.

—Lo intenté —respondió el primer Malchai. Sloan no aprendía sus nombres. No veía para qué—. No fue fácil atraparla.

—Hicimos lo que pudimos —acotó el segundo, aferrándola mejor.

—Tienes suerte de que no la hayamos comido nosotros —añadió el primero.

Al oír eso, Sloan ladeó la cabeza.

Y le desgarró la garganta a la criatura.

Había un error de concepto acerca de los Malchai. Aparentemente, la mayoría de los humanos creían que la única manera de matarlos era destruirles el corazón. Sin duda, esa era la manera *más rápida*, pero también se les podían cercenar los músculos del cuello, si uno tenía uñas suficientemente afiladas.

El monstruo intentó en vano aferrar su garganta destrozada, con el pecho bañado en sangre negra, la mandíbula abriéndose y cerrándose. No moriría por la herida, pero quedaría demasiado débil para cazar, y cuando se trataba de sangre, los Malchai no eran una raza generosa.

Sloan observó los movimientos desesperados del Malchai. Inútil. Eran todos unos inútiles.

Siempre esperaba que alguno lo desafiara, que se alzara e intentara derrocarlo, pero nunca nadie lo hacía. Sabían, como él, que no todos los monstruos eran iguales. Sabían que ellos eran inferiores; lo sabían desde el fondo de sus corazones negros. Lo sabían como cualquier depredador sabe quiénes lo superan.

Sloan siempre había sido... único.

Era verdad que todos los Malchai eran el resultado de un asesinato, pero él había sido engendrado por una *masacre*. La primera noche de las guerras territoriales, cuando Callum Harker logró apoderarse de Ciudad Norte, lo hizo eliminando a la competencia. Por la mente de Sloan pasó una imagen, más sueño que recuerdo: una docena de cadáveres en una docena de sillas, con sendos charcos de sangre en el suelo.

¿Qué había dicho Callum?

El camino a la cima está sembrado de cadáveres.

A menudo Sloan se maravillaba al pensar que él habría podido ser un Sunai, que la mano invisible que les daba forma había elegido esta para él. Tal vez porque aquella noche no había ningún inocente en esa habitación.

O quizá, simplemente, el destino tenía sentido del humor.

El Malchai herido empezaba a debilitarse. De su garganta escapó un sonido ronco, seguido por un gorgoteo húmedo cuando la criatura cayó de rodillas. Sangraba en gruesos coágulos que manchaban el suelo, y Sloan lo apartó de una patada, lejos de la marca de Callum.

La muchacha seguía de rodillas, inmovilizada por el segundo monstruo, que observaba, con el rostro esquelético como una máscara de horror, la sangre negra que manaba de la garganta del otro Malchai.

Sloan sacó un paño negro del bolsillo de su camisa.

—Vete —le ordenó, mientras se limpiaba la sangre de los dedos—. Y llévatelo.

El Malchai obedeció, y soltó a la chica para poder arrastrar al otro monstruo hacia la puerta.

Pero apenas su captor la soltó, la muchacha se levantó, lista para huir.

Sloan sonrió, clavó el tacón del zapato en la alfombra y la jaló hacia él. La chica se tambaleó y se esforzó por recuperar el equilibrio, y en ese bello instante antes de que ella cayera o lograra enderezarse, la acometió y la empujó contra el suelo. La muchacha forcejeó debajo de él, tal como Kate había forcejeado en el césped y en la grava. Intentó atacarlo con sus manos atadas, de arañar la piel demasiado dura de él con sus uñas demasiado cortas, y por un momento Sloan la dejó pelear, como si no hubiera perdido ya. Hasta que sus dedos se enredaron en el cabello rubio de ella y la obligaron a echar la cabeza atrás, dejando al descubierto la línea de la garganta. Entonces Sloan presionó la boca contra la curva de su cuello, y se deleitó con el grito de ella.

—Katherine —susurró contra su piel justo antes de morderla, y luego sus dientes filosos se hundieron fácilmente en carne y músculos. La sangre se derramó sobre su lengua, llena de poder, de vida, y el grito se apagó en la garganta de la muchacha. Una parte de ella aún intentaba resistirse, pero cada golpe era más débil que el anterior; sus extremidades se enlentecían a medida que su cuerpo, lentamente, poco a poco, se rendía.

La muchacha se estremeció debajo de él, y Sloan saboreó los segundos perfectos en los que las extremidades se detuvieron pero el corazón seguía resistiendo, y la maravillosa quietud cuando al fin se rendía.

Sloan aflojó la mandíbula y sus dientes emergieron con un sonido mojado. Retiró los dedos del cabello de la chica. Los mechones rubios se le adhirieron como telarañas hasta que sacudió la mano y logró soltarlos. Cayeron sobre el rostro de ella, finos como cicatrices viejas.

—¿Qué vas a hacer —preguntó una voz seca desde la puerta— cuando se te acaben las rubias?

Los dientes de Sloan se juntaron con un clic. Percibió de reojo la silueta de la intrusa, un fantasma de la muchacha que yacía debajo de él, una sombra, familiar pero distorsionada.

Alice.

Dirigió lentamente su mirada hacia ella.

Tenía puesta la ropa que había sido de Katherine, prendas que esta había dejado: jeans negros y una camiseta deshilachada. Tenía el cabello más blanco que rubio, cortado en un ángulo violento a la altura de la mandíbula, y los brazos, desde los codos hasta las uñas puntiagudas, cubiertos de sangre, de rociadas arteriales oscuras. De aquellos dedos ensangrentados pendía un puñado de insignias, todas con tres letras: *FTF*.

—Cada quien tiene sus gustos —replicó Sloan, al tiempo que se ponía de pie.

Alice ladeó la cabeza, con un movimiento lento y deliberado. Sus ojos eran de un rojo ámbar, como los de Sloan, como los de *todos* los Malchai, pero cada vez que él la miraba, esperaba verlos azules, como los de su... Casi pensó *padre*, pero eso no era correcto. Callum Harker era el padre de *Katherine*, no de Alice. No, si Alice había nacido de alguien, había nacido de la propia Katherine, de sus crímenes, tal como Sloan había nacido de los de Callum.

—¿Te fue bien? —le preguntó Sloan—. ¿O hiciste un desastre?

Alice sacó algo del bolsillo y se lo arrojó. Sloan atrapó el objeto en el aire.

—Van cuatro depósitos —respondió—. Quedan tres.

Sloan examinó el cubo blando que tenía en la mano. Una pequeña cantidad de explosivo plástico. Una cantidad *muy* pequeña.

—¿Y lo demás?

Alice lo miró con una sonrisa traviesa.

—En un lugar seguro.

Sloan suspiró y se enderezó. La sangre iba acomodándose en su estómago; la exaltación de la caza había sido demasiado breve. Muerta, la muchacha que yacía a sus pies no se parecía en nada a Katherine, lo cual era tremendamente insatisfactorio. En cuanto al cadáver, haría que alguien se lo arrojara a los Corsai. Estos no eran quisquillosos y no les importaría que no tuviera pulso.

Alice siguió la mirada de él hasta el cadáver, de aspecto vagamente similar a ella. Le brillaron los ojos, no con ira ni con asco, sino con fascinación.

—¿Por qué la odias?

Sloan se pasó la lengua por los dientes con aire pensativo. No era que odiara a Katherine; simplemente le encantaba la idea de matarla. Además, le guardaba rencor por haber acabado con la vida que debería haber sido de él: la de su padre. Nunca conocería el sabor de la sangre de Callum. Pero mientras Katherine estuviera allí afuera, en algún lugar, podía imaginar el sabor de la de ella.

—¿Acaso un depredador odia a su presa? —preguntó, mientras se enjugaba una gota de sangre que le había quedado en la comisura de la boca—. ¿O simplemente tiene hambre?

La atención de Alice no se apartaba de la muchacha.

—Está allí afuera, en alguna parte. —Sus ojos rojos se alzaron por un instante—. Lo siento en mis huesos.

Sloan entendió. Cada día de la existencia que habían compartido, él había percibido fragmentos de la vida de Callum, tenues, invisibles, imposibles de olvidar. Y había sentido la muerte de su creador como unas tijeras afiladas que lo habían liberado.

Alice flexionó los dedos, y las últimas gotas de sangre cayeron al suelo.

—Algún día voy a encontrarla y...

—Límpiate —la interrumpió Sloan, y le arrojó el pañuelo—. Estás ensuciando todo.

Lo que no le dijo fue que a Katherine la cazaría él, y cuando ella regresara —porque regresaría, siempre quería regresar—, su muerte sería de él.

Pero Alice no amagó siquiera tomar el pañuelo, y este cayó como una sábana sobre el rostro de la muchacha muerta. Alice sostuvo la mirada de Sloan, y en su rostro se dibujó lentamente una sonrisa.

—Seguro, *papá*.

Sloan apretó los dientes con asco.

La primera vez que Alice lo había llamado así, le había dado un golpe tan fuerte que el cuerpo de ella había agrietado la pared. Por su parte, Alice se había enderezado, lanzado una risita irritante y había salido, del apartamento y del edificio, hacia la noche.

Cuando regresó, poco después del amanecer, tenía las extremidades empapadas en sangre, pero no traía insignias de la FTF en las manos. Lo había saludado y se había dirigido a su cuarto. Solo al salir del apartamento se dio cuenta Sloan de lo que ella había hecho. Alice había salido a asesinar a todas las chicas rubias de ojos azules que pudo encontrar. Y había dejado los cadáveres en fila en la escalinata de Harker Hall.

En aquel momento, Sloan había pensado en matarla, y desde entonces lo había pensado cien veces, pero algunos impulsos se disfrutaban más con la espera. Quizá cuando se le acabaran las Katherine... *Sí*, pensó Sloan, sonriéndole a su vez.

La reservaría para el final.

|

En el tercer internado al que había asistido, Kate había leído un libro acerca de los asesinos seriales.

Según el primer capítulo, la mayoría de los hechos aislados eran crímenes pasionales, pero quienes mataban repetidas veces lo hacían porque eran adictos a la adrenalina que les provocaba. Kate siempre se había preguntado si no habría alguna otra razón; si, de alguna manera, esas personas además intentaban huir del bajón, de algún aspecto vacío e insatisfactorio de sus vidas.

La hacía preguntarse qué tipo de trabajo habrían tenido esas personas para necesitar pasatiempos tan violentos.

Ahora lo sabía.

—Bienvenida a El grano de café —saludó, con toda la falsa alegría que pudo simular—. ¿Qué puedo prepararle?

La mujer que estaba del otro lado del mostrador no sonrió.

—¿Tienen café?

Kate miró la pared cubierta de molinillos y cafeteras, luego a los clientes que allí estaban, tazas en mano, y por último al cartel que estaba sobre la puerta.

—Sí.

—Bueno —dijo la mujer con impaciencia—. Pero ¿qué clase de café tienen?

—En aquella pared hay un letrero con…

—¿No es su trabajo saber eso?

Kate inhaló para serenarse; se miró las uñas y examinó las tenues manchas negras de la sangre del monstruo al que había matado la noche anterior, y se recordó que esto era solo un trabajo.

Su quinto empleo en seis meses.

—Le diré algo —respondió, con una sonrisa—. Por qué no le sirvo nuestro *blend* más vendido.

No era una pregunta. En el fondo, las personas no querían tomar decisiones. Les agradaba la ilusión de tener el control, sin las consecuencias. Kate había aprendido eso de su padre.

La mujer asintió bruscamente y fue a sumarse al grupo apretado de gente que esperaba su pedido. Kate se preguntó quiénes serían más adictos a la adrenalina, si los asesinos seriales o los adictos al café.

—¡Siguiente! —llamó.

Apareció Teo, con su cabello azul peinado como una llama sobre su cabeza.

—Tienes que ver esto —le dijo, y empujó su tablet sobre el mostrador hacia Kate. Y donde estaba Teo… Kate miró más allá de él, hacia la mesa del rincón, y vio el cabello castaño rizado de Bea y la gorra violeta de Liam.

—Disculpe, *señor* —respondió—. ¿Quiere hacer un *pedido*? Porque estoy *trabajando* —añadió, como si no fuera obvio por el delantal, por su lugar detrás del mostrador y por la fila de clientes que esperaban.

Teo la miró con una sonrisa traviesa.

—*Macchiato* triple con caramelo, semidulce, con leche descremada...

—Ahora me estás provocando...

—... y crema batida sin azúcar. Cárgalo a mi cuenta.

—No *tienes* cuenta.

—¡Pecero...! —Teo lanzó un suspiro exagerado mientras sacaba del bolsillo un billete arrugado—. Te pedí que me abrieras una.

—Y para que no me despidieran *otra vez*, no lo hice. —Mientras tomaba el dinero, Kate echó un vistazo a la tablet. Alcanzó a ver parte de un titular (otro crimen) y se le aceleró el pulso. *Eso* era; esa era la adrenalina que buscaban los asesinos y los adictos al café—. Ve a sentarte.

Teo obedeció, y apenas terminó de atender a toda la fila, le preparó el maldito café y pasó por debajo del mostrador.

—Me tomo un descanso —anunció, al tiempo que se quitaba el delantal y se dirigía al rincón donde se había acomodado el grupo variopinto de Guardianes. Apoyó el *macchiato* en la mesa con un golpe y se sentó en una silla libre—. ¿Qué hacen aquí?

—Qué modales —observó Bea, que le había conseguido el empleo.

—¡Mi *macchiato*! —exclamó Teo alegremente.

Liam estaba concentrado en contar granos de café bañados en chocolate y llevárselos uno por uno a la boca.

—Tranquila —dijo—, nadie se va a dar cuenta de que tienes otro yo.

—Dejen de hablar, por favor.

—De día, mesera antipática —continuó Teo en un susurro histriónico—, de noche, temible cazadora de monstruos.

Por *eso* Kate trabajaba sola. Porque lo único peor que tener un secreto era confiárselo a otras personas. Pero los Guardianes eran como la arena movediza: cuanto más se resistía ella, más se hundía. Aceptaban su actitud distante y hasta parecía resultarles entrañable. Lo cual la irritaba más aún.

Una vez, solo para animar un poco las cosas, los había tratado con una dulzura odiosa, les había puesto apodos y había apoyado un brazo en los hombros de Liam, para retribuirles tanto afecto.

La habían mirado horrorizados, como si fuera otra persona con la cara de Kate.

—Solo tengo diez minutos —anunció—. Muéstrenme qué tienen.

Teo le ofreció su tablet.

—Fíjate.

Debajo del título había una fotografía de un hombre sonriente: EMPRESARIO ASESINADO DETRÁS DE SU LOCAL DE COMIDAS.

Kate examinó el texto someramente.

La policía intenta averiguar la causa... determinar si... intencional o un acto criminal... no hay testigos... atacado por un animal...

—Atacado por un animal, ¿quién va a creer eso? —comentó Bea—. Estamos en medio de Ciudad P.

Kate miró a Teo.

—¿Y el archivo de la morgue?

—Riley dijo que todavía no están los resultados de la autopsia, pero tiene un hueco considerable en el pecho, y en el inventario de órganos falta el corazón. *Eso* no es de conocimiento público, por supuesto.

—No sea que alguien se asuste —comentó Kate con ironía mientras leía más abajo, en busca de más detalles.

Pasó de largo una mención breve de la explosión en la calle Broad, y luego su mano se detuvo sobre la siguiente nota: allí estaba el rostro familiar mirándola, con su cabello rubio y sus ojos azul oscuro.

EL VILLANO DE VERITY

Kate contuvo el aliento; la tomó desprevenida el impacto repentino de ver la mirada firme de su padre. Oyó su voz en la mente.

Katherine Olivia Harker.

—¿Kate? —dijo Bea.

Kate se obligó a volver a la cafetería, a la mesa, a las miradas expectantes de los Guardianes; movió el dedo para volver a subir por la página y la nota desapareció.

—Estuvimos conversando —anunció Teo—, y Bea y yo queremos ayudarte.

—*Están* ayudándome.

—Ya sabes lo que quiso decir —intervino Bea—. Podríamos ir contigo. Como apoyo.

—¡Sí! —exclamó Liam.

—Tú no —repusieron Teo y Bea al unísono.

—*Ninguno* de los tres —declaró Kate.

—Mira. —Bea se inclinó hacia delante—. Cuando todo esto empezó, era una teoría, ¿verdad? Pero gracias a ti sabemos que es real, y que no va a desaparecer, por eso pensamos...

Kate bajó la voz.

—No tienen la menor idea de cómo cazar un monstruo.

—Podrías enseñarnos —sugirió Teo.

Pero lo último que Kate necesitaba era tener que preocuparse por más personas, más sangre en sus manos.

—Envíame la dirección de la escena del crimen —dijo, poniéndose de pie—. Iré a verla esta noche.

||||| ||||| ||

Los integrantes del Consejo de la FTF estaban en el centro de mando, hablando todos a la vez. Sus voces se entremezclaban en los oídos de August.

—Cada persona que aceptamos es otra boca que alimentar, otro cuerpo que vestir, otra vida que proteger. —Marcon apoyó la mano en la mesa—. Mi lealtad es para la gente que ya tenemos. Los que *eligieron* pelear.

—No vamos a obligar a nuestros soldados a cruzar ese Tajo —arguyó Bennett, un miembro más joven de la fuerza—, pero el hecho es que lo que estamos haciendo no es suficiente.

—Es *demasiado* —replicó otro, Shia—. Se nos terminan los recursos...

—Esto no es una guerra, estamos sitiados...

—Y si accedieras a atacar en lugar de defender, tal vez...

August estaba en silencio contra la pared, con la cabeza apoyada en el mapa de la ciudad. Bien podría haber sido él mismo un cuadro; no estaba allí para hablar, ni siquiera para escuchar. Por lo que sabía, solo estaba para ser visto, para servir de advertencia, de recordatorio.

Es el poder de la percepción, observó Leo.

Leo *no*, se corrigió. No era real. Era solo una voz. Un recuerdo. Leo-No dijo *Bah.*

En la cabecera de la mesa, Henry Flynn no decía nada. Se lo veía... cansado. Tenía ojeras permanentes. Siempre había sido delgado, pero últimamente estaba demacrado.

—Anoche intentamos tomar un refrigerador —comentó Marcon. *Refrigerador* era el nombre que daban a los edificios donde los Malchai y los Colmillos tenían prisioneros. Refrigerador: un lugar donde conservar *carne*—. Y perdimos a cinco soldados. *Cinco*. ¿Para qué? Para unos norteños a los que no les importamos un rábano hasta que no les quedó otra opción. Y por gente como Bennett y Paris, que piensan...

—Seré ciega pero los oídos me funcionan bien —acotó la anciana desde el otro lado de la mesa. La primera vez que August la había visto, ella estaba dejando caer ceniza de cigarrillo sobre los huevos que estaba preparando en su casa, dos calles más allá del Tajo, pero se la veía muy cómoda en su silla del consejo— Y todos saben que apoyo a quienes cruzan el Tajo. Es fácil decir lo que hubieran hecho ustedes de haber estado allí, pero no se los puede culpar por querer vivir.

Volvió a empezar la discusión, a mayor volumen. August cerró los ojos. El ruido era... caótico. La situación era caótica. La humanidad era caótica. Durante la mayor parte de su corta vida, había visto a las personas como buenas o malas, limpias o manchadas; bien separadas, como por una línea definida. Pero los últimos seis meses le habían mostrado una multitud de grises.

Primero lo había observado en Kate Harker, pero a ella siempre la había considerado una excepción, no la regla. Ahora, dondequiera que miraba, veía las divisiones creadas por el miedo y la pérdida, la esperanza y el arrepentimiento; veía a personas orgullosas pidiendo ayuda, y a quienes ya se habían sacrificado, decididas a negársela.

La FTF estaba dividida, no solo el Consejo sino los propios soldados. Decenas de miles de soldados, y apenas una fracción estaba dispuesta a cruzar al norte.

—Tenemos que proteger a los nuestros.

—Tenemos que proteger a todos.

—Estamos ganando tiempo a costa de vidas.

—¿Acaso hemos avanzado algo?

—August, ¿qué piensas tú?

August parpadeó y volvió a prestar atención. ¿Qué pensaba? Pensaba que preferiría estar leyendo, peleando, haciendo *cualquier cosa* en lugar de estar allí, escuchando a hombres y mujeres hablar de vidas humanas como si no fueran más que números, probabilidades, viéndolos reducir carne y hueso a marcas en un papel, a cruces en un mapa.

Contuvo el impulso de responder exactamente eso, y buscó otras verdades que pudiera decir.

—Todos los monstruos —dijo lentamente— quieren lo mismo: comer. Los une ese objetivo común, mientras que todos ustedes están divididos por su código moral y su orgullo. ¿Me preguntan qué pienso? Pienso que si no son capaces de unirse, no pueden ganar.

Se hizo silencio en la habitación.

Así habla un líder, dijo Leo.

Henry esbozó una sonrisa fatigada.

—Gracias, August.

Había calidez en su rostro, una calidez que August había pasado años intentando aprender a imitar, e incluso ahora sus rasgos formaron automáticamente esa expresión, hasta que tomó conciencia y se obligó a retomar una expresión neutra. Poco después, Henry dio por finalizada la reunión y todos se retiraron. Libre al fin, August salió.

Del otro lado del pasillo estaba la sala de vigilancia, donde estaba Ilsa de pie ante una gran cantidad de monitores. Las pantallas formaban un halo en torno a su cabello color fresa, y el juego de luces y sombras sobre su piel hacía aparecer y desaparecer las estrellas que tenía en los hombros como si titilaran.

August pasó junto a ella, y luego junto al centro de comunicaciones, comandado por Phillip. Este tenía el brazo izquierdo apoyado en la mesa en una postura que habría resultado natural si August no hubiera visto las heridas que había sufrido, si no hubiera sostenido el cuerpo agitado del soldado en la camilla mientras Henry intentaba suturar la piel y los músculos desgarrados hasta el hueso por las garras del Corsai.

Phillip había aprendido a disparar con la otra mano y era uno de los poquísimos integrantes de la FTF que estaban dispuestos a pelear del otro lado del Tajo, pero Harris se negaba a aceptarlo nuevamente en su escuadrón hasta que su antiguo compañero pudiera vencerlo en una pelea. Hoy tenía un hematoma en el hueco de la mejilla, pero estaba acercándose.

August casi había llegado al elevador cuando oyó los pasos largos de Henry acercarse.

—August —le dijo al alcanzarlo—. Ven a caminar conmigo.

Se abrieron las puertas del ascensor y ambos subieron. Cuando Henry pulsó el botón del segundo piso, August se tensó. Era fácil olvidar que el Edificio Flynn alguna vez había sido una torre común y corriente. En el segundo piso estaban el gimnasio y los salones de baile, todos los cuales habían sido convertidos en espacios de entrenamiento para los nuevos reclutas.

Se abrieron las puertas y salieron a un recinto amplio.

Los flamantes miembros de la FTF pasaban corriendo en filas de a dos, y August se obligó a enderezarse ante su mirada.

Cruzando una puerta que había a la derecha, había un grupo de niños apiñados en el suelo mientras un capitán de la FTF les hablaba con voz calma y pareja. Allí, en medio del grupo, estaba la niñita de la sala de conciertos, con la cara lavada y los ojos muy abiertos, tristes y con expresión perdida.

—Por aquí —dijo Henry, mientras sostenía abierta la puerta del salón de baile.

El inmenso salón había sido dividido en áreas de entrenamiento, cada una atiborrada de reclutas. A algunos estaban enseñándoles defensa personal, mientras que otros estaban de rodillas, aprendiendo a ensamblar armas, y la esposa de Henry, Emily, dirigía a un grupo de conscriptos de más antigüedad en una secuencia de combate cuerpo a cuerpo. Em tenía la misma estatura que su esposo, pero mientras que él era rubio y delgado, ella era morena y tenía contextura de guerrera. Su voz resonaba con toda claridad al llamarlos a formarse.

August siguió a Henry hacia la pista que rodeaba el espacio de entrenamiento. Aunque se mantuvieron en la periferia, se sentía en exhibición.

En todo el recinto, las cabezas se daban vuelta, y August quería creer que estaban mirando a Henry Flynn, el legendario comandante de la FTF, pero aunque los ojos se enfocaban primero en Henry, enseguida pasaban a August y allí se quedaban.

—¿Por qué estamos haciendo esto? —preguntó August.

Henry sonrió. Era una de esas sonrisas que August no alcanzaba a descifrar: no era de felicidad, precisamente, ni de tristeza. Ni cauta ni abierta por completo. Una de esas sonrisas que no significaban una sola cosa, y por lo general significaban un poco de todo. Por más horas que pasara practicando, August nunca podría transmitir tanto con tan solo la curva de sus labios.

—Supongo que con «esto» te refieres a dar una vuelta por la pista, y no a la batalla por Ciudad Norte. —Henry caminaba con las manos en los bolsillos y la mirada en los zapatos—. Yo solía correr —dijo, casi como pensando en voz alta. August no lo dudaba; Henry tenía la contextura alta y delgada que hacía que el movimiento resultara natural—. Salía al amanecer, para quemar toda esa energía inquieta. Siempre me hacía sentir mejor...

Se le cortó el aliento; se interrumpió y tosió contra el dorso de la mano.

Tosió una sola vez, pero el sonido fue como un disparo en la mente de August. Durante cuatro años, había vivido con la estática de los disparos lejanos, eco de su catalizador, un staccato que llenaba todos los silencios. Pero este sonido fue peor. August aminoró el paso y contuvo el aliento, esperando para ver si se repetía, contando, como se cuentan los segundos entre el relámpago y el trueno.

Henry también aminoró la marcha y tosió por segunda vez, pero más profundo, como si algo se hubiera aflojado en su interior, y cuando llegaron a un banco, se sentó con las manos entre las rodillas. Los dos se quedaron sentados en silencio, fingiendo que era lo más natural y no una excusa para que Henry recobrara el aliento.

—Estúpida tos —murmuró Henry, como si no fuera nada, una simple molestia, remanente de algún resfriado prolongado. Pero los dos sabían que no era así, aunque Henry no se resignaba a decirlo ni August se armaba de valor para preguntárselo.

Negación, así se llamaba.

La idea de que, si no se hablaba de algo, no existía, porque las palabras tenían poder, las palabras daban peso, forma y fuerza, y al contenerlas se podía evitar que algo fuera real, se podía...

Observó a Henry, que miraba el salón de entrenamiento.

—FTF —murmuró, cuando se le pasó el ataque de tos—. Siempre odié ese nombre.

—¿De veras?

—Los nombres tienen poder —respondió Henry—. Pero un movimiento no se debería construir en torno a una sola persona. ¿Qué pasa cuando esa persona desaparece? ¿El movimiento deja de existir? Un legado no debería ser una limitación.

August percibió que la mente de Henry se inclinaba hacia él, como una flor se inclina hacia el sol, como la masa se inclina hacia un planeta. August no se sentía un sol ni un planeta, pero lo cierto era que ejercía más fuerza sobre las cosas que lo rodeaba que ellas sobre él. En su presencia, la gente *se inclinaba*.

—¿Por qué me trajiste aquí contigo, Henry?

El hombre suspiró y señaló a los nuevos reclutas.

—La vista es importante, August. Sin ella, nuestra mente inventa, y las cosas que inventa son casi siempre peores que la verdad. Es importante que nos vean. Que te vean a ti. Es importante que sepan que estás de su lado.

August frunció el ceño.

—Lo primero que me ven hacer es *matar*.

Henry asintió.

—Por eso es tan importante lo que hagas en segundo lugar. Y en tercero, y en cuarto. No eres humano, August, y nunca lo serás. Pero tampoco eres un monstruo. ¿Por qué crees que te elegí a ti para encabezar la FTF?

—¿Porque maté a Leo? —aventuró August con tono sombrío.

El rostro de Henry se ensombreció por un momento.

—Porque te *afecta*. —Dio unos golpecitos en el pecho de August, justo encima del corazón—. Porque te importa.

August no pudo responder a eso. Sintió alivio cuando al fin Henry lo dejó alejarse de la pista, de los ojos curiosos, de las miradas de temor. Regresó al pasillo y se dirigió al elevador.

—¡Oye, Freddie!

August se dio vuelta y vio a Colin Stevenson con el uniforme de la FTF. Acudió a su mente un fragmento de recuerdo: un uniforme que no le iba bien, una mesa en una cafetería, un brazo sobre sus hombros. La ilusión breve de una vida normal.

—Ese no es mi verdadero nombre —respondió.

Colin lo miró boquiabierto.

—¿En serio? —Se aferró el pecho—. Me siento traicionado.

August tardó un momento en captar el sarcasmo.

—¿Cómo va el entrenamiento?

Colin se señaló.

—Como puedes ver, me está desarrollando un físico fenomenal.

August sonrió. En los últimos seis meses, él había adquirido una nueva forma, pero Colin no había crecido ni un centímetro.

Habían encontrado a la familia del muchacho en una misión de rescate en la zona amarilla, durante aquellas primeras semanas. Los habían acorralado un par de Malchai que se conformaban con ganarles por cansancio o por hambre. August mismo había integrado el equipo de extracción, lo cual fue una enorme sorpresa para Colin, que solo lo había conocido como Frederick Gallagher, un alumno callado que había llegado de otra escuela, pero en las palabras de Colin: «Supongo que con esto del rescate hacemos borrón y cuenta nueva».

Lo extraño era que, ahora que Colin lo sabía, no lo trataba de manera diferente. No se acobardaba ni se sobresaltaba cada vez que entraba August, no lo miraba como si fuera nadie —ni nada— más que lo que había sido.

Pero Colin no lo había visto combatir con un Malchai ni segar el alma de un pecador, no lo había visto hacer nada monstruoso.

Aunque, por otra parte, conociendo a Colin, probablemente le parecería genial, o cool. Los humanos eran extraños e imprevisibles.

—Señor Stevenson —lo llamó uno de los líderes de escuadrón—. Vuelva a su circuito de entrenamiento.

Colin rezongó con exageración.

—Nos hacen hacer abdominales, Freddie. Odio los abdominales. Los odiaba en Colton, y los odio aquí. —Empezó a caminar hacia atrás—. Oye, algunos nos reuniremos en el vestíbulo para jugar a las cartas. ¿Vienes?

¿*Vienes*? Una palabrita que aflojó algo en August, que casi lo hizo olvidar...

Pero entonces sonó su intercomunicador, y recordó quién era.

Lo que era.

Alfa.

—No puedo —respondió—. Trabajo con el Escuadrón Nocturno.

—No hay problema, todo bien.

—Señor Stevenson —insistió el capitán—. Voy a sumarle abdominales por cada segundo que se demore.

Colin empezó a alejarse al trote.

—Apenas me den la aprobación, voy a enlistarme. Quizá terminemos en el mismo equipo.

August se desanimó. Intentó imaginar a Colin —bueno, bajito, alegre— cazando monstruos con él en la oscuridad, pero lo único que pudo ver en su mente fue al muchacho tendido en la calle, con sus cálidos ojos abiertos y la garganta degollada.

August nunca había pertenecido al mundo de Colin, y este no pertenecía al suyo, y haría lo que fuera necesario para que las cosas siguieran así.

$$\cancel{||||} \\ \cancel{||||} \\ |||$$

Corsai.

El bolígrafo de Kate se deslizó con aspereza sobre el papel.

Malchai.

Letra por letra, cuadro por cuadro.

Sunai.

No hacía caso a las pistas del crucigrama —seis vertical: «pimienta aromática», cuatro horizontal: «la mayor superciudad»—; solo mataba el tiempo. De vez en cuando, apartaba la vista del papel y miraba por la vidriera de la librería hacia la escena del crimen, del otro lado de la calle, en el callejón cerrado con una cinta amarilla.

Más temprano había habido un policía allí, y algunos fotógrafos que intentaban conseguir una toma, pero ahora que el crepúsculo había dejado paso a la oscuridad, la escena había quedado vacía. No había mucho que ver: ya habían retirado el cadáver y la tienda estaba cerrada.

Kate abandonó el crucigrama, salió a la noche y se acomodó el auricular inalámbrico en el oído. Dio un golpecito a su teléfono y el silencio se quebró con voces que se superponían.

—*No es lo que yo digo...*

—¿...*te parece raro?*

—*Mercurio retrógrado o algo...*

Kate carraspeó.

—Hola, chicos —dijo—. Aquí estoy, reportándome.

La saludó un coro de «hola», «qué tal» y «qué bien suena cuando lo dice».

—¿Alguna novedad? —preguntó, mientras empezaba a caminar por la calle.

—*No hay pistas nuevas* —respondió Teo, con un tecleo constante como fondo.

Kate cruzó la calle y se dirigió hacia la cinta amarilla que encerraba la escena del crimen.

—Empezamos de cero, entonces —dijo, y se agachó para pasar por debajo. Rodeó las marcas, intentando recrear la escena en su mente. ¿De dónde había llegado el monstruo? ¿A dónde iría luego?

—¿*Crees que vaya a volver?* —preguntó Liam.

Kate se agachó y sus dedos sobrevolaron la sombra de una mancha de sangre.

—Estos monstruos no son tan listos. Este encontró comida. No hay razón para que no vuelva a buscar otra.

Sacó una linterna UV del bolsillo trasero. Al encenderla, la mancha de sangre se volvió de un azul vívido contra el pavimento. Y también un rastro. Alejándose como migajas de pan, había grupos de gotas secas donde la sangre había chorreado de las manos con espolones del monstruo. Kate se incorporó y siguió el rastro por el callejón.

—Ven aquí, dondequiera que estés —susurró—. Aquí tienes un corazón humano bien jugoso.

—*No es gracioso, Kate* —la reprendió Riley.

Pero los puntitos azules ya habían desaparecido; el rastro se había interrumpido. Kate suspiró y guardó la linterna. Le había llevado dos semanas encontrar a los dos monstruos anteriores, que habían dejado tres cadáveres. Pero la noche apenas empezaba, y ella tenía que comenzar por alguna parte.

—Es hora de ampliar la red —dijo.

—*Enseguida* —respondió Bea. Un tecleo furioso invadió el auricular de Kate, y los Guardianes hicieron lo que sabían hacer mejor: hackear las cámaras de seguridad instaladas en las calles de la ciudad.

—*Empecemos con un radio de cuatrocientos metros.*

—*Tengo ojos desde la Primera a la Tercera, hasta Clement.*

—*De la Cuarta a la Novena, hasta Bradley.*

—Hola, preciosa.

La voz le llegó desde atrás, un poco arrastrada. Kate puso cara de fastidio y, al darse vuelta, encontró a un hombre de ojos vidriosos que la miraba con lascivia. Porque, por supuesto, los monstruos no eran lo único por lo que debía preocuparse.

—¿Disculpe?

—*Dale una buena patada en el trasero* —sugirió Bea.

—*Kate* —le advirtió Riley.

—No deberías estar por aquí sola. —El hombre se tambaleó un poco—. Es peligroso.

Kate arqueó una ceja y sus dedos se acercaron a la pistola eléctrica que tenía sujeta al cinturón.

—Ah, ¿sí?

El hombre dio otro paso hacia ella.

—Piensa en todas las cosas malas que podrían pasarte.

—¿Y usted piensa protegerme?

El desconocido lanzó una risita leve y se pasó la lengua por los labios.

—No.

Se abalanzó para aferrarla por el brazo, pero Kate dio un paso atrás rápidamente y el hombre perdió el equilibrio. Lo tomó por la garganta y lo empujó contra la pared. Él se deslizó por los ladrillos hasta el suelo con un gemido, pero no hubo tiempo para celebrar.

Porque justo en ese momento, alguien *gritó*.

El sonido fue como un golpe en el estómago para Kate. Giró, y empezaba a correr hacia allí cuando oyó una segunda voz que gritaba, y una tercera.

Corrió a toda velocidad por la cuadra y resbaló un poco al doblar la esquina, esperando encontrar a un Comecorazones en medio de un grupo de personas. Pero en la calle no había nadie, y los gritos provenían del interior de un restaurante. Kate se detuvo en seco al ver una línea de sangre en la ventana del frente. La puerta estaba abierta y había alguien caminando en cuatro patas, y otras personas caídas sobre las mesas. En el fondo del salón vio a un hombre que tenía en las manos algo que parecía ser dos cuchillos de cocina. Los cuchillos estaban empapados en sangre, y el hombre tenía un brillo extraño en los ojos, y *sonreía*. No era una sonrisa demente, sino tranquila, casi *serena*, con lo cual la escena resultaba mucho peor.

Kate se tocó el oído.

—Llamen a la policía.

—*¿Qué?* —preguntó Teo—. *¿Qué pas...?*

Kate respondió con voz temblorosa.

—Calle South Marks 116.

Un cuerpo cayó retrocediendo hacia la ventana y dejó una franja roja en el suelo. El hombre de los cuchillos entró a la cocina y desapareció.

—*Kate, ¿estás…?*

—Ahora.

El aire olía a sangre y pánico cuando Kate se obligó a caminar hacia el restaurante, hacia la masacre, hacia el caos.

Y allí, en medio de todo, tan quieto que casi no lo vio, había un monstruo.

No era un Comecorazones, sino otra cosa, algo que tenía una forma más o menos humana, al menos en su silueta, pero estaba hecho enteramente de sombra. Estaba allí de pie, observando desarrollarse la escena con una serenidad igual a la del asesino, y mientras observaba, parecía volverse más sólido, más real, y se le iban marcando los detalles en la tela en blanco de su piel.

—¡Oye! —gritó Kate.

El monstruo se crispó al oír su voz y se volvió hacia ella, y Kate alcanzó a ver el borde de un ojo plateado. Justo en ese momento, se oyeron sirenas que se acercaban por la calle. Kate se dio vuelta y vio las luces rojas y azules de las patrullas policiales doblando la esquina. Pasaron a su lado como una exhalación hacia el restaurante, donde ahora, en vez de gritos, reinaba un horrible silencio.

El monstruo ya no estaba.

Kate se dio vuelta y escudriñó la calle. Había apartado la mirada apenas un instante; no podía haberse alejado demasiado, pero no estaba en ninguna parte, en ninguna…

Allí.

La sombra reapareció en la entrada de un callejón.

—*¿Qué está pasando?* —preguntó Liam cuando Kate echó a correr.

La sombra se desvaneció y volvió a aparecer más lejos en el callejón, mientras Kate se lanzaba por un espacio entre edificios.

Las sirenas aullaban, y en su mente Kate aún veía las manchas de sangre, los cuchillos del hombre, pero también su serena decisión, y la expresión de la criatura, como un espejo, un eco.

La mente de Kate se aceleró. ¿Qué había hecho ese monstruo? ¿De qué se alimentaba? ¿Por qué estaba allí parado, solo *observando...?*

—*Kate, ¿estás ahí?*

Mientras corría, sacó una estaca de hierro. A su alrededor, el callejón estaba vacío, vacío... hasta que ya no lo estaba.

Se detuvo sobre el concreto húmedo, agitada por la persecución y por la súbita aparición de la sombra en su camino. Esta vez, el monstruo no huyó. Y Kate, tampoco. No porque no quisiera —en ese momento, quiso hacerlo—, sino porque no podía apartar la mirada.

Había visto al monstruo como una sombra, pero era más... y menos. Era... algo que estaba mal. Se *veía* mal, se *sentía* mal, como un agujero en el mundo, como el espacio profundo. Vacío y frío. Hueco y hambriento.

Absorbía todo el calor del aire, toda la luz, todo el sonido, y los dos quedaron sumidos en el silencio. De pronto Kate se sintió pesada, lenta; le pesaban las extremidades mientras la oscuridad, el monstruo, la nada, cruzaba la distancia que los separaba.

—*¿Kate?* —rogó una voz en su oído, y Kate intentó hablar, liberarse, ordenar a sus extremidades que se movieran, que *corrieran*, pero la mirada del monstruo era como la gravedad, no la dejaba moverse, y de pronto sus manos heladas estaban sobre la piel de ella.

La voz de Riley en el oído:

—¿Kate?

En alguna parte, a lo lejos, sintió que sus dedos soltaban la estaca, oyó el sonido distante del metal al caer sobre el asfalto, y la criatura levantó el mentón.

De cerca, no tenía boca.

Solo un par de ojos plateados como discos en su rostro vacío.

Como espejos, pensó Kate, al verse reflejada en ellos.

Y entonces cayó en su interior.

‖‖‖‖ ‖‖‖‖ ‖‖‖‖

Al principio
piensa
que ella es
otro juguete
al que puede dar cuerda
y soltar
otro fósforo
que encender
pero ella
　　ya está encendida
tan llena
de dolor y de ira
de culpa y de miedo
¿Quién merece pagar?
pregunta el monstruo a su corazón
y su corazón responde
todos,
　　todos
y el monstruo sabe
que ella es

como él
una cosa
   de potencial
    ilimitado…
que ella va a arder
como un sol
entre las estrellas
que ella lo hará sólido
lo hará real
lo hará…
(¿Kate?)
(¡Kate!)
y entonces
de alguna manera
logra apartarse
y él la deja ir
    pero no
ella se suelta
y no…

—¿KATE?

La voz de Riley le gritó al oído y Kate se liberó... y sintió como si se arrancara, como la ropa que se engancha en un clavo, como la piel contra el alambre de púas, como si dejara trozos de sí atrás, como si algo se desgarrara en lo profundo de su ser.

Estaba de rodillas (¿en qué momento había caído?), sus manos se raspaban contra el pavimento y en la cabeza sentía un torbellino de dolor, y veía todo borroso como si hubiera recibido un golpe. Pero no recordaba... no podía recordar...

Las voces gritaban en su cabeza, y Kate se arrancó el auricular y lo arrojó a la oscuridad. El callejón se enfocaba y volvía a enfocarse; había una segunda imagen que se superponía y empañaba su visión.

Cerró los ojos con fuerza y contó hasta cinco.

Y entonces parpadeó, y vio las luces rojas y azules que danzaban contra la pared del callejón. Recordó el restaurante, los gritos, el hombre... Luego el monstruo, aquel vacío con ojos de espejo y una voz que no era voz en su cabeza.

¿Quién merece pagar?

Recordó, como a lo lejos, una oleada de ira, un deseo profundo de golpear algo o a alguien. Pero era como un sueño que iba desvaneciéndose con rapidez. El monstruo había desaparecido. Kate se puso de pie y el mundo se sacudió con violencia. Se sostuvo de la pared. De a un paso por vez, regresó hacia las luces y se detuvo en la entrada del callejón. Una ambulancia se alejaba a toda velocidad.

Se había congregado una multitud con una curiosidad morbosa, pero el ataque ya había terminado. La escena había pasado de activa a pasiva. Había una hilera de cuerpos embolsados en la acera; la policía entraba y salía, con las sirenas apagadas, y la escena ya estaba más y más quieta, como un cadáver.

Un miedo frío recorrió a Kate. No entendía lo que había ocurrido, lo que había *visto*, pero cuanto más miraba, menos podía recordar, y cuanto más pensaba, más le dolía la cabeza. Algo goteó desde su mentón, y al percibir un sabor a cobre en la garganta se dio cuenta de que le sangraba la nariz.

Se apartó de la pared y casi volvió a caerse, pero se obligó a seguir en movimiento y no se detuvo hasta llegar a casa.

Cuando por fin entró al apartamento, casi no vio a la persona que estaba en el sofá.

Riley se levantó al instante y se le acercó como para sostenerla.

—Cielos, Kate, ¿qué *pasó*?

Al menos, eso le pareció que le decía. El zumbido que sentía en los oídos, un ruido blanco como estar bajo agua, ahogó las palabras; sentía un dolor punzante en la cabeza, y como si tuviera una luz estroboscópica detrás de los ojos.

—¿Kate?

Se le nubló la vista, se enfocó, volvió a nublarse, y Kate sintió la bilis que le subía por la garganta. Fue directamente al baño y sintió, más que oír, que Riley la seguía de cerca, pero no miró atrás.

¿Por qué estaba él allí?

¿Por qué siempre estaba estorbándola?

Se encendió la ira en ella, repentina e irracional. Ira por la expresión de Riley, la preocupación en sus ojos, por el hecho de que se esforzara tanto por ser alguien que ella no quería, no necesitaba.

Riley la tomó del brazo.

—*Háblame*.

Kate dio media vuelta y lo empujó con fuerza hacia una mesita que había en el vestíbulo.

Riley soltó un gañido cuando él y la mesa cayeron al suelo, y por un instante, al verlo en el suelo, tan abierto, tan patético, Kate deseó *lastimarlo*, lo deseó con una claridad tan simple que supo que *no era real*.

¿Qué estaba pasándole?

Se dio vuelta y entró al baño; cerró la puerta y vomitó hasta que su estómago quedó vacío, y su garganta, irritada. Luego apoyó la frente contra la cerámica fría mientras el fuerte palpitar que resonaba en su cabeza amortiguaba el sonido de los golpes en la puerta.

Algo estaba mal; tenía que levantarse, tenía que abrir la puerta, tenía que dejar entrar a Riley. Pero entonces cerró los ojos, y se sintió tan bien con la oscuridad...

En alguna parte, muy lejos, su cuerpo dio contra el suelo, pero siguió cayendo, cayendo, cayendo en la negrura.

|||| |||| ||||

El monstruo se mueve
en la fría
nada
una sombra
de sí mismo
plegada
entre
lo que es
y lo que podría ser
un fragmento
de calor
dentro de
su propia...
en la cabeza de ella
vio una ciudad
dividida en dos
cien rostros
sin rostro
definidos solo
por el rojo

de sus ojos
el destello
de sus dientes
un sitio
de sangre
y muerte
vicio
y violencia
y
    tantas
       posibilidades
vio
y supo
sabe
que ese es
el camino
juntos
la chica
y la ciudad
la ciudad
y la chica
y el calor
será
suficiente
    para arder
suficiente para
llegar a ser
real.

‖‖‖

‖‖‖

‖‖‖

|

Cuando llegó la llamada, estaban del lado incorrecto del Tajo.

No había un lado correcto y uno incorrecto, según Henry; ya no había norte ni sur. Pero el hecho era que *un* lado de la ciudad estaba gobernado por monstruos. *Un* lado era un campo minado, un lugar de sombras y dientes. En el lado sur del Tajo, existía el riesgo de toparse con problemas.

En el norte, era una certeza, especialmente después del anochecer.

El escuadrón de August había cruzado el Tajo para brindar apoyo a otro equipo que había ido a tomar un depósito. No habían tenido problemas, y casi terminaban de cargar los camiones con provisiones cuando sonó el intercomunicador de August.

—*Escuadrón Nocturno Uno, tenemos un problema. Perdimos la comunicación con el Escuadrón Seis en medio de su misión.*

Un mal presentimiento le rozó las costillas. Cuando se perdía la comunicación con todo un escuadrón, no era buena señal.

—¿Cuántos soldados?

—*Cuatro.*

—¿Ubicación?

—*El Edificio Falstead, en la calle Mathis.*

Miró a Rez por encima del capó del camión.

—¿Código X?

El «código X» se refería a los mapas de la FTF en la sala de control del Edificio Flynn, los que estaban cubiertos de crucecitas de colores. Las negras señalaban los lugares que estaban en poder del enemigo. Las azules, las que tenía la FTF. Las grises eran para lugares vacíos o abandonados.

—*Gris* —fue la respuesta—, *pero hace más de un mes que no se revisa ese lugar. La patrulla del Tajo divisó una señal de luces desde el tercer piso. El Escuadrón Seis fue a investigar.*

August ya estaba poniéndose en marcha.

Habría ido solo, pero no había misiones individuales —esa era la regla en la FTF, incluso para los Sunai—, de modo que Rez lo acompañó.

No fue necesario decir nada. Ese era el orden de las tropas: Harris, Jackson y Ani se quedarían con el otro escuadrón y lo ayudarían a regresar al Edificio Flynn con las provisiones.

Rez era la segunda al mando desde que se había formado el escuadrón.

Caminaron con paso ágil, August con el violín en la mano y el arco preparado, Rez con su arma en brazos. El Edificio Falstead estaba a dos calles hacia el norte y tres hacia el este, y se mantuvieron al amparo de la iluminación callejera; podían ser vistos, pero les daba cierta protección contra la noche.

Cuando doblaron la última esquina, August aminoró la marcha y finalmente se detuvo. No había rastros del Falstead, ni de nada; la ciudad *terminaba*, y en su lugar había un muro de negrura.

Rez soltó una palabrota y aferró el arma con más fuerza.

Estaban en el límite de una zona de apagón. Alguien (o algo) había apagado toda una sección de la red eléctrica y varias calles habían quedado en total oscuridad. Entre los integrantes de la FTF, había otra palabra para denominar estas zonas de apagón: *cementerios*.

—Espera aquí —dijo August.

Fue una orden vacía que Rez siempre desobedecía, pero tenía que impartirla.

Rez lanzó una risotada y se cargó el arma al hombro.

—¿Y dejarte toda la diversión a ti solo?

Ambos sacaron bastones luminosos de los bolsillos. A diferencia de las linternas HUV, que emitían un solo haz de luz, los bastones emitían luz en todas las direcciones. El resultado era un resplandor difuso, mejor que las sombras pero no tan seguro como la luz enfocada. Los técnicos no habían hallado el modo de hacerlos más brillantes.

Juntos, cruzaron la línea hacia la oscuridad. Esta se abrió a su alrededor como niebla, retrocediendo un metro o dos en cada dirección por la luz de los bastones, pero más allá parpadeaban los ojos húmedos de los Corsai, y sus voces siseaban como vapor.

golpeaquiebraarruinacarnehueso

August oía los latidos acelerados del corazón de Rez, pero ella caminaba con pasos firmes y su respiración era pareja. La primera vez que habían salido juntos, él le había preguntado si tenía miedo.

«Ya no», le había respondido Rez, y le había mostrado una cicatriz que tenía en el pecho.

«¿Monstruos?», había preguntado August. Ella había meneado la cabeza y respondido que su propio corazón había intentado matarla, mucho antes que los monstruos, y entonces había decidido no tener miedo.

«No sirve de mucho», había dicho, «temerle a una clase de muerte y no a otra».

A la luz de los bastones, vieron vidrios rotos en la escalinata del Falstead. Las puertas estaban torcidas y el lugar tenía esa sensación espeluznante de los edificios recién abandonados.

Alguien ya había colocado un bastón luminoso en el centro del vestíbulo. El halo de luz no alcanzaba los rincones, pero sí señalaba un camino. Había otro al pie de la escalera.

Migajas de pan, pensó August, distraído. Una reliquia de otro de los cuentos de Ilsa.

Cuando empezaron a subir la escalera, un mal presentimiento empezó a extenderse como el frío por el pecho de August.

¿Otra vez presentimientos, hermanito?

Hizo a un lado la voz de Leo mientras subían.

Alrededor, el Falstead empezó a cambiar.

El vestíbulo de la planta baja aún conservaba su aire de lujo, pero en el primer piso empezaba a verse la podredumbre. Cuando llegaron al segundo, el empapelado de las paredes estaba descascarado y las tablas del suelo se deshacían. Las paredes estaban cubiertas de orificios de balas y de yeso cascado, y había partes enteras hundidas, como si alguien las hubiera atacado con una maza. Por las puertas abiertas se veían muebles derribados, vidrios rotos, manchas oscuras en todas las superficies, humo rancio y sangre vieja, toda humana.

—¿Qué diablos es este lugar? —murmuró Rez.

August no tenía la respuesta.

Encontraron el primer cadáver en la escalera. En el regazo tenía un bastón luminoso, que formaba un halo espectral en torno al cuerpo y alumbraba la sangre derramada en los escalones. Le faltaba la chaqueta de combate, tenía la cabeza inclinada en un ángulo imposible, y le habían arrancado la insignia de la FTF de la manga.

—Mierda —murmuró Rez, no con pánico en la voz, sino con ira—. Mierda, mierda...

Más allá del ritmo constante de las palabrotas, August distinguió el sonido lejano de algo que goteaba y un leve crujido de tablas arriba, en alguna parte.

Se llevó un dedo a los labios y Rez calló, agachada junto al cadáver. No ocurrió nada, y al cabo de varios largos segundos, empezaron a moverse otra vez.

Adelante, algo se enroscaba y retorcía en medio del pasillo.

August vio un destello de espolones plateados, una mandíbula como una navaja, pero Rez iba un paso adelante y arrojó por el suelo una granada lumínica. August cerró los ojos con fuerza cuando se detonó, en un estallido mudo de luz ultravioleta. Los Corsai se dispersaron con un siseo y huyeron a lugares más oscuros. La mayoría de las criaturas escaparon, pero una se convirtió en humo y sus dientes y garras cayeron al suelo como trocitos de hielo.

En el pasillo había dos cadáveres más, dos cuerpos retorcidos.

Pero, a juzgar por el aspecto, no los habían matado los Corsai. Los cuerpos estaban casi intactos, y les habían quitado las insignias como trofeos.

¿Qué había dicho la voz por el intercomunicador?

La patrulla del Tajo divisó una señal de luces desde el tercer piso... fue a investigar.

¿Dónde estaba el cuarto soldado?

En el otro extremo del pasillo había una puerta por donde se veía una luz que se movía, no el resplandor constante de un bastón luminoso sino el brillo variable de una vela. August guardó su bastón y aferró con una mano el diapasón de su violín, y con la otra, el arco de acero. Dejó a Rez con los cadáveres y se acercó a la habitación, atraído por la luz y por el sonido leve de un peso en las tablas del suelo, y por algo que goteaba sobre la madera.

Había una vela encendida en medio de la habitación —era más bien una jaula; faltaban listones en el cielorraso y en el suelo— y contra la pared del fondo, bajo una ventana agrietada, estaba sentado el último integrante del Sexto Escuadrón, amarrado y amordazado. La cabeza del soldado colgaba floja. Le faltaba la chaqueta, y tenía el frente de la camisa empapado en sangre.

Peso muerto, le advirtió Leo, y fuera real o no, tenía razón. August oyó que el corazón del hombre estaba peleando, y perdiendo la pelea, pero de todos modos llamó a Rez y siguió avanzando con cuidado.

No se detuvo hasta que estuvo lo bastante cerca para ver la palabra que estaba escrita en los tablones del suelo, con la sangre del soldado.

BUUU

La mirada de August volvió de inmediato a la habitación como una jaula, y luego a la ventana. Por allí vio la oscuridad interrumpida por un par de ojos rojos que lo observaban, y la comisura aguda de una sonrisa.

Alice.

Ahora Rez estaba a su lado, buscando el pulso del soldado. August la aferró de la muñeca.

—Atrás —le dijo, empujándola hacia la puerta, pero era demasiado tarde.

El techo crujió, y August alzó la vista justo a tiempo para ver un destello de metal, un movimiento de extremidades, y entonces cayó el primer monstruo.

ЖЖ ЖЖ ЖЖ ‖

Llegaban de todas partes.

No eran monstruos, se dio cuenta, sino humanos, *Colmillos* con sangre en las mejillas, collares de acero y las sonrisas maníacas de los drogados y los locos. Algunos tenían cuchillos; otros, pistolas, y uno cayó justo detrás de Rez.

Ella giró y lo golpeó en el rostro, mientras August levantaba su violín. El arco se apoyó en las cuerdas, pero antes de que pudiera tocar una nota, se oyó un disparo que rozó el acero y le arrancó el instrumento de la mano. El violín salió despedido por el suelo.

Rez intentó acercárselo de una patada al tiempo que hacía una llave de cabeza a un hombre que la doblaba en tamaño, pero se había trabado entre dos tablas rotas, y antes de que August pudiera llegar hasta ella o hasta el violín, un hombre corpulento lo empujó contra el soldado, la pared, la ventana. El soldado se desplomó, sin vida, y el vidrio cedió. August estuvo a punto de caer por la ventana, pero se sostuvo del borde irregular. El vidrio se le clavó en las palmas de las manos, pero no le sangraron, y August volvió a lanzarse hacia adentro, y justo en ese momento un hacha se le clavó en el pecho.

La hoja cortó la malla y la tela y lo golpeó en las costillas. No atravesó la piel, pero lo dejó sin aire, y August se dobló en dos, sin poder respirar. Los Colmillos lo rodearon, y él intentó atacarlos con el arco afilado de su violín, pero una cadena de hierro le rodeó la garganta.

El metal puro le revolvió el estómago. Se le aflojaron las piernas y la cadena lo obligó a caer de rodillas, y durante un horrible segundo se sintió otra vez en el depósito del Páramo, ardiendo desde adentro, y Sloan riendo en el límite del área iluminada, y...

El lado romo del hacha le dio en la nuca; August cayó al suelo con fuerza y las tablas crujieron bajo su peso. Empezó a ver doble al apretarse más la cadena, y entonces cayeron sobre él, con patadas y golpes. Los golpes eran superficiales, y el dolor, breve, pero lo desorientaban.

—... Sunai...

—... como dijo ella...

—... amarrarlo...

August cerró los puños y se dio cuenta de que todavía tenía el arco en la mano, y que este estaba inmovilizado bajo la bota de alguien.

Por entre la maraña de extremidades, vio que Rez lograba zafarse. Rez alcanzó a dar un paso hacia August, y él intentó decirle que corriera, que huyera, pero no le hizo caso. Nunca le hacía caso.

Rez se arrojó contra los cuerpos enredados y apartó a uno del grupo. En el instante de distracción, los demás Colmillos vacilaron, dudando entre los dos enemigos. Se levantó la bota que inmovilizaba el arco y August pudo hacerle un corte en la pierna al hombre. Este cayó gritando y aferrándose la pantorrilla, mientras de su piel afloraba la sangre, pero también luz.

La música no era la única manera de traer un alma a la superficie; eso se lo había enseñado Leo. August aferró el tobillo del hombre, y los huesos se quebraron bajo sus dedos mientras el alma cantaba a través de él, fuerte como la electricidad e igualmente violenta. Agua helada, ira, y un solo grito desgarrador.

Acéptalo, lo instó su hermano, y el mundo empezó a transcurrir más lentamente; de pronto, cada detalle de la habitación en ruinas se hizo vívido, desde las tablas combadas hasta la luz de la vela.

El Colmillo se desplomó, con los ojos ennegrecidos. August se levantó rápidamente y se quitó la cadena del cuello, mientras los demás retrocedían, visiblemente indecisos entre lo que fuera que les habían dicho (dado, prometido) y el miedo simple y físico.

Todos retrocedieron, menos uno.

Quedaba un solo Colmillo en la puerta, usando a Rez como escudo, aferrándola del cabello y con un cuchillo de hoja serrada contra su garganta.

—Deja el arco —dijo, entre dientes ensangrentados.

—No te atrevas —gruñó Rez.

Peso muerto, repitió Leo.

August oyó el tintineo de la cadena, percibió que los otros Colmillos volvían a rodearlo, y el violín aún estaba trabado entre las tablas del suelo, a un metro de él.

—Oye, jefe… —dijo Rez.

August la miró y vio el destello entre sus dedos, pero antes de que pudiera impedírselo, ella clavó la daga hacia atrás, en la pierna del hombre. Este rugió y la soltó, pero no sin antes cortarle la garganta.

Un sonido escapó entonces de August, un sonido grave y animal, y se obligó a lanzarse, no hacia el asesino sino hacia el violín. Varias manos intentaron detenerlo pero no les hizo caso: aferró el instrumento y pasó el arco por las cuerdas.

La primera nota salió fuerte y dura. Los Colmillos retrocedieron y se taparon los oídos con las manos, como si eso fuera a salvarlos, pero era demasiado tarde. Tardaron demasiado.

A la segunda nota, dejaron de resistirse.

A la tercera, cayeron de rodillas.

August dejó la música resonando en el aire y corrió hacia Rez. Dejó el violín y cayó al suelo a su lado.

«Quédate conmigo», le pidió, mientras presionaba con las manos la herida en el cuello de Rez. Había mucha sangre manando entre sus dedos, demasiada, y le empapó la piel y sus dedos resbalaron. *Cuánto rojo*, pensó, *y nada de luz*.

Rez abrió la boca y volvió a cerrarla, pero no emitió ningún sonido.

Su pecho se estremeció, hacia arriba, hacia abajo.

«Quédate conmigo». Las palabras salieron como un ruego.

August había recolectado cientos de almas, pero era muy distinto sentir desangrarse una vida bajo sus manos, sin poder impedirlo. A pesar de tantas almas, muy rara vez había visto esta clase de muerte; nunca había sentido cómo se escapaba bajo sus dedos y la vida se escurría al suelo hasta ese umbral horrible, el instante en que todo terminaba. Cuando Laura Torrez dejó de ser una persona y pasó a ser un cadáver. Sin transición, sin pausa, en un momento estaba allí y al siguiente, ya no.

Las manos de August se apartaron de la herida en el cuello de Rez. Ella tenía los ojos abiertos y vacíos, y una luz roja le iluminaba el rostro. No era de ella, claro, sino de *ellos*. Todo un grupo de almas arruinadas que esperaban ser recolectadas.

August apoyó el cuerpo de Rez y se puso de pie. Caminó entre los Colmillos, buscando su piel con los dedos ensangrentados.

Susurraban sus pecados, pero él no los escuchaba; no le importaban. Sus confesiones no significaban nada para él. Apagó sus luces, les segó las almas, y todo su cuerpo se cargó con aquel súbito influjo de poder. Sus sentidos se aguzaron al punto de dolerle, hasta que solo quedó uno.

El hombre que había matado a Rez.

Sus labios se movían; su alma era como una pátina de sudor sobre su piel, pero August no extendió la mano para segarla. En su mente resonaban las palabras de Leo, no los desvaríos de la locura sino un recuerdo: un recuerdo de la noche en que le había enseñado a August acerca del dolor y de por qué lo usaba con tanta frecuencia.

«Nuestro fin no es traer paz», había dicho su hermano, «sino imponer penitencia»

August observó cómo el alma del hombre volvía a hundirse bajo la superficie de su piel, cómo volvía en sí.

«¿Por qué no habrían de sufrir por sus pecados?».

El Colmillo parpadeó, se enderezó y su boca se torció en una mueca, pero antes de que pudiera hablar, antes de que pudiera decir o hacer *nada*, August le clavó la bota en la pierna herida. El hombre se dobló y se aferró el muslo, pero August lo obligó a caer al suelo y sus dedos se cerraron en torno al collar de acero que aquel tenía en el cuello.

«Mírame», le ordenó, y apretó hasta que el metal se curvó y se dobló. «¿Qué se siente?».

El hombre no pudo responder; no podía respirar. Se agitó, pataleó y arañó mientras la luz roja de su alma volvía a aflorar, y pasaba a las manos de August.

Fue como un golpe de hielo, un frío tan intenso que dolía, y fue el dolor lo que hizo que August recobrara el sentido, entendiera lo que estaba haciendo, lo que había hecho.

Se apartó, pero era demasiado tarde. La luz ya no estaba, y lo único que quedaba era el cuerpo contorsionado del hombre, sus ojos quemados y su boca abierta en un grito mudo, y unas marcas rojas y violáceas bajo el collar aplastado.

August sintió náuseas.

Le dolía el cuerpo por la presión, la presencia de las almas, y deseó poder vomitarlas, expulsar el peso de tantas vidas indeseadas, pero de nada sirvió. Las almas ya eran parte de él, se fundían con sus huesos y corrían por sus venas.

Se le cortó el aliento, y se llevó la mano al pecho, donde el hacha había cortado el chaleco blindado y el uniforme sin herirlo a él.

—*Pareja Alfa, repórtese.*

August se miró las manos, recubiertas por la sangre de Rez. Se le estaba secando sobre la piel, pegajosa y fría.

—*Pareja Alfa.*

August siempre había detestado la sangre. Tenía el mismo color que las almas, pero era vacía e inútil apenas salía de las venas de una persona.

—*August.*

Se obligó a volver al momento.

—Aquí estoy —respondió, y se sorprendió por la serenidad de su voz, sabiendo que algo en el fondo de su ser quería gritar—. Nos emboscaron. —Su mirada se dirigió un momento a la ventana rota, donde antes había visto los ojos rojos observando desde la oscuridad—. Rez está muerta.

—*Mierda*. —Era Phillip, entonces. Phillip era el único que decía palabrotas por el intercomunicador—. *¿Y el otro escuadrón?*

—Muertos —respondió August.

Qué palabra sencilla, nada conflictiva.

—*Al amanecer enviaremos un equipo a recoger los cuerpos.*

Entonces la voz de Phillip desapareció, y quedaron otras rebotando en la línea, pero ninguna dirigida a él. August recogió su arco y su violín, esos trocitos sólidos de sí mismo, y se ocupó en disponer bastones luminosos para proteger a los cadáveres.

Cadáver, otra palabra sencilla que hacía tan poco; no describía algo que una vez había sido una persona y ahora no era más que un cascarón.

Finalmente, una voz familiar quebró la estática en su oído.

—August —dijo Emily—, *deberías regresar al Edificio.*

La voz de Emily, tan inalterable como la suya. August contuvo el impulso de gritar *no, no, no* y respondió:

—Estoy esperando... Tengo que esperar.

Y Emily no le hizo explicar por qué, de modo que seguramente entendió a qué se refería. La violencia engendra violencia, y los actos monstruosos engendran monstruos.

Primero llegaron los Malchai del pasillo: se elevaron como espíritus desde los cuerpos de los soldados. Y los liquidó. Luego llegó el Malchai desde la vela apagada; se elevó junto a la palabra escrita con sangre, y a ese también lo despachó. Y por fin llegó el turno de Rez.

Su asesinato había sido obra de un instante, pero le pareció una eternidad hasta que al fin las sombras empezaron a crisparse.

Los dedos de August aferraron el arco mientras la noche tomaba aliento de un modo estremecedor, y allí, de pie entre los cadáveres, estaba el monstruo.

Se miró a sí mismo en un gesto tan humano, tan natural y, sin embargo, tan inesperado; luego alzó la cabeza y sus ojos rojos se dilataron justo antes de que August le clavara el arco de acero en el corazón.

‖‖‖
‖‖‖
‖‖‖
‖‖‖

A media calle del Falstead, August se dio cuenta de que alguien lo seguía.

Oía los pasos, no en la calle detrás de él, sino arriba, en alguna parte. No aminoró el paso hasta que algo cayó flotando a sus pies.

Era una insignia en la que, a través de la sangre, se veían tres letras: *FTF*.

Cuando se incorporó, cayó otra.

—¿Nunca te dijeron preguntó una voz en el aire— que es peligroso andar por la calle de noche?

August alzó la mirada y la vio de pie en un techo cercano, con el cabello pálido iluminado por la luna.

—Alice.

Ella sonrió, enseñando sus dientes filosos, y se agachó en el borde del techo. August ordenó a sus manos que se movieran, que levantaran el violín, pero allí se quedó, a su lado, como un peso muerto. Ella *no era* Kate, pero cada vez que la veía, le daba un vuelco el estómago. Cada vez, solo por un instante.

La Malchai no se parecía realmente a Kate; todos sus rasgos eran distintos, pero el todo era más que la suma de sus partes. Alice se parecía a la Kate que él nunca había conocido, a la que había esperado encontrar en Colton antes de conocer a la verdadera. A la que le habían descripto: la hija de un monstruo. Todo aquello que Kate no era, todas las cosas que simulaba ser, Alice *lo era*.

August había sabido —no había querido pensar en ello, pero igualmente lo había sabido— que *algo* saldría de aquella casa más allá del Páramo, y aun así había sido una sorpresa conocerla. Habían pasado dos semanas, quizá tres, desde Kate. Desde Callum. Desde Sloan. August respondió a un pedido de auxilio, pero cuando llegó, solo encontró cadáveres. Y a *ella* en medio de los cadáveres, cubierta de sangre y *sonriente*, con la misma sonrisa que tenía ahora, una sonrisa que no dejaba lugar a dudas de que era un monstruo.

—Tu trampa no dio resultado —le dijo.

Alice se limitó a encogerse de hombros.

—La próxima saldrá mejor. O la siguiente. Tengo tiempo de sobra, y tú tienes mucha gente que perder. Lástima lo de tus amigos. —Siguió arrojando insignias como pétalos desde el techo, muchas más que la cantidad de soldados que August había perdido esa noche—. Qué frágiles son, ¿verdad? ¿Qué ves en ellos?

—Humanidad.

Alice rio por lo bajo, un sonido como el del vapor que escapa de una olla.

—¿Sabes? Pensé que si usaba humanos, quizá los dejarías vivir. —Sus ojos rojos recorrieron el pecho de August, manchado de sangre—. Parece que me equivoqué.

—Yo no dejo vivir a los pecadores.

Alice levantó la vista.

—A *Kate* la dejaste vivir. —El nombre fue como una púa en boca del monstruo—. Y a mí me estás dejando vivir ahora mismo, con la sangre de tu amiga todavía en tus manos. No habrá sido una muy buena amiga, entonces.

August sabía que estaba provocándolo, pero aun así la ira ascendió como un calor en su piel.

Como si los hubieran llamado, a su alrededor empezaron a encenderse ojos rojos en la oscuridad.

Alice no había ido sola, pero había una razón por la cual se mantenía a distancia y lo provocaba desde el techo. La música de un Sunai era tan tóxica para un Malchai como lo era el alma de un Malchai para un Sunai. Si August empezaba a tocar, los otros monstruos morirían, pero Alice escaparía.

Ella le sonrió, y allí la vio otra vez, en el movimiento de sus labios: la sombra de otra persona.

—Yo no soy *ella* —disparó la Malchai, y August se sorprendió ante el tono repentinamente ponzoñoso—. Tienes esa carita, pobre monstruito perdido. ¿Extrañas a nuestra Kate? —Lo miró con suspicacia—. ¿Sabes dónde está?

—No —admitió—. Pero espero que esté muy lejos de aquí. Lejos de *ti*. Y si es sensata, no va a volver jamás.

Alice esbozó una sonrisa burlona, y con eso se hizo añicos la ilusión: el poco parecido que tenía con Kate se borró, y todo lo que quedó era monstruoso. Al ver aquel rostro verdadero, August dejó de vacilar. Levantó el violín con un movimiento fluido, y la tensión se quebró cuando Alice huyó hacia las sombras. Los otros Malchai se abalanzaron hacia él, y el arco se deslizó sobre las cuerdas como un cuchillo.

Mientras regresaba, empezó a llover. Una cortina constante de agua que lo empapó por completo y dejaba a su paso un rastro oscuro: sangre de amigos y enemigos, de la FTF, de Colmillos y monstruos, todas mezcladas.

En algún punto del recorrido desde que asesinó a los Malchai de Alice hasta que llegó al Tajo, August cayó en la cuenta de algo: no era necesario sufrir tanto.

Llevaba meses representando un papel en lugar de *convertirse* en él, fingiendo ser fuerte mientras albergaba, todo el tiempo, un vestigio de esperanza de que aún hubiera un mundo en el que pudiera sentirse humano.

«Porque te importa». Eso le había dicho Henry, pero Henry se equivocaba. Henry era humano; no entendía que, al intentar ser ambas cosas, August no conseguía ser ninguna de las dos. Leo sí lo había entendido, y había sacrificado su humanidad para ser el monstruo que los humanos *necesitaban*.

Lo único que August tenía que hacer era soltarse. Era hora de hacerlo.

—¡Alto! —ordenaron un par de soldados de la FTF cuando llegó al Tajo.

El violín debería haber bastado para identificarlo, pero el diapasón estaba cubierto de sangre, el instrumento estaba manchado de rojo, y en la noche lluviosa, casi no se lo reconocía como humano.

Cuando le vieron la cara, los soldados se sobresaltaron y se les atragantaron las disculpas al abrirle el portal. Siguió caminando, atravesando Ciudad Sur, y cruzó la franja de luces hasta llegar a la calidez bien iluminada del vestíbulo del Edificio Flynn.

El bullicio de conversaciones se acalló, los movimientos cesaron, y en silencio, cien pares de ojos se volvieron hacia él.

August había evitado verse reflejado en todos los vidrios, en todos los charcos oscuros, en todas las placas de acero, pero ahora se veía, no en un espejo, sino en los rostros de todos los que lo miraban y apartaban la vista de inmediato.

¿Acaso podían ver la luz de las almas que había segado, los monstruos que había matado? ¿Podían sentir la oscuridad de las vidas que había quitado, el odio y la violencia que emanaba su piel?

Empezó a cruzar el vestíbulo; los tacones de sus botas dejaban medialunas de sangre y ceniza a su paso. Nadie se le acercó. Nadie lo siguió.

Incluso Henry Flynn, rodeado de capitanes, lo miró y se paralizó.

Querías que me vieran, pensó August. *Pues bien, que me vean.*

El líder de la FTF empezó a caminar hacia él, pero August levantó una mano: una orden, un gesto para que no lo hiciera.

Y entonces vio a Colin, y tuvo la amarga satisfacción de verlo inhalar abruptamente, impresionado de observarlo así. Una pequeña parte de August suspiró con alivio. Solo había sido cuestión de tiempo hasta que Colin viera la verdad, el monstruo que se ocultaba tras la máscara. Hasta que se diera cuenta de que August no era como él y nunca lo sería.

Llegó a los elevadores; el silencio le pesaba en los hombros. Pero sintió el cambio en el silencio: ahora había admiración además de miedo. Aquellas personas lo miraban y veían algo no menos que humano, sino más. Algo que tenía la fuerza suficiente para pelear por ellos. Y para ganar.

Párate bien erguido, hermanito.

Y por primera vez, August le hizo caso.

|||| |||| |||| ||||

Sloan estaba de pie junto a la encimera de la cocina, hojeando un libro sobre la guerra.

Alice los dejaba por todo el apartamento, como un rastro de migajas que señalaba sus movimientos incesantes y su escasa capacidad de atención. Dejó que el libro se cerrara cuando ella entró.

—¿Dónde estuviste?

Sloan desconfiaba cuando ella se iba; era la clase de mascota que era mejor tener con correa.

De un salto, Alice se sentó en la encimera.

—Cazando.

Sloan la miró con suspicacia. A ella siempre le había gustado ensuciarse mucho cuando comía, y esa noche no tenía sangre en las manos ni en el rostro.

—Parece que no te fue bien.

Junto a la mano de Alice había una pila de insignias de la FTF, y ella giró y se puso a hacer con ellas una torre, como si fueran naipes.

—Prefiero ver el éxito como un proceso —musitó—. Él no es fácil de cazar.

Ah. *August.*

En efecto, era difícil atrapar a un Sunai, y más difícil aún matarlo. Sloan lo sabía por experiencia propia. Lo de Ilsa había sido un golpe de suerte, pero el nuevo Sunai, Soro, estaba creándose toda una reputación. El viejo amigo de Sloan, Leo, le había clavado una estaca de acero en la espalda, y August se le había escabullido antes de que alcanzara a doblegarlo.

No esperaba que Alice lograra lo que él no había podido. Simplemente le había encargado esa tarea para distraerla, para darle algo que hacer además de saciar su apetito sin fin.

«Si lo atrapo, ¿puedo quedármelo?», le había preguntado.

Ahora tenía la lengua entre los dientes filosos mientras armaba un segundo piso.

—Eso sí, perdí algunos Colmillos.

—¿Cuántos?

—Siete, creo. Tal vez ocho.

Sloan empezaba a arrepentirse de haberle encargado aquello.

—Y dime, ¿cómo fue que los perdiste?

—En realidad, no sé si se puede considerar una pérdida. —Siguió construyendo su torre—. Mataron a cinco soldados, ¿y acaso no los queremos para eso?

—Alice...

—Alice nada. —La máscara divertida de pronto se transformó en desprecio—. Son peones, para que jueguen con los soldaditos de juguete de Flynn.

—Esto no es un juego.

—Sí lo es. —Se volvió hacia él—. Y los juegos son para *ganar-los.* ¿Todavía no te cansaste de jugar a este tira y afloja? ¿De mantener tus piezas solo en la mitad del tablero? Haz un movimiento.

Cambia el juego. Se supone que eres el rey de los monstruos, Sloan.

Bajó de un salto y le dirigió una enorme sonrisa.

—Entonces compórtate como tal.

Sloan se había mantenido firme durante todo el discursito de Alice, pero ahora se movió. Con un solo movimiento, la sujetó contra la encimera. Los hombros de Alice golpearon la torre de insignias, que se derrumbó con un sonido leve.

Alice se quedó inmóvil mientras Sloan le pasaba los dedos por entre el cabello rubio blanquecino.

—Cuidado, Alice —murmuró—. Mi paciencia es como esa torre, tiene un equilibrio precario. —La apretó más y le empujó la cabeza hacia atrás para dejar la garganta al descubierto—. Quién sabe cuándo podría derrumbarse.

Alice tragó en seco.

—Cuidado, Sloan —replicó, con un brillo intenso en los ojos—. Una cosa es asesinar a un matón sin nombre. Pero si empiezas a matar a los que tienes cerca, los demás podrían preguntarse si...

Dejó la oración inconclusa, pero la amenaza fue clara.

—Bien, entonces —dijo Sloan, al tiempo que la soltaba—. Qué bueno que estamos en el mismo equipo.

Algún día, pensó, *voy a saborear tu muerte*.

—En cuanto a tus inquietudes —agregó, contemplando la pila de insignias que por tan breve instante habían sido una torre—, solo puedo prometerte que tu paciencia será recompensada.

Recogió de la pila la insignia más cercana y pasó una uña por las letras que tenía en el frente.

FTF.

Tres letras que habían llegado a significar una *fuerza*, una *muralla*, una *guerra*. Pero que, en verdad, no eran más que un *edificio* de piedras y argamasa levantado por los hombres. *Y lo que sube*, pensó Sloan, *siempre se puede derrumbar.*

Verso 2

EL MONSTRUO

EN MÍ

Ella no
es
ella no
es
ella no
es
ella misma
no tiene cuerpo
y está cayendo
    sin caer
la oscuridad
pasa veloz
junto a ella
la atraviesa
porque ella *no es* ella
y su primer pensamiento
es lo bien que se siente
al *no* ser ella
al no ser nadie
al no ser nada.

El mundo empezó a volver en fragmentos.

El pulso en los oídos de Kate, el sofá bajo su espalda, las voces que llegaban desde arriba.

—Deberías haber llamado a alguien.

—Te llamé a ti.

—Yo no soy médico, Riley. Ni siquiera soy paramédico aún.

Kate abrió los ojos lentamente y vio un cielorraso salpicado de sol. Le dolía la cabeza y sentía la boca seca, y en la garganta, el sabor salado de la sangre. Lo único que quería era que se callaran y la dejaran volver a dormir.

—Debería ir a un hospital.

—¿Y qué voy a decirles? ¿Que mi amiga se lastimó cazando monstruos? Creo que ni siquiera tiene autorización para estar en Prosperity.

La imagen de Riley se le volvía borrosa. Por encima del hombro de él, veía a su novio, Malcolm, caminando nervioso.

—¿Cuánto hace que perdió el conocimiento?

—Seis horas. Casi siete. Debería haberte llamado antes pero...

—Bajen la voz —rezongó Kate, al tiempo que se incorporaba. Al instante deseó no haberlo hecho. La habitación empezó a dar vueltas y el pulso se hizo más intenso en su cabeza—. La puta...

Riley se arrodilló a su lado y le apoyó una mano en el hombro.

—¿Kate? Cielos, me asustaste. ¿Estás bien?

Malcolm se inclinó sobre ella y le iluminó los ojos con una linterna pequeña, lo cual no mejoró en nada el dolor de cabeza.

—¿Qué pasó? —preguntó Kate.

Riley estaba pálido.

—Apareciste aquí con muy mala cara, te encerraste en el baño y te desmayaste. Tuve que romper la puerta.

Kate recordó los azulejos fríos contra su piel.

—Lo siento.

Malcolm le tomó el pulso con el reloj.

—¿Qué es lo último que recuerdas?

Kate vaciló. Su mente se llenó de fragmentos: el grito, el hombre con los cuchillos, un cuerpo contra el vidrio, sirenas y una sombra, y la sensación de caer, caer ¿en *qué*?

En lugar de intentar retroceder a partir de eso, empezó por el comienzo.

—El restaurante.

Riley asintió.

—Está en todos los noticieros —dijo, y le acercó la tablet. Allí estaba, ocupando toda la pantalla: SE ACABÓ EL AMOR: DOCE MUERTOS POR UN AMANTE DESPECHADO.

La foto principal era una toma del frente del restaurante, atravesada por la cinta amarilla. Los cadáveres estaban cubiertos por sábanas.

—Qué bueno que no entraste —dijo Riley, y luego agregó—: No entraste, ¿verdad?

No, se había quedado en la calle, paralizada por el horror súbito e inesperado de la escena.

—Llamamos apenas nos dijiste, pero cuando la policía llegó, todo había terminado. ¿Viste algo?

Viste algo. En su mente iban uniéndose los fragmentos.

—Parece que el tipo apareció, fue a la cocina y tomó los cuchillos.

Aquel hombre, tan sereno, como si ni siquiera estuviera allí.

—Todavía no dan nombres —comentó Riley—, pero alguien filtró a la prensa que adentro estaba su exesposa.

—Así que tenía un móvil —acotó Malcolm.

Móvil, pensó Kate. Podría haber sido un crimen común y corriente; horrendo, sí, pero humano... salvo que *no lo era*.

—Tenías razón acerca de la explosión —dijo—, la serie de asesinatos-suicidios. Esto no tiene nada de normal.

—¿Estás segura?

Kate recordó los ojos del asesino, tan fuera de lugar. Un par de discos plateados brillando en la oscuridad. Había visto a la sombra, la había seguido...

Pero allí empezaba a fallarle la memoria, a disolverse en oscuridad y frío.

—¿Hubo sobrevivientes? —preguntó Kate.

—Una mujer —respondió Malcolm—. La llevaron enseguida al hospital en estado crítico.

Kate se paralizó.

—¿Por qué presiento que viene un *pero*?

—La estabilizaron, pero apenas volvió en sí... bueno, se volvió loca. Mató a un médico. También atacó a dos enfermeras. Si no hubiera estado en tan malas condiciones, habría sido peor para todos. Acabaron por poner todo el sector en cuarentena. Pusieron a las enfermeras en observación, por si lo que ella tenía era contagioso.

Kate presionó las palmas de las manos contra sus ojos, intentando apaciguar el dolor de cabeza, sofocar la sensación que le subió a la garganta al oír la palabra *contagioso*. Ella había estado allí. Había visto...

—¿Kate? —dijo Riley, con una calma exagerada—. ¿Cómo te sientes tú?

Como el diablo, pensó. *Como el diablo, pero como mí misma.*

—Ella debería ver a un médico —insistió Malcolm.

—*Ella* está bien —replicó Kate. Sonó su celular—. Y *ella* tiene que ir a trabajar.

Se puso de pie, se tomó un momento para estabilizarse y giró hacia el vestíbulo.

—¿Crees que sea buena idea? —le preguntó Riley.

Kate se irritó.

—Dije que estoy *bien.*

—¿Y debo creerte así como así?

Kate se dio vuelta.

—No me importa si me crees o no. No eres mi padre y yo no soy tu proyecto personal.

—¡No seas injusta!

—Ya, ya —intervino Malcolm—. Cálmense.

Kate se frotó la cara.

—Mira —dijo lentamente—, tienes razón, no me siento del todo bien. Pero tengo que ir a trabajar. Si me siento peor, me retiraré. Lo prometo.

Riley abrió la boca, pero al final no dijo nada.

Si había un sonido que Kate detestaba, era la campanilla de la puerta de entrada de la cafetería.

¿Para qué tenerla, si el mostrador estaba de frente a la puerta y se podía *ver* que entraba alguien? A esa hora del día, la fila se extendía hasta la puerta misma, y el constante abrir y cerrar provocaba un campanilleo casi continuo.

—¡Siguiente! —llamó con impaciencia.

Para apartar la mente de la campanilla, intentó concentrarse en los clientes y jugar a «adivina el secreto». ¿La mujer de vestido púrpura dos tallas más pequeño? Se acostaba con su empleado de mantenimiento. ¿El hombre del celular? Era malversador. ¿El que estaba frente a ella justo en ese momento? Adicto a las píldoras para dormir. Era lo único que podía explicar el tiempo que estaba tardando en hacer su pedido.

A Kate se le crispó una vena en la sien.

—Siguiente.

Un hombre se adelantó sin levantar la vista de su celular.

—¿Señor?

El hombre estaba hablando en voz baja, y Kate se dio cuenta de que estaba atendiendo una llamada.

—¿Señor?

El hombre levantó un dedo y siguió hablando.

—*Señor.*

Kate sentía más y más fastidio, que de pronto se convirtió en ira, y antes de tomar conciencia de lo que hacía, extendió la mano.

Le arrebató el teléfono y lo arrojó contra la pared de ladrillos a la vista que tenía por objeto dar a *El grano de café* aquel encanto hogareño. Se hizo pedazos, y cuando el hombre al fin alzó la cabeza y miró con las venas hinchadas, no a ella, sino los trozos de su celular que caían por la pared, lo primero en lo que pensó Kate fue en quebrarle el cuello. En lo bien que eso la haría sentir.

El impulso la recorrió con tanta simpleza y rapidez que casi no lo percibió.

Pudo *ver* la imagen, clara como el cristal; sentir la carne del hombre bajo sus manos, oír el chasquido de los huesos. Y la sola idea fue como una compresa fría sobre una frente afiebrada, un bálsamo sobre una quemadura, tan repentino y reconfortante que sus dedos empezaron a flexionarse; aquella vocecita en su cabeza, la que decía *no lo hagas*, de pronto cedió ante la que decía *hazlo*... Hasta que pensó *no, basta*, y recobró la cordura con una sacudida.

Fue como si la expulsaran de un sueño placentero a una pesadilla; la calma maravillosa fue reemplazada por una oleada de náuseas y un dolor punzante detrás de los ojos.

¿Qué acababa de hacer?

¿Qué había estado *a punto* de hacer?

Kate se obligó a retroceder, a alejarse del mostrador, de la fila de clientes atónitos y del hombre que ahora había empezado a gritar. Se quitó el delantal por encima de la cabeza y huyó.

11

Dejó caer el bolso junto a la puerta.

Riley y Malcolm ya no estaban, gracias a Dios.

Aún sentía el palpitar acelerado en la cabeza, pero lo que se había apoderado de ella en la cafetería, fuera lo que fuese, había desaparecido, y solo le quedaba el dolor de cabeza y una presión detrás de los ojos.

¿Una migraña? Pero Kate nunca había tenido migrañas, y estaba bastante segura de que sus efectos secundarios no incluían un deseo repentino de violencia.

Violencia. Su mente se detuvo en esa palabra, y recordó la noche anterior: el hombre y la sombra, ambos tan inalterables, tan serenos. El vacío en el rostro del hombre al tiempo que el del monstruo parecía llenarse. Y luego... el callejón. Kate, cara a cara con el monstruo, la *nada* que era él, todo frío y hambre hueca, y aquellos discos plateados, como espejos...

Kate empezó a ver doble y tuvo que cerrar los ojos un momento para no perder el equilibrio. Fue al baño, abrió el grifo y se echó un puñado de agua fresca en el rostro y el cuello. Alzó lentamente la mirada hasta el espejo y examinó su tez pálida, la cicatriz que le recorría la mandíbula, el azul de sus...

Kate se paralizó.

Tenía algo en el ojo izquierdo. Cuando alzó el mentón, le dio la luz y brilló como un destello de lente, algo que se ve en una fotografía, no en un rostro humano. Era un efecto de la luz, tenía que serlo, pero por más que giraba la cabeza, allí estaba. Se acercó más, tan cerca que el espejo se empañó con su aliento, tan cerca que pudo ver la interrupción en el círculo azul oscuro de su iris.

Parecía una grieta plateada. Un rayo diminuto de luz.

Un fragmento de un *espejo*.

Era muy pequeño, pero cuanto más lo observaba, más parecía extenderse en su campo visual, al punto de ocultar la habitación y de absorberle la vista. Kate cerró los ojos con fuerza, intentando liberar su mente, mantenerse en el aquí y ahora, pero ya estaba cayendo en...

Un recuerdo…
la ventana está abierta
afuera, los campos
se mecen con la brisa
está sentada en el suelo
con una pila de collares
intentando desenmarañar
las cadenas enredadas
mientras su madre
tararea junto a la ventana
sus deditos danzan
sobre los eslabones de metal
pero cuanto más
lo intenta
más
    se enreda
      todo
el fastidio
sube como la marea
y se convierte en ira
con
cada
intento
fallido
cada
nudo
peor
la ira se expande

desde las cadenas enredadas
a su madre
junto a la ventana...
su madre
a quien no parece importarle
el desastre que hizo
su madre
que ni siquiera está
para componerlo
su madre
que la *dejó* sola
con monstruos...

—Sal de mi cabeza —gruñó Kate, y estrelló una jabonera contra el espejo. El fuerte golpe agrietó el espejo con un estallido que la hizo volver en sí, volver a sí misma.

Dejó la jabonera y retrocedió algunos pasos hasta sentarse en el borde de la bañera. Le temblaban las manos. La imagen en el espejo estaba fracturada por una telaraña de grietas. Había logrado que el monstruo la soltara.

Pero todavía estaba allí, dentro de su cabeza.

Y ahora lo recordaba, su rostro en el callejón, verse en sus ojos y caer hacia ese sitio oscuro y violento, la voz de Riley llamándola, intentando que regresara. Pero Kate había dejado algo atrás, o más bien el *monstruo* le había dejado algo: ese fragmento de sí, esa grieta en la cabeza.

¿Cómo iba a quitárselo?

¿Cómo se caza algo que no tiene forma, una sombra que convierte a las personas en marionetas?

¿Cómo se puede destruir un vacío?

La cabeza le daba vueltas, pero a medida que se le estabilizaba el pulso y se aplacaban el pánico y la confusión, se le aclaraba la mente, como siempre ocurría al comienzo de una cacería.

Era un monstruo. No importaba la forma que asumiera. Y a los monstruos siempre se los podía cazar. Y matar. Solo había que encontrarlos.

Kate alzó la cabeza. Estaban conectados, de algún modo, ella y esa *cosa*. Y por lo general, las conexiones eran bidireccionales.

Echó un vistazo al espejo. Desde ese ángulo, no podía ver su reflejo, ni nada más que las grietas que bajaban por la superficie del espejo.

Pero si el monstruo podía entrar en su cabeza, ¿podría ella hacer lo mismo?

Kate se puso de pie y se acercó al espejo. Se aferró al borde del lavabo a modo de sostén, e intentó calmar su respiración. Nunca le había atraído la meditación; prefería golpear algo antes que encontrar la quietud. Pero ahora intentó hacerlo y levantó la mirada.

Apenas vio el fragmento plateado, sintió la atracción, pero se resistió, trazando con la mirada la línea del mentón, luego la cicatriz que ascendía por su mandíbula, los labios y, por fin, subiendo por la nariz...

Muéstrame, pensó, cuando su mirada volvió a posarse en el fragmento.

El color plateado se extendió, y Kate se sintió caer, pero no tan rápido como antes; era más bien como deslizarse lentamente y sin pausa, como si el suelo se inclinara bajo sus pies. Se aferró con fuerza al lavabo mientras el plateado inundaba sus sentidos, se enredaba en su cabeza, y algo que no era una voz susurraba una letanía de *querer* y *lastimar* y *cambiar* y *pelear* y *hacer* y *matar* y el suelo empezó a retirarse más y más rápido hasta que...

Ella está
atrapada
en otro recuerdo
es una noche negra
y ella está
en el auto de su madre
un ruido blanco
resuena
en su cabeza
la mejilla de su madre
contra el volante
¿Dónde estás?
se pregunta
y unos ojos rojos
se multiplican
más allá
del vidrio roto
y allí
nuevamente
está la ira
el dolor
la necesidad
urgente de...

Basta, pensó, y forzó a su mente, no a regresar, no a salir, sino a seguir atravesando.

Presión en la cabeza, contra las palmas de sus manos mientras...

…en el auto
los ojos de su madre
muy abiertos
arruinados
por una sola
grieta
plateada
—*¿Dónde estás?*—
pregunta ella
y el auto
la noche
la visión
se estremecen
y solo queda
      el frío
      la nada
y…

Se mueve
toma forma
y la pierde
en sombras
atravesando un lugar
cantando
muy prometedor
una ciudad
dividida en dos
tantos
pensamientos oscuros
tantas
mentes monstruosas
tanta
leña
esperando
arder

Kate salió de la visión con una sacudida hacia atrás.

Le sangraba la nariz, tenía un dolor palpitante en la cabeza y le dolían las manos por la fuerza con que se había aferrado al lavabo, pero nada de eso le importaba.

Porque Kate sabía a dónde iría el monstruo.

Sabía dónde, en cierto modo, estaba ya.

Verity.

Seis meses, condensados en un solo bolso.

El mismo con el que había llegado a Prosperity, con las mismas cosas dentro: dinero, ropa, documento de identidad falso, un par de estacas de hierro, un encendedor de plata con una navaja oculta, una pistola.

Debería haberle resultado fácil marcharse, pues, pero no. Se dijo que era solo una misión, que iba a regresar, aunque en sus retinas ardían los ecos de una ciudad que alguna vez había considerado su hogar, y aunque aquella sombra fría se retorcía en su cabeza. Kate no sabía cómo luchar con esa cosa, no sabía cómo matarla, pero sabía que tenía que hacer el intento.

Recogió su tablet de la mesita de café y se hundió en el sofá. Al encenderla, vio la imagen de la matanza en el restaurante, donde Riley la había dejado.

Doce muertos. Un pensamiento violento convertido en un acto violento.

Y ahora el monstruo estaba en Verity, un lugar que *vivía* de la violencia, que la alimentaba y la nutría, y Kate no podía quitarse la idea de que ella había guiado a la sombra hasta allí. Que le había permitido espiar su mente y le había mostrado un lugar con inmensas posibilidades.

Había juntado la cerilla con la gasolina.

Pero ¿de dónde había salido? No se habían producido ataques tan grandes, nada de la magnitud que imaginaba que sería necesaria para engendrar algo así. ¿Acaso era el producto del lento envenenamiento de Prosperity? ¿De la decadencia de una ciudad?

¿Y qué haría una cosa como esa en una ciudad como la de Kate? Ella ya había visto lo que era capaz de hacer; qué diablos, si hasta ella misma había sentido los efectos. Ahora mismo la oscuridad se movía en su interior, un *deseo* que susurraba a través de su pulso, que le decía que tomara la pistola del bolso.

En lugar de eso, Kate respiró hondo y creó un nuevo mensaje. Lo dirigió a los Guardianes, y adjuntó todas las fotos que tenía de los Comecorazones, junto con un mensaje:

Solo metal puro. Apunten al corazón.

Su dedo se detuvo un momento encima de ENVIAR.

No era suficiente, lo sabía. Los Guardianes no eran cazadores… pero encontrarían uno. Alguien lo bastante estúpido para hacer lo que ella había estado haciendo. Quizás alguien mejor.

Se dijo que tenía que irse.

Tenía que prevenir a la FTF. A August.

Pulsó ENVIAR, se puso de pie y guardó la tablet en el bolso. Cuando llegó a la puerta, su teléfono empezó a sonar.

Riley.

No atendió. No se dejó distraer de la tarea que le esperaba. Era como cualquier otra cacería, se dijo, y dejó que sus piernas se hicieran cargo y se movieran con una decisión que ella no estaba segura de sentir. No sabía *qué* sentía, pero sí sabía cómo moverse. Se detuvo en la puerta y escribió un mensaje en un anotador.

Al salir, cerró la puerta con llave; luego empujó la llave por debajo de la puerta y la oyó deslizarse por el suelo de madera, fuera de su vista, fuera de su alcance.

Después de eso, no se permitió mirar atrás.

Huir era una costumbre como cualquier otra.

Con la práctica, se volvía más fácil.

El edificio de Riley tenía una cochera en el fondo, y mientras examinaba las filas de automóviles, se arrepintió de haber abandonado el sedán de su padre al llegar a la ciudad.

Habría podido conservarlo, pero todo en aquel auto decía Verity, decía dinero, decía *Callum*, hasta la gárgola sobre el capó, de modo que lo había dejado al costado de la carretera, a cuarenta kilómetros de la capital de Prosperity, por si alguien iba a buscarla.

Al final, nadie la buscó.

Y ahora no le quedaba otra opción que buscar un vehículo para salir de la ciudad. Gracias a Dios, hacía buen tiempo, pensó, cuando se topó con una *coupé* con las ventanillas a medio bajar. Ni siquiera tuvo que romper el vidrio.

Arrojó el bolso en el asiento del acompañante y subió, abrumada por un súbito *déjà vu*. Otra vida, otro mundo, August sin aliento y Kate herida, poniendo el auto en marcha con dedos temblorosos por la pelea con el Malchai.

Sonó su celular en el bolsillo.

Kate no atendió; mantuvo las manos ocupadas levantando la tapa del arranque y uniendo los cables. El motor arrancó al segundo intento.

Pisó el acelerador.

III

—Por favor, por favor...

   —Padre nuestro que estás en...

   —¿Qué quieren...?

   —Déjenme...

   —Púdranse en el infierno...

   —Yo no hice nada malo...

   —Suéltenme...

   —Por favor...

   Humanos, pensó Sloan. *Hablan* todo el tiempo.

   Había ocho, arrodillados en el suelo del depósito, hombres y mujeres con los rostros golpeados y las manos atadas en la espalda. Estaban sucios, medio muertos de hambre, ataviados con una variedad de trajes, vestidos y prendas informales, como si los hubieran raptado directamente en la calle o en su casa, y, por supuesto, así había sido.

   El sol del atardecer se filtraba por las grietas en las ventanas y puertas, pero había trabajo que hacer. Además, pensó Sloan, acercando una mano a un rayo de luz, era importante recordar a los humanos que, aunque el sol podía debilitarlo, un Malchai débil aún era más peligroso que un humano fuerte.

El sol hacía que su piel pareciera translúcida, y sus huesos, oscuros, y por un instante los prisioneros se callaron y quedaron mirándolo, como con la esperanza de que estallara en llamas. Pronto se vieron decepcionados.

Al ver que no se quemaba, que ni siquiera hacía una mueca de dolor, volvieron a empezar los lloriqueos.

—Por favor...

—No me haga daño...

—No hemos hecho...

Sloan dejó que su mano volviera a la sombra.

—Silencio.

Detrás de las siluetas arrodilladas había otros cuatro humanos, desatados salvo por los collares de metal que les rodeaban el cuello. Los Colmillos miraron a Sloan, ansiosos de recibir su aprobación, mientras los que estaban de rodillas temblaban de miedo.

Sloan, pensativo, se dio unos golpecitos en los dientes con una uña.

—¿Estos son todos?

—Sí, señor —respondió uno de los Colmillos, rápido como un perro—. Ingenieros de los refrigeradores, como usted pidió.

Sloan asintió y volcó su atención hacia las formas que temblaban en el suelo de concreto.

—Las mentes más brillantes... —musitó. Un hombre empezó a sollozar. Sloan le tocó la rodilla con la punta de su bota—. Tú. ¿A qué te dedicabas?

Al ver que el hombre no respondía, un Colmillo le pateó el costado. Uno de los otros prisioneros emitió un sonido breve y aterrado que a Sloan solo le abrió el apetito.

—S-software —balbuceó el hombre—. Servidor abierto, acceso interno...

Sloan chasqueó la lengua y siguió de largo.

—¿Y tú? Vamos, no sean tímidos.

—E-electricidad —respondió el segundo.

—Plomería —dijo el tercero.

Uno por uno, fueron informando sus especialidades. Técnica. Biología. Mecánica. Computación.

Sloan caminaba hacia uno y otro lado, cada vez más impaciente.

Hasta que la última cautiva respondió:

—Civil.

Sloan aminoró el paso y se detuvo junto a ella.

—¿Y eso qué significa?

La mujer vaciló.

—Yo... trabajaba en edificios, construcción, demoliciones...

La boca de Sloan esbozó una sonrisa. Acercó una uña afilada al mentón de la prisionera.

—Tú —le dijo—. Y tú —añadió, al que sabía de mecánica—. Y tú —dijo, al electricista—. Felicitaciones. Acaban de conseguir un nuevo empleo.

Los Colmillos pusieron a los tres ingenieros de pie, y Sloan volcó su atención hacia los demás cautivos, que obviamente no sabían si asustarse o aliviarse.

—Los demás —dijo, con un gesto amplio de la mano— pueden irse.

Lo miraron, sorprendidos. Sloan señaló la puerta del depósito, que estaba a quince metros.

—Váyanse. Antes de que cambie de idea.

Eso bastó para decidirlos. Los cinco se pusieron de pie lo más rápido que pudieron, con las manos aún atadas. Sloan hizo un giro con la cabeza y los observó levantarse, tropezar, correr hacia la puerta.

Tres lograron llegar.

Pero entonces Sloan entró en movimiento, dejó actuar a su yo simple y animal y se deslizó entre las sombras. Atrapó a la cuarta por el cuello y se lo quebró limpiamente. Luego giró y aferró al quinto, justo cuando los dedos de este rozaban la puerta del depósito.

Qué cerca estuvo, pensó Sloan, mientras clavaba los colmillos en la garganta del hombre. En alguna parte, alguien gritó, pero por un bello momento, el mundo de Sloan no fue otra cosa que un latido mortecino y una oleada roja.

Dejó caer el cuerpo con un golpe sordo sobre el concreto.

—Cambié de idea —dijo, al tiempo que sacaba un paño del bolsillo y se enjugaba la boca.

Los ingenieros sobrevivientes estaban sollozando o aferrándose la cabeza. Hasta los Colmillos tuvieron la sensatez de palidecer.

—Limpien este lugar —ordenó a los Colmillos, mientras se alejaba—, y lleven a mis nuevas mascotas a la torre. Y si les pasa algo mientras estén a cargo de ustedes, voy a arrancarles los dientes y se los haré tragar.

Abrió las puertas y salió.

IIII

El Crossroads era un lugar inmenso, en parte centro comercial, en parte parador de camiones, en parte cafetería: un palacio de linóleo blanco lustrado. Era el primer sitio al que se llegaba al entrar a Prosperity, y el último al salir, y Kate no había estado allí desde el día en que había abandonado Verity.

Encontró un par de gafas de sol en la consola del auto y se las puso antes de entrar, para ocultar la grieta plateada. Pasó de largo frente a las tiendas de comida y se dirigió a una hilera de expendedores automáticos; en la superficie de acero de uno de ellos vio su reflejo, su rostro distorsionado por el metal combado. Apartó la mirada y pulsó el código para una taza de café.

Cuando la máquina se trabó, Kate inhaló lentamente varias veces.

No había perdido los estribos con ningún conductor en la carretera, no había soltado siquiera una palabrota cuando alguien le había cerrado el paso, a pesar del susurro en su mente, el ansia que se extendía sobre ella como una manta, de acelerar más y más hasta que alguien se estrellara.

Volvió a marcar el código, y cuando al fin salió el café, lo bebió de un solo trago largo, sin inmutarse cuando le quemó la garganta. Dos pasillos más allá, encontró la extensa pared de armarios cuadrados en alquiler. No había nadie más en el pasillo. Kate se arrodilló frente a un casillero de la fila inferior e introdujo la mano entre la base del armario y el suelo de linóleo.

Seis meses antes, Kate se había detenido en el Crossroads, sin saber si regresaría ni cuándo. Pero su padre no había sido solo un dictador sino también un estratega, y uno de sus dichos menos violentos era: *Solo los tontos quedan acorralados.*

En la década de su ascenso a la cima, Callum Harker *siempre* había tenido una salida. Automóviles por toda la ciudad, casas seguras y reservas de armas, la casa más allá del Páramo y la caja bajo el suelo, llena de documentos falsos.

El único rastro que se debía dejar era el que uno mismo podía seguir para regresar. Al cabo de varios segundos exasperantes, Kate al fin logró aferrar la esquina del paquete, y sacó un sobre acolchado.

Adentro estaban los últimos vestigios de otra vida. Algunos billetes doblados y documentos de identidad —credencial escolar, licencia de conducir, dos tarjetas de crédito—, todos a nombre de *Katherine Olivia Harker*. Toda una vida reducida al contenido de un sobre.

Kate vació el sobre en su bolso, y luego empezó a guardar en él los últimos seis meses de su identidad, papeles y documentos de identidad, hasta que lo único que le quedó del tiempo pasado en Prosperity fue el celular. Kate lo sostuvo en la palma de su mano. Aún estaba apagado, y sabía que era mejor dejarlo así, guardarlo en el sobre con lo demás y marcharse, pero algo traicionero dentro de ella, no el monstruo, sino algo muy humano, mantuvo apretado el botón de encendido.

Segundos después, la pantalla se llenó de llamadas perdidas y mensajes. Nunca debió haber vacilado, haber encendido el teléfono, pero lo había hecho y no pudo evitar ver el último mensaje.

Riley: Así no.

Kate maldijo por lo bajo y lo llamó.

Riley atendió al segundo timbrazo.

—¿Dónde estás? —Parecía agitado. Kate había pasado la mitad del viaje pensando qué decirle, pero ahora no le salió nada—. ¿Qué diablos pasó, Kate? Primero Bea se entera de que perdiste los estribos en el trabajo, ¿y después te vas así como así? ¿Sin decir palabra?

Kate se pasó una mano por el cabello y tragó en seco.

—Dejé una nota.

—Ah, ¿esa que decía «lo siento, el deber me llama»? ¿Eso es una nota para ti? ¿Qué *mierda* te pasa? —Kate se sobresaltó. Riley jamás decía palabrotas—. ¿Es por lo que viste? ¿En el restaurante? ¿A qué nos enfrentamos?

—No nos enfrentamos a nada —respondió—. De esto me ocupo sola.

—¿Por qué? —Hubo un ruido cuando Riley se golpeó la espinilla contra algo y lanzó otra palabrota por lo bajo—. ¿Qué pasa?

Kate se recostó contra el metal frío de los armarios e intentó mantener la voz calma.

—Es complicado. Tengo una pista, pero no es en Prosperity, y no sé cuánto tiempo me va a llevar. Por eso les envié los archivos, por si acaso... —No pudo completar la oración, de modo que cambió de tema—. Volveré. Apenas termine. Avisa a los Guardianes.

—¿Les estaré mintiendo?

—Espero que no.

—¿A dónde vas?

—A casa. —La palabra le raspó la garganta. Y luego, porque Riley le había dado tanto, y ella le había dado tan poco, añadió—: A Verity.

Riley lanzó un suspiro prolongado y tembloroso, pero no hubo sorpresa en su silencio, como si siempre lo hubiera sabido. Cuando habló, lo hizo en tono apremiante.

—Escúchame, no sé qué está sucediendo, ni de qué estás escapando, ni hacia qué. Solo quiero que sepas...

Kate se enjugó una lágrima de la mejilla y cortó la comunicación.

Antes de que Riley pudiera volver a llamarla, apagó el teléfono, lo guardó en el sobre y volvió a deslizarlo bajo el armario para dejarlo a buen recaudo.

Los baños estaban tan limpios como el resto del Crossroads, inmaculados en un estilo industrial. Había un espejo a lo largo de toda una pared sobre una hilera de lavabos. Kate apoyó las gafas de sol y se lavó la cara, deseando que el agua le borrara la conversación con Riley, la duda que él había despertado en su mente como quien levanta una nube de polvo de una patada.

Estaba haciendo lo correcto... ¿o no?

Conocía la ciudad de su visión, sabía que iba bien encaminada.

A menos que se equivocara. La sombra estaba en su cabeza, entrelazándose con sus recuerdos, sus pensamientos más oscuros y sus miedos. ¿Y si solo estaba viendo lo que la sombra quería? ¿Y si se había marchado de Prosperity por nada? ¿Y si y si y si...?

Basta.

Ella conocía la diferencia entre la verdad y la mentira, entre una visión y un sueño, entre su mente y la del monstruo. ¿Verdad?

Alzó la vista y se miró en el espejo.

Se le revolvió el estómago. La grieta en su ojo izquierdo estaba más grande: atravesaba el iris azul. ¿Estaría extendiéndose por sí sola, o acaso era porque ella estaba escarbándola como a una herida? Vaciló, sopesando el daño que podía sufrir en comparación con la necesidad de certeza, pero fue más fuerte la extraña atracción de la grieta.

Ganó la necesidad: Kate se miró fijo en el espejo.

«¿Dónde estás?», susurró.

Era la misma pregunta que se había formulado mil veces con el correr de los años, cada vez que quería imaginarse en otro lugar, como otra persona, pero la oscuridad le respondió atrayéndola hacia...

El pasillo
de la casa
más allá del Páramo
flores muertas
en la ventana
una fotografía rota
en el suelo
una capa de polvo
gruesa como pintura
lo cubre todo
y ella nunca
   se sintió
tan sola
esa tristeza
la entierra
la traga
   entera
el único sonido
   una voz
     la voz *de ella*
que resuena
por la
casa vacía
—*¿Dónde estás?*—
ella busca
un par
de ojos plateados
pero todas

las habitaciones
están vacías
y entonces
lo ve
el cadáver en el vestíbulo
el orificio de bala
un círculo quemado
en su garganta
se agacha
y los ojos
del cadáver
se abren
grandes como lunas
sigue
mirándolo
mientras la casa
se estremece
se hace añicos
y se convierte en...

...sangre

por doquier

como si

hubieran arrojado

pintura

en las paredes

los cadáveres

esparcidos

como sombras

su fuego

apagado

nada queda

más que cascarones

grises y verdes

y letras estampadas

en las mangas ensangrentadas

F

T

F.

Kate logró soltarse.

Se encontró de nuevo en el baño, jadeando para recuperar el aliento. La fría luz blanca le nublaba la vista, y le sangraba la nariz, y casi pudo *oír* cómo el fragmento plateado creaba nuevas grietas, un sonido como de hielo partiéndose en su cabeza.

Tardó un instante en darse cuenta de que no estaba sola.

Había una mujer mayor a su lado; con una mano la tomaba del brazo, y en la otra tenía unas toallas de papel mojadas. Sus labios se movían, pero había un zumbido en el oído sano de Kate y las palabras le llegaban incompletas y cargadas de estática.

—Estoy bien —dijo, dolorosamente consciente de que las gafas de sol estaban junto al lavabo, y del fragmento plateado en su ojo.

El ruido blanco se acalló cuando la mujer apoyó una mano en la mejilla de Kate.

—Déjame ver, querida. Yo era enfermera...

—No —exclamó Kate, y apartó la cabeza.

Contagioso. Esa fue la palabra que había usado Malcolm. Kate ya estaba enferma; lo último que necesitaba era infectar a otra persona. Pero cuando intentó apartarse, la mujer le tomó la cara con ambas manos y le levantó el mentón, chasqueando la lengua como si Kate fuera una criatura desobediente.

Y entonces la mujer se paralizó y sus ojos se dilataron, y a Kate le dio un vuelco el corazón, porque era obvio que había visto la grieta plateada.

—Qué par de ojos tienes. —Fue lo único que dijo, sin embargo, y presionó las toallas mojadas contra la nariz de Kate, como si no fuera nada importante.

—Gracias —murmuró Kate, intentando disimular el temblor de su voz, la sorpresa, el alivio. Pero apenas la mujer se fue, se apoyó pesadamente en el lavabo, con manos temblorosas.

Bueno, pensó con ánimo sombrío.

Al menos no era contagiosa.

USTED ESTÁ SALIENDO DE PROSPERITY, anunciaba el cartel.

No había ninguna torre de vigilancia, ningún puesto de control con guardias armados —no había multa por intentar salir—, solo un portal abierto. Y entonces Kate comprendió que se encontraba en la zona intermedia, la franja de un kilómetro y medio de tierra neutral entre territorios.

Llegó al cruce de cuatro carreteras, el mismo por el que había pasado antes, y tuvo otro instante de *déjà vu*. Sintió un escozor en la nuca al pisar el acelerador y poner rumbo a Verity.

La señal de la radio empezó a fallar.

Adelante, la carretera estaba vacía.

Da la vuelta, le dijo una voz en su cabeza. *Da la vuelta mientras puedas*. Pero pronto esa voz quedó ahogada por los pensamientos sobre sus estacas de hierro, su pistola, sus manos hundiéndose en…

Maldición, pensó, aferrando el volante. Callar aquella voz era como intentar dormir con los ojos abiertos de noche en la carretera, mientras la fatiga te desgasta más y más con cada bostezo: la cuesta resbaladiza entre un parpadeo y un desenlace fatal.

Cuando apareció a lo lejos la frontera de Verity, aminoró la velocidad.

La barrera estaba baja y salió un soldado del puesto de control. Kate se acomodó las gafas de sol y detuvo el auto; lo puso en punto muerto pero no apagó el motor, y dejó la mano apoyada en la palanca de cambios.

El guardia no tenía tanta edad: no mucho más de veinte años, más bien bajito. Una insignia en el uniforme lo identificaba como ciudadano de Prosperity. Los territorios vecinos de Temperance, Fortune y Prosperity se turnaban para vigilar la frontera con Verity. Tenía un fusil de asalto con una correa, pero al ver a Kate se lo volvió a colgar al hombro. Ah, los beneficios de que siempre la subestimaran...

Kate bajó la ventanilla.

—Hola.

—Lo siento, señorita. Tiene que dar la vuelta.

Kate optó por una actitud ingenua e inocente, y alzó las cejas detrás de las gafas.

—¿Por qué?

El guardia la miró como si a ella le faltara alguna pieza esencial.

—La frontera con Verity está cerrada desde hace meses.

—Creí que habían vuelto a abrirla.

El soldado meneó la cabeza con aire de disculpa.

—Ah —dijo, simulando entornar los ojos por el sol mientras observaba el cruce en busca de otras señales de vida—. Caray, qué fastidio. ¿Cuánto hace que está en este puesto...

—buscó una placa identificatoria en el uniforme del soldado—... Benson?

—Dos años.

—¿Y a quién hizo enfadar para que lo enviaran aquí?

El guardia rio entre dientes y apoyó el codo en el capó.

—De vez en cuando, alguien intenta cruzar. No sé por qué
lo hacen, si tienen amigos que los convencen o si quieren morir,
o si no creen en los relatos; no lo sé ni me importa. El protocolo
es el protocolo. Es por su bien, señorita...

—Harker.

El guardia se crispó.

—¿Ese nombre le dice algo? —le preguntó.

La voz de Kate perdió el tono alegre y su mano izquierda
se cerró en torno a la pistola que llevaba en la puerta de su lado.
La oscuridad que habitaba en ella despertó al sentir el contacto, y la recorrió una oleada que intentaba arrastrarla.

—Debería —prosiguió—. Mi padre era Callum Harker. Ya
sabe, el hombre que tenía monstruos como mascotas en aquel
antro. Mire alrededor, Benson. Todas sus cámaras, todas sus
armas, todo lo que tienen mira hacia el otro lado. ¿Sabe por
qué? Porque su trabajo es vigilar que nadie ni nada *salga*. No
importa quién *entre*. ¿No me cree? Fíjese.

El soldado apartó los ojos de ella solo por un segundo, y en
ese segundo, Kate alzó la pistola. Benson volvió a mirarla y se
sobresaltó, y alzó las manos en un ruego automático.

Hazlo, susurró lo que estaba en su cabeza, en su mano, en
su sangre. *Será muy fácil. Y qué bien te hará sentir.*

El dedo de Kate se acercó al gatillo.

—Hoy voy a cruzar esa frontera.

Hubo una sombra de duda en el rostro del guardia.

—No creo que vaya a...

Kate disparó.

El deseo había envuelto su mano como una segunda mano y había apretado el gatillo por ella, pero Kate lo había sentido llegar, justo a tiempo, y había desviado la puntería varios centímetros.

Benson la miró horrorizado.

—Loca de mierda.

—Abre la barrera —le ordenó con los dientes apretados—. Sinceramente, no creo que falle la segunda vez.

El soldado retrocedió e ingresó un código en el tablero que estaba junto a la puerta del puesto. La barrera empezó a subir.

—¡Solo queremos que esté a salvo!

Kate ladeó la cabeza.

—¿No te enteraste? —preguntó, al tiempo que ponía el cambio en marcha—. Eso no existe. —Pisó el acelerador y el auto salió disparado hacia el Páramo—. Ya no.

‖‖‖

El rostro reflejado en el espejo estaba cubierto de sangre. Salpicaba la mejilla de August y le cubría el frente del uniforme. Roja y negra, negra y roja.

Abrió la ducha, giró el grifo hasta que el agua salió bien caliente, se quitó la ropa y se estremeció al sentir el aire en las marcas de su piel.

No había dormido, no había podido descansar el tiempo suficiente, de modo que había vuelto a salir una y otra vez, intentando borrarse de la mente a Rez y Alice, sin negarse a ninguna misión. Cuando su equipo se retiró a descansar, salió con otro, y otro; se convirtió en escudo y en arma, dejó que los problemas lo buscaran a él. La noche era una imagen borrosa de violencia detrás de sus ojos, pero la inquietud había desaparecido, expulsada por la acción, y en su lugar solo quedaba una ausencia.

Entró a la ducha hirviente y contuvo una exclamación. El agua lo quemaba; cada gota era como una brasa sobre su piel. El dolor era superficial, pero se aferró a él del mismo modo que una vez se había aferrado al hambre.

Una manera de asumir el control, de recordarse que podía sentir, que no era...

¿Un monstruo?, lo provocó Leo, con su actitud condescendiente.

A sus pies, la sangre y la suciedad se arremolinaban y se sumían en el desagüe. August apoyó la cabeza contra la pared azulejada, con la vista empañada por la fatiga. No le dolía el cuerpo, no era eso exactamente; el dolor físico era el producto de los músculos cansados y del esfuerzo al que se sometía al cuerpo. Pero sentía un dolor que llegaba hasta el centro de su ser. Estaba *vacío*, como los cadáveres que había dejado atrás, huecos, sin esa chispa de vida, humanos y monstruos reducidos a cascarones vacíos, polvo de estrellas al polvo de estrellas, y...

Cerró la ducha y salió, apartándose el cabello mojado de la cara. El baño estaba lleno de vapor. Cuando secó el espejo empañado y vio sus ojos grises reflejados en él, le pareció que estaban más oscuros. Leo había tenido los ojos negros, como las teclas de un piano y las noches sin estrellas, oscurecidos por todas las veces que había abandonado su forma humana por la que aguardaba bajo la superficie.

August se apartó del espejo.

Se puso un uniforme limpio y salió al pasillo. Allí estaba Allegro, persiguiendo una pelusa, pero al verlo, el gato se retrajo, y cuando August extendió la mano para acariciarlo, el animal se apartó y echó las orejas negras hacia atrás hasta que quedaron planas sobre su cabeza.

August frunció el ceño y siguió a Allegro hasta la cocina, donde este se refugió entre las piernas de Ilsa. Ella se agachó, alzó a la criatura en sus brazos y le dio un beso en el hocico; luego miró a August con una pregunta muda.

August dio un paso más hacia ella, hacia el gato, pero Allegro siseó a modo de advertencia.

¿Qué había dicho Ilsa de los animales?

Que podían percibir la diferencia entre buenos y malos, entre humanos y monstruos.

Por un segundo, nada más que un segundo, esa otra parte de él, la que había guardado, intentó salir a la superficie, atónita y dolida por el rechazo del gato, por lo que significaba. Pero August se lo impidió.

Se irá haciendo más débil, le prometió Leo. *Irá desapareciendo.*

Ilsa lo miró con suspicacia. *¿Qué hiciste?*

August se puso tenso.

—Lo que tenía que hacer.

Las comisuras de los labios de Ilsa descendieron; abrazó al gato en ademán protector y meneó la cabeza. No hubo palabras en ese gesto, ninguna palabra que August pudiera interpretar.

—¿Qué pasa? —le preguntó.

Pero ella solo siguió meneando la cabeza, como si no pudiera parar, y August se puso a la defensiva. No entendía lo que ella intentaba decirle, lo que *quería* de él.

Empujó un anotador hacia ella sobre la encimera.

—Maldición, Ilsa, *escríbemelo.*

Su hermana se apartó del papel, de él, como si la hubiera golpeado. Luego giró sobre sus talones y salió de la habitación.

Soro entró justo en el momento en que ella salía a toda velocidad. Estuvieron a punto de chocar, pero Ilsa sabía hacer que el mundo se abriera a su paso, y el otro Sunai se apartó con elegancia para esquivarla. Un segundo más tarde, la puerta de Ilsa se cerró con un solo sonido, el más fuerte que había provocado en varios meses, y August lanzó un profundo suspiro.

Soro lo observó. Tenía el cabello plateado peinado hacia adelante y le caía sobre los ojos grises, pero aun así August pudo ver que alzaba una ceja.

—No preguntes —le dijo.

Soro se encogió de hombros.

—No pensaba hacerlo.

August se inclinó hacia atrás y apoyó los hombros en la estantería.

—Estás tenso —observó Soro.

August cerró los ojos y murmuró:

—Estoy cansado.

Otro instante de silencio.

—Me contaron… sobre la emboscada.

Pero Soro nunca había sido de perder el tiempo, y nunca había buscado la charla trivial. August abrió los ojos lentamente.

—¿Qué quieres?

Soro se enderezó, con alivio visible por el fin de una tarea tan desagradable.

—No se trata de lo que quiera —respondió, volviéndose ya hacia la puerta—. Hay algo que debes ver.

August caminó en torno a los cadáveres, intentando entender lo que veía. Era como un acertijo, un rompecabezas, un juego en el que hay que encontrar el error, solo que *todo* estaba mal. En cinco años, había visto mucha muerte, pero nunca nada como eso.

Lo que le molestaba no era el *qué*.

Ni siquiera el *cómo*.

Sino el *por qué*.

Un escuadrón completo de la FTF constaba de ocho soldados. Un líder. Un paramédico. Un técnico. Un francotirador. Y el equipo. Últimamente era una rareza contar con un escuadrón entero. Con demasiada frecuencia tenían alguna baja, y esos soldados no se reemplazaban hasta que el grupo llegaba a tener menos de cuatro integrantes, y entonces los sumaban a otra unidad.

Aquella mañana, el Escuadrón Nueve había salido con siete soldados.

A mediodía, estaban todos muertos.

—¿Qué pasó aquí? —preguntó August, tanto para sí mismo como para Soro.

—Según Control —respondió el otro Sunai—, estaban regresando de una misión de reconocimiento. Tenían apagados los intercomunicadores, y en esta calle no hay cámaras de vigilancia.

Los cadáveres estaban esparcidos en la calle, formando un cuadro espeluznante.

No habían muerto por la noche, no los habían comido los Corsai. August miró alrededor y luego entornó los ojos al mirar hacia el sol.

A juzgar por el ángulo de la luz, esa parte de la calle habría estado en sombras toda la mañana.

Pero eso no explicaba los siete cadáveres.

La violencia súbita y simultánea.

Había casquillos de balas por doquier, y un cuchillo a unos metros de allí, ensangrentado hasta la empuñadura, pero por lo que August veía, el Escuadrón Nueve no había sufrido una emboscada, no lo había atacado ninguna fuerza externa, ni de humanos ni de monstruos.

Los propios integrantes del equipo *se habían atacado entre sí.*

No había sido uno contra seis, no era que un soldado se hubiera vuelto loco; cada uno tenía un arma en la mano y una herida mortal. No tenía sentido.

Contempló sus rostros, algunos conocidos y otros no, rostros que alguna vez habían sido personas y ahora eran solo cascarones. Como Rez, pensó, conteniendo la sensación de pérdida antes de que llegara a aflorar.

—Qué desperdicio —dijo Soro. Estaba de pie a un costado, haciendo girar distraídamente su flauta, como si estuvieran en un jardín y no en la escena de un crimen. Los cadáveres que estaban en la calle tenían insignias de la FTF, pero August sabía que a los ojos de Soro, ya no eran soldados.

Eran pecadores.

Y los pecadores merecían cualquier final horrible que les tocara.

Sin embargo, ¿qué podía haber ocurrido para que todo un escuadrón hiciera eso?

¿Acaso era un síntoma de la división que había en el Edificio?

No, había tensión, pero una cosa era discutir, y esto... era algo totalmente distinto. Había un salto demasiado grande entre la arrogancia y este nivel de agresión.

¿Algún ataque, entonces?

¿Un Malchai?

Por un momento, se preguntó si aquellos soldados muertos serían un mensaje de Alice, una especie de regalo morboso dispuesto como un festín. Pero todos tenían sus insignias, y ninguno tenía heridas de dientes.

No, horrendas como eran, aquellas muertes habían sido provocadas por humanos, no por monstruos.

—¿Henry lo sabe?

—Por supuesto.

Soro acompañó la respuesta con una mirada inexpresiva, como si jamás se le hubiera ocurrido *no* informar esto. August supuso que así era; Henry era humano, pero también era el comandante en jefe de la FTF, el general de aquel ejército improvisado.

—¿Y el Consejo? —preguntó.

Soro meneó la cabeza.

—Henry quiso que tú lo vieras primero.

—¿Por qué? —August frunció el ceño.

Soro vaciló.

—Dijo que siempre tuviste una... sensibilidad. Una manera de pensar como un humano. Dijo que los estudias. —Aparentemente, las palabras incomodaban a Soro—. Que siempre quisiste ser uno de...

—Soy Sunai —replicó August, irritado—. Y no tengo idea de lo que pasó aquí. Si Henry quiere la opinión de un humano, que llame a otro.

Soro parecía mostrar alivio.

August se apartó de los cadáveres y empezó a caminar hacia el Edificio.

卌

I

Sloan se limpió la sangre de las manos mientras subía la escalinata de la torre.

Había algo desagradable en la sangre. En las venas de un humano, era tibia, vital; afuera, no era más que *suciedad*.

En el vestíbulo a oscuras, había Malchai holgazaneando en todas las superficies, reclinados en la escalera y recostados sobre los pasamanos. Había una docena de Colmillos aquí y allá en el suelo de piedra oscura, arrodillados junto a sus amos; sus collares de acero brillaban.

Tenían marcas sangrantes de mordidas en la piel, pero a Sloan casi no se le despertó el apetito al ver la sangre, ni a ellos. Nunca le habían agradado las presas voluntarias.

Al oír los pasos de Sloan, los Malchai salieron de su sopor, y bajaron los ojos al suelo a su paso.

En el elevador, Sloan dejó que sus ojos se cerraran. Soñaba con muchas cosas: con sangre, poder y una ciudad quebrada; con Henry Flynn doblegado y la Fuerza de Tareas de rodillas; con el corazón ardiente de August en su mano y el cuello de Katherine bajo sus dientes.

Pero mientras el ascensor subía, Sloan no ansiaba otra cosa que dormir. Unas horas de paz antes del frenesí de la noche. Salió del elevador y entró al apartamento, y allí se detuvo.

Alice había incendiado el apartamento.

Eso fue lo primero que pensó. El calor se irradiaba de la mesa de café de acero, donde ella había descargado una pila de brasas. Del montón ardiente sobresalía una cantidad de herramientas y utensilios de cocina, y delante de Alice había cuatro Malchai agachados en el suelo, dándose un festín con un hombre joven.

—Antes de que me lo preguntes —dijo Alice—, no fue como el Falstead. Esta vez no tuve nada que ver. Eso quedó en el pasado.

—¿De qué hablas?

Alice hizo un rápido movimiento de los dedos con impaciencia.

—Bueno, fue un puñado de Colmillos; deben haber perdido la cabeza, quién sabe qué pasó. Se mataron entre sí, o eso parece. Los Corsai no dejaron mucho. Yo diría que fue una riña sin importancia. Los humanos son tan... —Sopló sobre las brasas—. Tan *temperamentales*.

—¿Y *ellos*? —preguntó Sloan, señalando con la cabeza a los Malchai.

—Ah, ellos se ofrecieron.

—¿Se ofrecieron a hacer *qué*?

Alice no respondió. Tomó a uno de los Malchai por el mentón y lo hizo levantar sus ojos rojos hacia los de ella. Le habló con una voz diferente, más grave, más suave, casi hipnótica.

—¿Quieres enorgullecerme?

—Sí —susurró el Malchai.

Alice sacó del fuego una fina vara de metal, con el extremo al rojo vivo.

—Alice —insistió Sloan.

—Tengo una adivinanza —dijo Alice, con un asomo de alegría insana en la voz—. A un Corsai se lo ahuyenta con luz; a un Malchai se le pueden arrancar los colmillos, pero ¿cómo se evita la canción de un Sunai?

Sloan pensó en Ilsa, en el último sonido que había emitido antes de que le arrancara la garganta.

—No es necesario —respondió Alice con una sonrisa—. Simplemente, se deja de escucharla.

Dicho eso, introdujo la vara al rojo vivo en el oído del Malchai.

||

Hasta que Kate se internó en el Páramo, no le pareció real.

Hasta que vio el campo abierto, la extensión de nada, y se recordó arrastrando el cuerpo afiebrado de August por el campo hasta la casa. Recordó el cuarto de su madre, el hombre que llegó a la puerta; se recordó con la pistola en la mano. Un solo estallido, la división entre antes y después. Inocencia y culpa. Humano y monstruo.

No le agradaba pensar en eso.

No le agradaba recordar que por allí, en alguna parte, estaba el monstruo que *ella* había creado.

Con suerte, se habría muerto de hambre en el Páramo.

Con suerte...

El auto se sacudió, carraspeó y empezó a echar humo. Kate lanzó una palabrota y guio el vehículo a la zanja.

Estaba a trece kilómetros de las afueras de Ciudad V.

Trece kilómetros, y faltaban menos de dos horas para el anochecer.

Kate se bajó y rodeó el auto. La pistola estaba en el suelo del vehículo, del lado del pasajero, donde la había dejado apenas había perdido de vista el puesto de control. La recogió, saboreó el peso en la mano, recordó la dulce sensación del retroceso en el disparo y...

Le quitó el cargador y guardó ambas cosas en su bolso, se lo cargó al hombro y empezó a correr. Su sombra se extendía delante de ella, proyectada por el sol que descendía a su espalda, y sus zapatos marcaban un ritmo constante en el asfalto.

El atletismo había sido una actividad obligatoria en Leighton, y Kate pronto había descubierto dos cosas:

Le encantaba correr.

Y detestaba correr en círculos.

Intentó recordar aquella afición, sin más que una carretera despejada, una línea recta por delante, pero a los tres kilómetros se convenció de que todo había sido un invento suyo.

A los seis kilómetros, deseó tener a mano un cigarrillo.

A los ocho, se arrepintió de haber fumado.

A los once, la carrera se convirtió en trote y luego en caminata; enseguida empezó a cojear y vomitó al costado de la carretera. Otra vez le dolía la cabeza, y quería acostarse, cerrar los ojos, pero el sol estaba muy cerca del horizonte, y lo último que ella necesitaba era estar en el Páramo después del anochecer.

Tenía que seguir avanzando, y lo hizo.

Era gracioso cómo las cosas se simplificaban cuando no había otra opción.

Cuando al fin llegó a la zona verde, le ardían las piernas y los pulmones.

Alguna vez, aquel había sido el sector más rico de la capital, un lugar reservado para aquellos que podían darse el lujo no solo de pagar la protección de Harker, sino además de seguir con su vida como si nada. Alguna vez... pero ahora estaba *vacío*.

Habría sido fácil suponer que todo el mundo se había mudado, en una especie de éxodo masivo.

Habría sido... de no ser por la cantidad de autos que había en las casas. Y por la sangre.

Manchas marrones, secas desde hacía mucho tiempo, desgastadas por la intemperie y el sol. Pero las había por doquier. Salpicaduras como de óxido en las puertas de los vehículos, en los bordes de las aceras, en las cocheras y las escalinatas. Un eco de la violencia.

«¿Qué pasó aquí?», murmuró a las calles desiertas, aunque sabía la respuesta.

Corsai, Corsai, dientes y garras
Sombra y huesos, nada dejarán.

El sol se hundió en el horizonte y Kate se apoyó las gafas de sol en la cabeza. La luz iba atenuándose con rapidez; pronto estaría oscuro. Tenía que ponerse a cubierto.

Antes de seguir caminando, abrió su bolso y obligó a sus dedos a pasar por alto la pistola y a sacar la navaja y una estaca de hierro. Pasó por casa tras casa, pero todas las puertas estaban trabadas. En la tercera, se paró de puntillas y espió por una ventana, y se paralizó.

Parecía una fotografía de la escena de un crimen, sin los cadáveres: había manchas oscuras en las paredes y muebles derribados. Imaginó a los habitantes de la zona verde encerrándose en sus casas, esperando, hasta que se cortó la luz y las sombras entraron por debajo de las puertas.

Hubo un sonido leve, y Kate se puso tensa. Sus dedos aferraron las armas con más fuerza hasta que cayó en la cuenta de que el sonido era *humano.*

—*Psst* —le llegó la voz—. Por aquí.

Kate se dio vuelta y alcanzó a ver un destello de luz sobre metal. No, metal no. Un *espejo*. Una de las casas del otro lado de la calle tenía la puerta entreabierta, y un hombre estaba inclinando una polvera hacia adelante y atrás para llamar su atención.

—¿Hola? —dijo Kate, y empezó a caminar hacia él.

—*Shh* —la hizo callar el hombre, al tiempo que miraba hacia uno y otro lado de la calle con nerviosismo. Tenía una linterna en una mano, aunque aún no estaba oscuro, y por encima de su hombro Kate vio más luces encendidas en el vestíbulo.

»Entra, entra —le dijo, y abrió la puerta apenas lo suficiente para dejarla pasar.

Kate cruzó el jardín del frente, pero vaciló al pie de la escalinata. Su sombra había desaparecido, absorbida por el crepúsculo, y Kate sentía que algo se crispaba a su espalda, pero todas las demás casas estaban vacías y en silencio, salvo esta. Eso le puso los nervios de punta.

—¿Y bien? —insistió el hombre. No parecía muy peligroso: delgado como un fideo, con calvicie incipiente y el crisparse constante de los nervios alterados. Pero Kate sabía por experiencia que los hombres también podían ser monstruos, especialmente en Verity—. Esas otras casas no tienen nada, y nos quedan tal vez diez minutos hasta que oscurezca del todo —resolló—, así que entra o lárgate.

—Estoy armada —lo previno Kate—. Y pienso seguir así.

El hombre asintió, como si entendiera, o no le importara. Kate suspiró y entró. Apenas pasó, el hombre cerró la puerta y echó el cerrojo. A Kate se le hizo un nudo en el estómago al oírlo, un sonido claro y definitivo como un disparo.

El hombre pasó junto a ella y se puso a encender más luces, enfocándolas hacia la puerta. A medida que los ojos de Kate se habituaron, se dio cuenta de que, debajo de la chaqueta, él estaba cubierto de metal; se había fabricado una especie de cota de malla con discos de hierro labrado. *Medallones.* Los mismos que Callum Harker vendía a sus ciudadanos como protección contra los monstruos que cazaban según la voluntad de él.

Pero Callum nunca había dado a nadie más que un solo disco. Kate pensó en la sangre que había visto en la calle, en los cuerpos desaparecidos. No necesitó preguntar de dónde había sacado las demás medallas.

—¿Qué hacías allí afuera?

—Pasaba por aquí —respondió—. Me pareció un lindo día para caminar. —El hombre se quedó mirándola sin entender. No sabía reconocer el sarcasmo, entonces. De cerca, tenía los ojos inyectados en sangre, como si llevara días enteros sin dormir—. ¿Esta es su casa?

El hombre miró alrededor con nerviosismo.

—Ahora lo es —respondió, sin detenerse, como si no pudiera estarse quieto—. La sala está por allí. —Señaló hacia el otro lado del vestíbulo, y luego entró a una cocina. Kate oyó el ruido metálico de una olla y luego un fósforo que se encendía, mientras cruzaba unas puertas abiertas y entraba a una sala.

Una abertura angosta entre las cortinas le indicó que la noche llegaba rápidamente. Las cortinas mismas estaban hechas de alambre de cobre trenzado, como una versión delicada de la misma cota de malla que el hombre tenía puesta. En el centro de una mesa de café había una cantidad de baterías, linternas y lamparillas.

Un altar a la luz artificial.

—¿Tienes nombre?

Kate se sobresaltó. El hombre se le había acercado desde el lado por el que no oía, y no lo advirtió hasta que estuvo demasiado cerca. Traía dos tazas.

—Jenny —mintió—. ¿Y usted?

—Rick. Bueno, Richard. Pero siempre me gustó Rick. —Le ofreció una de las tazas. Kate aún tenía en una mano la estaca de hierro, y en la otra, el encendedor de plata con su navaja escondida. Dejó la estaca a un lado para aceptar la taza y llevársela a la boca. Olía vagamente a café y ella tenía el cuerpo contraído de hambre y sed, pero sabía que no le convenía beberlo.

Rick seguía en movimiento, acomodando más luces. Kate se acomodó en un sillón, con las piernas doloridas y el cuerpo entumecido por la fatiga. Señaló con la cabeza hacia la cortina, al mundo que había más allá de la casa.

—¿Qué pasó ahí afuera?

—¿Qué *pasó*? —repitió Rick, con voz tensa—. Vinieron. Corsai, Malchai, todo lo que tiene dientes.

Kate pudo imaginarlo. Primero habían llegado los Malchai, desgarrando gargantas, y luego los Corsai, a alimentarse de lo que ellos habían dejado. Con razón no quedaba nada.

—Yo ni siquiera debía estar aquí —murmuró Rick—. Iba camino al Páramo y se me ocurrió que la zona verde sería un lugar seguro donde acampar durante la noche. —Una risita nerviosa.

—¿Cómo hizo para sobrevivir? —le preguntó Kate.

—Al principio, me escondí. Y después, este… Bueno, estaban todas estas casas abandonadas. —Se lo veía cada vez más nervioso. Se movía como un adicto, acelerado por el miedo—. Hice lo que pude. Lo que tenía que hacer.

Kate hizo girar el encendedor de plata entre los dedos.

—¿Por qué no se fue? ¿A Ciudad Sur o al Páramo?

—Lo pensé cientos de veces. Salía a la luz del día e intentaba obligarme a marcharme, pero ¿quién sabe lo que hay allí? No hay señal de celular, y qué diablos, después de lo que pasó aquí, no me sorprendería si el mundo entero hubiera quedado a oscuras. Vino un hombre, hace unos meses; estaba escapando de Ciudad Norte, y dijo que los Malchai habían recogido a los humanos y los guardaban como si fueran comida en un refrigerador. No —prosiguió Rick—. No, aquí tengo todo lo que necesito, y voy a esperar hasta que pase. Esos bastardos no pueden vivir para siempre.

Se hizo silencio, y el estómago de Kate gruñó de manera audible.

—Espera —dijo Rick, al tiempo que se ponía de pie—. Te traeré algo para comer.

—¿Y Ciudad Sur? —le preguntó Kate.

—Ni idea —fue la respuesta.

Kate se inclinó hacia adelante, y sus dedos estaban recorriendo la colección de baterías cuando se oyó algo en el vestíbulo. Si no hubiera tenido la cabeza girada en la dirección indicada, quizá no lo habría oído. Si no hubiera sido la hija de su padre, quizá no habría sabido reconocer el sonido: un cartucho de escopeta al ser introducido en la recámara de un arma.

Y por eso, pensó Kate, *no soy optimista*.

Su pistola estaba descargada en el bolso, a sus pies, pero aún tenía el encendedor en la mano, y con un ligero movimiento, la hoja se liberó, y el brillo repentino del filo despertó la oscuridad en su cabeza mientras se ponía de pie.

Rick estaba en la puerta, con la escopeta levantada. Señaló la navaja con el caño.

—Déjala.

Kate aferró la navaja con más fuerza, y en lugar de acelerársele el corazón, sintió que empezaba a latir más lento, a estabilizarse. Qué fácil sería. Ya podía ver la navaja clavada en el cuello de Rick, podía...

No.

No sucedería así. Rick tenía una escopeta, y aun con los nervios alterados, sería casi imposible que errara un disparo desde tan cerca, habiendo más de cien municiones en un cartucho. Quizá moriría, pero ella también, y aunque a la oscuridad que residía en su cabeza no pareciera importarle, al resto de Kate sí le importaba.

Con cuidado, dejó la navaja en el respaldo del sofá.

—¿Y ahora qué, Rick?

Los nervios de Rick no se habían calmado, pero sí se habían aplacado un poco, oprimidos por una nueva decisión.

—Las manos sobre la cabeza.

La mente de Kate daba vueltas y vueltas, pero entre la carrera de trece kilómetros desde el Páramo y la escopeta que le apuntaba a la cabeza, no se le ocurría nada; cada idea acababa por caer en la violencia ciega en lugar de la lógica, la estrategia, la razón.

—Vamos —ordenó Rick, y levantó ligeramente la escopeta para dar énfasis a la orden—. Retrocede hacia la puerta.

Kate obedeció, lentamente, intentando ganar tiempo.

—No es nada personal, Jenny —murmuró Rick—. De veras. Es que estoy muy cansado. No me dejan dormir.

—¿Quiénes?

Ya habían llegado a la puerta.

—Quita el cerrojo.

Kate lo hizo.

—Abre la puerta.

Lo hizo.

Ya no estaba anocheciendo, sino que era plena noche. La luz de la puerta alumbraba cerca de un metro hacia afuera, formando un rectángulo angosto de seguridad, pero más allá, la calle estaba a oscuras.

—¡Sé que están ahí!

La voz de Rick resonó en las calles, rebotando contra las casas vacías y los autos abandonados.

Por un segundo, no ocurrió nada.

Luego las sombras empezaron a moverse. En la oscuridad aparecieron ojos blancos, dientes que resplandecían como navajas, y a Kate se le revolvió el estómago al recordar la música, la huida, los vagones vacíos del metro, las cuerdas que se rompían y las garras que cortaban.

Los Corsai susurraron su coro horrendo.

golpeaquiebraarruinacarnehuesogolpeaquiebra

Y entonces las palabras empezaron a cambiar...

golpeaquiebraarruinadesgarrapequeñaharkerperdida

...y a espaciarse hasta formar un orden coherente.

pequeña harker perdida

Surgió el miedo en Kate, súbito y visceral, y ella supo que los monstruos podían olerlo en su piel.

—¡Miren! —los llamó Rick—. Les traje algo para comer.

comer pequeña harker pequeña perdida

—Solo déjenme en paz una noche —rogó—. Una noche, nada más. Déjenme dormir.

entréganos a la harker

A Kate le daba vueltas la cabeza, con un deseo irracional que competía con el miedo, el impulso de lanzarse hacia la oscuridad, de arañar las cosas que tenían garras, de destrozarlas mientras la desgarraban.

El caño de acero de la escopeta la empujó entre los hombros, y Kate dio un paso vacilante.

Haz algo, pensó.

Mátalos a todos, susurró lo que vivía en su cabeza.

Eso no.

—¿Alguna vez mataste a alguien? —preguntó.

—Lo siento —dijo Rick, y el abatimiento que oyó en su voz le dijo todo lo que necesitaba saber. No quería dispararle—. Es que estoy muy cansado.

—Está bien, Rick. Me voy.

Kate dio medio paso hacia adelante y sintió que Rick se aflojaba un poco, aliviado. El caño se apartó del centro de su espalda y se elevó por encima de su hombro.

Kate se balanceó hacia atrás contra el pecho de Rick, le estrelló un codo contra la cara al tiempo que giraba y le quitaba la escopeta. Dos segundos, eso fue todo: Rick estaba apoyado en una rodilla, aferrándose la nariz ensangrentada, y Kate estaba ante la puerta abierta, con la escopeta en las manos.

Dispara, dijo la voz en su cabeza cuando Rick se puso de pie, pero él resbaló en el primer escalón y perdió el equilibrio. Cayó los tres escalones restantes y quedó fuera de la seguridad de la luz.

Dispara, dijo el monstruo, pero Kate no sabía si sería un acto de piedad hacia Rick o un regalo para la locura que vivía dentro de ella, de modo que arrojó el arma al césped. Rick intentó alcanzar la escopeta mientras Kate retrocedía hacia el interior, y lo último que vio antes de cerrar la puerta y echar el cerrojo fue el destello de la escopeta, que Rick blandía como un garrote contra las sombras.

La casa estaba vacía.

Kate lo sabía porque la había revisado, de arriba abajo, desde el frente hasta el fondo. Rick había hecho un buen trabajo al asegurar las ventanas y puertas, pero si aguzaba el oído alcanzaba a oír el roce de uñas contra madera, contra ladrillo, contra vidrio, la huella de las garras de los Corsai, que arañaban buscando entrar. Recordándole que estaba atrapada.

«¿Dónde estás, Kate?», se preguntó en voz alta, y cuando lo primero que le vino a la mente fue Riley, Prosperity y la mesa del café con los Guardianes, decidió que ya no quería seguir con ese maldito juego.

Había pasado frente al espejo del pasillo tres veces; ahora se detuvo ante él con unas tijeras en la mano. Evitando mirarse a los ojos —no quería ver cómo se extendía el plateado; no necesitaba que se lo recordaran, pues podía sentirlo como un peso, apoyado en sus pensamientos—, se soltó el cabello, lo peinó por delante de los ojos y empezó a recortar.

Empezaron a caer mechones rubios al suelo, y Kate no paró hasta que el borde del cabello trazaba una línea a través de su rostro, cayendo sobre el ojo izquierdo. Apenas una cicatriz más.

Indecisa entre el deseo de desplomarse por el cansancio y el miedo de bajar la guardia lo suficiente como para dormir, revisó las alacenas de la cocina (encontró café molido, un litro de agua y una barra proteica procesada como para resistir un apocalipsis), encendió todas las linternas que pudo, y por último se retiró a la sala.

Se dejó caer en el sofá, sacó la tablet de su bolso y abrió una ventana de mensaje.

Riley, empezó a escribir, pero se detuvo al recordar que no había conexión, no había señal a la cual conectarse.

Sus dedos vacilaron sobre la pantalla en blanco. El cursor parpadeaba, esperando, y Kate sabía que era inútil, pero en la casa había demasiado silencio y los monstruos hacían demasiado ruido, de modo que empezó a escribir de todos modos.

Mi verdadero nombre es Katherine Olivia Harker.

Sus dedos se movían vacilantes sobre la pantalla.

Mi madre se llamaba Alice. Mi padre, Callum. No quería mentirte, pero a veces es mucho más fácil que decir la verdad. Más corto. Solo quería empezar de nuevo.

¿Alguna vez hiciste eso?

Es liberador, al principio, como quitarse un abrigo pesado. Después sientes frío, y te das cuenta de que la vida no es un abrigo. Es tu piel. Es algo que no puedes quitarte sin perderte a la vez.

Kate se detuvo y apretó las manos contra sus ojos. ¿Por qué estaba escribiendo sobre Verity como si la hubiera echado de menos, como si hubiera estado buscando un pretexto para volver a casa?

Dejó la tablet a un lado, con el mensaje inconcluso, se desperezó y se cubrió los hombros con una manta. Afuera, los Corsai empezaban a impacientarse, y ahora el roce de sus garras y dientes iba acoplado con susurros que se filtraban por las grietas como el viento.

ven aquí pequeña harker ven aquí ven aquí venaquívenaquí
Se oía como si estuvieran justo frente a las ventanas.

Kate se tensó al oír las uñas contra el vidrio, y sus nervios se crispaban más y más con cada susurro, cada arañazo y cada provocación. La estaca de hierro estaba sobre la mesa, y hacia ella fue su mano al recordar los ojos cansados y las palabras desesperadas de Rick.

Una noche, nada más. Déjenme dormir.

Kate buscó en su bolso y sacó el reproductor de música; recorrió la lista de canciones hasta encontrar algo de ritmo intenso. El sonido le llenó el oído sano y bloqueó las llamadas insistentes de los Corsai, y Kate subió el volumen más, más y más hasta que acalló también al monstruo en su cabeza.

卌
III

El Malchai cayó a los pies de August con un agujero en el pecho.

—Estuvo cerca —comentó Harris, al tiempo que pasaba por encima de otro cadáver.

—Demasiado cerca —respondió Ani, sin aliento, con un corte superficial en la mejilla.

Había sido un ataque descuidado: un par de Malchai y un Colmillo habían intentado sorprenderlos, como si dos monstruos y un humano tuvieran alguna posibilidad contra un escuadrón de la FTF, especialmente cuando ese escuadrón estaba al mando de un Sunai.

—¿Qué hacemos con este? —preguntó Jackson. El Colmillo estaba amarrado a sus pies, con un ojo que empezaba a cerrarse por la hinchazón y los dientes podridos cubiertos de sangre.

Sería fácil recolectar su alma, pero August ya había segado media docena de vidas, y la idea de segar otra le hacía doler los huesos.

—Que envíen un jeep —ordenó—. Lo llevaremos con vida. A ver si Soro puede sacarle algo útil.

Emprendieron el regreso a través de la corta distancia que los separaba del Tajo, pero a medida que la barricada se acercaba, August fue aminorando el paso.

La idea de regresar al Edificio Flynn, de quedarse quieto con todas aquellas almas en su interior... Con razón Leo no paraba nunca.

La noche estaba llena de monstruos, y él necesitaba cazar.

Pues entonces caza, dijo su hermano.

¿Y por qué no?

Llegaron al portal del Tajo. Harris dio la señal por el intercomunicador y las puertas se abrieron, y del otro lado los esperaba el jeep. El escuadrón cruzó, pero August se detuvo.

Harris lo miró.

—¿Qué pasa?

—Los veré en el Edificio.

—Ni lo pienses —dijo Ani.

—Si vas a volver a salir —añadió Jackson—, iremos contigo.

—No es necesario —replicó August. Ya estaba dando la vuelta para irse cuando Harris lo tomó del brazo.

—No hay misiones individuales, señor —dijo Harris. Esa era la primera y la más importante de las reglas del Escuadrón Nocturno. Si había que trabajar en la oscuridad, se trabajaba en equipo.

Esa regla es para ellos.

Leo tenía razón. August no necesitaba un equipo.

—Suéltame —le advirtió, y cuando Harris no lo soltó, lo empujó hacia Ani, con suficiente fuerza para hacer trastabillar a ambos. Sus caras formaron una expresión, pero August se apartó sin intentar interpretarla—. Lleven al Colmillo a las celdas. Es una orden.

Y esta vez, cuando se apartó, nadie intentó detenerlo.

Era extraño caminar solo.

Se había acostumbrado al eco de otros pasos, a la necesidad de pensar en otros cuerpos, en otras vidas. Sin ellos, estaba libre.

Las luces de Ciudad Sur se iban atenuando a cada paso, y August llevaba el violín preparado, el diapasón en una mano y el arco en la otra, mientras seguía el susurro de las sombras.

Pero había algo raro. Había demasiada quietud, las calles estaban demasiado vacías, y podía sentir que los monstruos se replegaban en la oscuridad.

Sonó su intercomunicador.

—*August* —dijo Henry en tono severo—. ¿Qué estás haciendo?

—Mi trabajo —respondió simplemente, y desconectó el aparato justo antes de que todas las luces de las calles se apagaran y él quedara sumido en la oscuridad.

Un momento después, un sonido atravesó la noche: no un grito, sino una risa, aguda, áspera y cargada de veneno.

—Sunai, Sunai, ojos de carbón, róbame el alma con una canción.

Alice. August giró en círculo, buscándola, pero la voz rebotaba contra los edificios, y la oscuridad empezó a llenarse de ojos, rojos y blancos contra la cortina negra.

Alzó el violín y apoyó el arco en las cuerdas mientras la voz proseguía.

—¿Qué estás esperando? —lo provocó Alice.

La oscuridad se movió, y cuatro Malchai salieron de las sombras.

—¿Por qué no nos tocas una canción?

Como si les hubieran dado pie, atacaron.

Los Malchai eran rápidos, pero por una vez, August lo fue más. Tocó la primera nota, un sonido fuerte y claro que atravesó la noche. Debería haber atravesado también a los monstruos, haberlos detenido en seco.

Pero no fue así.

Siguieron acercándose. August retrocedió un paso, dos, el arco rozando las cuerdas. Su canción se derramaba en el espacio que lo separaba de ellos, tomando forma, trazando cintas de luz, pero los monstruos no frenaron, no se detuvieron, ni siquiera parecían *oír*...

Demasiado tarde, vio sus oídos mutilados y se dio cuenta de que, en efecto, no podían oírlo.

August lanzó una palabrota, soltó el violín y giró el arco en la mano para revelar el borde afilado. Los Malchai cayeron sobre él. August cortó una garganta y la sangre negra empañó el aire, pestilente como la muerte; unas uñas se le clavaron en los brazos y una mano le aferró el cabello.

Pero no podían ganarle, en absoluto. Por una vez, August no tenía que preocuparse por los humanos, no tenía que proteger ninguna vida más que la suya. La libertad era tan asombrosa que se perdió en la violencia.

Se convirtió en un instrumento de *finalizar*, una pieza musical cuyas notas empezaron a salir cuando la oscuridad le envolvió las manos, el humo se tragó sus dedos y ascendió por sus muñecas; ese otro yo fue desprendiéndose de él, descartándolo centímetro a centímetro. Los Malchai gritaban y forcejeaban, y en el pecho de August se encendió el calor; su pulso se aceleró, instándolo a *soltarse, soltarse, soltarse.*

Pero ya todo había terminado. El violín estaba caído a un par de metros; el arco, en su mano, estaba bañado en sangre; August estaba de pie, jadeando por la pelea, y a sus pies, los cuerpos destrozados de los monstruos.

Bien hecho, hermanito.

Se miró las manos, la piel aún sumida en sombra y humo. La oscuridad le lamía las marcas en los antebrazos, amenazando borrárselas, borrarlo *a él*, pero no había necesidad: la pelea había terminado, y ante sus ojos, las sombras retrocedieron.

August flexionó las manos y echó la cabeza hacia atrás, hacia la noche.

—Vas a tener que esforzarte más —le gritó a Alice, y su voz resonó en la oscuridad.

Henry estaba esperándolo en la entrada del Edificio. Al ver a August, se adelantó hasta la franja de luz.

—¿Cómo se te ocurre?

Él no entiende.

—¿Cómo pudiste ser tan imprudente?

No puede.

—Podrían haberte capturado.

Apenas es humano.

Pero August nunca había visto a Henry tan angustiado. La luz lo hacía ver pálido y enjuto, y respiraba con tanta fuerza que August oyó la obstrucción en el pecho del hombre. Se preocupó, pero se obligó a calmarse.

—¿Qué te pasa? —preguntó Henry, en tono apremiante.

—Nada —respondió August—. Estoy cumpliendo mi función. Y siento que es lo correcto —agregó, aunque ya se le había pasado el entusiasmo, tenía la piel pegajosa por la sangre y sentía su olor nauseabundo en el fondo de la garganta.

El rostro de Henry se llenó de consternación, y August añoró la calma que lo había rodeado con tanta facilidad durante la pelea, la libertad que había sentido en la oscuridad.

—Abandonaste a tu equipo.

—Los envié a casa. Ya no los necesitaba.

Henry se frotó la frente.

—Sé que estás disgustado por lo de Rez…

—Esto no tiene que ver con Rez —replicó August—. No tiene que ver con ningún humano. Es solo que estoy cansado de perder. ¿De qué sirve mi fuerza si no me dejas usarla?

Henry le apoyó las manos en los hombros.

—¿De qué sirve tu fuerza si te perdemos a manos de Sloan? Fíjate en Ilsa. Piensa en Leo. Puedes creer que eres invencible, pero no lo eres.

—No necesito ser invencible —dijo August, y se encogió de hombros para que lo soltara—. Solo tengo que ser más fuerte que todos los demás.

‖‖‖ ‖‖‖

Sloan pasó la mano por los estantes de la oficina, y sus uñas recorrieron los lomos de tela y cuero de la colección de Harker hasta encontrar lo que buscaba.

—Aquí está —anunció, mientras regresaba a la sala principal del apartamento.

Los tres ingenieros estaban sentados a la mesa, una amplia superficie de pizarra con armazón de acero. Estaban encadenados por los tobillos a las patas de la mesa, que estaban ancladas al suelo. La mesa ya estaba cubierta de tablets, pero Sloan despejó un lugar y dejó caer el libro sobre la piedra, y disfrutó al verlos sobresaltarse.

—¿Qué quiere? —preguntó uno de los hombres.

Sloan fue pasando las páginas hasta llegar a una fotografía de la ciudad, tomada antes de las guerras territoriales, antes de la existencia del mismo Sloan. Cuando la fortaleza de Flynn era apenas una torre más en un mar de acero.

—Lo que quiero —respondió, bajando con la uña por la página hasta detenerla sobre el Edificio— es derribar este edificio.

Los ingenieros se paralizaron.

Fue la mujer quien habló.

—No.

—¿No? —repitió Sloan suavemente.

—No lo haremos —dijo el otro hombre.

—No *podemos* —explicó la mujer—. No es posible. Un edificio de ese tamaño, no es algo que se pueda destruir a distancia, y aunque tuvieran los materiales...

—Ah.

Sloan sacó el cubo pequeño del bolsillo y puso el explosivo sobre la mesa. Los ingenieros se echaron hacia atrás.

—Mi predecesor creía que había que estar preparado. Escondió sus arsenales en distintos puntos de la ciudad, todo tipo de cosas, desde armas hasta metales preciosos, y una buena cantidad de *esto*. No se preocupen por los materiales —dijo, al tiempo que volvía a guardar el cubo en el bolsillo—. Solo busquen la manera de colocarlos.

Mientras se alejaba, oyó el ruido metálico de las cadenas y el de las hojas del libro. Se dio vuelta justo a tiempo para ver al segundo hombre con el libro en alto, como para golpear con él a Sloan. Qué fastidio, pensó, y tomó al hombre por la garganta. El libro se le cayó de las manos.

Sloan suspiró, apretó más y levantó al hombre del suelo. Así le pagaban esas nuevas mascotas por darles cierta libertad. Miró más allá del hombre que forcejeaba y luchaba por respirar, hacia los otros dos ingenieros.

—Tal vez no fui claro... —dijo, y le quebró el cuello.

La mujer ahogó una exclamación. El otro hombre se estremeció. Pero ninguno se levantó de su asiento. *Vamos progresando*, pensó Sloan, y dejó caer el cuerpo junto al libro.

En ese momento entró Alice hecha una furia, con los puños apretados y los ojos encendidos como brasas, sin rastros de sus Malchai ni de August Flynn.

—¿Otro intento fallido? —la provocó Sloan, y recogió el libro mientras ella pasaba como una tromba hacia su cuarto.

—Cuestión de práctica —gruñó, y se encerró en su cuarto con un portazo.

Ella está sola
en un sitio
sin luz
sin espacio
sin sonido
y entonces
la oscuridad
pregunta *quién*
    merece
      pagar
y una voz
    —la de *ella*—
responde
    todos
y la palabra
se repite como un eco
una vez
    y otra
    y otra más
y la nada

se llena de cuerpos
tan apiñados
como la multitud
en el subsuelo
de Harker Hall
cuando Callum
subió al escenario
para juzgar
a todos los humanos
es su padre
cada monstruo
es la sombra de él
y ella tiene
un cuchillo en la mano
y solo quiere
acabar con ellos
uno por uno
solo quiere
solo quiere...
pero si empieza
nunca se detendrá
entonces lo suelta
y el cuchillo
cae de entre sus dedos
y los monstruos
    la hacen
      trizas.

Kate despertó sobresaltada, con el corazón acelerado. Durante un momento terrible se desorientó, no sabía dónde estaba... hasta que recordó todo.

La casa en la zona verde, el hombre de la escopeta, los Corsai en la calle.

Estaba acostada en el sofá junto al altar de baterías y lamparillas, y por entre las cortinas metálicas improvisadas se filtraban las primeras luces del alba. El fantasma de la pesadilla siguió sobre ella mientras se levantaba. Había dormido con las botas puestas, sin poder quitarse el miedo de que entrara algo, de tener que estar lista para pelear, para huir. Su reproductor de música se había quedado sin batería durante la noche, pero los Corsai nunca habían cesado.

Con razón Rick se había vuelto loco.

Se lavó la cara con lo que quedaba del agua, comió como aturdida y luego dispuso sus armas sobre la mesa, atraída y asqueada por ellas en igual medida. Se amarró una estaca de hierro a la pantorrilla y guardó la navaja en el bolsillo trasero. El clic del cargador al introducirlo en la pistola le produjo un estremecimiento casi agradable. Colocó el seguro y acomodó el arma en la parte trasera de sus jeans. *Ojos que no ven, corazón que no siente*, se dijo, mientras el metal le besaba la espalda. Se cargó el bolso al hombro, abrió la puerta y salió a la luz del amanecer.

A la luz del día, el silencio era aún peor; el vacío de la zona verde le resultaba más inquietante que cualquier cantidad de gente.

La escopeta de Rick estaba en la acera, cerca de la calle; era lo único que quedaba de él salvo una fina línea de sangre seca en el pavimento. Si había otros en el vecindario, no se mostraron, y Kate no los buscó.

Necesitaba seguir avanzando.

En la calle había muchos automóviles, pero estos hacían ruido, y lo último que quería era alertar a toda Ciudad V de su llegada. Especialmente porque no tenía idea de quién (o qué) estaría allí para recibirla. Entonces, recorrió los frentes de varias casas, con su césped húmedo por el rocío, hasta que encontró una bicicleta caída, abandonada como todo lo demás en la zona verde.

Kate enderezó la bicicleta, intentando no pensar en quién habría sido su dueño ni en lo que habría sido de él; pasó la pierna por encima del asiento y se puso en marcha hacia la zona amarilla, la roja, y la ciudad que la esperaba.

El violín estaba hecho un desastre.

August estaba sentado en el borde de su cama, y sus dedos se movían con destreza sobre el acero mientras aflojaba las clavijas y soltaba las cuerdas. Luego fue el turno del mango, el diapasón, el cordal, el puente.

Pieza por pieza, desarmó el instrumento, del mismo modo en que los soldados de la FTF desarmaban sus armas; retiró la sangre de todos los intersticios y curvas, y limpió y secó cada pieza antes de volver a armarlo.

Trabajaba en silencio, sin poder quitarse la sensación de que, en lugar de estar eliminando la sangre, estaba incorporándola; pero cuando terminó, el arma estaba entera otra vez, lista para su siguiente pelea.

Igual que tú, hermanito.

Volvió a guardar el instrumento reluciente en su estuche junto al arco, se puso de pie y salió al pasillo.

Oyó movimientos en la cocina, unos pasos apagados, el susurro de algo similar a la arena, y al doblar hacia allí vio las alacenas abiertas y una bolsa de azúcar derramándose sobre la encimera hasta caer al suelo.

No había ninguna luz encendida, pero su hermana estaba de pie junto a la isla y sus manos danzaban sobre varias pilas de azúcar, separándolas con los dedos en colinas y valles mientras Allegro caminaba en torno a sus piernas, dejando huellas diminutas en el polvo blanco.

August avanzó un paso con cautela, intentando no sobresaltarla. Le habló en voz baja.

—¿Ilsa?

Ella no levantó la vista, ni siquiera registró su presencia. A veces Ilsa se perdía, quedaba encerrada en su mente. Una vez, durante uno de esos episodios, sus pensamientos habían salido como cintas enredadas de palabras. Ahora lo hacía en silencio, con los labios apretados formando una línea fina mientras pasaba los dedos por el azúcar, y al acercarse, August se dio cuenta de lo que estaba haciendo. Era un modelo con poco relieve —el azúcar suelta no podía formar nada alto sin perder forma—, pero reconoció la línea serpenteante del Tajo a través del centro, la grilla de calles y los edificios a cada lado.

Ilsa había hecho una maqueta de Ciudad V.

Deslizó las manos hasta el borde de la isla y se inclinó hacia adelante, acercando el rostro a la encimera como para espiar entre los muros de su creación.

Y entonces inhaló profundamente, y *sopló.*

Toda la ciudad se dispersó, y el único sonido fue el de la exhalación de Ilsa y la lluvia de azúcar que cayó al suelo. Entonces lo miró por fin, con los ojos muy abiertos pero no vacíos, en absoluto perdidos. No, miró a August directamente y pasó la mano por encima de la encimera como diciendo: *¿Te das cuenta?*

Pero August solo se daba cuenta de una cosa.

—Estás ensuciando la cocina.

Ilsa frunció el ceño. Alisó el azúcar bajo la palma de su mano y trazó algo con el dedo, con movimientos suaves y curvos. August tardó un momento en comprender que estaba escribiendo una palabra.

Viene.

August se quedó mirando el azúcar, el mensaje.

—*¿Qué* viene?

Ilsa suspiró con exasperación y pasó el brazo por la encimera, dispersando lo que quedaba de la ciudad y levantando una nube de azúcar que se depositó en el cabello de August, en su piel. Para un humano, tendría un sabor dulce, pero para él, solo sabía a una cosa:

Ceniza.

|||| ||||
|||| ||||
|

Durante su niñez, Kate había tenido muchas pesadillas, pero solo una era recurrente.

En el sueño, ella estaba de pie en medio de la calle Birch, una de las más transitadas de Ciudad Norte, pero no había automóviles. Nadie caminaba por las aceras. No había movimiento en los escaparates. Era como si la ciudad se hubiera vuelto de costado y toda señal de vida se hubiera caído. Estaba... vacía, y al no haber personas no había sonidos, y el silencio parecía crecer más y más alrededor, y el ruido blanco la abrumaba hasta que se daba cuenta de que no era el mundo sino sus oídos, que había perdido lo que le quedaba de audición y estaba sumida en un silencio eterno, y empezaba a gritar y gritar hasta que al fin despertaba.

Mientras Kate atravesaba la zona roja, la envolvía aquel mismo silencio horrible, aquel miedo antiguo e irracional, y se esforzaba por oír algo, lo que fuera, además de su propio pulso y del roce de los neumáticos en el pavimento.

Pero no había nada, nada, y de pronto...

Kate aminoró la velocidad. ¿Eran voces? Le llegaban en fragmentos, tonos altos y bajos divididos por los edificios de piedra y acero. Los sonidos cobraban brillantez en su oído sano, pero volvían a apagarse antes de que lograra descubrir de dónde provenían, o si estaban acercándose o alejándose. Desmontó con el mayor cuidado posible y apoyó la bicicleta contra una pared. Justo en ese momento, alguien *silbó* detrás de ella.

Kate dio media vuelta y vio a un hombre sentado en una escalera de incendios. Tenía jeans oscuros y camiseta, pero lo primero que le llamó la atención fue la banda de acero en torno al cuello. Parecía un collar para perros.

—Bueno, bueno —dijo el hombre, poniéndose de pie.

Se abrió una puerta cerca de allí, y cuando salieron otras dos figuras, un hombre y una mujer, Kate comprendió que el primero no le había silbado *a ella*. Había silbado para llamarlos *a ellos*. Eran más toscos, tenían la piel ajada y manchada por tatuajes viejos, pero llevaban los mismos círculos de metal al cuello.

Como *mascotas*, pensó Kate, y entre la palidez por la pérdida de sangre y las heridas que les subían por la cara interna de los brazos como pinchazos de agujas, era obvio a quién pertenecían.

—Ah, esto es *perfecto* —dijo la mujer, con voz melosa.

El hombre que estaba en la escalera de incendios esbozó una amplia sonrisa.

—Es justo su tipo, ¿verdad? —¿*Tipo*?—. Hasta tiene ojos azules.

—Es increíble. Sloan va a…

Si dijo algo más, Kate no lo oyó. El nombre se le enganchó como alambre de púas en la mente, y le trajo recuerdos de ojos rojos y un traje negro, una sombra a la espalda de su padre, una voz en su cabeza que susurraba: *Katherine*.

Pero Sloan no estaba allí, en Verity, porque estaba *muerto*. Ella lo había visto tendido en el suelo del depósito, con una barra de acero clavada en la espalda y...

Algo llamó la atención de Kate nuevamente hacia el callejón. Uno de los matones estaba más cerca, demasiado cerca, con las manos levantadas como si ella fuera una criatura o un perro, algo que se asustaba con facilidad.

—Cuidado, Joe, sabes que no le gustan estropeadas.

Kate se acercó a la pared y sintió el peso de la pistola en la espalda. La sacó, y apenas la empuñó, su pulso empezó a enlentecerse, y allí estaba otra vez aquella calma maravillosa, aterradora, y todo el mundo arruinado se redujo a una sola calle. *Dispara.*

Apoyó el dedo en el gatillo, aún con el seguro puesto.

—Atrás —dijo, dando a su voz toda la fría precisión que había aprendido de Callum Harker.

Uno de los hombres se amilanó, pero el otro lanzó una carcajada y la mujer no apartó la mirada de Kate, como desafiándola a intentarlo.

—No creo que seas capaz.

Kate aferró el arma con más fuerza.

—La última persona que me dijo eso no vivió mucho.

Sería tan fácil, susurró la oscuridad. *Te sentirías tan bien.* Kate quería hacerlo, lo deseaba más que nada quería matar y esas personas merecían pagar merecían...

Intentó imaginar a August, interponiéndose entre su padre y el caño de la pistola.

Así no.

Mientras quitaba el seguro con el pulgar, se obligó a respirar, a pensar. A su espalda, la pared no era más que ladrillos, pero a la derecha había un contenedor de basura y un muro bajo que daba a quién sabía dónde.

—¿Lo ves? —la provocó la mujer, al tiempo que sacaba del bolsillo un par de esposas—. Perro que ladra no...

Kate jaló el gatillo.

La bala dio en la escalera de incendios con un ruido ensordecedor. Los tres matones se sobresaltaron y giraron por reflejo hacia el sonido, lo cual Kate aprovechó para correr. La sorpresa le dio apenas un segundo de ventaja, nada más. Trepó al contenedor de basura justo antes de que la mujer llegara hasta allí, y esta alcanzó a aferrarle el tobillo. Kate la apartó de una patada, subió al muro y saltó del otro lado.

Aterrizó corriendo, y se encaminó directamente hacia el Tajo, con la esperanza de que no la siguieran.

Pero las calles tan silenciosas que dejaba atrás se llenaron de gritos y pasos. Kate aún estaba dolorida por la carrera a través del Páramo, pero el peligro inminente era muy efectivo para calmar el dolor. Al fin divisó el Tajo, tres pisos de madera y metal que trazaban una línea entre Ciudad Norte y Ciudad Sur.

Se sorprendió al ver figuras sobre él, pero no tuvo tiempo de preguntarse quiénes serían. Arremetió hacia la puerta más cercana, pero la encontró trabada. Alguien la llamó desde atrás y Kate resbaló al cambiar de dirección, hacia la siguiente puerta. Cerrada. Pero *tenía* que haber una manera de pasar.

Date vuelta y pelea, dijo la oscuridad, pero Kate siguió corriendo, y allí, por fin, encontró una salida... o, mejor dicho, una entrada. Un edificio, una de las estructuras que conformaban la muralla. Las puertas estaban revestidas en cobre y tenían un cartel, algo acerca de un puesto de control, pero no tuvo tiempo para detenerse a leerlo, pensar...

Las puertas se abrieron, y Kate entró a un vestíbulo abandonado. Se oían voces cercanas, pasos, pero Kate siguió corriendo, atravesando el espacio cavernoso hacia un segundo par de puertas, como un espejo de las primeras.

Cerradas.

Por supuesto, estaban cerradas. Kate se lanzó con el hombro contra la madera, una vez, dos veces; luego retrocedió y golpeó la cerradura digital con el tacón reforzado de sus botas. Cedió con un crujido, justo en el momento en que a su espalda se abrían las puertas del lado norte. Una voz resonó en el vestíbulo.

—Vuelve aquí, pu…

Pero Kate ya había cruzado las puertas y había salido al lado sur de la ciudad.

Se oyeron gritos desde arriba, pero ella siguió corriendo, zigzagueando por callejones y esquinas, hasta que por fin empezó a aminorar la velocidad, primero trotando, luego caminando, y finalmente se detuvo. Se aferró el costado y tomó conciencia de que todavía llevaba la pistola en la mano, con los nudillos blancos, y no tenía idea de dónde estaba, pero al menos estaba del lado correcto del Tajo.

Eso ya era un comienzo.

El bolso resbaló de su hombro; Kate se apoyó en una rodilla y empezó a hurgar en él. Justo entonces, sintió una ráfaga de aire, el peso de una masa que caía hacia ella. Dio un salto hacia atrás y esquivó apenas el cuerpo que se estrelló contra el suelo.

Solo que no se *estrelló*.

Aterrizó en una elegante pose agazapada y luego se irguió, y al hacerlo reveló sus piernas largas y delgadas, y un penacho de cabello plateado. Kate alzó la pistola por instinto, pero la criatura se acercó y, sin darle tiempo siquiera a pensar en apuntar, sus dedos le sujetaron la muñeca con la firmeza de una prensa. Se le cayó la pistola y sintió un fuerte impulso de pelear, pero se topó con un muro de conmoción al ver los ojos de la criatura, que no eran de un rojo fuego sino de un gris llano, sin tonalidades. Kate no logró distinguir si el monstruo era hombre o mujer, pero supo inmediatamente una cosa: era Sunai.

En la mano libre del Sunai apareció una hoja corta de acero. Sus dedos largos hicieron girar el arma, pero lo que Kate había tomado por una empuñadura decorada resultó ser una flauta.

Y el Sunai estaba levantando el instrumento, como para tocarlo.

—Espera —dijo Kate (¡qué palabra inútil!) cuando el instrumento rozó los labios del Sunai—. No soy... tu enemiga...

Intentó soltarse, pero el Sunai la sujetaba con fuerza de acero.

—Solo los culpables se resisten. ¿Quiere decir que eres culpable?

La respuesta ascendió por la garganta de Kate, y cuando tragó en seco, intentando contenerla, la mano del Sunai se cerró sobre su muñeca al punto de hacerle doler, y en la superficie de su piel empezaron a brillar los primeros puntos de luz ensangrentada.

El rostro del Sunai se ensombreció con desagrado, y Kate se sintió mareada; empezaba a perder el dominio de sí, pero lanzó una patada y al mismo tiempo se torció hacia un costado. Así logró zafar del Sunai, del dolor y de la cercanía de su propia muerte. Dio un paso atrás, tambaleante, y otro más, hasta que sus hombros chocaron con una pared, y se aferró la muñeca; los puntos de luz ya habían desaparecido bajo su piel.

—¡Estoy de tu lado! —exclamó, aunque sus dedos ansiaban tomar la pistola, la navaja, la estaca de hierro.

—Eres una *pecadora* —gruñó el Sunai con súbita fuerza—. Jamás estarás de nuestro...

—¡Te atrapé! —Uno de los matones de Ciudad Norte apareció doblando la esquina, con un par de cuchillos en las manos—. Ya me parecía que...

Vio al Sunai y se paralizó, y la expresión del Sunai se oscureció cuando sus ojos grises vieron el collar que aquel llevaba puesto.

—Qué Colmillo tonto eres.

El matón ya estaba intentando escapar, pero fue demasiado tarde. El Sunai cayó sobre él en un instante, y lo atrapó en un abrazo que habría podido parecer tierno, de no ser por la hoja que sobresalía de su costado, la luz roja que afloraba a la superficie de su piel, el modo en que su boca se abrió en un grito estrangulado.

Kate vio su oportunidad y echó a correr.

Alcanzó a dar cinco pasos, pero un brazo marcado con X negras le rodeó los hombros y la atrajo antes de que Kate percibiera siquiera el sonido del cuerpo del hombre al caer en el pavimento.

—No te muevas —le dijo el monstruo al oído—. La pelea terminó. Ya perdiste. —Sus largos dedos se hundieron entre el cabello de Kate, lo aferraron y le echaron la cabeza hacia atrás—. Intenta escapar, y morirás con dolor. Arrodíllate, y todo será muy rápido.

—Conozco a August.

El Sunai se detuvo al oír eso.

—¿De dónde?

¿Qué eran? ¿Amigos? ¿Aliados?

—Me salvó la vida —respondió por fin—, y yo salvé la suya.

—Entiendo. —El Sunai quedó pensativo un momento. Luego volvió a aferrarla con fuerza—. Entonces están a mano.

Kate se llenó de pánico.

—Espera —rogó, esforzándose por mantener la voz firme—. Tengo información.

Una bota la golpeó detrás de las rodillas, se le doblaron las piernas y cayó.

—Pronto oiré tu confesión.

—Déjame ver a August.

—Basta.

Una vez, Callum Harker le había dicho que solo los tontos gritaban cuando querían que los escucharan. Los hombres inteligentes hablaban en voz baja y daban por sentado que los oirían.

Ahora, Kate levantó la voz tanto como pudo.

—¡AUGUST FLYNN! —gritó, justo antes de que el cuchillo del Sunai se acercara a su garganta. Tenía toda la hoja cubierta de sangre, rojo brillante, humana, y el olor a cobre le hizo cosquillas en la garganta mientras su voz resonaba por las calles de la ciudad.

—Te lo advertí —gruñó el Sunai.

Kate sentía en los oídos los latidos acelerados de su corazón.

Así no.

Su bolso estaba a poca distancia. La pistola resplandecía junto a la base de la pared. La estaca de hierro trazaba una línea fresca contra su espinilla. No había llegado tan lejos solo para que la recolectaran. Si iba a morir, no pensaba hacerlo de rodillas.

—Hay un nuevo monstruo en tu ciudad —dijo.

La hoja le rozó la garganta.

—Está haciendo que los humanos se ataquen entre sí.

Al oír eso, el Sunai vaciló, la hoja se apartó apenas una fracción, y Kate vio su única oportunidad.

—¿Qué dijis...?

Pero Kate ya se había puesto de pie, girando al levantarse. Golpeó la flauta con la estaca, y el instrumento salió despedido por la calle. El puño del Sunai se estrelló contra su rostro.

Kate cayó con fuerza, su campo visual se puso negro y luego blanco, y le zumbaba la cabeza al intentar incorporarse. Nunca lo logró. El Sunai la levantó y la arrojó contra la pared. Sus pulmones quedaron sin aire, y la sombra en su cabeza le pedía sangre, mientras el Sunai la tomaba por la garganta...

—Soro, *basta*.

La orden resonó como metal sobre piedra.

La mano del Sunai se apartó de la garganta de Kate, que cayó de rodillas en el pavimento. El mundo se inclinó y empezó a dar vueltas, pero Kate logró alzar la cabeza y lo vio de pie en la entrada del callejón.

August.

Estaba vestido con el uniforme de la FTF, y de sus dedos colgaba un violín de acero. Los últimos seis meses habían cambiado a Kate en algunos detalles, pero en August Flynn los cambios eran mayores. Aún estaba delgado, pero se había desarrollado en toda su estatura y ahora sus hombros anchos llenaban el uniforme. Sus rasgos eran marcados y fuertes, y sus rizos negros caían sobre sus ojos grises, antes pálidos, ahora del color del hierro. Pero era más que eso, más que la suma de tantos detalles. Tenía que ver con su porte: ya no era el chico al que había conocido en Colton, que se encorvaba como para protegerse de algún viento invisible y se envolvía el tórax con los brazos como para no desarmarse.

Este August ocupaba espacio.

El Sunai, Soro, la miró con enfado pero no volvió a atacarla.

Kate se obligó a ponerse de pie.

—Hola, extraño.

—Kate —respondió August.

No parecía contento de verla. No parecía *nada* de verla; su rostro era como una máscara de absoluta neutralidad, como si ella no fuera nada, nadie. Cuando Kate avanzó hacia él, Soro le bloqueó el paso.

—Soro. Te presento a Katherine Harker. Es… —La miró brevemente, y Kate se dio cuenta de que él tampoco sabía cómo llamarla— Nuestra aliada.

—La FTF no se asocia con delincuentes.

—Dijo que tiene información.

Por supuesto que August la había oído. Era Sunai. Podía oír la caída de un alfiler a una calle de distancia.

—Henry querrá hablar con ella.

—Pero su alma está *roja*.

—Avisa al Edificio que vamos hacia allá —replicó August secamente—. Es una *orden*.

Kate se quedó mirándolo. ¿Desde cuándo August Flynn daba órdenes?

Pero el otro Sunai no lo cuestionó más; se limitó a obedecer y habló rápidamente por el intercomunicador. Kate no alcanzó a oír sus palabras pues el Sunai se apartó, y August se ubicó frente a ella.

—¿Qué haces aquí? —le preguntó en voz baja—. No deberías haber regresado.

—Yo también me alegro de verte —repuso Kate, enfadada.

August la observó, vio el hematoma que estaba inflamándose en el pómulo y las cinco marcas moradas en la cintura.

Su voz se suavizó apenas.

—¿Estás bien?

Apenas dos palabras, pero en esa pregunta Kate vislumbró al August que había conocido, al que ella le importaba tanto más de lo que debería.

Estaba dolorida, pero al menos la luz roja, aquel recordatorio terrible y antinatural de lo que había hecho, ya no estaba.

—Estoy viva. Gracias —añadió—, por intervenir.

Pero la suavidad ya había desaparecido, y la expresión de August estaba neutra y fría. En alguna parte, cerca de allí, se acercaba el zumbido familiar del motor de un automóvil. August sacó un precinto y le sujetó con él las manos mientras el vehículo doblaba la esquina.

—Todavía no me des las gracias —le dijo, justo antes de que alguien cubriera la cabeza de Kate con una bolsa.

卌

卌

||

Habían pasado cinco años desde el accidente de auto.

Cinco años desde que la cabeza de Kate había golpeado el vidrio con tanta fuerza que le había estallado el tímpano derecho y había perdido la mitad de la audición. Cinco años, y la mayoría de los días, se las arreglaba. Aún le quedaba un oído sano y otros cuatro sentidos para compensar.

Pero cuando le pusieron la capucha en la cabeza, la pérdida de un segundo sentido la desorientó.

A su oído sano llegaban sonidos incorpóreos —voces, puertas de vehículos, intercomunicadores— en fragmentos a través de la tela sofocante. Nadie hablaba; al menos, no con ella. Primero sintió la mano de August en el brazo, pero enseguida la reemplazaron otras manos menos gentiles, que la obligaron a caminar, a bajar la cabeza y a subir a un vehículo. Le dolía la muñeca por el precinto de plástico y tenía un dolor palpitante en la mejilla por el puñetazo del Sunai.

Por debajo de la capucha veía una fina línea de luz, pero todo lo demás se reducía a tonos de negro, al movimiento de los neumáticos y al zumbido del motor. El viaje duró tres minutos, casi cuatro, y cuando llegaron, Kate tuvo que contener el impulso simple, animal, de resistirse cuando la bajaron del auto.

No dijo nada; no confiaba en lo que pudiera decir. Además, tenía el presentimiento de que llegaría el momento en que tendría que hacerlo. *Respiren*, ordenó a sus pulmones. *Inhalen, uno, dos. Exhalen, uno, dos.*

Hubo un cambio sutil en el suelo bajo sus pies —asfalto, concreto, goma, otra vez concreto—, los cambios atmosféricos al pasar de exterior a interior, el eco de un ambiente encerrado entre paredes. Intentó memorizar el recorrido, pero en algún punto tropezó, y en ese momento de vértigo, perdió la cuenta.

Luego... un pasillo, un umbral, una silla de metal.

El beso momentáneo de un cuchillo contra sus muñecas, frío contra tibio; un asomo de pánico hasta que el precinto se cortó, y luego, con la misma rapidez, el peso de las esposas, el entrechocar y el tirón de metal al ensartarse en metal, al sujetarle las manos contra una mesa metálica.

Pasos, la puerta al cerrarse.

Luego, silencio.

Kate detestaba el silencio, pero se aferró a él, aprovechó la falta de información para calmar su mente vertiginosa y concentrarse en el momento. Extendió los dedos contra el metal frío e intentó decidir qué resultaría menos sospechoso, si el pánico o la calma.

Se abrió la puerta.

Unos pasos avanzaron hacia ella, y luego la capucha se levantó.

Kate entornó los ojos por la luz repentina: franjas de intensa luz artificial en el cielorraso. Soro rodeó la mesa; de su bolsillo sobresalía la empuñadura de la flauta-cuchillo. No había señales de August. Ni de nadie más. Era una habitación pequeña y cuadrada, vacía salvo por la mesa, dos sillas y la luz roja de una cámara de vigilancia en el rincón. Kate mantuvo la mirada hacia abajo. Mientras tanto, el espectral Sunai la miraba como si *ella* fuera el monstruo. Sin decir nada, Soro dio vuelta el bolso, el de *ella*, sobre la mesa. Cuando cayó la primera estaca de metal, a Kate se le aceleró el pulso y ansió poder arrebatarla, a pesar de que no podría por el largo de la cadena y, de todos modos, no le serviría de nada. En lugar de eso, mantuvo los ojos en las esposas, examinando los detalles de cada aro de metal.

Pero cuando Soro empezó a disponer metódicamente el contenido del bolso sobre la mesa, como si fueran las herramientas de un torturador, otra fuerza empezó a afectarla: la presencia del Sunai, como una mano en la espalda, un impulso sutil e insistente de hablar. Kate mantuvo la boca cerrada y Soro se sentó frente a ella.

—Bien —dijo—. Empecemos.

La señal de la cámara de vigilancia zumbaba con estática.

Probablemente los humanos no llegaban a percibirla, pero el sonido invadía la cabeza de August como un fondo de ruido blanco detrás del video.

Kate Harker estaba inmóvil en una de las dos sillas, mientras bajo sus pies su sombra se crispaba y se enredaba en las patas de la mesa.

Tenía el cabello diferente, con un flequillo que se le metía en los ojos, pero fuera de eso estaba igual, como si los últimos seis meses no la hubieran afectado.

«¿Sabes dónde está?», había dicho Alice para provocarlo.

«Lejos de aquí. Lejos de ti».

Pero no era así: estaba allí mismo.

¿Por qué había regresado?

La mirada de Ilsa se desvió un instante hacia él, liviana como una pluma, como si hubiera oído la pregunta en la mente de August. Este no apartó los ojos de Kate.

Parecía casi aburrida, pero él sabía que era algo fingido, porque todo en Kate siempre había sido fingido: la bravuconería, la actitud fría, todos los aspectos de su padre convertidos en un escudo, una máscara.

Henry se acercó a ellos. En la pantalla, se abrió la puerta que estaba detrás de Kate y entró Soro. Cuando el Sunai miró brevemente a la cámara, sus ojos grises se vieron como una mancha negra. August había estado a dos calles cuando Kate había gritado su nombre. Si se hubiera demorado un poco más...

—Debería interrogarla yo —dijo August.

Henry le apoyó una mano en el hombro.

—Tú no eres objetivo.

August se encogió de hombros para que lo soltara.

—Soro estuvo a punto de matarla.

—Si no conocieras a Kate, ¿no habrías hecho lo mismo?

August se tensó.

—Eso no es justo.

¿Justo?, lo reprendió la voz en su mente. *Un pecador es un pecador.*

Pero no era tan sencillo cuando se trataba de Kate. Ella era su pasado. Un recordatorio de quién había sido él, de quién había *querido* ser. De uniformes escolares, fiebres, hambre y polvo de estrellas, y...

—Bien. Empecemos.

August obligó a su mente a detenerse cuando se activó el micrófono y se filtró la voz de Soro.

—¿Cómo te llamas?

Kate ladeó ligeramente la cabeza. Todos los demás podían interpretar ese movimiento como una señal de aburrimiento, pero August sabía que estaba *apartando* su oído sano del Sunai.

—Katherine Olivia Harker —respondió. Si estaba asustada, lo estaba disimulando muy bien. Dio un golpecito con la uña en las esposas—. ¿Son de metal *puro* o es una aleación?

—¿Cuántos años tienes?

—¿De veras necesitas establecer una referencia? Sabes que no puedo mentir.

—Responde la pregunta.

—Dieciocho. Nací a las tres de la mañana, un miércoles de ene...

—¿Eres la hija de Callum Harker?

—Sí.

—¿Tienes miedo? —preguntó Soro.

—¿Debería tenerlo?

—Eres pecadora —explicó Soro.

—Si eso es una pregunta —dijo Kate—, deberías mejorar tu entonación.

August meneó la cabeza; algunas cosas realmente *no habían* cambiado. Pero Kate simplemente se enderezó en el asiento.

—No te conocía. ¿Cómo te llamas? ¿Soro? Así te llamó August, ¿verdad? Es un nombre extraño, ¿no crees? ¿Son demasiadas preguntas? Sé que tienes que decir la verdad.

—Igual que tú —repuso Soro—. ¿Por qué te marchaste de Verity hace seis meses?

Kate hizo una pausa antes de contestar, una demostración de voluntad.

—Pensarás que estoy loca —dijo lentamente—, pero ya no me sentía cómoda aquí, después de que mi padre intentó matarme.

—¿Y por qué regresaste?

Esa pregunta la conmovió.

—Intenté decírtelo —respondió Kate—. Estoy persiguiendo a un monstruo.

Al lado de August, Henry se puso tenso.

En la pantalla, Soro ladeó la cabeza.

—¿Qué clase de monstruo?

Kate intentó cambiar de posición.

—No lo sé.

—¿De qué se alimenta?

—¿De violencia? ¿De caos? ¿De muerte? No estoy segura. No mata con sus propias manos. Por lo que pude ver, convence a sus víctimas de que lo hagan. Hace que las personas se enfrenten entre sí.

August se sobresaltó. El Escuadrón Seis. Miró a Henry, pero este ya había tomado su intercomunicador y estaba dando una serie de órdenes en voz baja y continua.

En la pantalla, Soro continuó con el interrogatorio.

—Describe a ese monstruo.

—*No puedo* —replicó, de mal humor, meneando la cabeza—. Es una sombra. Un contorno de algo que no se puede ver. No parece... real. Es una nada, una ausencia...

—Lo que dices no tiene sentido —señaló Soro.

—Si lo vieras, entenderías.

—¿Y tú lo has visto?

—Sí.

—¿Y sabes que está aquí?

—Lo seguí desde Prosperity.

Soro la miró con desconfianza.

—En Prosperity no hay monstruos.

—Ahora sí.

—¿Cómo caza?

—No estoy segura —dijo Kate—. Pero parece que lo atrae la violencia. La amplifica.

Soro se cruzó de brazos.

—¿Cómo lo seguiste?

El aplomo de Kate vaciló.

—¿Qué?

—Dijiste que ese monstruo «no tiene un cuerpo real»; entonces, ¿cómo pudiste seguirlo?

August vio que Kate tomaba aliento ¿intentaba ganar unos segundos para disfrazar la verdad?— antes de responder.

—Dejó un rastro.

En la pantalla, el Sunai parecía escéptico.

—Y tú lo seguiste desde tan lejos hasta Verity. Qué valiente.

La expresión de Kate se ensombreció.

—Creo que tengo un interés personal. O tal vez extrañaba mi ciudad. O *quizás* me di cuenta, desde tan lejos, de que las cosas se estaban yendo al carajo. —Empezaba a alterarse—. Esta cosa, sea lo que sea, he visto lo que puede hacer. Se mete en la cabeza de la gente y provoca algo oscuro. Algo *violento*.

Los convierte *a ellos* en el monstruo. Y luego se *propaga*. Como un virus. —Se puso de pie y se inclinó sobre la mesa—. Así que sí, volví para ayudarlos a matarlo. Pero si no quieres, pues déjame aquí encadenada. —Volvió a sentarse—. Y que les vaya bien en la cacería.

El pecho de Kate subía y bajaba, como si las palabras la hubieran dejado sin aliento. Soro no perdió el aplomo. No dijo nada, y August supo que estaba esperando ver si su influencia lograba obtener algún dato más. A espaldas de él, la gente hablaba, los intercomunicadores zumbaban, se oían voces y señales de radio que subían y bajaban. Pero la atención de August se mantuvo fija en la pantalla, en el rostro de Kate.

Y solo por esa razón lo vio.

Ella echó la cabeza hacia atrás, y el cabello rubio se apartó de sus ojos un instante, miraron a la cámara, y hubo un destello, como un reflejo de luz, un rayo que quitó claridad a su rostro. A la lente le costaba hallar el foco. La imagen se ponía borrosa, se estabilizaba, se ponía borrosa otra vez… como ocurría con los monstruos.

Podía haber sido un defecto de la cámara, se dijo. Al cabo de un instante, ella volvió a bajar la cabeza y el destello desapareció. Podía haber sido un defecto de la cámara…

Pero Ilsa también lo había notado. Contuvo el aliento, un sonido leve pero audible; apoyó los dedos extendidos en la mesa y sus ojos pálidos volaron hacia August. Henry aún estaba de espaldas, y los dos se miraron en silencio, cada uno preguntándose qué haría el otro.

«Se mete en la cabeza de la gente», había dicho Kate.

«He visto lo que puede hacer».

August no estaba seguro de lo que acababa de ver, ni de lo que significaba, pero sabía que solo era cuestión de tiempo hasta que alguien más reparara en ello, y cuando eso ocurriera...

No le debes nada, lo reprendió Leo.

Es una pecadora, repitió Soro.

¿Qué vas a hacer, hermano?, preguntó Ilsa con la mirada.

—Henry —dijo, dando la espalda a la pantalla.

El líder de la FTF estaba hablando rápidamente por un intercomunicador. Levantó una mano y August contuvo el aliento, obligándose a esperar con paciencia, como si nada.

Por fin, Henry bajó el intercomunicador.

—¿Qué pasa?

Esto está mal. Algo está mal. Todo está mal.

Kate no es nuestra enemiga dijo August , pero estás tratándola como tal. Si la dejas ahí adentro con Soro, va a decirnos la verdad, pero nada más. Solo te dará lo que sepa, y probablemente eso no alcance.

—¿Qué sugieres?

—Déjame hablar con ella. Sin esposas. Sin cámaras.

Henry ya estaba meneando la cabeza.

—August...

—Ella me salvó la vida.

—Y tú, la suya. Lamento decirte que los buenos actos no impiden los malos, y hasta que sepamos con exactitud...

—Si Kate Harker representa una amenaza para cualquiera de nuestros soldados, para cualquiera de nuestras misiones, yo mismo recolectaré su alma.

August se sorprendió al oírse decir eso. Aparentemente, Henry también. Sus ojos se dilataron, pero no parecía reconfortado por la verdad de aquellas palabras.

—Por favor —añadió August—. Aquí soy el único en quien va a confiar.

Henry miró la pantalla, donde Kate tenía los puños cerrados sobre la mesa y la cabeza erguida en gesto de desafío. August mismo podía sentirse adoptando la misma pose.

Pero fue Ilsa quien lo decidió. Se paró de puntillas, abrazó a August desde atrás y le apoyó el mentón en el hombro. August no vio cómo miró a Henry, el mensaje silencioso que hubo entre ellos, pero un momento después Henry ordenó a Soro que pusiera fin a la entrevista.

####### ~~IIII~~ IIII
####### ~~IIII~~ IIII
####### III

La muchacha caminaba con dificultad por el pasillo, descalza y sangrando.

Tenía las muñecas atadas por delante e intentaba desatarse mientras avanzaba dando tumbos hacia el ascensor. Sloan la dejó llegar hasta allí antes de alcanzarla. El miedo, un miedo delicioso y desafiante, flotaba en el aire como una nube de azúcar cuando la sujetó contra la pared junto a las puertas de acero inoxidable y la obligó a echar la cabeza hacia atrás.

—Katherine —susurró. Rozó con los dientes la piel palpitante de su garganta y...

Sonó una campanilla y las puertas del elevador se abrieron.

Sloan vaciló, con los colmillos en posición contra la piel de la muchacha. Al apartamento del último piso se llegaba solo por invitación. Era de Sloan, y de nadie más; los ingenieros encadenados a la mesa y la criaturita odiosa sentada en la encimera de la cocina estaban allí porque él se lo permitía. Nadie llegaba sin que lo llamaran.

Por eso lo irritó ver al Malchai entrar en su hogar a toda prisa. Traía los ojos dilatados por el pánico, el rostro salpicado de sangre y un brazo ensangrentado. Al ver a Sloan y a la chica humana que temblaba contra la pared, el Malchai se detuvo en seco, pero no se retiró.

—Te conviene que esto sea importante —gruñó Sloan.

—Disculpe, señor, pero lo es.

—Habla.

El Malchai vaciló, y en el instante de distracción de Sloan, la chica casi se soltó.

Casi.

—Un momento —murmuró Sloan; le echó la cabeza hacia atrás y le clavó los colmillos en la garganta. La sangre se derramó sobre su lengua, y percibió los nervios del otro Malchai, y también su hambre, y solo por eso se tomó su tiempo y no derramó una sola gota.

Cuando terminó, Sloan dejó que el cadáver resbalara hasta el suelo y sacó del bolsillo un paño negro limpio. Se enjugó la boca y se dirigió a la sala, con una seña al otro Malchai para que lo siguiera.

—Has entrado en mi hogar sin invitación e interrumpido mi comida. Será mejor que esto valga la pena.

Los ingenieros tenían los ojos fijos en su trabajo, como si no hubieran oído los gritos de la muchacha. Pero la mujer tenía el rostro encendido, mientras que el hombre había palidecido. Alice, mientras tanto, estaba sentada en la encimera, hojeando un libro de química.

—Perdón —dijo el Malchai—. Pensé que usted querría saberlo… —Echó un vistazo a Alice—. En privado.

Alice agitó los dedos.

—Ah, no te preocupes —dijo alegremente—. Sloan y yo somos *familia*.

Los dientes de Sloan se juntaron con un clic.

—Así es. Continúa.

El Malchai bajó la cabeza.

—Aparecieron más Colmillos muertos.

Sloan dirigió una mirada breve a Alice.

—Es la tercera vez en dos noches.

Alice se encogió de hombros.

—Yo no fui.

—Yo estaba allí —prosiguió el Malchai—. Había un monstruo. No era Corsai. Tampoco era uno de los nuestros.

Sloan frunció el ceño.

—¿Un Sunai? ¿De nuestro lado de la ciudad?

Alice alzó la vista con curiosidad, pero el Malchai ya estaba meneando la cabeza.

—No. Era otra cosa.

—Otra cosa —repitió Sloan—. ¿Y cómo los mató?

Los ojos del Malchai ardían con un brillo frenético.

—Eso es lo extraño: no los mató. Apenas los Colmillos lo vieron, empezaron a matarse entre sí.

Alice lanzó una risotada con desdén.

—Parece cosa de humanos, nada más.

Sloan levantó una mano.

—¿Y tú qué hiciste?

—Intenté detener a los Colmillos, y uno *me atacó*. —Parecía indignado—. A ese lo maté, pero los demás se mataron entre sí, lo juro.

—¿Y la *otra cosa*?

—Se quedó allí, observándolos.

Sloan se desabrochó los puños y empezó a arremangarse la camisa.

—¿Dónde ocurrió eso?

—En el viejo depósito de la Décima.

—¿Y quién más estaba allí?

—Solo yo —respondió el Malchai, señalando su cuerpo manchado.

Sloan asintió, pensativo.

—Te agradezco la discreción. Gracias por venir a informarme.

Los ojos del Malchai se iluminaron.

—No hay de qué, s…

No pudo terminar: Sloan le arrancó el corazón.

Para llegar a él tuvo que pasar por el vientre del Malchai, rodear la placa ósea de su pecho y subir, y cuando sacó el órgano, tenía el brazo empapado en sangre.

Sloan hizo una mueca por la podredumbre de la muerte, la sangre negra que goteaba al suelo.

Alice lo miró con exasperación.

—Y después dices que *yo* ensucio.

Sloan se desabrochó la camisa manchada y oyó un sonido que provenía de la mesa.

La mujer estaba cubriéndose la boca con las manos.

—¿Tienes algo que decir? —le preguntó Sloan sin darle importancia—. ¿Ya encontraron una solución para mi problema?

La mujer meneó la cabeza.

El hombre respondió con un hilo de voz.

—Todavía no.

Sloan suspiró y se volvió hacia Alice.

—Vigila a estos dos —le dijo, al tiempo que se quitaba la camisa arruinada. La dejó caer sobre el cadáver—. Y limpia esto.

El cuerpo del Malchai ya empezaba a disolverse en el suelo. Alice frunció la nariz.

—¿Y tú a dónde vas?

Sloan pasó por encima de la suciedad y fue a cambiarse de ropa.

—Ya oíste a nuestro querido amigo fallecido —respondió—. Parece que tenemos una plaga.

Volvieron a ponerle la capucha, y durante varios largos minutos el mundo de Kate volvió a quedar sumido en la oscuridad. Se abrió la puerta, le quitaron la cadena que la sujetaba a la mesa, y luego la alzaron de la silla y la pusieron de pie.

Estaba temblando.

Odiaba el hecho de estar temblando.

Por eso había empezado a fumar.

Una mano fuerte —la de Soro; la reconoció por la fuerza inquebrantable— la sacó de la habitación y la llevó por un pasillo. Sentía el cuchillo enfundado en el costado de Soro.

—¿Sabes? —dijo Kate—, creo que empezamos mal.

El Sunai lanzó una risotada burlona.

—Tú no me conoces —insistió Kate.

—Sé quién eres —replicó Soro—, y sé *lo que* eres, y eso me basta.

—Ustedes, los monstruos —murmuró Kate—, creen que todo es blanco o negro. —Sus zapatos rozaron una separación, el espacio entre el suelo y el elevador—. Tal vez así sea, para ustedes, pero para los demás…

Le quitaron la capucha, y Kate parpadeó, sorprendida. El monstruo estaba frente a ella, largo como una sombra; su cabello plateado brillaba como metal bajo la luz artificial.

Kate no llegaba a ver la botonera.

—¿A dónde vamos?

Soro la miró con ojos fríos y respondió sin vacilar.

—Arriba.

El corazón de Kate se aceleró. Había pasado por el interrogatorio, había resistido, y por lo general había logrado controlar las palabras que salían de su boca. Había dicho la verdad, aunque no toda.

Tal vez iban a liberarla.

Tal vez... pero le preocupaba la ausencia de la capucha: dondequiera que estuvieran llevándola, no importaba que pudiera ver, y con cada segundo que pasaba, sus nervios se tensaban más, y el deseo de *hacer* algo desgastaba el conocimiento de que era inútil. *No, no, no,* se repetía como un eco en su cabeza.

Soro rompió el silencio.

—Los humanos tienen libre albedrío —dijo, retomando lo que ella había dicho antes—. Tú *elegiste* errar. *Elegiste* pecar.

Si supieras, pensó Kate, intentando dominar sus propios músculos, su propia mente.

—Las personas cometen errores —replicó—. No todos merecen morir.

Hubo un asomo de sonrisa en los labios de Soro.

—Tú moriste el día que quitaste una vida. Yo simplemente estoy aquí para retirar tu cadáver.

Kate sintió un escalofrío al oír las palabras de Soro, al ver que su mano se acercaba a la flauta-cuchillo, al sentir aún dolor en la muñeca.

Pero el ascensor se detuvo y Soro no desenfundó el arma. Se abrieron las puertas y Kate se preparó para lo que fuera que le esperaba allí afuera, celdas, un pelotón de fusilamiento o una plataforma en el techo, al borde del vacío.

Pero solo estaba August.

No había soldados, ni celdas, nada más que August Flynn, con aspecto tan increíblemente normal, las manos en los bolsillos, las marcas de conteo asomando bajo las mangas, que por un segundo Kate sintió que perdía la compostura. El agotamiento y el miedo quedaron al descubierto. El inmenso alivio.

Pero había algo que no cuadraba. No miró a Kate, solo a Soro.

—Yo me encargo desde aquí.

Kate intentó acercarse a él, pero Soro le aferró el brazo.

—Explícame, August, por qué a ella…

—No —lo interrumpió August, con cierta irritación en la voz. Era el mismo tono que Kate le había oído a su padre decenas de veces, un tono que ella misma había imitado, que tenía el fin de silenciar, de poner fin a un cuestionamiento. No sonaba natural en August—. Los dos tenemos órdenes. Obedece las tuyas, y déjame obedecer las mías.

El rostro de Soro se ensombreció, pero obedeció y August hizo entrar a Kate al apartamento. La tomó del codo y la ayudó a sostenerse mientras se cerraban las puertas del elevador.

—Creo que no le caigo bien —murmuró Kate.

August no dijo nada, y le quitó las esposas con movimientos rápidos y seguros. El metal se abrió con un *clic*, y Kate se frotó las muñecas con una ligera mueca de dolor.

—¿Dónde estamos?

—En el apartamento de los Flynn.

Los ojos de Kate se dilataron. Sabía que Ciudad Sur no gozaba de los lujos que sí había en Ciudad Norte; no había esperado que el hogar de Henry Flynn fuera como el de Callum Harker, pero aun así la sorprendió la diferencia, la *normalidad* que encontró allí. El último piso de Harker Hall era de acero, madera y vidrio, todo bordes, pero este sitio parecía... bueno, parecía un hogar. Un lugar donde vivía gente.

August la llevó por un vestíbulo hasta la sala principal, una cocina que se abría a una sala de estar, con una manta sobre el sofá. Por un pasillo corto vio una puerta abierta y un estuche de violín apoyado contra el borde de una cama.

—¿Qué hacemos aquí?

—Pedí por ti —respondió August—. Convencí a Henry de que te dejara a mi cargo, al menos hasta mañana, así que intenta no hacer nada imprudente.

—Es que me sale tan bien la imprudencia...

Kate intentaba aflojar la tensión, pero August no sonrió. Todo en él parecía formal, como si no se conocieran.

—¿Por qué esa actuación?

August frunció apenas el ceño.

—¿Qué actuación?

—La tuya: el soldado de acero y mirada oscura. —Kate se cruzó de brazos—. No me malentiendas, te sienta bien... Es solo que no sé por qué sigues haciéndolo.

August se enderezó.

—Soy el capitán de la fuerza de tareas.

—De acuerdo, eso explica el uniforme. ¿Y lo demás?

—¿A qué te refieres?

—*Sabes* a qué me refiero. —¿Qué había dicho August una vez acerca de pasar a la oscuridad? Que cada vez que lo hacía, perdía una parte de lo que lo hacía humano. Kate se negaba a creer que hubiera perdido tanto—. ¿Qué te pasó?

—Las cosas cambian —fue la respuesta—. Yo cambié con ellas. Y *tú* también. —De pronto, dio un paso hacia ella, y a Kate se le erizó el vello de los brazos. Los ojos grises de August le recorrieron el rostro con una intensidad que la incomodaba—. ¿Por qué volviste?

—Caray, gracias, yo también te extrañé.

—Deja de cambiar de tema.

—Ya se lo expliqué a Soro…

—Vi el video —la interrumpió—. Oí tus respuestas. Pero además *vi*…

Vaciló, como si no encontrara las palabras.

A Kate se le cerró el pecho. La cámara. Había habido un momento, una fracción de segundo, en el que había olvidado la cámara y había levantado la vista, desesperada por eludir la mirada de Soro. Creía haberse contenido a tiempo.

—¿Qué te pasó en Prosperity, Kate?

Kate se esforzó por contener las palabras.

—Mira, ha sido un día infernal y…

—Esto es importante.

—Solo dame un minuto…

—¿Para que puedas pensar en otra manera de disfrazar la verdad, decirme algo que no sea del todo mentira? No. ¿Qué te *pasó*?

Kate intentó respirar, pensar, mientras las palabras pugnaban por salir.

August la tomó por los hombros.

—*Respóndeme.*

La orden fue como un golpe contra una represa a punto de quebrarse. Lo que le quedaba de decisión vaciló y desapareció.

Kate intentó apretar los dientes, pero fue inútil: la verdad salió sin poder detenerla. Oyó las palabras que salían de sus labios, las sintió deslizarse por su lengua, traidoras y directas. Una confesión.

—Fue como caer... —empezó.

Le contó sobre la sombra en la oscuridad, el monstruo al que se había enfrentado, aquel al que *aún* estaba combatiendo, la verdad de cómo había podido seguir a aquella criatura hasta Verity.

Y la verdad quedó afuera, flotando como humo en el aire entre ellos.

Kate tomó aire, una inhalación temblorosa, y August la soltó, visiblemente conmocionado.

—Lo siento —dijo August—, no debí...

Kate le dio un puñetazo en la mandíbula.

Fue como golpear una pared de ladrillos, pero tuvo la satisfacción de ver cómo su cara se volcaba a un costado, hasta que su mano se llenó de dolor. Retrocedió y se aferró el puño mientras August se tocaba el rostro, obviamente más sorprendido que dolorido.

—No —gruñó Kate—. No debiste.

Pero el golpe había logrado algo. Había hecho aflorar un vestigio del August al que ella conocía: lo vio herido.

Kate dio un paso atrás y luego otro, y otro más, hasta que sus hombros dieron contra la pared. Le sangraban los nudillos, y entre ellos había un silencio tan denso que podía oírlo.

Y probablemente August, también. Se dirigió al fregadero, tomó una toalla y la llenó de hielo; luego se la ofreció. Kate la aceptó y apoyó la tela sobre su mano dolorida.

—¿Cuándo fue eso? —preguntó August.

Kate tuvo que pensar. Las horas se le confundían.

—Hace dos noches. Yo estaba persiguiendo otra cosa cuando lo vi. Un hombre apuñaló a varias personas en un restaurante, y él estaba allí, en medio de todo, simplemente *observando*, volviéndose más sólido con cada grito. Lo perseguí por un callejón y luego…

No completó la oración, recordando el miedo frío y oscuro hasta que vio los ojos del monstruo, se vio a sí misma en ellos y cayó dentro.

—Pude escapar. Mayormente. —Kate se apartó el cabello de los ojos para mostrarle la franja plateada que le atravesaba el iris izquierdo—. Dije que dejó un rastro.

August se puso tenso, con expresión imposible de interpretar.

—¿Cómo escapaste?

Kate se encogió de hombros.

—No lo sé, quizá tengo la capacidad de reponerme cuando tengo un monstruo en la cabeza. Supongo que tú me serviste de práctica.

No le contó que el fragmento plateado estaba extendiéndose; no quería pensar en lo que ocurriría si llegaba a ocupar el resto del iris antes de que ella pudiera matar al causante.

—No fue solo un cambio de aspecto —explicó—. Este fragmento es una especie de vínculo. Puedo usarlo para ver a ese…

No sabía cómo llamarlo. ¿Sombra? ¿Vacío? Oyó en su mente la voz de Liam. *Llámalo por lo que es. Llámalo por lo que hace.*

—Devorador de Caos —concluyó.

—¿Cómo funciona? —preguntó August.

Kate se mordió el labio, buscando las palabras.

—¿Alguna vez estuviste entre dos espejos? Se reflejan entre sí, una y otra vez, hasta que te ves multiplicado cien veces. Cuando me miro, cuando miro esto... —Se tocó la mejilla—... Es como lo contrario de eso. En lugar de multiplicarme, desaparezco en ese espacio. ¿Se entiende?

—No —respondió August—. Pero ¿viste a ese monstruo aquí?

Kate asintió.

—No siempre es fácil ni claro —Nada más lejos de eso—. Pero es algo.

August vaciló.

—Lo comparaste con un virus...

Kate supo lo que intentaba preguntarle, incluso sin oír las palabras.

—No soy contagiosa.

—¿Cómo lo sabes?

Kate pensó en la mujer mayor que le había levantado el mentón en el parador de camiones.

—Digamos que puse a prueba la teoría. —August palideció—. Tranquilo —le dijo—. Nadie salió lastimado.

Kate dejó escapar su mirada por la ventana.

En el apartamento de su padre, las paredes eran enteramente de vidrio y se podía contemplar toda la ciudad desde allí. Aquí las paredes eran sólidas, salpicadas de ventanas pequeñas, pero aun así, pudo distinguir cuál daba al norte. El Tajo se veía como una línea de luz, una fina franja que atravesaba la ciudad, y más allá, en algún lugar, estaba la torre de Callum Harker envuelta en tinieblas.

—¿Es cierto? —preguntó al cabo de un momento—. ¿Lo de Sloan?

Ese nombre tenía un sabor repugnante en su boca.

Los ojos de August se dilataron.

—¿Cómo te enteraste?

—Cuando Soro me capturó, yo estaba escapando de un grupo de humanos de Ciudad Norte. Todos tenían unos collares de metal...

—Colmillos —dijo August.

—Cuando me acorralaron, uno de ellos mencionó a Sloan. Dijo: «Es justo su tipo». —Kate se rodeó con sus brazos—. ¿Qué diablos quiso decir? ¿Y cómo es que Sloan está *vivo*?

—No estamos seguros. Después de la muerte de Callum, las cosas se pusieron feas. Todos sabían que los monstruos seguían a Harker, que obedecían a Harker, pero sin él, nadie sabía lo que podían hacer, si se levantarían o se dispersarían.

—August se pasó una mano por el cabello, y por su rostro pasó una sombra de fatiga—. Algunos ciudadanos intentaron hacerse cargo, imponer toques de queda, mantener cierto orden. Parecía que podía llegar a funcionar... pero entonces volvió Sloan.

Kate se estremeció.

—Cuando nos enteramos de lo que estaba ocurriendo...

—August no completó la oración. Sus pestañas oscuras le ensombrecían los ojos—. Tres noches enteras y tres días. No hizo falta más que eso.

Kate no se sorprendió. Sloan siempre había querido ser rey.

—De haberlo sabido —dijo—, habría regresado antes.

August levantó la cabeza.

—En ese caso, me alegro de que no lo supieras.

—¿Tanto te alegra verme?

August demoró en responder. Kate se dio cuenta de que quería mentir y no podía.

—Mira alrededor, Kate. Solo alguien muy cruel se alegraría de verte aquí.

Una vez me invitaste a quedarme aquí.

—Las cosas cambiaron.

—Eso dijiste. —Meneó la cabeza, exasperada, exhausta—. ¿Algo más que deba saber? —Hubo una expresión fugaz en el rostro de August, pero pasó demasiado rápido para poder interpretarla—. ¿Qué pasó?

August vaciló. La pausa fue demasiado larga; la respuesta, cuando llegó, demasiado apresurada.

—Ilsa sobrevivió.

Kate se alegró.

—¡Eso es maravilloso! —exclamó.

Pero había algo más, algo que él no estaba diciéndole.

—Perdió la voz —añadió con tono sombrío.

—Pero está *viva*.

August asintió una vez, y Kate se preguntó por qué había optado por esa verdad en particular, y qué cosa había evitado decirle. ¿Qué estaba ocultándole?

—Debes estar cansada —dijo August, nuevamente con aquel tono formal, y era verdad: estaba demasiado cansada para intentar sonsacarle información, para pelear, para aferrarlo por los hombros y sacudirlo hasta que apareciera el verdadero August, el que ella recordaba.

Entonces asintió y dejó que la llevara por el pasillo hasta la habitación que tenía la puerta abierta.

A diferencia de su cuarto en Harker Hall, con sus superficies estériles a las que ella había intentado acostumbrarse, hasta el último detalle de este lugar hablaba de August, desde las pilas inestables de libros de filosofía y astronomía hasta el reproductor de música entre las sábanas enredadas y el estuche del violín apoyado a los pies de la cama.

En ese lugar, era aún más difícil entender al August que estaba de pie frente a ella. Kate había pasado mucho tiempo escondiéndose detrás de sus propias paredes y sabía reconocer una barrera cuando la veía.

August tenía la camisa arremangada, y ella señaló las marcas que le rodeaban el antebrazo.

—¿Cuántos días van?

August bajó la mirada y vaciló, como si no estuviera seguro. Esa inseguridad, al menos, parecía fastidiarlo. En lugar de responder, recogió el estuche con el instrumento y se dio vuelta para salir.

—Puedes dormir en la cama.

—¿Y tú dónde vas a dormir?

—Hay un sofá en la sala.

—¿Y por qué no duermo yo allí?

Era un desafío. Kate sabía la respuesta, solo quería ver si él lo decía. Miró el pomo de la puerta bajo la mano de él, y el mecanismo de cierre del otro lado.

August no mordió el anzuelo.

—Descansa, Kate.

Aún le quedaban muchas preguntas, acerca de la FTF, de él, de su propio futuro incierto; pero la fatiga estaba invadiéndola, quitándole energías. Se sentó en la cama. Era más blanda de lo que había esperado y olía a sábanas limpias. August empezó a cerrar la puerta.

—Ciento ochenta y cuatro —dijo Kate.

August se detuvo.

—¿Qué?

—Son los días que pasaron desde que me fui de Verity. La misma cantidad desde que caíste. Por si no lo recordabas.

August no dijo nada, solo salió y cerró la puerta.

Kate se quedó preguntándose si estaría equivocada, si August había vuelto a pasar a la oscuridad desde que ella se había marchado.

Eso explicaría la frialdad.

Pero el August que ella había conocido había luchado mucho para no caer.

Kate oyó el chasquido de la cerradura y puso cara de exasperación, pero no se levantó. Si había cambiado una celda por otra, al menos esta tenía una cama. No había espejos, y por eso se sintió agradecida.

Su bolso estaba a los pies de la cama. Kate hurgó en él y volcó el contenido sobre la cama. Sabía lo que descubriría: faltaban sus armas. Confiscadas. Igual que su tablet.

Se llenó de frustración, pero de todos modos no habría tenido conexión, y aunque pudiera escribir a los Guardianes, a Riley, ¿qué les diría?

Estoy viva por ahora. Espero que ustedes también.

Kate se recostó en la cama e intentó encontrar calma, rodeada por el aroma familiar de August y la habitación desconocida, por la cama ajena, la luz bajo la puerta y los pensamientos que se aceleraban en su mente.

¿Dónde estás?, se preguntó, y la respuesta le llegó sin demora. Estaba en el sofá de Riley, compartiendo una pizza, con el televisor encendido, y le contaba sobre la sombra que tenía en

la cabeza, sobre Rick y la zona verde, sobre los Colmillos, y Soro, y cómo había corrido por la zona roja, y la habitación de hormigón, y Riley escuchaba y asentía; pero antes de que llegara a responderle, Riley se disolvía y en su lugar aparecía August, con su mirada fría y su voz que resonaba en la mente de Kate:

No deberías haber vuelto.

Y Kate se quedó allí, acostada en la oscuridad, preguntándose, por primera vez, si quizás August tenía razón.

|||| |||| ||||

August observó las líneas de conteo en su piel.

Ciento ochenta y cuatro.

Todo ese tiempo, Kate había llevado la cuenta.

¿Cuándo había dejado él de contarlas?

Las cosas cambian.

Volvió a la cocina, intentando despejar la mente.

Y yo cambié con ellas.

Dio un golpecito en su intercomunicador

—Comando, aquí Alfa.

Tres breves segundos de silencio.

—*Alfa* —respondió Phillip, con voz insegura—. *Según el registro, tienes la noche libre.*

—¿Desde cuándo los monstruos nos tomamos noches libres? —repuso August—. Búscame algo que hacer.

—*No puedo.*

—¿Cómo que no puedes?

—*Estás confinado a la base.*

Henry.

La tensión que sentía en el pecho aumentó.

—Déjame hablar con él.

—*Está supervisando una caravana que viene del Páramo sur.*

—Comunícame.

Hubo una breve serie de *bips,* y luego oyó la voz de Henry.

—*¿August?*

—¿Desde cuándo no puedo salir?

—*Ya tienes una tarea. Cuando regrese, puedes decirme qué averiguaste. Mientras tanto, Kate Harker está a tu cargo.*

—Kate está durmiendo —replicó August, impacientándose.

—*¿Y cuánto hace que tú no duermes?*

August respiró hondo.

—No tengo...

—*Considéralo una orden.*

—Henry...

Pero se dio cuenta por la estática de que Henry había cortado.

August dio un puñetazo en la encimera, que le produjo una muy breve punzada de dolor. Se pasó las manos por el cabello. Quizá Henry tenía razón. Era verdad que estaba cansado, cansado hasta los huesos. Se apartó de la encimera y cruzó a la sala, y se tendió en el sofá sin encender la luz. Si ponía atención, podía oír a Kate moviéndose tras la puerta cerrada, dando vueltas en su cama. Seis meses después, seguía teniendo sueño inquieto y respiración superficial.

¿Por qué volviste?

Intentó concentrarse en los pasos de Allegro en el cuarto de Ilsa, en el sonido lejano de los movimientos en los pisos inferiores. Cerró los ojos y sintió que su cuerpo se hundía más en los almohadones, pero cuanto más silencio había en la sala, más fuerte oía la voz de Kate en su mente.

¿Qué te pasó?

La expresión en su rostro cuando la obligó a decirle la verdad, esa mezcla horrible de sentirse traicionada y de asco.

Yo no soy así, quiso decir.

Sí lo eres, insistió Leo.

¿Qué te pasó?, preguntaba Kate.

Eras débil, dijo su hermano.

¿Qué te pasó?

Ahora eres fuerte.

¿Qué te pasó?

Se obligó a levantarse y se colgó al hombro el estuche del violín. No necesitaba una misión. Había problemas de sobra esperando en la oscuridad.

Las puertas del elevador privado estaban abiertas. August subió y pulsó el botón de la planta baja. Las puertas se cerraron, y se encontró con su reflejo ondulado, distorsionado por el acero, que borraba todo menos los rasgos más visibles de su rostro.

Esperó la sensación de descenso lento, pero el ascensor no se movió. Volvió a oprimir el botón de la plana baja. Nada. Oprimió el botón para abrir las puertas. No se abrieron.

August suspiró y miró hacia arriba, directamente a la cámara de vigilancia que estaba montada en el rincón, aunque sabía que al hacerlo se empañaría la imagen.

—Ilsa —dijo, con calma—. Déjame ir.

El elevador no se movió.

—Tengo trabajo que hacer.

Nada.

Nunca se había considerado claustrofóbico, pero empezaba a sentirse encerrado entre las paredes del ascensor.

—Por favor —pidió con voz tensa—. Déjame ir. No tardaré mucho en volver, pero necesito...

Vaciló. ¿Cuál era la verdad?

¿Qué necesitaba? ¿Moverse? ¿Pensar? ¿Cazar? ¿Recolectar almas? ¿Matar? ¿Cómo podía encontrar las palabras para explicarle a su hermana que no soportaba quedarse sentado, estar solo con las voces en su cabeza, consigo mismo?

—Necesito *esto* —dijo por fin, con la voz cargada de frustración.

Nada.

—¿Ilsa?

Al cabo de unos largos segundos, el elevador empezó a bajar.

```
卌
卌
卌
|
```

La primera vez que Sloan oyó decir que los humanos temían a la oscuridad, rio.

Lo que ellos llamaban oscuridad era, para él, simplemente capas de sombra, cien tonos diversos de gris. Tenues, quizá, pero Sloan tenía la vista muy desarrollada. Podía ver a la luz del farol callejero que estaba a cuatro calles, a la luz de la luna cubierta por nubes.

En cuanto a las cosas que se *escondían* en esa oscuridad, que vivían, cazaban y *se alimentaban* en esa oscuridad... bueno.

Eso era otra cuestión.

Al llegar al depósito de la Décima, percibió vestigios de olor a sangre, pero el espacio en sí estaba vacío; al menos, no había cadáveres. Lo cual estaba bien: Sloan no había ido para hablar con los muertos. Entró al edificio que parecía un tambor hueco. El suelo estaba cubierto de casquillos de balas y jirones de tela. Entraba luz de la calle, que proyectaba un triángulo de seguridad cerca de las puertas abiertas, y allí, donde empezaba la sombra, estaban los collares de acero de los Colmillos, apilados como huesos después de una comida.

Sloan observó la oscuridad.

—¿Lo vieron?

Las sombras ondularon, se movieron, y al cabo de un momento lo miraron, ojos blancos titilando en la penumbra.

lovimoslovimoslovimos

Las palabras resonaron a su alrededor, repetidas por incontables bocas. Los Corsai se alimentaban con lo que dejaban los demás; eran cosas semiformadas sin visión ni ambición, solo tenían el simple deseo de comer. Pero podían resultar útiles, cuando lo decidían.

—¿*Qué* vieron?

La oscuridad se movió, hubo risitas.

golpeaquiebraarruinacarnehuesogolpeaquiebra

Sloan hizo otro intento.

—¿Cómo era la *criatura*?

Los Corsai se agitaron, inseguros, y sus voces se disiparon, pero luego, como si hubieran llegado a un consenso, empezaron a unirse. Cien formas hechas de sombra crearon una sola: sus ojos se amontonaron para formar dos círculos, con sus garras formaron manos, y sus dientes delinearon el contorno de algo vagamente humano. Una pantomima grotesca de un monstruo.

—¿Pueden traérmelo?

Los Corsai menearon su cabeza colectiva.

nonono no no es real

—¿Cómo que no es real?

Los Corsai se estremecieron y se separaron; una forma entera volvió a dispersarse en muchas. Entonces quedaron en silencio, y Sloan empezó a preguntarse si la conversación había terminado; los Corsai eran volubles, se distraían por un olor, por un capricho pasajero. Pero luego de un momento reaparecieron con un estremecimiento y volvieron a unirse en una sola forma.

Así, sisearon una y otra vez, *así asíasíasí...*

Sloan lanzó un suspiro de exasperación.

—¿Qué *come?* —les preguntó, en tono imperioso.

Pero los Corsai habían perdido el interés.

golpeaquiebraarruinacarnehuesogolpeaquiebra

Sus voces fueron haciéndose más y más intensas hasta que las paredes del depósito temblaron. Sloan se dio vuelta para retirarse, y el coro violento lo siguió al salir.

Verso 3

UN MONSTRUO

DE ALMA

I

Ella está
en la oficina de su padre
sola
la pistola
en la mano
un aire frío
le besa el cuello
y una voz
    susurra
        Katherine
ojos rojos
se reflejan
en la ventana
ella gira
alza el arma
pero no es
tan rápida
el monstruo
del traje negro
la obliga

a retroceder
contra el vidrio
la pistola ya no está
tiene las manos vacías
intenta arañarlo
pero sus dedos
lo atraviesan
mientras la ventana
se agrieta
se astilla
se rompe
    y ella empieza
      a caer.

Kate se incorporó, sobresaltada, con los dedos anudados en la camiseta. Su corazón latía con fuerza, pero no recordaba por qué. La pesadilla se había borrado, y solo le había dejado una sensación de náuseas y el pulso acelerado. La habitación estaba vacía, y más allá de la ventana de August el mundo seguía oscuro, salvo por el resplandor tenue de la franja de luz en la base del edificio y los primeros reflejos que anunciaban el amanecer. Se levantó, caminó descalza hasta la puerta e intentó abrirla, hasta que recordó que estaba trabada.

Kate suspiró y hurgó en su bolso hasta que encontró un par de horquillas para el cabello. Se arrodilló frente a la cerradura, se detuvo y pasó los dedos por la placa que unía el pomo a la puerta. Optó por buscar su encendedor de plata y accionó el mecanismo oculto con el pulgar. La navaja salió, y Kate introdujo el extremo angosto en el primer tornillo y empezó a girarlo.

Cuando terminó, la puerta se abrió con un susurro.

De la habitación que estaba a su derecha se oía un sonido leve. El estuche del violín de August estaba apoyado contra la pared, y al apoyar el oído contra la madera, oyó el rumor continuo de una ducha.

De la cocina le llegó el aroma a café. Las luces estaban encendidas pero no había nadie allí, de modo que Kate se sirvió una taza, ahogando un bostezo. Se había dormido con facilidad, pero había sido un sueño liviano, inquieto.

Y la pesadilla…

Su mirada se paseó, distraída, por la cocina y se posó en un taco de cuchillos. Del taco sobresalían cinco mangos de madera, mientras que sobre la encimera había un sexto cuchillo, de hoja reluciente. Los cuchillos en general tenían algo que la atraía: el brillo de la luz sobre el metal pulido, la suavidad satinada del mango, la hoja filosa como una navaja. Los dedos de Kate se acercaron a ellos, y sintió una extraña ansia en la palma de la mano al pensar en…

Algo rozó la pierna de Kate, y esta retrocedió, sobresaltada por la atracción de la sombra en su cabeza. La había invadido de un modo imperceptible, y Kate se maldijo al ver una forma oscura que desaparecía hacia el otro lado de la isla.

Frunció el ceño y espió, pero del otro lado no había nada. Y entonces, de la nada, una cosita blanquinegra subió de un salto a la encimera.

Los Flynn tenían un *gato*.

Se quedó mirando a Kate, y ella a él. Kate nunca había tenido una mascota; lo más cerca que había estado de tenerla consistía en haber paseado a la mascota de la escuela en su tercera preparatoria, pero siempre le habían agradado los animales más que la gente. Aunque, por otro lado, quizás eso hablara más de las personas que de ella.

Agitó los dedos y observó cómo el gato, distraído, intentaba atrapar sus dedos con una pata.

—¿Y tú quién eres? —susurró.

—Allegro.

Kate dio media vuelta, con un cuchillo de cocina en la mano incluso antes de pensar en tomarlo.

En la puerta había un hombre alto y delgado, de cabello corto entrecano. Lo reconoció de inmediato: era el fundador de la FTF, el hombre que había resistido con media ciudad contra Callum Harker y sus monstruos. El mayor rival de su padre.

Y estaba en bata de baño.

—Señorita Harker —le dijo Henry Flynn sin alterarse—. No fue mi intención sobresaltarla. Pero está en mi cocina. Y ese es mi cuchillo preferido.

—Lo siento —respondió, al tiempo que dejaba el arma—. Es una vieja costumbre.

Él le sonrió con languidez y sacó la mano del bolsillo de la bata y le mostró una pequeña pistola que tenía allí.

—Es una nueva costumbre.

Sostuvo el arma por el caño con solo dos dedos, como si detestara tocarla, y volvió a guardarla en el bolsillo. Kate acomodó el cuchillo en el taco, intentando hacer caso omiso a la resistencia de sus dedos a soltarlo. Retrocedió un paso, para mayor seguridad, y Henry rodeó la isla y se sirvió una taza de café.

—¿Durmió?

No le preguntó si había dormido bien.

—Sí. —Lo recorrió una vez con la mirada, vio la postura ligeramente encorvada, como si le doliera enderezarse, las ojeras y los pómulos enjutos—. No hay descanso para los pecadores.

—¿Le agrada nuestro pequeño hogar? No tenemos muchos lujos —volvió a mirarla—, pero tampoco es una cárcel.

Habló con voz agradable, pero el mensaje fue claro. La presencia de Kate allí dependía de su colaboración.

—Ya que los dos estamos despiertos —prosiguió—, tal vez podríamos hablar de ese nuevo monstruo, ese...

—Devorador de Caos —sugirió Kate—. ¿Qué quiere saber?

—Hace dos días, los miembros de uno de mis escuadrones se atacaron entre sí sin razón y sin previo aviso, sin motivo aparente.

A Kate se le atascó el aire en la garganta, no por sorpresa ni por horror, sino por un alivio extraño e inquietante. Ella había visto a la criatura, desde luego, pero una cosa era tener visiones y otra, hechos. No estaba volviéndose loca; al menos, no del todo.

—En el momento, no pudimos explicarlo, pero parece encajar con lo que cuenta de su monstruo.

Flynn sacó una pequeña tablet del otro bolsillo de su bata y empezó a escribir algo. Los ojos de Kate se dilataron.

—¿Tienen conexión? —preguntó.

Otra vez la sonrisa sombría.

—Interna solamente. Las torres interterritoriales fueron una de las primeras cosas que cayeron. No sabemos si fueron dañadas como consecuencia de otro ataque o...

—Apostaría a que fue intencional —opinó Kate, y recogió su taza de café—. Es una táctica para quebrar un asedio.

Flynn alzó las cejas.

—¿Disculpe?

Kate bebió un largo sorbo.

—Bueno, ¿qué asusta más? —preguntó—. ¿Estar encerrado en una casa, o estar encerrado en una casa sin posibilidad de pedir ayuda? ¿Sin poder avisar a nadie que uno está en problemas? Produce miedo. Crea discordia. Todas las cosas que necesita un monstruo en crecimiento.

Flynn se quedó mirándola.

—Es una observación bastante mercenaria.

—¿Qué puedo decir? —respondió Kate—. Soy la hija de mi padre.

—Espero que no.

Se hizo un silencio repentino e incómodo. Flynn señaló la muñeca de Kate, aún amoratada por la fuerza de Soro, y los nudillos lastimados por el puñetazo que había dado a August.

—Déjeme ver eso.

—Estoy bien.

Flynn esperó con paciencia hasta que ella al fin extendió la mano. Le palpó la piel, le flexionó la muñeca y le movió los dedos hacia uno y otro lado con el cuidado de un médico. Dolían, pero no había nada roto. Flynn buscó debajo de la encimera y sacó un maletín de primeros auxilios, y Kate lo observó en silencio mientras le vendaba la mano.

—Ahora la pregunta es —dijo Flynn mientras trabajaba— cómo se caza a ese monstruo. Tal vez pueda darme algún dato.

Kate vaciló, preguntándose si aquello era solo otro tipo de interrogatorio, pero las palabras no le parecieron capciosas ni calculadas. Retiró la mano, buscando algo que decir.

—¿Notó alguna cosa? —la ayudó Flynn.

Kate lo pensó. Lo había visto —o, mejor dicho, había visto a través de sus ojos— durante el día, pero la visión había sido fragmentada, insustancial.

—Creo que caza por la noche.

—Es lógico —comentó Flynn, pensativo.

—¿Sí?

—La noche suele borrar los límites de la psiquis. Nos hace sentir libres. Hay estudios que demuestran que, en general, las personas son más desinhibidas por la noche, más abiertas a las influencias y... —Ahogó una tos y prosiguió—: ...a las conductas primitivas. Si esta criatura se vale de los pensamientos oscuros y los convierte en actos, entonces sí, la noche sería su momento óptimo para cazar.

—Además, tiene que ver con el camuflaje —añadió Kate—. Esa cosa es como un agujero negro andante. Es más fácil que pase inadvertido en la oscuridad.

Flynn asintió.

El estómago de Kate gruñó, tanto como para que ambos lo oyeran.

—Debe tener hambre —observó Flynn.

Y la tenía. Estaba famélica. Pero sin querer, recordó las palabras de su padre.

Toda debilidad es un punto donde se puede clavar un cuchillo.

No había respondido, pero Henry ya estaba junto al refrigerador.

—¿Una tortilla?

—¿Usted cocina?

—A dos de las cinco personas que vivimos aquí sí nos gusta la comida.

Kate se sentó en un taburete y lo observó colocar un cartón de huevos y algunos vegetales sobre la encimera.

—¿De dónde obtienen la comida?

—La fuerza de tareas almacena lo que puede —respondió Flynn—. Hacemos incursiones a depósitos en ambos lados de la ciudad. En cuanto a los alimentos frescos, tenemos una red de granjas en el lado sur del Páramo, pero los recursos no son infinitos y hay muchos saqueadores.

Una razón más por la cual este conflicto no podía durar, pensó Kate.

Flynn se puso a cortar los vegetales con movimientos rápidos y diestros. Había sido *cirujano*, recodó Kate, no solo médico.

Era evidente en el modo en que sostenía el cuchillo. El filo del cuchillo le lanzaba destellos, y Kate prefirió volcar su atención al gato, que ahora estaba dormido en una frutera. Sus dedos se acercaron con cautela a la cola del animal.

—Es de August —le informó Flynn—. Aunque Ilsa también le tiene mucho cariño.

—¿Y Soro?

Flynn frunció el ceño.

—Soro pasa la mayor parte del tiempo en el cuartel. —Hizo una pausa en su trabajo—. Los Sunai no son como otros monstruos. Son como nosotros. Cada uno de ellos es tan único como un humano.

—Sin embargo, August nunca me pareció una persona a la que le gustaran los gatos.

Flynn rio por lo bajo.

—Tal vez no —dijo, mientras cascaba huevos en un tazón—, pero mi hijo siempre ha sido la clase de persona que rescata cosas perdidas.

Los vegetales siseaban en la sartén, y de ellos emanaba un aroma que retorcía el estómago de Kate.

—De veras lo considera su hijo.

—Sí.

Un recuerdo ensombreció a Kate por un momento. El de su propio padre en su oficina, y las palabras que había utilizado como armas: *Yo nunca quise una hija.*

Flynn dividió la tortilla en dos platos y acercó uno a Kate, que lo acometió con voracidad, pero él no parecía muy interesado en su porción.

—August cree que usted desea ayudarnos.

—Si no, no habría regresado.

—Si eso es cierto, me dirá lo que sabe…

—Ya lo hice —respondió entre bocados.

—… sobre Sloan —completó Flynn.

Kate se detuvo.

—¿Qué?

—Si alguien puede descifrar la lógica de ese monstruo, descubrir qué *quiere*…

Kate apoyó el tenedor, con un asomo de repulsión en la garganta. No quería meterse en la cabeza de Sloan, no quería resucitar al espectro de su padre.

Pero Henry Flynn tenía razón: si alguien podía prever los movimientos de ese monstruo, era ella.

Tragó con fuerza.

—Si tuviera que adivinar —dijo, al tiempo que volvía a tomar el tenedor—, quiere lo mismo que todos los monstruos.

—¿Qué cosa?

—Más —respondió—. Más violencia. Más muerte. —Imaginó la luz carmesí en los ojos del Malchai brillando con placer, amenazante—. Sloan es como el gato que juega con el ratón antes de comerlo, tan solo porque puede. Solo que esta vez, el ratón es Verity.

Sentía sobre ella la mirada de Flynn, pero se concentró en el tenedor que él tenía en la mano, en cómo empujaba la tortilla en el plato sin comerla.

Kate se había criado aprendiendo a interpretar a las personas: los detalles delatores en la boca de su padre, en los ojos de su madre. Pensó en las fotos que había visto de Henry Flynn; era obvio que los últimos seis meses lo habían afectado. Ahora tenía el rostro enjuto y una palidez grisácea, y respiraba en forma superficial, como si intentara contener un ataque de tos.

—¿Cuánto hace que está enfermo? —le preguntó.

Flynn se paralizó. Podría mentirle, si quisiera, ambos lo sabían; pero al final no lo hizo.

—Es difícil saberlo. Nuestros centros médicos nunca tuvieron tanta capacidad como los del lado norte.

—¿Se lo dijo a...?

—Algunas cosas se saben sin que se digan —respondió con voz serena—. No cambiará nada. Antes pensaba que si pudiéramos recuperar la ciudad a tiempo, tal vez... Pero la vida no siempre nos cumple los planes... —Volcó su atención hacia las ventanas, donde empezaba a amanecer sobre la ciudad—. Un hombre no es una causa, y una causa no es un hombre. Ya empecé a delegar el control en el Consejo. Con un poco de suerte, podré...

Se interrumpió al oír pasos en el pasillo. Un momento después, entró a la cocina Emily Flynn vestida con el uniforme completo de la fuerza. Era alta como su esposo, tenía cabello negro corto y piel morena suave, y si le extrañó que Kate Harker estuviera desayunando en la encimera de su cocina, no lo dijo.

—Aquí hay algo que huele muy bien.

—Emily —la saludó Henry, con una dulzura nueva en la voz.

—Tengo tres horas antes de mi próximo turno. ¿Esos huevos son para mí?

Flynn le ofreció su tenedor y Emily se lo quitó de los dedos. Mientras ella comía, él le rodeó los hombros suavemente con un brazo, y a Kate se le estrujó el pecho. Aquel gesto resultaba sumamente relajado, muy cómodo en el modo en que cada uno entraba al espacio del otro y salía de él. Incluso mientras sus padres estaban juntos, nunca habían sido así.

—No quiero interrumpirlos —dijo Emily.

—No interrumpes —respondió Flynn, y le dio un beso en el hombro—. Katherine y yo...

—Kate —lo corrigió ella escuetamente.

—*Kate* y yo ya terminábamos.

Emily asintió y miró directamente a Kate; obviamente, era la clase de mujer que acostumbraba mirar a los ojos. Kate se alegró de haberse peinado con flequillo.

—August tiene trabajo que hacer, de modo que usted deberá quedarse en el apartamento.

A Kate se le crisparon los músculos.

—¿Es necesario?

—En absoluto —respondió Emily alegremente—. Si prefiere una de las celdas de abajo...

—Em —la interrumpió Flynn—. Kate está colaborando mucho...

—Ilsa puede vigilarla a distancia, y ya dispuse que esté un soldado en comunicación por si acaso.

Pero Kate no estaba prestando atención. No podía quedarse allí, no podía perder otro día, ahora que el Devorador de Caos estaba allí afuera, robándole más y más de su mente con cada ciclo del sol.

—Quiero entrenarme con la FTF.

La mentira le salió con mucha facilidad al no estar August allí para impedírselo. Kate no tenía intenciones de ser el último soldado raso de Flynn, pero necesitaba recuperar sus armas, necesitaba una manera de salir del edificio.

Emily meneó la cabeza.

—No es buena idea.

—¿Por qué no? —protestó Kate.

La mujer la miró con severidad un largo rato.

—Señorita Harker, los integrantes de la FTF no tienen buenos sentimientos hacia su familia. Ya se está corriendo la voz de que se encuentra en el Edificio. Algunos tomarán su presencia como un insulto. Otros quizá la vean como un desafío. Sería mejor si se quedara...

—Sé defenderme.

—En realidad, no es eso lo que me preocupa. Intentamos evitar la discordia...

—Querrá decir la violencia...

—Quiero decir la discordia —aseguró Emily—, en *todas* sus formas.

—Con todo respeto —dijo Kate—, si me mantienen apartada, será peor. ¿Quieren evitar la discordia? Trátenme como si este fuera mi lugar, no todo lo contrario.

Emily miró a su esposo.

—Es persuasiva, ¿verdad?

—¿Eso es un sí? —insistió Kate, intentando disimular la urgencia.

Emily tomó la taza de café que Flynn tenía en la mano y examinó su contenido.

—Estará a cargo de otro cadete. Si desobedece órdenes, o si causa problemas, o si simplemente yo cambio de parecer, deberá volver al encierro.

El entusiasmo de Kate disminuyó un poco al oír la mención del cadete, pero era un obstáculo menor en comparación con estar encerrada en el último piso de una torre.

—Me parece bien —respondió, y llevó su plato al fregadero.

August entró a la cocina como una tromba; traía en la mano el pomo que ella había quitado de la puerta. Tenía el cabello negro aún mojado y la camisa abierta, y se veía su cuerpo delgado con músculos de reciente desarrollo.

—¿Era necesario que hicieras esto?

—Lo siento. —Kate se encogió de hombros—. Nunca me agradaron las cerraduras.

August la miró con cara de enfado... o lo que para él podía ser una expresión de enfado: una arruga profunda entre las cejas.

Kate volvió a dirigirse a Emily.

—Necesitaré un uniforme.

August se enderezó, sorprendido.

—¿Por qué?

Kate sonrió, pero dejó que Flynn dijera las palabras.

—La señorita Harker se ofreció a ingresar a la Fuerza.

11

—Es una mala idea —dijo August, levantando la voz.

Estaba apoyado en una rodilla, intentando volver a colocar el pomo de la puerta de su cuarto mientras, del otro lado, Kate terminaba de vestirse.

—Ya me lo dijiste —respondió ella—. Tres veces.

—No está de más repetirlo.

Kate golpeó con los nudillos sobre la madera para avisar a August que ya podía entrar. August se incorporó y empujó la puerta. Allí estaba Kate, con el uniforme de la FTF, los ojos protegidos por aquel flequillo pálido y el resto del cabello recogido en una cola de caballo que dejaba al descubierto la cicatriz que le recorría el lado izquierdo del rostro, desde la sien hasta la mandíbula.

Señaló el uniforme.

—¿Qué tal me queda?

Le quedaba mejor de lo que nunca le había quedado a él. Pero no era solo por la ropa, sino por la manera de llevarla. Con seguridad. Kate Harker siempre había tenido una presencia imponente, y al verla ahora así, August recordó aquel juego en el que ella imaginaba diferentes versiones de su vida. Por un segundo, vislumbró la versión en la que ella se había quedado.

—¿August? —insistió Kate.

No podía mentirle. No necesitaba hacerlo.

—Te queda como si hubieras nacido para esto.

Kate le sonrió y se sentó en la cama para amarrarse las agujetas de las botas.

—Pero ¿por qué quieres ingresar a la FTF?

—En realidad, no quiero —respondió Kate enseguida—, pero si me quedo en este apartamento, voy a perder la cabeza, y eso no le serviría de nada *a nadie*, ¿no crees?

—Es…

—Te juro que si vuelves a decirme que es una mala idea…

—Eres la hija de Callum Harker.

Kate lo miró y exclamó:

—¡No! ¿En serio?

—Probablemente a la mitad de los soldados les gustaría que te colgaran.

Kate alzó la mirada.

—¿Solo a la mitad?

August se acercó más y bajó la voz. No le preocupaba Henry ni Em, pero era probable que Ilsa estuviera en su cuarto.

—¿Y tu… vínculo con el Devorador de Caos?

Kate miró inmediatamente hacia la puerta, y respondió también en voz baja.

—¿Qué hay con eso?

—¿Henry lo sabe?

—*Yo* no se lo dije —respondió con indiferencia—. ¿Y tú?

August lo había pensado. Nunca le había resultado fácil guardar secretos. Pero si Henry se enteraba, si *Soro* se enteraba, no tendría manera de protegerla.

Pero ¿*debería* estar protegiéndola?

Sí, era una delincuente, pero eso... eso no había sido un delito; no se lo había buscado. Ella era la víctima, una víctima que había logrado escapar, aunque no del todo. Kate era la mejor conexión, la única, que tenían con el monstruo, si realmente estaba entre ellos.

No mentiría por ella, no *podía*.

Pero tampoco la delataría.

—Todavía no.

Se cargó el violín al hombro y llevó a Kate hacia el ascensor.

—No vas a estar pisándome los talones todo el día, ¿verdad? —preguntó Kate—. Ya soy persona non grata, y dudo que vaya a sumar puntos si viajo con guardaespaldas, especialmente con un Sunai.

—No.

—Genial, entonces indícame dónde debo ir. Prometo no escapar ni meterme en ninguna pelea...

—Kate...

—Está bien, prometo no *iniciar* ninguna pelea...

—Ya conseguí a alguien más.

Llegó el elevador y subieron, y el mundo se redujo al espacio de un cubículo de un metro y medio. Cuando las puertas de metal se cerraron, August vio que Kate lo miraba —o, más bien, miraba su reflejo deformado— como si pudiera ver la sangre que él se había lavado.

—¿Qué?

—Solo intento descubrir qué te pasó.

August se puso tenso.

—Otra vez con eso, no.

—¿Qué es lo que aún no sé? ¿A dónde fuiste?

August cerró los ojos y vio dos versiones de sí mismo: la primera, rodeado de cadáveres, sangre y sombras subiendo por sus muñecas; la segunda, sentado en el techo, con la esperanza de ver estrellas. Y mientras la contemplaba, esa segunda versión empezó a disolverse, como un sueño, un recuerdo que va deshaciéndose momento a momento, escapándose entre sus dedos.

—Estoy aquí.

—No, no es cierto. No sé quién es *este*, pero el August al que conocí...

—Ya no existe.

Se volvió hacia él.

—*Mentira* —replicó.

—Basta.

Pero Kate continuó. Aunque hablaba bajo, su voz llenó el espacio reducido.

—¿Qué fue de él? Cuéntame. ¿Qué fue del August que quería sentirse humano? ¿El que prefería quemarse vivo antes que pasar a la oscuridad?

August mantenía la mirada fija al frente.

—Estoy dispuesto a caminar por la oscuridad si así mantengo a los humanos en la luz.

Kate lanzó una risotada.

—Está bien, Leo. ¿Cuántas veces practicaste esa frase? ¿Cuántas veces te paraste frente al espejo y la recitaste, esperando sentirla tuya y...?

August giró hacia ella.

—*Basta*.

Kate se amilanó pero no cedió.

—Esta nueva versión de ti...

—… no te incumbe —replicó él secamente—. No vengas a juzgarme, Kate. Tú te fuiste. Escapaste, y yo me quedé a pelear por esta ciudad, por estas personas. Si no te gusta quien soy ahora, lo siento, pero hice lo que tenía que hacer. *Me convertí* en lo que este mundo necesitaba que fuera.

Cuando terminó de hablar, estaba sin aliento.

Kate se quedó mirándolo con una expresión que parecía tallada en hielo. Luego se acercó, lo suficiente para que él llegara a ver el destello plateado a través del flequillo.

—Mientes.

—*No puedo* mentir.

—Te equivocas —dijo Kate, y le dio la espalda—. Hay una clase de mentira que hasta *tú* puedes decir. ¿Sabes cuál es?

—Lo miró a los ojos en las puertas de acero—. La que te dices a ti mismo.

August apretó los dientes.

No le hagas caso, le advirtió Leo. *Ella no entiende. No puede.*

El elevador se detuvo. Las puertas se abrieron y Kate salió, y casi chocó con Colin.

Este palideció al verla, y luego miró a August con toda la desesperación de alguien que está ahogándose.

—Tienes que estar bromeando.

Kate alzó una ceja.

—¿Debería conocerte?

—Kate —dijo August—, él es Colin Stevenson.

Colin logró esbozar una sonrisa nerviosa que no logró disimular su incomodidad.

—Fuimos compañeros en Colton.

—Lo siento —respondió Kate con desgano—. Fue un tiempo breve y tumultuoso.

Colin pasó el peso de su cuerpo de un pie al otro.

—Tranquila, no espero que me recuerdes. Intenté mantenerme fuera de tu radar.

—Una decisión inteligente, tal vez.

August se aclaró la garganta.

—Por hoy estarás con el escuadrón de Colin.

Kate lo miró con aire travieso, como quien dice *¿estás seguro?* y August respondió con una mirada reprobatoria. *Sí.*

—Sí, eh, te mostraré cómo funciona todo.

Sin dejar de mirar a August, Kate sonrió con toda tranquilidad.

—Adelante.

August los siguió mientras Colin la guiaba en el recorrido, y la escuchaba puntuar la explicación con comentarios como *mm-mmm* y *entiendo*, aunque era obvio que no estaba prestando atención.

—Todas las salas de entrenamiento están en los pisos primero y segundo, y por allí está la cafetería, que es como la cafetería de Colton salvo que la comida es horrible...

Mientras recorrían los pasillos, August sintió el cambio de siempre en las miradas, el peso de la atención, pero por una vez no recaía todo en él. Los soldados observaban a Kate y murmuraban por lo bajo, y alcanzó a oír con toda claridad la tensión en sus voces, la ira en sus palabras.

Alzó la mirada y se dio cuenta de que Colin lo miraba como esperando algo.

—¿Qué?

—¿Se me escapó algo?

—No te preocupes —intervino Kate—. Aprendo rápido.

De pronto, el reloj de Colin emitió una alarma.

—Cinco minutos: mejor vamos al salón de entrenamiento. ¿Alguna pregunta?

El rostro de Kate se iluminó.

—¿Dónde tienen las armas?

Colin lanzó una risita nerviosa, como si no pudiera distinguir si hablaba en serio o no. August sabía que sí.

—Toda la tecnología se guarda en el primer subsuelo...
—empezó a responder Colin.

—Pero para retirar cualquier arma —añadió August— necesitas aprobación. Y no la tendrás.

Kate se encogió de hombros.

—Es bueno saberlo —dijo, y empujó a Colin hacia el salón de entrenamiento—. Vamos, no debemos llegar tarde.

August la tomó por el hombro, se le acercó y dijo en voz baja:

—Hay cámaras de seguridad por todas partes, así que no levantes la cabeza.

Kate le dirigió una sonrisa árida.

—Gracias por el aviso —respondió.

Y se fue.

III

En los seis meses que había pasado en Prosperity, Kate *casi* había olvidado cómo era ser odiada.

Estar siempre expuesta, en ese extraño desequilibrio que implica ser reconocida, juzgada por su rostro y su nombre.

Seis meses de ser nadie, y ahora, mientras Colin entraba con ella al salón de entrenamiento, ampliando el espacio entre ellos a cada paso, Kate sintió que la noticia circulaba como una corriente, que las cabezas se volvían a su paso. La miraban y no veían a una chica sino un símbolo, una idea, alguien en quien depositar todo su resentimiento y a quien culpar. Tantas miradas le produjeron escozor en la piel, y Kate se obligó a concentrarse en el salón y no en la incomodidad ni en la voz siniestra que le hablaba en su cabeza.

Cientos de soldados se apiñaban en lo que alguna vez quizás había sido un salón de baile. Había una pista angosta de atletismo que bordeaba la pared, y el espacio que encerraba se dividía en puestos de entrenamiento. Los soldados más jóvenes aparentaban doce o trece años. Los mayores tenían el cabello blanco. Había personas de Ciudad Norte y de Ciudad Sur. Las diferencias se les notaban en los rostros (la diferencia entre conmoción e ira, curiosidad y miedo, cautela y desprecio), pero en cada par de ojos, en cada crispamiento de labios o cejas, había un factor común: desconfianza.

Yo tampoco confío en ustedes, pensó Kate.

Seis meses... y todo regresó; como la capacidad de andar en bicicleta. Kate enderezó la espalda. Levantó el mentón. Lo suyo siempre había sido una especie de actuación, un papel que representaba, pero era un papel que sabía hacer muy bien.

—Estarás conmigo en el Equipo Veinticuatro —anunció Colin, y la llevó hacia un grupo de unos quince cadetes que estaban en la pista.

—Muchas gracias por acompañarnos, señor Stevenson.

La instructora era una mujer robusta de mandíbula cuadrada y fríos ojos azules que se posaron en Kate un largo rato y luego regresaron a los ocho cajones que había en el suelo.

—Esto —dijo la mujer, al tiempo que levantaba un fusil modificado— es un AL-9 ¿Quién puede decirme por qué los usan nuestros Escuadrones Nocturnos?

—Porque se los puede modificar para disparar balas expansivas.

Las palabras salieron antes de que Kate se diera cuenta de que las había dicho. Una vez más, aquellos ojos azules se posaron en ella, igual que todos los demás. Kate se maldijo; ¿por qué no podía mantener la boca cerrada?

—Prosiga, señorita...

Era obvio que la instructora iba a obligarla a decirlo.

—Harker —respondió Kate. Luego prosiguió—: Las balas expansivas se abren al hacer contacto. Para que sirvieran de verdad, deberían estar bañadas en plata, hierro u otro metal puro, pero a una distancia de, digamos, cincuenta metros, podrían tener fuerza suficiente para atravesar la placa ósea de un Malchai. Sería mejor clavarle una estaca por detrás de la placa, pero para eso hay que acercarse mucho.

El resto del salón seguía envuelto en un bullicio constante, pero el Equipo Veinticuatro quedó en silencio. La instructora no necesitó alzar la voz para quebrarlo.

—Así es —dijo, sucintamente—. Cada cajón contiene las partes de un AL-9. Pasarán la próxima hora armándolos y desarmándolos. Trabajen de a dos.

Un muchacho se acercó a Colin, que miró a Kate con una pregunta en los ojos, y se alivió visiblemente cuando ella lo espantó con una seña.

Kate no se molestó en esperar a ningún compañero. Se dirigió al cajón más cercano, se arrodilló junto a él y abrió los cierres… y se sorprendió cuando de pronto se acercó una sombra, y un segundo después otra chica se arrodilló frente a ella. Parecía uno o dos años mayor que Kate, tenía cabello negro rizado y una cara de pocos amigos que le indicó que era de Ciudad Sur.

—Mony —dijo, a modo de presentación.

—Kate.

—Lo sé.

—Lo supuse. —Señaló el cajón con la cabeza—. Tú primero.

La chica alzó una ceja.

—¿Con los ojos abiertos o cerrados?

—Como quieras —respondió Kate—, pero cuando lo uses allí afuera, te sugiero que los tengas abiertos.

Con eso consiguió una levísima sonrisa.

Observó cómo la chica armaba el fusil con movimientos rápidos y seguros, tarareando por lo bajo.

Monstruos, monstruos, pequeños y grandes...

—¿Alguna vez disparaste con uno de estos? —le preguntó Kate.

Mony siguió moviendo las manos.

—Solo los escuadrones activos van armados. El Equipo Veinticuatro aún está en entrenamiento.

—¿O sea que nosotros no peleamos?

Kate dijo *nosotros* a propósito; era uno de esos trucos psicológicos sencillos que convierten un «*tú* contra *mí*» en «*nosotros* contra *ellos*».

Mony revisó el caño.

—Muy de vez en cuando nos llaman para patrullar de día, o para cumplir un turno de guardia, pero la mayor parte de nuestro trabajo es aquí, hasta que nos aprueben para el servicio activo.

—Yo voy a postularme para el Escuadrón Nocturno —acotó Colin desde la siguiente fila.

Moni lo miró con exasperación.

—¿Para qué? ¿Para que te pisen?

Colin se sonrojó y se esforzó por enderezarse más, como si su escasa estatura fuera solo cuestión de postura.

—Entonces, ¿nunca salen? —preguntó Kate.

—Tenemos suerte de estar aquí adentro. —Mony colocó el fusil armado sobre el cajón—. Te toca a ti.

Kate se extendió para recoger el arma, pero apenas la tuvo en la mano, lo que estaba en su cabeza empezó a despertar. Era como un resfriado, o un músculo distendido, algo que uno *casi* no recuerda hasta que tose o hace un mal movimiento. Durante unos minutos, lo había olvidado, y ahora su pulso latía fuerte y constante en sus oídos, silenciando el resto del mundo, y de pronto sintió calma: la clase de calma que se siente al darse cuenta de que uno está soñando y nada puede hacerle daño.

—Oye —le dijo Mony; la oyó apagada, lejana—. ¿Te sientes bien?

Kate parpadeó. Bajó la mirada hacia el arma.

Está descargado, dijo a sus manos. *Déjenlo.*

—Sí —respondió lentamente, y volvió a apoyar el fusil sobre el cajón—. Es solo que las armas de fuego no son lo mío.

Mony volvió a recoger el arma y empezó a desarmarla.

—Suerte con eso.

La instructora tocó un silbato, y el Equipo Veinticuatro lanzó un suspiro colectivo y se dejó caer sobre las colchonetas. Habían pasado de las armas de fuego a las formaciones, de los ejercicios aeróbicos a los abdominales.

—Odio los abdominales —rezongó Colin, aferrándose el vientre—. No veo qué tienen que ver con cazar monstruos.

Pero Kate se sentía mejor que en varios días. Sentía en los músculos un ardor agradable por el simple esfuerzo físico, y eso la hacía sentir que controlaba su cuerpo y su mente. Se puso de pie, lista para el siguiente ejercicio, pero el equipo estaba dirigiéndose a las puertas.

—Paramos para almorzar —explicó Mony.

Doblaron a la izquierda y tomaron un pasillo ancho que bullía de personas vestidas con el uniforme verde y gris oscuro de la FTF. Kate pensó que se apartarían a su paso, como en Colton, pero la diferencia entre Colton y el Edificio Flynn era que, por cada cinco personas que se apartaban, había una que se desviaba para chocar con ella.

—Cuidado —le advirtió alguien después de toparse con ella de costado.

A Kate se le empezó a acelerar el pulso. Cerró los puños.

Pero el peor era Colin, no porque se esforzara por ser cruel, sino todo lo contrario: intentaba *consolarla*.

—Cuando llegué aquí —dijo—, la mitad de los cadetes no me dirigían la palabra porque era de Ciudad Norte, y mi papá ni siquiera...

Mony lo silenció con una mirada, gracias al cielo, y Colin dejó de hablar al llegar a la cafetería.

Estaba atestada.

Con tanta gente, debería haber sido fácil ir desapareciendo poco a poco, demorarse un poco aquí y allá hasta quedar última, y entonces escabullirse. Pero cada vez que Colin se distraía, estaba Mony para hacerse cargo.

—Esto no es nada —dijo, mientras avanzaban zigzagueando entre el gentío.

—Sí —concordó Colin—. Solo en Ciudad Sur, hay casi diez millones de personas bajo la protección de la FTF, y cincuenta mil de ellas son soldados activos...

—Dios mío —murmuró Mony—, parece un juguete a cuerda.

Colin no se inmutó.

—Todo el mundo tiene que estar dispuesto a prestar servicio, pero hay distintas maneras de hacerlo. Hay misiones de reconocimiento, de aprovisionamiento, de administración, pero primero todos pasan por el entrenamiento...

La atención de Kate se desvió hacia el acero pulido de los cubiertos... y optó por un sándwich.

—¿Cuántas personas viven aquí?

Mony rezongó.

—No le des cuerda.

—En el Edificio, solo unas mil quinientas. Los demás soldados están repartidos en dos calles. Viven bastante apretados, pero eso les permite mantener la electricidad.

Kate frunció el ceño.

—¿De dónde la obtienen?

Colin abrió la boca para responder, pero Mony lo interrumpió.

—Tenemos generadores solares —explicó—. Ahora, por Dios, antes de que me muera de aburrimiento, déjenme comer.

Todo el equipo se dirigió a una mesa, con los movimientos automáticos que da la rutina, y Kate los siguió. Era obvio que debía sentarse con ellos... y que no querían tenerla allí. Le daban la espalda. Las conversaciones se hicieron menos audibles hasta convertirse en un zumbido en el oído sano de Kate. Incluso Colin y Mony estaban poniéndose tensos por la actitud de los demás.

Kate apenas probó su comida; había perdido el apetito. Colin bajó la voz y se inclinó hacia ella.

—¿Puedo preguntarte algo? —dijo, y Kate no respondió, pues era obvio que se lo preguntaría de todos modos—. ¿Dónde *estuviste*? —Mony arqueó una ceja—. Disculpa, sé que no es asunto mío, es solo que... hay una especie de apuesta por aquí. Yo no suelo apostar, pero el pozo incluye una barra de chocolate y, bueno, la mitad de los soldados pensaban que estabas muerta, pero yo aposté cinco a que estabas escondida en el Páramo y...

—En Prosperity.

Los ojos de Colin se dilataron.

—¿En serio? ¿Y por qué *volviste*?

—Bueno, ya sabes —respondió Kate—: Monstruos, caos, venganza.

Se puso de pie.

—Miren —dijo—, es divertido jugar a los soldaditos, pero tengo cosas que hacer.

Colin levantó la cabeza, sorprendido.

—¿A dónde vas?

—Al baño —respondió, y cuando Colin amagó levantarse, añadió—: Creo que puedo llegar sola.

Colin vaciló entre ella y su comida, visiblemente indeciso.

Pero fue Mony quien habló.

—Quince minutos —dijo, con un golpecito a su reloj pulsera—. Si no estás de vuelta para entonces, todo el equipo paga.

Kate asintió.

—Allí estaré.

IIII

Kate se dirigió al primer subsuelo.

Nadie la detuvo, ni cuando pasó de largo por los baños ni por los ascensores, ni cuando entró a la escalera y empezó a bajar.

Eran los beneficios de caminar con decisión, pensó. La gente daba por sentado no solo que uno sabía a dónde iba, sino además que estaba bien que lo hiciera.

Al menos, hasta que abrió la puerta y entró al depósito de armas. Había un hombre sentado a un escritorio, y a sus espaldas, un pasillo amplio con estanterías a ambos lados, cargadas de chalecos antibalas y cascos. Por varias puertas abiertas, alcanzó a ver armas.

El hombre estaba leyendo algo en su tablet, pero alzó la cabeza al instante cuando ella entró. Al verla, sus ojos se entornaron con desconfianza.

Kate habló con una naturalidad forzada.

—¿Esta es la oficina de objetos perdidos?

—¿Te *parece* una oficina de objetos perdidos?

—Oye, solo estoy obedeciendo órdenes. A mi capitana se le perdió un equipo y me encargó recuperárselo.

—¿Qué *clase* de equipo?

—Un par de estacas. De hierro. Largas como mi antebrazo, más o menos.

—No tenemos algo así.

Ustedes se lo pierden, pensó Kate, pero se limitó a encogerse de hombros.

—Ella es de Ciudad Norte. Seguramente era alguna reliquia.

—¿Escuadrón?

—Veinticuatro.

—¿Nombre?

—¿De la instructora?

—Tuyo.

—Mony —respondió Kate, y se arrepintió apenas lo dijo. Era obvio que el hombre esperaba un apellido, pero ella no lo sabía—. Mire, no importa, ya aparecerán esas estacas...

Algo se encendió en la pantalla del hombre, y Kate no alcanzó a ver si se trataba de una alarma o de un mensaje común y corriente, pero adoptó una expresión pétrea y se le aceleró el pulso. Dio un paso atrás.

—No te muevas —dijo él, dos palabras que despertaron en Kate el impulso de hacer exactamente lo contrario. Su mirada pasó de las armas en las paredes a la que llevaba el hombre sujeta a la cadera, pero ya estaban abriéndose detrás de ella las puertas del elevador. Y apareció Ilsa.

Estaba descalza y tenía puesto un solero; su cabello era una nube de rizos rojos y tenía los hombros salpicados de estrellas, pero lo primero que vio Kate fue la cicatriz brutal que tenía en la garganta.

El hombre del escritorio se puso de pie y la saludó con una inclinación de la cabeza, un gesto que estaba entre la deferencia y el temor, pero Kate se alegró al ver a la Sunai.

La primera —y única— vez que se habían visto, Kate había despertado en un motel desconocido y encontrado el rostro de la Sunai a pocos centímetros del suyo. Había oído historias sobre Ilsa Flynn. Relatos que retrataban a la primera Sunai como el peor de los monstruos, una masacre andante que una vez había desechado su forma humana y reducido doscientas vidas y una plaza de la ciudad a una pila de escombros quemados. Pero la Ilsa que había visto en aquel hotel, la que ahora estaba allí, era diferente. Era amable y gentil.

Miró a Kate con expresión ligeramente reprensiva, e incluso sin su voz, Kate imaginó que le decía: *No deberías estar aquí abajo y tú lo sabes.*

Ilsa agitó los dedos hacia el soldado como quien se sacude las manos mojadas, tomó a Kate de la mano y la llevó al elevador.

—Valía la pena hacer el intento —murmuró Kate mientras las puertas se cerraban, pero la expresión de Ilsa ya estaba cambiando y fue como si una sombra cruzara por sus rasgos delicados. El aire mismo pareció cambiar, cargarse de un frío repentino, como si el estado de ánimo de Ilsa fuera algo tangible.

»¿Qué pasa?

Ilsa levantó la mano y sus dedos finos se detuvieron sobre los ojos de Kate... No, solo sobre el ojo en cuestión. A Kate le dio un vuelco el estómago. Ilsa *sabía*... sobre la astilla plateada, la enfermedad. Por su mente pasaron muchos pensamientos distintos, pero lo que salió de sus labios fue una pregunta.

—¿Qué le pasó a August?

Ilsa bajó las manos.

Meneó la cabeza, pero Kate tuvo la impresión de que Ilsa no estaba diciendo que no, sino expresando una enorme tristeza.

El elevador se detuvo en el piso de entrenamiento y las puertas se abrieron. Cuando Kate bajó, a Ilsa se le iluminó el rostro y levantó una mano. La otra se hundió en los bolsillos profundos de su solero, y un segundo después sacó la tablet de Kate. La que Soro le había quitado.

Ilsa alzó la tablet a modo de respuesta y se la puso en las manos. Kate se quedó mirándola, y luego la guardó en el bolsillo de su chaqueta cuando sonó una alarma en su reloj. Se le había acabado el tiempo.

En un extremo del pasillo había una salida, sin guardias.

En el otro, la puerta del salón de entrenamiento.

Kate dijo una palabrota por lo bajo y echó a correr.

Llegó tarde.

El Equipo Veinticuatro ya estaba reunido. Dos de los soldados de más edad se preparaban para pelear; uno de ellos tenía un pañuelo rojo amarrado al cuello.

—El objetivo —iba diciendo la instructora— es *reducir* al Colmillo lo más rápido posible.

La mujer vio a Kate, que llegaba corriendo y esbozó una sonrisa maliciosa.

—Diez vueltas.

Kate abrió la boca para decir algo, pero el resto del equipo ya estaba dirigiéndose a la pista. Nadie discutió ni se quejó, pero apenas empezaron a correr, Kate supo que acababa de perder la poca buena voluntad que había ganado aquella mañana. De la nada, empezaron a aparecer botas que le golpeaban los tobillos o los talones.

Kate tropezó una vez o dos pero no se cayó, y pronto el equipo dejó de intentar hacerla tropezar y se concentró en dejarla atrás.

—Volviste.

Era Mony, que corría con facilidad, como si pudiera seguir corriendo todo el día.

—Ya empiezo a arrepentirme —respondió Kate.

Mientras corrían alrededor del salón, Kate observaba a varios otros equipos practicar las mismas maniobras. Cerca del centro, vio a un par de soldados forcejear hasta que cayeron enredados y el que tenía el cartel de «Colmillo» acabó con un brazo retorcido a la espalda. El soldado empezó a dejarlo levantarse, pero el «Colmillo» le dio un codazo. Fue una jugada sucia, pero el mensaje estaba claro: los Colmillos no darían una pelea limpia.

—¿Y si no pueden reducirlos?

—No tenemos opción. Es delito matar a otra persona.

—Por supuesto, pero ¿ocurrió alguna vez?

—Tanner —dijo Colin, un paso o dos detrás de ellos.

—Alex Tanner —completó Mony, apretando el paso. Colin rezongó, pero Kate alargó los pasos para no quedarse atrás.

—Continúa.

—Alex era un tipo de Ciudad Norte que llegó con el primer grupo de conversos. Nunca deberían haberle dado un arma. Era la clase de hombre que solo busca una excusa para dispararle a algo, ¿sabes? Lo cual está bien si lo único que tienes a mano son monstruos.

Los pies de los tres hallaron un ritmo constante.

—Pero la primera vez que salió, vació su arma contra un grupo de Colmillos. Ni siquiera intentó traerlos detenidos.

—¿Y qué pasó?

—Su escuadrón intentó cubrirlo —respondió Colin, sin aliento.

—Idiotas —murmuró Mony—. Como si nadie fuera a descubrirlos. Los Sunai pueden *oler* esas cosas. Entonces, el Consejo decidió ponerlo como ejemplo. Reunieron a todos los escuadrones aquí, en el salón, y nos hicieron observar mientras aquel... —en ese punto señaló con la cabeza hacia las puertas. Al girar la cabeza, Kate divisó a Soro, que estaba de pie y con el mentón en alto, supervisando el salón ... lo recolectaba. Una lección práctica sobre lo que les sucede a los pecadores.

A Kate se le contrajo el pecho.

—¿Y sirvió?

—Estoy contándote la historia, ¿no? De vez en cuando, alguien mete la pata. Hay momentos de mucha tensión y se cometen errores. A esos no los ponen como ejemplo; simplemente desaparecen. Aquí hay un dicho: Soro viene por los malos, pero Ilsa viene por los arrepentidos.

Corrieron una vuelta entera hasta que Kate volvió a hablar.

—¿Y August?

Colin jadeó.

—¿Y August qué?

—Bueno, si Soro recolecta a los malos e Ilsa, a los arrepentidos, ¿a quiénes recolecta August?

Mony lanzó una risotada.

—A todos los demás.

HHH

August se dirigió al escenario.

La gente se apartaba a su paso como si fuera una brasa ardiente.

Estoy dispuesto a caminar en la oscuridad...

Sacó el violín del estuche y se concentró en el arco y en las
cuerdas, más que en la gente que estaba más allá.

Estoy dispuesto...

Empezó a tocar.

La canción brotó, pero por una vez, no se le relajaron las
extremidades ni se le despejó la mente. August quería perderse
en la música, saborear aquellos raros momentos de paz, pero
las palabras de Kate se le habían clavado en la mente como astillas.

¿Qué fue del August al que conocí?

¿Qué pasó?

Las cosas cambian.

Yo cambié.

Y, en efecto, había cambiado.

Era solo que... su hermano quería que fuera como ese violín, el de acero, pero August se sentía como el primero, el que

había quedado destrozado en el suelo del baño en la casa de Kate, más allá del Páramo. Un instrumento musical reducido a fragmentos y astillas.

Estaba Leo, que le decía que fuera aquello a lo que los monstruos temían, y Soro, que lo hacía sentir egoísta por querer ser humano, e Ilsa, que lo hacía sentir como un monstruo por no desearlo lo suficiente, y Henry, que aparentemente pensaba que podía serlo todo para todos, y Kate, que quería que fuera alguien que ya no podía ser.

Mientes.

Los dedos de August apretaron el diapasón.

Concéntrate, hermano, lo reprendió Leo.

Hasta hablas como él.

La canción se aceleró.

El August al que conocí...

El arco resbaló y la nota salió demasiado aguda. August dejó de tocar y bajó el violín. No había terminado la canción, pero fue suficiente. La gente lo miraba con los ojos muy abiertos, con toda tranquilidad, con las almas brillándoles en la piel.

Un mar de blanco, y en el centro, una mancha roja. Un hombre, sencillo y de baja estatura, con una mujer a su lado, los dos muy juntos a pesar del espacio que los rodeaba. El alma de ella era blanca, pero la de él brillaba roja, y al acercarse, August oyó la confesión del hombre.

—... pero el miedo nos hace cometer tonterías, ¿no? Tal vez venía por mí. No lo sabía... —Tenía la cabeza levantada, los ojos en August, pero su mirada lo atravesaba—. Yo no era una mala persona, ¿sabe? Solo que el mundo es malo. Yo era muy joven y no sabía que no debía hacerlo.

La luz roja emanaba de la piel del hombre como vapor.

—¿Puede culparme? ¿Eh?

August no lo culpaba, era verdad que el mundo era malo, pero eso no cambiaba nada. Apoyó la palma de la mano contra la piel del hombre y la confesión cesó, las palabras fueron apagándose mientras la vida lo abandonaba.

El cadáver se desplomó en el suelo, y August se apartó mientras, alrededor, las almas regresaban bajo la piel y la sala de conciertos volvía a la vida.

Oyó sollozar a la mujer, pero no volvió atrás. Harris y Ani intentaron calmarla mientras August se obligaba a seguir caminando.

Tu trabajo está hecho.

Casi llegaba a la puerta cuando se disparó el arma.

August dio media vuelta. Cayó yeso del cielorraso y la gente se agachó, protegiéndose la cabeza. La mujer tenía la pistola de Harris en ambas manos, y apuntaba a August con los nudillos blancos por la fuerza. Ani y Jackson ya estaban por tomar sus pistolas eléctricas cuando August empezó a regresar por el pasillo, con las manos en alto.

—Baje el arma.

—Loca de mierda —gruñó Harris.

—Suelte el arma —ordenó Ani.

Pero la mujer solo tenía ojos para August.

—No merecía morir.

August dio otro paso hacia ella.

—Lo siento.

—Usted no lo conocía —prosiguió la mujer, sollozando—. No lo conocía en absoluto.

—Sé que tenía el alma manchada. —Otro paso, frente a Ani y Jackson—. Él creó su propio destino.

—Él se *equivocó* —escupió la mujer—. Usted puede pararse allí y juzgarnos, pero no entiende. No *puede* entender. Ni siquiera es humano.

El golpe dio en el blanco, no con contundencia, sino un golpe sordo, doloroso y pesado.

Ahora August estaba a la altura de Harris.

—Él eligió...

—Él *cambió*. Las personas *cambian*. —La mujer tenía el rostro bañado en lágrimas—. ¿Por qué eso no *importa?*

Tal vez debería, pensó August, justo antes de que le disparara.

Las detonaciones ensordecedoras resonaron en el salón mientras la mujer vaciaba el cargador contra el pecho de August. Le dolió, como duele todo, pero solo un instante. Ella siguió apretando el gatillo un largo rato, aunque el cargador ya estaba vacío y solo quedaba el impotente *clic clic clic.*

August la dejó hacer, porque no cambiaba nada. Su esposo aún estaba muerto y August aún estaba en pie, y cuando ya no quedaban balas, las últimas fuerzas la abandonaron y la mujer cayó junto al cadáver, y el arma resbaló de sus dedos. August se arrodilló frente a ella y apoyó una mano en el arma descargada; de su piel aún se desprendía el humo de los disparos.

—Es una gran suerte para usted que yo no sea humano.

Hizo una seña con la cabeza. Ani y Jackson se ubicaron detrás de la mujer y la levantaron.

卌

I

El vestíbulo de la torre bullía de energía.

Había grupos de Corsai en los rincones, susurrando para sí, mientras los Malchai se movían, inquietos por estar todos reunidos en un solo lugar.

Sloan estaba de pie en el primer rellano, contemplando aquel mar de ojos rojos y recordándose que aquella masa de seres salvajes y sucios no era más que sombras, soldados rasos, súbditos.

Y él, su rey.

—Hay un intruso entre nosotros —anunció—. Un monstruo al que se le ocurrió venir a nuestra ciudad y devorar nuestra comida. Es un ser de oscuridad —prosiguió Sloan—. Pero *todos* somos seres de oscuridad. Los Corsai afirman que no pueden atraparlo —las sombras se agitaron—, pero no todos somos Corsai.

Hubo un gruñido de asentimiento.

—Sloan tiene razón —intervino Alice.

Estaba más arriba, sentada en el barandal de una galería. Parecía como si tuviera puestos guantes oscuros; en realidad, no se había lavado las manos después de su último festín.

Sloan sintió repulsión al ver eso, pero los demás monstruos la miraron embelesados, como ella sabía que lo harían.

—Somos *Malchai* —prosiguió—. No hay nada que no podamos cazar, nadie a quien no podamos matar. —Dirigió a Sloan una sonrisa que enseñaba todos sus dientes—. ¿Qué quieres que hagamos, padre?

Sloan se aferró al barandal pero no mordió el anzuelo. En lugar de eso, miró a los Malchai.

—Al intruso lo atrae la carnada viva. Asalten los refrigeradores, saquen a sus presas a las calles. El primer monstruo que mate a esa plaga y me traiga su cadáver ganará un sitio a mi lado con Alice.

—Eso es, claro —acotó Alice—, si no lo mato *yo* primero.

Sloan abrió las manos, el vivo retrato de la magnanimidad.

—Que empiece la cacería.

卌
ll

El Edificio Flynn se transformaba después del anochecer.

Kate no *vio* ponerse el sol, pero igualmente percibió el cambio, la energía nerviosa, la tensión que crecía a su alrededor. La multitud de soldados fue menguando a medida que algunos se retiraban a cuarteles fuera del edificio y otros salían en misión o a ocupar puestos de vigilancia, y en todas las puertas se multiplicaron los guardias.

Aun así, la cafetería estaba llena, pero Kate estaba sentada sola a la mesa del Veinticuatro. El hilo invisible que había unido a los equipos durante el día se disolvió a la hora de la cena, y los soldados quedaron en libertad de elegir su compañía. Se formaron nuevas divisiones: norte y sur, jóvenes y viejos, y la exclusión de Kate era un recordatorio más de que aquel no era su lugar.

Algunas mesas más allá, había un grupo de veinteañeros jugando a los naipes; Mony estaba sentada sobre una mesa, conversando con amigos, mientras que Colin estaba contra una pared, contando una anécdota. Parecía enfrascado en su relato, pero cada vez que Kate echaba apenas un vistazo a la puerta, el rostro de Colin se crispaba con nerviosismo, de modo que ella decidió esperar hasta que se retirara. En cierto modo, permanecer más que Colin era durar más que todas las otras miradas nerviosas, las palabras susurradas, que pretendían descorazonarla.

Kate sacó la tablet del bolsillo y la encendió, y se sorprendió al ver que *alguien* había conectado la computadora a la red. Movió los dedos sobre la pantalla al conectarse al servidor, e ingresó la dirección del chat de los Guardianes.

No se encuentra la página.

Hizo otro intento.

No se encuentra la página

Llena de frustración, Kate abrió la aplicación de correo y creó un nuevo mensaje. Ingresó la dirección de Riley, escribió apenas dos palabras —*estoy viva*— y pulsó ENVIAR.

El mensaje no salió.

Quedó en suspenso, una línea gris en un mar de texto negro. Flynn no le había mentido en lo del servidor interno. Allí no había nada más que memos, anuncios transmitidos a todos en el sistema.

Kate fue abriendo las diversas carpetas y encontró registros de misiones, objetivos, capturas, bajas.

Los archivos estaban ordenados por mes, y Kate estaba ojeando el más reciente cuando sonó un aviso en la tablet y apareció un nuevo mensaje.

La línea del asunto decía AUGUST.

El remitente era ILSA FLYNN.

No había ninguna nota, solo una serie de adjuntos. Kate supo de inmediato lo que eran. Había visto muchos videos de cámaras de seguridad en Prosperity, y hacía toda una vida, se había sentado en su cuarto en Harker Hall y había explorado la base de datos de su padre, todos los videos que había podido encontrar sobre los monstruos que se escondían en su ciudad.

Callum tenía montones de filmaciones de Leo, pero en lo que respectaba a August Flynn, no había nada.

Se quedó mirando el material que le había enviado Ilsa.

Uno era una toma de lo que parecía una sala de conciertos. Otro, de una cámara en lo alto del Tajo. Un tercero, de alguna calle. Había seis meses de archivos, cada uno titulado HERMANO.

¿Qué le pasó a August?, le había preguntado a su hermana.

E Ilsa le había enviado una respuesta.

Kate se preparó para lo que pudiera encontrar y pulsó RE-PRODUCIR.

La mano de August no dejaba de acercarse a los seis orificios pequeños que tenía en el frente de la camisa.

—Debería cambiarme de ropa —dijo, mientras caminaban por el pasillo.

—Naa —respondió Harris, y le dio una palmada en el hombro. August se puso tenso; nunca se había acostumbrado a que lo tocaran—. Demuéstrales que eres un hombre de acero.

Ani meneó la cabeza.

—No puedo creer que la dejes ir.

—Estaba dolida —explicó August.

—¡Te disparó seis veces! —protestó Harris.

—Con *tu* pistola —le recordó Jackson.

—No fue un delito —repuso August.

Solo porque no se te puede matar, acotó Leo.

O porque no importo.

—¡Cómo te distrajiste, Harris! —exclamó Ani, con una leve risa burlona.

—No esperaba que una señora de mediana edad me arrebatara el arma.

—Machista.

Jackson se pasó una mano por el cabello corto.

—Me muero de hambre —dijo.

—Yo también —respondió Ani—. ¿Vamos a la cantina?

—¿Tendrán carne? —se preguntó Harris—. Sueño con comer carne.

—Sigue soñando —replicó Ani.

Jackson empujó las puertas de la cafetería, y August se encontró con el bullicio de metal y plástico, de sillas que raspaban el suelo, bandejas que entrechocaban y cien voces que se superponían. Entre el ruido y el aire viciado, no entendía por qué tantos soldados comían juntos en lugar de escapar a sus habitaciones. Rez se lo había explicado.

«A veces no se trata de la comida», le había dicho, «sino de encontrar un poco de normalidad».

Harris sostuvo la puerta abierta.

—¿Vienes?

Era una situación muy repetida: Harris siempre lo invitaba y August, por lo general, decía que no, pero esa noche las voces en su cabeza estaban hablando demasiado alto, de modo que entró al mar de cuerpos y ruido, con la esperanza de silenciarlas.

Y vio a Kate.

Estaba sentada sola cerca de la pared, con la cabeza inclinada sobre una tablet, y August no supo si fue un *déjà vu* de su primer encuentro en Colton o si fue porque ella era el único punto de calma en el centro de una tormenta, o porque era

Kate Harker y, dondequiera que fuera, llevaba consigo su propia gravedad.

Fuera por la razón que fuese, se dirigió hacia ella.

Harris le dirigió una mirada inquisitiva, y a este se le unió la mirada de Ani, pero quien habló fue Jackson.

—Ella no debería estar aquí.

—Tranquilo —dijo Ani—. La FTF acepta...

—No —la interrumpió Jackson—. No me importa si tiene datos que aportar... sigue siendo una *Harker*.

—Me salvó la vida —dijo August, con voz baja.

Su equipo quedó en silencio. Allí estaba: el escalofrío, el punto frío, allí mismo. Se suponía que los Sunai eran invulnerables, pero no lo eran. Que era imposible matarlos, pero no lo era. El hecho de que Kate le hubiera salvado la vida significaba que él había *necesitado* que lo salvaran.

Jackson se cruzó de brazos.

—No es de los nuestros.

—Yo tampoco —replicó August, sencillamente.

Los oyó alejarse hacia la fila de la comida mientras él se dirigía a la mesa de Kate. En algún momento, ella había levantado la vista y ahora lo observaba por entre su velo rubio.

—¿Defendiendo mi honor?

August frunció el ceño.

—¿Nos oíste?

Ella meneó la cabeza.

—Lo supuse.

—¿Qué hiciste con Colin?

—Ah, lo dejé en libertad. —Señaló con la cabeza hacia el rincón opuesto—. Ovejas y lobos nunca se llevaron bien. —Miró brevemente los agujeros en la camisa de August—. ¿Mal día?

—Podría haber sido peor. —Se sentó frente a ella—. ¿Y a ti cómo te fue?

—Estoy resistiendo —respondió—. Todavía no hice muchos amigos, pero los enemigos guardan su distancia.

—Dales tiempo, ya van a...

—No sigas —lo interrumpió—. Esta no es una de esas historias.

Quedaron en silencio, y August oyó los murmullos detrás del ruido, del subir y bajar de las voces, demasiado claras aún.

—¿Algo bueno? —Kate lo miraba con atención—. Tengo un solo oído decente, y tú tienes dos de lo mejor. Lo menos que puedes hacer es compartir.

August miró la tablet que estaba sobre la mesa, con un video abierto en la pantalla.

—¿Qué estabas mirando?

Kate deslizó la tablet hacia él.

—Dímelo tú.

August bajó la mirada y vio la línea de un arco de violín manchado de sangre. Se le revolvió el estómago. Era él. Regresando al Edificio la noche en que había matado a los Malchai de Alice. Las marcas de conteo negras se destacaban en su piel; al menos, en las partes que no estaban cubiertas de sangre.

No reconoció a ese ser que estaba en la pantalla, pero a la vez sí, y no sabía qué era peor. Sentía los ojos de Kate sobre él. Nunca había entendido cómo algunas personas podían tener una mirada con tanto peso.

—August...

—No —le advirtió.

—Ese no eres tú.

—Ahora sí. ¿Por qué te cuesta tanto entenderlo, Kate? Estoy haciendo lo que *tengo* que hacer. Yo...

No le debes nada, le advirtió su hermano. En realidad, una parte de él *quería* hablar con Kate, exorcizar las voces que tenía en la cabeza, dar sentido a la confusión, pero no tenía fuerzas para discutir. No sobre eso. Tenía las mangas recogidas, y se concentró en las finas marcas negras grabadas en su piel.

—Yo te odiaba —dijo Kate de pronto.

August levantó la cabeza, sorprendido.

—¿Qué?

—Cuando nos conocimos. Te odiaba. ¿Sabes por qué?

—¿Porque era un monstruo?

—No. Porque querías ser humano. Tenías todo ese poder, toda esa fuerza, y querías echarlo todo por la borda... ¿y para qué? Por la oportunidad de ser débil, indefenso. Me parecías un idiota. Pero después te vi quemarte vivo por ese sueño. Te vi destrozarte con tal de aferrarte a él, y comprendí algo. No se trata de *qué* seas, August, sino de *quién* seas, y aquel chico tonto y soñador... Aquello no fue un error, ni un engaño, ni un desperdicio de energía. Eras *tú*. —Kate se inclinó hacia adelante—. Entonces, ¿a dónde fuiste?

August empezó a responder, pero alguien apoyó una bandeja en la mesa con fuerza, e hizo tanto ruido que ambos se sobresaltaron. Harris pasó una pierna por encima del banco. Ani y Jackson, también. Kate se quedó muy quieta, y durante un largo rato nadie habló; la tensión se prolongó como una nota, vibrante y frágil. Al final, fue Jackson quien habló.

—No había carne —murmuró, malhumorado.

—Te lo dije —le recordó Ani, al tiempo que clavaba el tenedor en un trozo de brócoli mustio.

Kate se puso de pie.

—¿A dónde vas? —le preguntó August, pero ella ya estaba alejándose. Dijo una palabrota por lo bajo y la siguió, y cientos de ojos los observaron salir—. Kate.

—De acuerdo. —Kate llegó al pasillo y se encaminó directamente hacia la salida más próxima—. Estás haciendo lo que tienes que hacer; pues entonces, yo también. Pasé el día entero jugando a los soldaditos, pero ya no pienso quedarme sentada. Sigue con tu crisis existencial, haciéndote el monstruo malo, pero allí afuera, en nuestra ciudad, hay un demonio de verdad, y voy a encontrarlo contigo o sin ti.

—No puedo dejarte salir...

—Entonces *ven conmigo*. Ayúdame a encontrar a esa cosa. O apártate de mi camino.

August la tomó del brazo.

—¿Qué vas a hacer cuando lo encuentres, Kate? ¿Cómo vas a matarlo? ¿Estás segura de que *puedes* matarlo, con sus garras metidas en tu cabeza?

La observó intentar decir que sí, y vio cómo las palabras se le atascaban en la garganta. Cuando al fin pudo hablar, lo hizo con un hilo de voz.

—No lo sé —respondió, mirándolo a los ojos—, pero no pienso dejar que me mate *a mí*. Tal vez tú no quieras luchar contra tus monstruos, August. Pero yo sí voy a luchar contra el mío.

August suspiró, se echó el violín al hombro y la tomó de la mano.

—Vamos.

‖‖
|||

Los pulmones de Kate se inundaron de aire fresco, y por un instante la mareó el puro alivio de encontrarse al aire libre, aunque fuera de noche.

¿Qué había dicho Henry Flynn sobre la oscuridad?

Nos hace sentir libres.

Una franja de luz UVR rodeaba el edificio y trazaba una línea de seguridad contra la oscuridad. Se extendía como una lámina del ancho de una calle. Como un foso. Otras versiones más estrechas de esta franja rodeaban las bases de varios edificios cercanos (cuarteles, adivinó Kate; extensiones del edificio principal de la FTF), pero en el resto de la ciudad reinaba una oscuridad que ella nunca había visto.

Era una oscuridad perturbadora.

Más densa que la ausencia de luz.

La noche que cubría la ciudad más allá del foso se retorcía, y las sombras susurraban.

hola pequeña harker

Kate sintió surgir en su interior aquella ansia de pelear. Durante toda su vida, se había aferrado a ella como al mango de un cuchillo, pero ahora empeñaba todas sus fuerzas en aplacarla.

A lo lejos, el Tajo trazaba una línea fina, y más allá se alzaba la silueta enorme de la torre de su padre. La torre de Sloan.

Lo imaginó de pie en el apartamento del último piso, con sus ojos rojos ambarinos, su voz empalagosa, pasándose la lengua por los dientes filosísimos.

Voy a matarlo, pensó. *Y voy a tomarme mi tiempo.*

Su mente se concentró y sus pensamientos se condensaron en un punto claro y perfecto: una visión de sí misma pasando una hoja de plata por la piel de Sloan, pelándolo de a una rebanada por vez, dejando al descubierto aquellos huesos y...

August la tomó de la manga.

Las botas de Kate rozaban el borde de la franja de luz.

—Toma —dijo August, al tiempo que sacaba una tablet del bolsillo. Dio un golpecito en la pantalla, y un segundo después la superficie se volvió reflexiva. Un espejo—. Dijiste que así ves dentro de su cabeza. Entonces mira.

El espejo atrajo sus ojos al instante, pero Kate se resistió.

—No soy tu adivina personal. Si veo dónde está, vamos juntos.

August asintió. Aferró con más fuerza el estuche de su violín, y Kate se dijo que daría resultado. Tenía que ser así. Ella encontraría al monstruo y August lo mataría, y la pesadilla que tenía en la cabeza llegaría a su fin, y entonces ella mataría a Sloan, y regresaría a Prosperity, y a los Guardianes, y a Riley.

Esa no era otra vida, otra Kate; era esta, era suya, era ahora.

Con un suspiro, se volvió hacia el espejo y se preparó para lo que vendría.

¿Dónde estás?, preguntó al espejo, justo antes de caer en su interior.

Ella está otra vez
en la oficina de su padre
con el monstruo
de traje negro
y las sombras
susurran
débil
　　débil
　　　débil
en la ventana
un par de ojos plateados
redondos como lunas
—*¿Dónde estás?*—
y por primera vez
la oscuridad
retrocede
la visión
se estremece
se mantiene
ella se obliga
a llegar
al espejo
y cuando
llega a
la ventana
la imagen
se quiebra por fin
se hace añicos

y forma...
...ojos rojos
por doquier
gente
que grita
que solloza
que suplica
piedad
el sabor
del miedo
como ceniza
en la boca del monstruo
se mueve
se aparta
está allí
    se va
       y vuelve otra vez
ahora
un grupo
de soldados
en un paso elevado
fusiles
e insignias
donde da
la luz
una maraña
de voces
el monstruo
llama
desde la negrura

todo hambre hueca
y frío deleite
porque
no lo ven
venir…

Kate cayó hacia atrás, como si la hubieran golpeado.

Sus dedos soltaron la tablet y August la atrapó, mientras Kate se doblaba en dos con un dolor clavado como un cuchillo frío detrás de los ojos. Durante un instante, siguió atascada entre los espejos, en alguna parte fuera de sí, y el suelo parecía desaparecer bajo sus pies.

Kate parpadeó por el blanco cegador de la franja de luz.

Tres gotas de sangre, de un rojo brillante, cayeron al suelo, y entonces la mano de August la tomó del brazo, y la voz de él se perdió en el ruido cuando Kate alzó el rostro.

Vio que los planos demasiado parejos de la frente y las mejillas de él estaban contraídos por la preocupación, y quiso decirle que ella estaba bien, pero no se sentía bien, de modo que en lugar de eso, se enjugó la nariz y dijo:

—Dieciséis.

August se quedó mirándola.

—¿Qué?

—Vi una insignia. Tenía un número…

El rostro de August se iluminó con comprensión. Tomó el intercomunicador.

—¿El Escuadrón Dieciséis salió en misión?

—*Afirmativo*.

August escudriñó la oscuridad.

—¿A dónde?

Cuando el controlador leyó la dirección, August ya estaba corriendo, seguido de cerca por Kate. Siguió impartiendo órdenes por el intercomunicador, y a su alrededor empezaron a iluminarse las calles. Estaban acercándose. Kate veía doble, dos lugares superpuestos ante sus ojos. Entonces doblaron una esquina, y Kate vio el paso elevado y el Tajo, y el tramo de la calle, y estaba vacío.

—No —exclamó, primero con frustración y luego con horror cuando el sonido de disparos atravesó la noche, y se iluminó el arco inferior del paso elevado mientras los integrantes de un escuadrón se atacaban entre sí, y en las ráfagas de luz que acompañaban los disparos, Kate lo vio, como una sombra que los seguía.

El Devorador de Caos.

August lo vio.

Solo un instante, cuando los fogonazos breves de los disparos iluminaron el espacio bajo el paso. Allí estaba, un punto de quietud en medio de la violencia, y sus ojos plateados brillaban. August lo vio y se sintió… *vacío*, sintió un frío paralizante, como si la brasa que ardía en el centro de su pecho se hubiera convertido en hielo.

Las piernas le pesaban y su mente se aletargó, y oyó como a lo lejos la voz de Kate, una sola palabra que tardó demasiado en formarse.

—Toca.

Kate lo obligó a mirarla.

—August, *toca*.

El mundo empezó a ponerse otra vez en movimiento. August alzó el violín y apoyó el arco contra las cuerdas, pero el monstruo ya se había ido, la matanza ya había terminado, y el espacio bajo el paso elevado había vuelto a sumirse en una oscuridad terrible, demasiado inmóvil. August sacó un bastón luminoso y lo arrojó a las sombras, y toda la escena sangrienta se iluminó, al tiempo que el primer Corsai huía entre los cadáveres.

—Maldición —murmuró Kate.

Y entonces, August vio con horror cómo uno de los cuerpos se ponía de pie.

El soldado se miró las manos ensangrentadas y empezó a sollozar y gritar, y luego, con la misma rapidez, calló y se calmó, y sonrió, y la sonrisa se convirtió en risa, y la risa, en gemido. Era como una imagen inestable, dos mitades en pugna y ambas iban perdiendo.

—Todos vamos a morir —murmuró, y luego levantó la voz—. Es un acto de piedad. Lo haré rápido...

—Soldado —lo llamó August, y el hombre giró hacia ellos con los ojos muy abiertos.

—¡No mires! —exclamó Kate, pero fue demasiado tarde. August miró al soldado a los ojos y vio las manchas plateadas en la mirada demente del hombre, y el primer pensamiento irracional que tuvo fue del claro de luna. Se preparó, esperando que el poder ponzoñoso del monstruo se extendiera y lo envolviera, tal como lo había hecho el frío... pero no ocurrió nada.

Para August, los ojos del hombre eran solo ojos, la locura contenida por su nuevo portador.

—Es un acto de piedad —repitió el soldado.

Y entonces vio a Kate, y algo se quebró en él al ver a otro humano, alguien más a quien atacar. Se abalanzó hacia el fusil más cercano. Kate se dejó caer al suelo y August se ubicó delante de ella, y pasó el arco por las cuerdas.

El soldado trastabilló como si lo hubieran golpeado, y el arma cayó de sus manos mientras la música de August enfrentaba al poder del monstruo. El hombre se aferró la cabeza y gritó, y su rostro se llenó de angustia al ver lo que había hecho, y luego la angustia también desapareció, borrada por el hechizo de la canción de August.

Cuando emergió el alma del hombre, no estaba roja ni blanca, sino de los dos colores, el uno manchado por el otro, la culpabilidad y la inocencia entrelazadas, peleando por la vida de él.

August dejó de tocar.

No sabía qué hacer.

Kate estaba de rodillas, con la mirada vacía, y de su piel emanaba una luz carmesí.

August tomó su intercomunicador.

—Soro.

Un momento después, llegó la respuesta.

—*August. ¿Qué pasa?*

August miró a Kate y luego al soldado, de la luz combinada a los cadáveres de los soldados asesinados.

—Necesito tu ayuda.

卌 IIII

Cuatro paredes, un techo y un suelo.

No había otra cosa en la celda. La puerta era de acero, y las paredes, de hormigón, salvo la que estaba interrumpida por una sección de vidrio, que ni siquiera era vidrio sino plástico irrompible.

Kate estaba en el cuarto de observación, del otro lado; a sus espaldas estaban Soro, August y Flynn. Este último estaba sentado en una silla, mientras Soro hacía girar su flauta y August estaba de pie, apoyado en el marco de la puerta, pero Kate no apartaba la vista del soldado. El hombre estaba de rodillas en el centro de la celda, con los ojos vendados y esposado a un aro de acero empotrado en el suelo de hormigón. Soro le había vendado las heridas de bala que tenía en el hombro y la pierna, pero si sentía dolor, este se perdía en medio de la locura.

Así estoy yo, pensó. *Eso es lo que va a pasarme.*

Había vuelto en sí, en algún momento entre el final de la canción de August y la llegada de Soro, y había alcanzado a ver a August vendándole los ojos al soldado.

—No debería estar en el edificio —opinó Soro, con los brazos cruzados—. Está infectado.

—Por eso está aislado —explicó Flynn, inclinándose hacia adelante.

Aislado era poco decir. Kate ni siquiera estaba dentro del cubo de hormigón, y aun así se sentía en una tumba. La celda era una de varias ubicadas en el piso más bajo del edificio, y a ningún otro humano se le había permitido un mínimo contacto con el prisionero. Los Sunai, aparentemente, eran inmunes a la enfermedad del soldado. Guiado por Flynn, August había intentado sedarlo, pero no había surtido efecto. Algo vital se había cortado entre el cuerpo y la mente del hombre, y por más que le inyectaran sedantes, no se calmaba, no dormía, no hacía otra cosa que desvariar.

—Deberíamos haberlo ejecutado —insistió Soro.

—Yo cancelé el procedimiento —declaró August, con ese tono frío y formal.

Soro ladeó la cabeza.

—Por lo cual sigue vivo.

Flynn se puso de pie.

—August hizo bien. Es de los nuestros. Y es el primer sobreviviente que hemos visto.

No exactamente, pensó Kate, pero no dijo nada.

—Si hay una manera de curar esta enfermedad…

—Si hay una manera de curarla —lo interrumpió Kate—, es matando al Devorador de Caos.

Soro la miró.

—¿Y tú qué hacías fuera del edificio?

Kate no apartó la mirada de la celda.

—Cazaba.

—¿Con permiso de quién?

—Mío —respondió August con firmeza—. Y sin ella, *todo* el escuadrón estaría muerto.

—Es como si lo estuviera —dijo Soro.

—Basta —intervino Flynn en tono fatigado.

—Todos vamos a morir —murmuró el prisionero—. Haré que sea rápido.

Flynn dio un golpecito en un micrófono.

—¿Sabes quién eres?

El soldado se crispó, se estremeció al oír la voz y meneó la cabeza, como si intentara quitarse algo.

—Myer. Escuadrón Dieciséis.

—¿Sabes lo que hiciste?

—No fue mi intención pero me hacía sentir tan bien tan bien quiero... *No no no.*

Contuvo el aliento, y luego formó algo con los labios, en voz demasiado baja, y no alcanzaron a oírlo. Kate le leyó los labios.

Mátenme.

Y luego, igualmente rápido, volvió a su estado anterior, a prometer piedad, piedad, a decir que lo haría rápido. Kate se envolvió en sus propios brazos.

Así estoy yo.

Una mano se apoyó en su hombro.

—Vamos —dijo August, y Kate dejó que la apartara del soldado y sus gritos.

Apenas entraron al elevador, Kate se recostó pesadamente contra la pared y bajó la cabeza. Sus ojos se perdieron tras la sombra del flequillo. Así, August no podía leer sus expresiones, y le recordó el aspecto que había tenido cuando estaban afuera, cuando se había mirado al espejo y todos sus rasgos habían quedado en blanco de un modo espeluznante, como si ni siquiera estuviera allí. Luego había regresado, y su rostro había recuperado todo el color y la vida, hasta que la fuerza de aquello, fuera lo que fuese, la había golpeado.

—Me estás mirando fijo —señaló Kate sin levantar la vista.

—Allí afuera —dijo August lentamente—. Cuando estabas buscándolo...

—Todo tiene su costo.

—Deberías habérmelo dicho.

—¿Por qué? —Alzó la cabeza—. Tú mismo lo dijiste, August. Hacemos lo que tenemos que hacer. Nos convertimos en lo que debemos ser. —Llegaron al último piso y Kate salió—. Pensé que tú lo aprobarías más que nadie.

August la siguió por el pasillo.

—No es lo mismo.

Kate lo miró con exasperación.

—No —respondió—. Tienes razón, no lo es. —Ladeó la cabeza, y al deslizarse el flequillo hacia un lado reveló el área plateada en su ojo. Se había extendido, había formado grietas como un cristal y cubría más del iris azul—. Esto que tengo en la cabeza no desaparece. Está allí todo el tiempo, intentando sacar ventaja y convertirme en esa *cosa* que se quiere hacer pasar por un soldado allí en el subsuelo. Pero al menos estoy resistiendo.

Dicho eso, dio media vuelta y se alejó por el pasillo.

Déjala ir, dijo Leo.

Pero August no le hizo caso.

La encontró sentada en su cama, con las piernas recogidas.

Dejó el estuche del violín contra la puerta y se sentó en la cama a su lado; de pronto estaba exhausto. Se quedaron allí un largo rato, sin hablar, a pesar de que August sabía cuánto odiaba ella el silencio. Y, aunque su presencia debía provocar en Kate el impulso de hablar, fue él quien rompió el silencio.

—No dejé de resistirme —explicó, con voz tan baja que le preocupó que Kate no lo oyera, pero lo oyó—. Solo me cansé de perder. Es más fácil así.

—Por supuesto que es más *fácil* —replicó Kate—. Pero eso no quiere decir que esté bien.

Bien. El mundo se dividía en bien y mal, inocencia y culpabilidad. Debería ser una línea simple, una división clara, pero no lo era.

—Me preguntaste qué había sido de mí —prosiguió, uniendo las palmas de las manos—. No lo sé. —Y esa pequeña confesión fue como saltar a un precipicio, y August estaba cayendo—. No sé quién soy, ni quién no soy; no sé quién debo ser, y extraño ser como era. Lo extraño cada día, Kate, pero ya no hay sitio para aquel August. No hay sitio para la versión de mí que quería ir a la escuela, tener vida propia y sentirse humano, porque este mundo no necesita a aquel August. Necesita a otro.

El hombro de Kate se apoyó contra el suyo, tibio, sólido.

—Yo pasé mucho tiempo jugando a eso —recordó Kate—. Simulando que había otras versiones de este mundo, donde otras versiones de mí podían vivir y ser felices, aunque yo no lo fuera, ¿y sabes qué? Uno termina muy solo. Puede que haya otras versiones, otras vidas, pero la nuestra es esta. No tenemos otra.

—No puedo proteger a este mundo y al mismo tiempo quererlo.

Kate lo miró a los ojos.

—Es la única manera.

August se inclinó hacia adelante.

—No puedo.

—¿Por qué no?

—Porque duele demasiado. —Se estremeció—. Cada día, cada pérdida, *duele*.

—Lo sé.

La mano de Kate se entrelazó con la suya, y por un instante August volvió a estar acurrucado contra el fondo de una bañera, ardiendo de fiebre, y lo único que lo retenía era la mano y la voz de Kate.

No voy a soltarte.

Ella le aferró la mano con más fuerza.

—Mírame —le dijo, y August alzó la cabeza lentamente. El rostro de Kate estaba a pocos centímetros del suyo, y sus ojos eran de un azul medianoche, salvo la grieta plateada.

»Sé que duele —repitió—. Entonces, haz que el dolor valga la pena.

—¿Cómo?

—No cedas —respondió ella suavemente—. Aférrate a la ira, a la esperanza, o a lo que sea que te hace seguir peleando.

Tú, pensó August.

Y por una vez, el mundo le pareció simple, porque era Kate quien lo hacía seguir peleando, quien lo miraba y lo veía, y a la vez veía a través de él, y quien nunca lo soltaba.

August no *decidió* besarla. La boca de Kate estaba a pocos centímetros de la suya, y un segundo después, los labios de August estaban sobre los de ella, y enseguida ella respondió al beso, y luego sus brazos se enredaron, y luego Kate estaba sobre él, empujándolo contra las sábanas.

August había sentido miedo y dolor, el dolor del hambre y la quietud después de recolectar un alma, pero nunca había sentido nada como eso. Antes se había perdido en su música, había caído en las notas y el mundo se había disuelto por un momento, pero ni siquiera eso había sido así. Por una vez, en su cabeza no estaba Leo, ni Ilsa, ni Soro; solo la tibieza de la piel de Kate y el recuerdo del polvo de estrellas y el campo abierto, de las gradas en la escuela, de gatos blanquinegros y manzanas en el bosque, de marcas de conteo y de música, de correr y quemarse, y el deseo desesperado, desesperanzado, de sentirse humano.

Y entonces ella volvió a besarlo, y la versión de sí mismo, la que tanto había intentado sofocar, volvió a la superficie, ansiosa por respirar.

Por un momento, todo fue simple.

Kate olvidó la imagen del soldado en la celda y la bomba de tiempo que tenía en la cabeza, y la voz violenta en su interior se apagó gracias a August, a su piel fresca y a la música de su cuerpo contra el de ella. De pronto, la habitación pareció llenarse de una hermosa luz, suave y roja…

Kate ahogó una exclamación y se echó atrás al tomar conciencia de que la luz provenía de *ella*. August también la vio y cayó al intentar levantarse de la cama, y aterrizó contra una pila de libros.

Kate se apoyó contra la cabecera, sin aliento; la luz roja ya empezaba a desvanecerse otra vez bajo su piel. Miró a August.

Y entonces echó a reír.

Fue una risa que surgió de pronto, como la locura, y la hizo llegar casi a las lágrimas, y August la miraba, con el rostro encendido de vergüenza, como si ella estuviera riéndose de él o de *ellos*, o de *aquello* en lugar de *todo*, de lo absurdo de sus vidas y del hecho de que nunca nada sería fácil, ni simple, ni normal.

Kate meneó la cabeza, con una mano contra la boca, hasta que pudo parar de reír lo suficiente para oír a August pedirle disculpas.

—¿Por qué? ¿Sabías que iba a ocurrir eso?

August la miró, espantado.

—¿Si sabía que al besarte tu alma saldría a la superficie? ¿Que... *eso*... tendría el mismo efecto que el dolor o la música? No, debo haberme perdido esa lección.

Kate lo miró, sorprendida.

—August, ¿eso fue *sarcasmo*?

Él se encogió de hombros, y al hacerlo derribó otra pila de libros que estaba atrás. Kate se movió a un lado para hacerle lugar.

—Ven aquí.

August parecía acongojado.

—Creo que será mejor que me quede aquí.

—Intentaré mantener las manos quietas —replicó ella secamente—. Ven.

August se levantó con torpeza entre los libros caídos y se pasó una mano por el cabello. Aún tenía el rostro enrojecido al acercarse a ella. Se sentó en el borde de la cama y miró a Kate con recelo, como si le temiera, o como si creyera que ella debiera temerle. Kate se extendió contra el otro borde, y cuando al fin él se acostó, giró hacia él, y él, hacia ella.

August cerró los ojos, y Kate observó sus pestañas oscuras, sus mejillas hundidas, las líneas negras cortas que le rodeaban la muñeca. Quedaron en silencio, y Kate quería dormir, pero cada vez que cerraba los ojos, veía al soldado en la celda.

Entonces admitió algo, una confesión en voz tan baja que pensó que August no podría oírla, que esperó que no oyera; dos palabras que había jurado no pronunciar jamás en un mundo lleno de monstruos.

—Tengo miedo.

August se quedó con Kate hasta que ella se durmió.

No se extendió hacia ella, no la tomó de la mano; no confiaba en sí mismo para volver a tocarla, después de... Se turbó de solo pensarlo. Si Kate no hubiera reparado en la luz roja, si él la hubiera besado durante más tiempo, si hubiera tocado su piel en lugar de su ropa...

Podría haber sido mucho peor.

Llegó la medianoche, marcada solamente por el ardor de una nueva marca de conteo en su piel.

Ciento ochenta y seis días sin caer.

Las marcas no significan nada, lo reprendió Leo. *Ya te rendiste.*

Pero su hermano se equivocaba. Incluso cuando August creía que quería entregarse, una parte de él siempre había resistido, y la prueba de ello eran las marcas.

Algo liviano cayó sobre la cama. Allegro. El gato miró a August con recelo, pero no huyó; solo se acurrucó cerca de sus pies y sus ojos verdes se ocultaron tras su cola, y eso fue una victoria tan grande como la última marca de conteo. August cerró los ojos y se dejó envolver por la estática grave del ronroneo del gato…

El súbito staccato de una tos lo despertó.

No recordaba haberse dormido, pero casi amanecía. Volvió a oír la tos, y el sonido rebotó de un lado a otro en su cabeza. Henry.

August contuvo el aliento y escuchó, preparándose para oír que el ataque empeoraba, pero comprobó con alivio que eso no ocurría. Oyó, en cambio, la voz de Emily, baja y severa, y la de Henry, agitado pero aún allí.

—Estoy bien. Estoy bien.

—Cielos, Henry, ya sé que *puedes* mentirme, pero…

Hablaban en voz baja, pero de nada servía susurrar cuando August podía oír los murmullos de los soldados que estaban cuatro pisos más abajo. A ellos podía dejar de prestarles atención, pero a Henry, a Emily, no pudo dejar de escucharlos.

—Tiene que haber *algo*.

—Ya hemos hablado de esto, Em.

—Henry, por favor. —Emily Flynn siempre había sido fuerte como una roca, pero en su voz, al decir esas palabras, hubo cierto temblor—. Si al menos dejaras que los médicos…

—¿Qué van a decirme? Ya sé lo…

—No puedes dejar que…

—No lo hago. —Sonido de espacio derrumbándose entre los cuerpos, de manos en los cabellos—. Todavía estoy aquí.

Y allí, en la oscuridad, August oyó las palabras que seguían, aunque nunca fueron dichas en voz alta. *Por ahora.*

Después de eso, no volvió a dormirse.

Intentó concentrarse en los otros sonidos del edificio: en los pasos, las tuberías de agua, la música lejana de la flauta de

Soro, pero en alguna parte, debajo de todo eso, oyó al soldado en la celda. Estaba tan lejos que probablemente se tratara de un truco de su mente, pero no le importó.

Se levantó de la cama, recogió el violín y se dirigió al subsuelo.

Esperaba encontrar la sala de observación vacía y al prisionero solo, pero allí estaba Ilsa, con el rostro contra la ventana. En la celda, el soldado estaba arrodillado en el suelo de hormigón, desvariando acerca de la piedad y forcejeando con sus ataduras hasta hacerse sangrar.

Tenía que haber algo que pudieran hacer.

August miró alrededor. El tercer subsuelo era el piso más bajo del edificio, aislado del mundo por arriba, abajo y por todos los costados por acero y hormigón. Era lo más cercano a la insonorización que había en el edificio. Sobre la mesa había una consola, un botón rojo que señalaba un micrófono, y cuando August lo oprimió, la voz del soldado salió de la celda y llenó la habitación de locura y angustia.

Apoyó el estuche sobre la mesa e Ilsa lo observó, con una pregunta en los ojos, cuando lo vio sacar el violín. Leo siempre había creído que el único propósito de los Sunai era limpiar al mundo de pecadores. Que la música era, simplemente, el modo menos cruento de hacerlo. Pero ¿y si había otras maneras de usar la música, usarla para ayudar en lugar de hacer daño?

Inhaló profundamente y empezó a tocar.

La primera nota cortó el aire como un cuchillo. La segunda fue alta y dulce; la tercera, baja y sombría. Las cuerdas de acero añadían su propia vibración grave, tensas bajo sus dedos mientras la música resonaba en la habitación de hormigón. Cada vez que una nota llegaba a las paredes, daba la vuelta, más y menos a la vez, y se iba perdiendo bajo las notas más nuevas.

August nunca había hecho eso, nunca había tocado para *apaciguar* un alma en lugar de recolectarla.

Pero en la celda, el soldado dejó de resistirse. Sus hombros cayeron, como con alivio, y la oscuridad en su interior quedó dominada por la canción.

Y August siguió tocando.

|||| ||||

El aire olía a sangre y miedo.

Sloan lo inhaló desde la escalinata de la torre, pero hacia donde mirara, no veía más que Malchai, solo Malchai, con las bocas rojas y las manos vacías.

—Estoy muy decepcionado —anunció, y su voz resonó en la noche.

No le habían traído nada. No habían presenciado nada. Habían jugado con sus presas, las habían paseado por toda la ciudad día y noche, delante de las narices de todos los seres vivos que allí había, y aun así no habían conseguido *nada*.

Incluso Alice, sanguinaria como era, había regresado con las manos vacías, solo con los labios manchados y un gesto despreocupado.

—Tal vez —dijo Sloan, subiendo los escalones— la carnada que estamos usando no sirve.

Pero los humanos eran humanos. Los Corsai se alimentaban de carne y hueso; los Malchai, de sangre; los Sunai, de almas. Entre ellos consumían absolutamente todo lo que contenía el cuerpo de un humano. ¿Qué más podría servir?

—¡Sloan!

Un grupo de Malchai se acercaba.

—¿Qué ocurre?

—La sombra —gruñó uno.

Sloan recuperó la esperanza.

—¿La encontraron?

Pero los Malchai ya estaban meneando la cabeza.

—Entonces, ¿qué? —ladró Sloan.

Los Malchai se miraron como tontos, y Sloan suspiró.

—*Muéstrenme.*

Sloan caminó esquivando los cadáveres en el suelo del departamento de policía.

Decir que estaban muertos era poco.

Tal vez si hubieran tenido armas habría sido rápido. Pero por lo que Sloan veía, los prisioneros habían recurrido a lo que habían podido encontrar: sillas, varas, sus manos desnudas.

En resumen, se habían destrozado unos a otros.

Sin embargo, a Sloan no le cabía duda de que aquello era obra del *intruso.*

Sloan le había ofrecido presas, y aquel las había rechazado. Había puesto a su disposición toda una ciudad llena de presas fáciles, pero la criatura había preferido ir *allí.*

¿Por qué?

Sus pasos resonaron sobre el suelo de linóleo, seguidos de cerca por Alice, que caminaba raspando la pared con las uñas y silbando por lo bajo. Los otros tres Malchai olfateaban el aire, y cuando Sloan inhaló, percibió un olor similar al del acero frío, leve, extraño y fuera de lugar. Pero faltaba algo más.

Miedo.

El sabor que recubría las calles, que teñía la noche, el más común de los rasgos humanos... no estaba allí. El departamento de policía estaba impregnado de otras cosas: ira, sed de sangre, muerte, pero no miedo.

Arriba, la luz artificial emitía un fuerte zumbido y nublaba la vista de Sloan. Este accionó el interruptor más cercano y el mundo volvió a sumirse en tonos moderados de gris. Se le iluminaron los ojos, pudo enfocarlos y percibir todos los detalles del recinto.

Cadáveres extendidos en el suelo.

Caídos en los pasillos.

En las puertas abiertas de las celdas.

El departamento de policía de la calle Crawford era una reliquia de los días anteriores a la guerra, antes del Fenómeno, cuando en Ciudad V había cosas mundanas como la policía, hombres y mujeres cuyo trabajo era mantener la paz.

Harker había usado los cuatro departamentos de policía de Ciudad Norte como calabozos, y Sloan había convertido esas mismas celdas en jaulas para algunos de los resistentes más violentos de la ciudad. Hombres y mujeres que no deseaban pelear por sus congéneres en Ciudad Sur ni servir como Colmillos. Personas solitarias que tenían su propio gusto por la sangre, la muerte y el poder.

—Qué desperdicio —murmuró Alice, al pasar por encima de un enorme charco rojo—. Ni siquiera los *comió*.

Tenía razón. ¿Para qué tanta muerte si no era para alimentarse? A menos, claro, que se hubiera alimentado de algo que Sloan no podía ver. Al fin y al cabo, los Sunai devoraban *almas*. Si al hacerlo no quemaran los ojos de sus víctimas, no habría manera de saber qué les habían quitado, qué faltaba.

—Tú —dijo Sloan, señalando al Malchai más alto—. Muéstrame.

El Malchai pasó una uña puntiaguda por la pantalla de una tablet y buscó los videos de las cámaras de seguridad. Había cuatro: dos de los pasillos de las celdas, uno de la sala principal y uno de la puerta de entrada.

Dos Colmillos se paseaban por los pasillos de las celdas, mientras un tercero holgazaneaba en la sala principal.

Nada fuera de lo común. Sloan hizo avanzar el video, observando pasar los segundos y los minutos, hasta que…

De pronto, en el video las luces parpadearon y se apagaron.

Volvieron a encenderse un momento después, con poca intensidad y en forma inconstante, y en la penumbra, Sloan vio a la sombra. Estaba uno o dos pasos detrás del Colmillo, apenas una mancha negra en la pantalla. La luz misma parecía debilitarse a su alrededor, y una especie de halo de oscuridad marcaba sus contornos. La imagen se hizo borrosa, como si a la cámara le costara descifrar la forma de la criatura.

—¿Es eso? —susurró Alice.

Sloan no respondió. Siguió observando, esperando que el humano que estaba en la sala se sobresaltara, gritara, peleara, pero en lugar de eso, el Colmillo se quedó *mirándolo*, absorto. La sombra avanzó, y el humano se puso de pie y caminó *hacia* la criatura. Durante un largo rato, el humano desapareció de la imagen, absorbido por la sombra. Cuando esta se retiró, el hombre se veía igual que antes, salvo por un solo detalle.

Sus ojos.

Sobre ellos la imagen se hacía borrosa; eran como franjas de luz sobre su rostro cuando se dio vuelta, tomó un juego de llaves y se dirigió al pasillo de las celdas. Apareció en la siguiente pantalla, donde otro Colmillo caminaba hacia él, y Sloan observó extasiado cómo los dos hombres aminoraban el paso, se detenían apenas un segundo, y en ese segundo, algo pasaba entre ellos y se extendía de uno a dos. Y entonces volvían a moverse.

Uno fue a buscar al tercer Colmillo mientras el otro abría la puerta de la primera celda.

Y mataba a golpes al prisionero.

O al menos, lo intentaba. Pero el hombre lo doblaba en tamaño, y en cuestión de segundos el Colmillo estaba tendido en el suelo, con el cuello quebrado, y el prisionero salía al pasillo, y sus ojos brillaban con aquella luz monstruosa.

Ahora las demás celdas estaban abiertas.

Empezó la matanza.

Todo el tiempo, la sombra estaba parada, casi serena, en el centro del departamento de policía. Pero ante la mirada de Sloan, la criatura empezó a adquirir *consistencia*, y en su superficie empezaron a marcarse detalles. Sus brazos se afinaron formando dedos largos; su pecho subía y bajaba, y su rostro plano empezó a tomar forma: se le ahuecaron las mejillas y su mandíbula se afiló. Y cuando la sangre la salpicó, no la atravesó como lo haría la materia con una sombra, sino que cayó sobre ella y la manchó, pues se encontró con una superficie sólida.

De modo que sí, estaba alimentándose de los prisioneros.

No de sus cuerpos ni de sus almas, sino de sus actos, de su violencia. De pronto, Sloan se alegró de que sus Malchai no hubieran matado a la sombra. Un monstruo que hacía que los humanos se volvieran unos contra otros era una mascota que valía la pena tener.

En la pantalla, la sombra empezó a moverse por el departamento de policía, pasando los dedos por mesas y paredes. Rozó unos barrotes de hierro y retrocedió ligeramente. Conque no era invencible.

Y el efecto de lo que había obtenido con la muerte de los humanos no duró mucho.

Cuando llegó a la puerta de calle, ya empezaba a desvanecerse otra vez, y sus bordes se iban borrando. Cuando pasó a la siguiente pantalla y salió a la calle, se convirtió en una neblina y desapareció sin más.

Sloan se quedó mirando la pantalla, que seguía mostrando una misma imagen a pesar de que pasaban los segundos. De los cadáveres no surgió ningún Malchai. Ningún Corsai apareció de entre las sombras. Ningún Sunai cobró vida.

Los monstruos nacían de los actos monstruosos. Pero allí había actos monstruosos sin consecuencias monstruosas. De hecho, la única consecuencia parecía ser la criatura misma, la violencia que volvía a su fuente y no dejaba atrás otra cosa que cadáveres.

—¿Qué hacemos? —preguntó uno de los Malchai.

Sloan alzó la mirada.

—Denles los cadáveres a los Corsai.

—¿Y con la sombra? —preguntó Alice, mientras dibujaba garabatos en un charco de sangre pegajosa—. No podemos dejarla suelta.

—No —respondió Sloan—. No podemos.

Alice entornó sus ojos rojos con suspicacia. Tenía una capacidad de descifrar a los demás, de descifrarlo a él, que por lo común le daba deseos de arrancarle aquellos ojos. Pero por una vez, Sloan simplemente sonrió.

|||||
|||||
|

Ella está de pie
ante un espejo
observando
su propio
reflejo
y el monstruo tiene
ojos plateados
y habla de piedad
con una sonrisa
mientras la sangre gotea
de sus dedos
y los cadáveres
se apilan
a sus pies
y el reflejo
extiende
una uña
contra el vidrio
y golpea, golpea, golpea
hasta que se quiebra.

Kate despertó sola.

Ya había salido el sol, y August no estaba; no quedaba de él más que un espacio fantasma, una marca hundida del otro lado de la cama.

Algo saltó sobre las mantas, y un par de ojos verdes espiaron por encima del hombro de Kate.

Allegro.

La miró, inseguro, como si no supiera qué pensar de ella.

«Estamos en la misma, tú y yo», murmuró Kate.

Sabía que había tenido otro sueño, pero ya se había borrado. Se obligó a levantarse y a ir al baño, donde abrió la ducha lo más caliente que pudo soportar. La presión que sentía en la cabeza estaba peor, y ahora la acompañaba una opresión en el pecho.

La pequeña habitación se llenó de vapor mientras Kate se arrodillaba y hurgaba en las gavetas hasta encontrar algo que parecía capaz de aliviar el dolor de cabeza. Tomó tres píldoras antes de meterse bajo la ducha hirviente.

Todo le dolía, y tuvo que cantar para sí para distraer su mente de la navaja de afeitar que había en el estante.

Cuando salió de la ducha, el espejo estaba empañado.

Kate se acercó con cautela y pasó la mano por el espejo. Se permitió mirarlo apenas un instante, el tiempo suficiente para comprobar que el plateado se había extendido: ya abarcaba casi todo su ojo izquierdo y empezaba a echar líneas como raíces en el derecho.

Su corazón vaciló, y el pánico la recorrió como un temblor atraviesa el suelo frágil, y tuvo que esforzarse por no perder el equilibrio, por conservar la calma.

«Tú lo controlas», se dijo. Las palabras fueron como pesas en el bolsillo, que la anclaban al suelo.

Tú lo controlas, pensó mientras se ponía unos pantalones de fajina. La ropa le recordó al Equipo Veinticuatro, y casi se sintió culpable por no ir abajo con ellos, hasta que recordó que solo había sido una estratagema, un intento fallido de lograr la libertad. Además, supuso que, de momento, no era muy buena idea estar cerca de armas ni de personas que pusieran a prueba su paciencia.

Una razón más para estar lejos de los Guardianes y del resto de Prosperity.

No obstante, sentada a la mesa de la cocina, con una taza de café en una mano y su tablet en la otra, se encontró escribiendo otro mensaje para Riley. El hecho de escribir una carta que no podía enviar le daba una sensación de libertad, y le contó sobre su padre, su madre y la casa en el Páramo, sobre los Flynn, sobre August y el gato llamado Allegro.

Escribió hasta que pasó el dolor de cabeza y su mente se aclaró por fin. Luego cerró el mensaje y se puso a trabajar, a preparar una trampa para el Devorador de Caos.

—¿Qué estás haciendo?

El arco dio un salto sobre las cuerdas y August abrió los ojos. El reloj de pared marcaba las 9:45 a. m. Ilsa se había ido y en la puerta estaba Soro, con el cabello plateado peinado hacia atrás y un aire confundido en sus rasgos inmutables.

—Tocando —respondió simplemente.

Le dolían los brazos, y si sus dedos hubieran podido agrietarse y sangrar, lo habrían hecho horas atrás. Las cuerdas de acero estaban calientes por tanto uso, y las notas salían temblorosas. Si hubieran estado hechas de cualquier otro material, se habrían cortado.

—¿Por qué? —preguntó Soro.

Una pregunta, apenas dos palabras, y tantas respuestas.

—¿Alguna vez te preguntas por qué la *música* atrae las almas a la superficie? ¿Por qué la belleza produce el mismo efecto que el dolor?

—No.

—Tal vez sea una especie de piedad —prosiguió—, pero puede que haya algo más. —El violín le pesaba en las manos, pero no paró de tocar—. Tal vez somos algo más que asesinos.

—Estás comportándote de manera extraña —observó Soro—. ¿Es por la pecadora?

—Se llama Kate.

Soro se encogió de hombros, como si ese dato no le dijera nada, y volcó su atención hacia el soldado que estaba en la celda; sobre la piel del hombre, la luz roja y la blanca parecían agua y aceite.

—Qué raro.

—No es culpable —dijo August.

—Tampoco es inocente —le recordó Soro—. Y tu música no va a salvarlo.

Soro tiene razón, dijo Leo, con desdén, en la cabeza de August. *¿Cuántas horas desperdiciaste ya?*

Las manos de August vacilaron en el violín; empezaban a temblar.

—Estás cansado, hermano. Déjame ayudarte.

Soro se volvió hacia la puerta sin sacar su flauta.

—Espera —dijo August, pero fue demasiado tarde. Soro entró a la celda y le quebró el cuello al soldado.

August dejó de tocar y sus dedos entumecidos soltaron el violín mientras el soldado se desplomaba en el suelo, la luz ya apagada en su piel. Se apoyó contra la pared.

—¿Por qué? —preguntó cuando Soro regresó—. ¿Por qué hiciste eso?

Soro lo miró con algo parecido a la *lástima*.

—Porque debemos concentrarnos en los vivos. Él ya estaba muerto. Vamos —dijo, y sostuvo la puerta abierta—. Tenemos trabajo que hacer.

Kate se quedó mirando la tablet e intentó no gritar.

La necesidad de mantener la calma se oponía al reloj que marcaba el tiempo en su cabeza y al hecho de que no sabía cómo atrapar una sombra, cómo cazar a un monstruo que siempre le llevaba un paso de ventaja.

No tenía nada, y cuanto más se devanaba los sesos, más crecía su ira, más inútil se sentía, más deseaba descargar su frustración contra algo, lo que fuera. Se sentía irritada, y esto la ponía furiosa, lo cual, a su vez, volvía a acelerarle el pulso, y todo el tiempo la sombra susurraba en su mente.

Eres cazadora.

Eres asesina.

El tiempo se acaba.

Haz algo.

Haz algo.

HAZ ALGO.

Un sonido escapó de la garganta de Kate, que barrió la mesa con el brazo y echó al suelo la taza de café y la tablet. Se tomó la cabeza con las manos y respiró hondo; luego se levantó y recogió los trozos.

Había respuestas; solo tenía que encontrarlas.

Empezó a abrir cada una de las carpetas que había en el servidor de la FTF.

Encontró registros de comida, datos de censos, inscripciones de fallecimientos recientes, subcarpetas rotuladas *M* o *C* (por Malchai o Colmillos, supuso). Había una tercera carpeta, rotulada con otra letra: *A*. No había manera de saber qué significaba esa letra, pero las muertes que figuraban en esa carpeta eran las más horrendas.

Y luego, en algún momento entre el tercer café y el cuarto, algo le llamó la atención: un plano de Ciudad V, marcado con *X* azules, grises y negras con el mes colocado arriba.

Pronto descubrió que las *X* señalaban victorias y derrotas a ambos lados del Tajo.

Salió de esa búsqueda hasta encontrar el resto de los mapas, mes por mes, hasta el momento de la muerte de Callum y el ascenso de Sloan al poder.

Kate se incorporó en la silla. Todas las imágenes eran iguales.

Era verdad que las *X* variaban a uno y otro lado, pero nunca iban más allá de unas pocas calles a ambos lados del Tajo.

Y cuantos más archivos examinaba, más extraño resultaba todo.

La FTF actuaba como si estuviera controlando la situación, como si estuviera ganando, pero no era así. Seis meses, y la

Fuerza de Tareas de Flynn no había planeado ni ejecutado un solo ataque a gran escala. ¿Por qué no?

No tenía sentido.

Kate se puso de pie y fue a buscar a Flynn.

Por supuesto, pronto se dio cuenta de que no sabía dónde hallarlo.

El primer lugar donde buscarlo era, lógicamente, el centro de mando, y un rápido relevamiento de los botones del elevador le mostró que había un solo piso, el tercero, al que se debía acceder con tarjeta electrónica. Tarjeta que, desde luego, Kate no tenía.

Sacó el encendedor de plata de su bolsillo trasero y se arrodilló frente al panel. Había hecho la mitad del trabajo para retirar la placa de metal cuando el ascensor se activó con un zumbido. Kate se puso de pie al instante, pero las puertas ya estaban cerrándose. Se encendió el número 3 en el panel, y el elevador empezó a bajar.

卌 卌 ||

Sloan observó la llegada del monstruo.

Lo observó irse.

Sentado en el sofá gris del apartamento, con sus largas piernas extendidas sobre la mesa de café de vidrio, estudió las filmaciones y vio, una y otra vez, cómo la criatura se solidificaba, y cómo, una y otra vez, volvía a perder forma, creciendo y menguando como una luna.

Pasó una uña puntiaguda por la pantalla y el video volvió a empezar, y en su mente empezó a formarse una idea del mismo modo en que la sombra cobraba forma en el departamento de policía.

Pero, a diferencia de la sombra, la idea de Sloan quedó firme.

Alice pasó las piernas por encima del respaldo del sofá.

—Todo listo —dijo, haciendo rodar un trocito de explosivo entre sus dedos—. Los depósitos están despejados. Y les dejé un regalo a los soldaditos, por si vienen a investigar.

Volvió a levantarse de un salto, y Sloan se recostó y cerró los ojos…

Y percibió un cambio en la habitación.

Una tensión nueva.

Los dos ingenieros seguían sentados a su mesa, pero estaban hablando en murmullos.

—... no lo hagas...

—... tenemos que hacerlo...

—... nos matará a los dos...

Sloan se puso de pie, pero Alice ya estaba allí.

—Secretos, secretos, no son divertidos —dijo, al tiempo que alborotaba el cabello del hombre. Este se apartó con disgusto, pero ella lo aferró con fuerza y le echó la cabeza hacia atrás—. ¿Tienen algo que decir?

El hombre miró a un lado y al otro con nerviosismo mientras Sloan se acercaba.

—¿Y bien? —preguntó Sloan—. ¿Encontraron alguna solución para mi problema?

El hombre dirigió una mirada torva a la mujer, pero al cabo de un momento, ella asintió.

—El metro —respondió por lo bajo.

Sloan la miró con desconfianza.

—No hay líneas de metro que pasen por debajo del Edificio Flynn.

—No —concordó la mujer—, ya no. —Le mostró una pantalla con la red subterránea—. Este es el mapa más reciente de la red del metro, y...

—N... n... no lo hagas —tartamudeó el otro ingeniero, pero sus protestas se acabaron cuando Sloan apoyó las uñas contra la garganta del hombre.

—Silencio —le ordenó, concentrado en la mujer—. Continúa.

La mujer pasó varias páginas en una segunda pantalla.

—Examiné los registros antiguos y encontré esto: la red original. —Acomodó las tablets una al lado de la otra—. Y aquí —dijo, señalando un punto donde se cruzaban los viejos túneles— está el Edificio Flynn.

La mirada de Sloan osciló entre las dos imágenes. En una, el Edificio parecía impenetrable. En la otra, se veía su falla fatal.

—No sería difícil —prosiguió la mujer lentamente— acceder a la red antigua desde la nueva; por ejemplo, desde el túnel que pasa por debajo de esta torre. Luego, con suficientes explosivos, el daño sería catastrófico...

Catastrófico.

Sloan sonrió.

—¿Y si yo ya no quisiera destruir el Edificio? ¿Y si solo quisiera *entrar*?

—Ese no era el plan —protestó Alice.

—Los planes cambian —repuso Sloan—. Evolucionan. —Levantó el mentón de la ingeniera—. ¿Y bien?

—No sería difícil —respondió—. Habría que colocar una serie de cargas. Explosiones más pequeñas, controladas. Pero incluso unas detonaciones menores llamarían la atención.

—Bien —dijo Sloan, mirando al hombre—. Sugiero que busquen también una distracción.

Sloan cruzó el apartamento y abrió las puertas de lo que había sido el cuarto de Callum, con Alice pisándole los talones. Abrió el armario, se arrodilló y empezó a hurgar en las cajas que estaban en el suelo.

—¿Este cambio de planes tiene algo que ver con nuestro intruso? —preguntó Alice.

—Sí —respondió Sloan, al tiempo que sacaba una caja.

Alice se enfurruñó.

—Pensé que íbamos a matarlo.

—¿Para qué matar algo que se puede *usar*?

—¿Y cómo piensas *usar* algo que ni siquiera puedes *atrapar*?

Alice tenía razón.

Sloan se dio cuenta de que se había equivocado en la carnada que había usado la primera vez, al ofrecer miedo cuando su presa se alimentaba de algo más fuerte. De violencia. De caos. De *posibilidad*.

Ahora sabía con exactitud el tipo de carnada que necesitaría.

Pero ¿cómo contener una sombra?

Levantó la tapa de la caja. En su interior, plegada, había una sábana de oro, tejida con ese metal, el más precioso. Alguna vez, tiempo atrás, Callum Harker había dormido bajo esa tela para protegerse de los monstruos.

Claro que, al final, eso no lo había salvado.

Aun así, lo que para un humano era un escudo, para un monstruo era una prisión.

Alice retrocedió al ver el oro, y el sabor en el aire quemó la garganta de Sloan. Volvió a tapar la caja.

—Reúne a los Colmillos.

Alice ladeó la cabeza.

—¿A cuántos?

—A *todos*.

Kate no estaba del todo segura de cómo había llegado allí.

El centro de mando del Edificio Flynn estaba en plena actividad. Alrededor, el aire estaba cargado de voces y del zumbido y los chasquidos constantes de los intercomunicadores; todo se mezclaba en una especie de ruido blanco en el oído sano de Kate.

Con su tablet en la mano, recorrió el pasillo atestado, intentando no estorbar a los hombres y mujeres que iban a toda prisa de habitación en habitación, algunos vestidos de civil, y otros, de uniforme. Había tres soldados sentados ante una serie de consolas, despachando órdenes, y por una puerta de vidrio, Kate vio un halo familiar de rizos rojizos ante unas pantallas enormes, cada una de las cuales mostraba la señal de una cámara de seguridad.

Kate llamó una vez a la puerta, con tanta suavidad que, más que oír el sonido, lo *sintió*, pero Ilsa se dio vuelta en su silla. No con rapidez, como si la hubiera sobresaltado, sino con calma, como si supiera exactamente a quién iba a encontrar.

Por encima del hombro de Ilsa, rotaban las cámaras; pasaban de toma en toma, manteniendo cada ángulo apenas un segundo o dos. En un momento, Kate empezó a marearse, pero antes de apartar la mirada alcanzó a ver una secuencia de tomas desde el interior de los elevadores y sonrió.

—Gracias por el viaje —dijo, e Ilsa se encogió de hombros con actitud amigable.

El brillo de las pantallas destacaba sus contornos y la mayor parte de ella quedaba en sombras, pero las estrellitas que tenía en los hombros y los brazos danzaban con la luz azulada.

Ciento ochenta y seis.

La misma cantidad que August... y que Kate, aunque ella no tenía las mismas marcas. Los tres estaban unidos por sus actos de una sola noche.

La atención de Kate pasó de las estrellas a la cicatriz que Ilsa tenía en la garganta. Casi pudo distinguir en ella la forma de las uñas de un Malchai.

Sloan.

Kate se llenó de furia, rápida y ardiente, y tuvo el impulso repentino de cruzar el Tajo, buscar al monstruo de su padre y destrozarlo. Ese deseo la recorrió como una locura, y por un segundo no pudo pensar en otra cosa, ni ver nada más...

La mano de Ilsa se apoyó como un peso fresco en la mejilla de Kate. Esta no había visto a la Sunai levantarse, ni cruzar la sala, y la maravilló el hecho de que August pudiera parecer tan sólido y su hermana, tan etérea.

Entonces, ¿qué era Soro?, se preguntó. *Algo absolutamente diferente.*

Ilsa tenía los ojos muy abiertos por la preocupación, pero Kate se apartó.

—Estoy bien —le dijo, y sintió alivio al poder aún *decir* esas palabras, lo cual significaba que debían ser verdad. Por el momento.

Ilsa ladeó la cabeza y trazó un arco en el aire con los dedos, un gesto que pretendía abarcar todo el centro de mando. Fue una pregunta muda, pero clara:

¿Qué estás buscando?

—A Henry Flynn —respondió—. ¿Está por aquí?

Ilsa asintió una vez. Señaló hacia el pasillo, y Kate estaba a punto de salir cuando vio que Ilsa echaba un vistazo, con sus ojos pálidos de pronto muy concentrados, a la tablet que Kate aún tenía en la mano.

¿Lo viste?

Kate empezaba a responder cuando oyó una palabra conocida que llegó desde el pasillo.

—*Alfa.*

El distintivo de llamada de August.

Kate empezó a caminar hacia el sonido y encontró una puerta entreabierta, y a varias personas reunidas en torno a un altavoz.

—*Llegamos a la esquina de la Quinta y Taylor.*

Algo se activó en la mente de Kate. ¿Por qué esa dirección le resultaba tan conocida?

—*Todo parece tranquilo.*

Kate cerró los ojos e intentó dibujar un mapa en su mente.

Ese lugar estaba en Ciudad Norte, pero había algo más, otra cosa.

—*Vamos a entrar por el frente.*

—Esperen —dijo, al tiempo que entraba en la habitación. Cinco rostros se volvieron hacia ella, uno solo conocido. Henry Flynn se recostó contra la pared, como buscando apoyo. Los otros cuatro tenían una sola cosa en común: desprecio.

—¿*Kate?* —Se oyó la voz de August por el intercomunicador.

Kate se acercó a la mesa.

—No entren todavía.

—Señorita Harker —dijo Flynn con voz fatigada.

—Nunca dejes suelto a un Harker, Henry —dijo una mujer mayor. Tenía sonrisa acre y ojos lechosos que miraban a una distancia media, sin ver.

—¿Qué hace en este piso? —le preguntó en tono imperioso un soldado de barba recortada.

—Y en la cámara del Consejo —añadió un soldado de mediana edad que tenía dos trenzas negras.

Kate meneó la cabeza.

—Quinta y Taylor... Conozco ese edificio, ¿qué es?

—En verdad, no debería escuchar conversaciones ajenas —la reprendió Flynn.

—Es un depósito —respondió el soldado más joven—. Nuestros datos indican que contiene una cantidad de cereales secos.

Pero no era eso.

—No —dijo, al recordarlo—. Es una estación del metro.

Flynn se enderezó un poco, con una mueca de dolor.

—Lo *era*, hace tiempo. Harker construyó un depósito encima.

—¿Y va a hacer entrar a su escuadrón por la puerta principal? —lo desafió Kate.

Flynn apretó la mandíbula.

—Cree que es una trampa.

—¿Y usted supone que no? —replicó.

—No hay pruebas de que... —empezó a responder la mujer.

—No, August dijo que todo *parecía* tranquilo. Supongo que se refería a que no había Colmillos ni Malchai a la vista. Nada que tenga pulso. —Miró a Flynn—. Usted quiere hacerme pensar como Sloan. No puedo. Pero sí puedo pensar como mi *padre*, y le aseguro que él jamás dejaría sus provisiones desprotegidas.

Eso, por fin, los hizo dudar.

—¿Qué sugiere? —preguntó Flynn.

Kate se mordió el labio.

—August —dijo al cabo de un momento—, ¿tienes luces contigo?

—*Sí.*

—Bien —prosiguió Kate—. Entonces vayan por el metro.

Se oyó una palabrota apagada desde otro intercomunicador. Quienquiera que hubiera sido, Kate no lo culpó. Los espacios oscuros eran el territorio de los Corsai. Durante medio minuto, en la línea solo hubo estática; luego un chapoteo, el sonido de piernas que caminaban por agua poco profunda, algunas palabrotas, y por último, el sonido de manos sobre barrotes, y a August ordenando al resto de su equipo que esperara. La sala entera pareció contener el aliento mientras se oía el roce de la tapa de metal. Y luego, más estática, interrumpida apenas por una súbita y breve inhalación.

—¿Alfa? —llamó Flynn.

—*Estamos adentro* —dijo August—. *El dato era cierto: hay gran cantidad de cereales...*

El hombre de barba dirigió a Kate una mirada fulminante.

—*Pero todo el lugar está preparado con explosivos.*

Kate sintió una euforia momentánea por el triunfo, pero dada la precariedad de la situación, tuvo la decencia de no decir *se lo dije*.

—Bueno —dijo—. Qué bueno que fueron por el túnel.

Se oyó una nueva voz por el intercomunicador.

—*Aquí Ani, técnica del Escuadrón Alfa. Puedo desactivarlos.*

—De acuerdo, Escuadrón Alfa —respondió Flynn—. Tengan cuidado.

La estática de la comunicación desapareció, y en su lugar quedó una quietud permanente. Kate se dio cuenta de que en la sala no se oía absolutamente nada, y todos los ojos estaban puestos en ella. Si esperaban que se retirara, ella los decepcionó. Se mantuvo en su lugar.

—¿Hay algo más que quiera decir? —le preguntó Flynn.

—Estuve examinando los archivos en su servidor.

—¿Quién le dio acceso a esa información? —preguntó el soldado de barba.

—Llevan seis meses peleando —prosiguió Kate—, pero parece un punto muerto, no una batalla. No están logrando ningún avance sostenible; solo intentan mantener lo que tienen.

—¿Por qué diablos estamos escuchando a una adolescente?

—Ah, ¿ahora soy solo una adolescente? Pensé que era la hija de su enemigo, o el soldado que acaba de salvar a su escuadrón. —Sintió que empezaba a alterarse—. ¿Soy una carga, un peligro para su causa, o alguien que tiene información que puede servirles? Decídanse.

La mujer ciega lanzó una risa breve y amarga.

—Señorita Harker... —le advirtió Flynn.

—¿Por qué no han atacado la torre?

—No tenemos suficiente gente —respondió la mujer soldado.

Kate se mofó de eso.

—La FTF tiene decenas de miles.

—Menos de mil están capacitados para integrar los Escuadrones Nocturnos —replicó el más joven.

—Si enviáramos siquiera a la mitad —acotó el soldado de barba—, las pérdidas que podrían ocasionarnos...

—... valdrían la pena —intervino la ciega.

De modo que ese era el problema, pensó Kate. La razón de las medidas insuficientes, los puntos muertos, las muertes lentas. ¿Cómo podían pelear contra Sloan? Estaban demasiado ocupados peleando entre sí.

Miró a Henry Flynn, que no había dicho nada y se había limitado a escuchar.

—¿Por qué habrían de arriesgar su vida por Ciudad Norte? —preguntó la mujer soldado.

—No se trata de norte o sur —replicó Kate—. Se trata de *Verity*. Ustedes están desangrando soldados, y Sloan se lo está permitiendo, porque puede. A él no le importa cuántas piezas sacrifique en este juego.

—La guerra no es un juego —dijo el soldado de barba.

—No lo es para *ustedes*, pero para él, sí, y nunca van a acabar con esto hasta que acaben con Sloan, y para acabar con Sloan tienen que arriesgarse, tienen que pensar como él, jugar como él...

El Consejo empezó a hablar por encima de ella.

—No podemos...

—... Un ataque coordinado a la torre...

—... una *misión suicida*, querrás decir...

—No pueden ganar si no están dispuestos a *pelear*. —Kate dio un puñetazo en la mesa y oyó el sonido de metal clavándose en la madera.

El Consejo dio un paso atrás, y al bajar la mirada Kate vio que tenía la navaja en la mano. No recordaba haber sacado el encendedor; no recordaba haber abierto la navaja, pero allí estaba, clavada en la mesa.

El Consejo se quedó mirando el metal brillante, y Kate casi extendió la mano para extraer la hoja. En lugar de eso, retrocedió. Interpuso espacio entre su mano, la navaja y las personas que allí estaban.

—Kate, ¿te encuentras...? —empezó a decir Flynn, pero Kate ya había salido.

~~||||~~

~~||||~~

||||

Kate oprimió el botón del elevador y apoyó la frente contra el acero frío. Escuchó el arranque lento de la maquinaria y finalmente optó por la escalera.

Llegó a la planta baja y cruzó el vestíbulo atestado hacia la salida más cercana. Necesitaba aire. La cuestión era cómo salir. Recorrió con la mirada a los soldados que llenaban el lugar y vio a uno guardar un paquete de cigarrillos en el pliegue de su manga. Eso le serviría. Kate aceleró justo en el momento en que el soldado se volvía hacia ella.

La colisión fue breve, y apenas bastó para que ambos perdieran el equilibrio. Cuando el soldado se enderezó, los cigarrillos ya estaban en el bolsillo de Kate. El hombre murmuró algo por lo bajo, pero ella no se quedó para oírlo.

Kate estaba a tres metros de la puerta del edificio cuando un guardia le salió al paso.

—No tienes autorización para salir.

Kate le mostró el paquete de cigarrillos. El soldado no se movió.

—Vamos. —Se señaló, intentando disimular la urgencia que sentía—. No traigo armas ni nada. No voy a alejarme mucho.

—No es mi problema.

Kate se vio quitándole el cuchillo que él tenía sujeto al muslo e imaginó la línea que le trazaría en la garganta. Incluso dio un paso adelante y acortó la distancia entre ellos, cuando...

—Déjala salir —murmuró otro guardia—. No vale la pena.

El primero frunció el ceño, pero empujó la puerta, y así, sin sangre ni cadáveres, Kate quedó libre.

La recorrió un escalofrío cuando la puerta del edificio se cerró a su espalda. Era inquietante estar del otro lado de una puerta trabada, mientras los últimos rayos del sol se aferraban al cielo y la franja de luz UVR empezaba a iluminarse bajo sus pies, pero Kate se llenó los pulmones de aire frío y dio unos pasos hacia la franja de luz.

Todavía tienes el control.

Bajó la vista hacia el paquete de cigarrillos. Hacía meses que no fumaba. Había supuesto que el deseo de hacerlo volvería al estar en la ciudad, como si el hecho de regresar a esa vieja vida implicara también regresar a su antiguo yo. Pero ni siquiera le apetecía.

Con el atado colgando de sus dedos, dio un paso, y luego otro, y otro más, aumentando la distancia entre ella y el edificio. Más allá de la franja de luz, el crepúsculo iba instalándose como una niebla, y casi pudo sentir al Devorador de Caos moviéndose entre las sombras.

Kate abrió los brazos.

Ven por mí.

Los Colmillos se reunieron en el subsuelo de la torre.

El mismo subsuelo donde alguna vez Callum Harker había reunido a sus súbditos, donde un hombre con una bomba casera había matado a veintinueve personas y traído al mundo al primer Sunai, donde el suelo aún tenía manchas de sangre y la muerte persistía en las paredes, y donde los Corsai susurraban hambrientos en los rincones más oscuros.

Sloan estaba de pie en la tarima, observándolos empujarse para hacerse lugar: más de cien hombres y mujeres de Ciudad Norte, unidos solamente por aquellas bandas de acero que llevaban al cuello.

Siempre habían sido violentos. La clase de humanos que conseguían poder arrebatándoselo a otros, que solo toleraban su propia sumisión porque los colocaba por encima del resto de las presas, y que, en algún punto, se creían mejores que los de su propia especie, más fuertes que los demás, y demasiado ansiosos por demostrar esa fuerza.

Bravucones. Esa era la palabra.

Llevaban menos de una hora reunidos y ya estaban atacándose entre sí, dándose aires, insultándose, con sus cuerpos cargados de energía y los ojos brillosos por el alcohol.

Sloan había estudiado a los humanos y sabía cómo el alcohol les debilitaba la mente e inflamaba su temperamento. Era un regalo que ellos habían aceptado de buen grado, una recompensa, una prueba de que habían sido *elegidos*.

Sloan se aclaró la garganta y los llamó a silencio.

—Los he convocado porque han demostrado ser dignos de mi atención. —Eligió sus palabras con cuidado—. Los he convocado porque son algunos de los humanos más feroces, más fuertes y sanguinarios que trabajan para mí.

Hubo risas graves y salvajes entre la multitud. La mirada de Sloan se dirigió hacia arriba, hacia la jaula colgada, cubierta por el manto de oro, cuya forma era demasiado oscura para los ojos humanos.

—Los he convocado —prosiguió— porque sé que tienen la voluntad, pero no sé si son capaces.

—Vamos, Sloan. Apenas son *humanos*. —Alice se adelantó desde las sombras, detrás de él; su voz rezumaba desprecio—. ¿Acaso hay algún humano que posea la fuerza para elevarse por encima de su mediocridad? ¿Para llegar a ser monstruoso? ¿Para llegar a ser *más*? —Su rostro era una máscara perfecta de desdén.

Los collares se sacudieron y las voces se elevaron. El subsuelo era un caos de hambre y ruido, de humanos ebrios, ansiosos por pelear.

—Son todos iguales —prosiguió Alice, provocando a los Colmillos—. Carne. Sangre. Alma. Ningún humano podrá jamás estar a mi altura.

—¡Dennos una oportunidad! —gritó alguien.

—¡Se lo demostraremos! —exclamó otro.

Sloan se acercó al borde de la tarima.

—¿Quiénes se creen dignos?

Se alzaron manos, los cuerpos se empujaron entre sí, y toda la multitud se agitó. Se podía saborear la sed de sangre.

Los labios de Sloan se extendieron en una sonrisa lenta.

—¿Quién va a demostrarlo?

—Oye, *tú*.

La voz le llegó desde atrás, hosca y masculina.

Kate bajó los brazos al darse vuelta y reconoció al soldado del vestíbulo, al que le había robado los cigarrillos. Estaba acompañado por una chica robusta y un joven de poca estatura.

—¿Qué mierda crees que haces? —le preguntó el soldado—. ¿Vas a devolverme eso?

Kate miró el paquete de cigarrillos que tenía en la mano y empezó a pedir disculpas, pero se interrumpió. Tuvo una idea. Era una idea muy mala, tuvo que admitirlo. Pero a Kate se le acababa el tiempo en su cabeza, y si no podía cazar al Devorador de Caos, quizá podría *tentarlo*.

Hacerlo venir hasta *ella*.

¿Qué había dicho Emily Flynn?

«Algunos tomarán su presencia como un insulto».

«Otros quizá la vean como un desafío».

En ese momento, prácticamente podía sentir la violencia que emanaba de los soldados.

¿Sería suficiente?

¿Podría evitar hacerles daño?

—Yo sé quién eres —gruñó el hombre—. Harker. —Escupió el nombre, como si fuera una mala palabra.

El soldado seguía avanzando hacia ella, y Kate sintió que la decisión iba expandiéndose en su mente, el deseo de pelear, de lastimar, de matar. Al menos había dejado su navaja clavada en la mesa. Eso les daría una oportunidad a los otros.

Sabía que era mala idea.

Pero era la única que tenía.

—¿Quieres tus cigarrillos? —Kate arrugó el atado en su mano—. Ve por ellos —dijo, y los arrojó a la oscuridad.

Sin más, el soldado se *lanzó*, pero no hacia los cigarrillos sino hacia *ella*, y ambos cayeron sobre la franja.

Kate rodó sobre sí misma y cayó sobre él, pero antes de que alcanzara a sacar algo de ventaja, un brazo le rodeó el cuello y la apartó.

—No mereces llevar esa insignia —gruñó la mujer.

Kate echó un vistazo a la sigla de la FTF que tenía bordada en la manga.

—Venía con la ropa —respondió. Bajó la rodilla y arrojó a la muchacha por encima del hombro. Pero apenas quedó libre, alguien la atropelló y la derribó, y Kate sintió aflorar el monstruo en su interior.

No, pensó, intentando contenerlo mientras se incorporaba. Se esforzó por mantener la respiración pareja, el pulso constante, con la mirada más allá de los soldados, hacia las sombras de la ciudad.

¿Dónde estás?

Kate se lamió una gota de sangre que tenía en el labio mientras los soldados la rodeaban.

—Van a tener que hacer algo más que eso.

—¡Yo voy a demostrarlo! —gritó un Colmillo, al tiempo que se abría paso hacia el escenario.

Intentó subir, pero Alice le dio una patada en la cara y el hombre cayó hacia atrás, sangrando por la nariz.

El sabor a cobre tiñó el aire, y Sloan sintió despertar su propio apetito, mientras las risas recorrían el subsuelo, graves y crueles.

—¡No di la señal! —exclamó Alice—. Si quieren jugar, hay reglas. Cuando les dé la señal, quiero que me traigan un trozo de… —agitó una uña afilada en el aire hacia uno y otro lado, hasta que señaló a un hombre—… él.

Los ojos del Colmillo se dilataron. Tenía hombros anchos y estaba cubierto de tinta, pero en ese momento, Sloan vio que toda la bravura del hombre flaqueaba y desaparecía.

Alice sí que sabía manejar a la gente.

La Malchai esbozó una sonrisa cruel.

—¡Quien traiga el trozo más grande gana!

La energía dispersa de la gente se concentró en un punto.

—¿Listos?

—Esperen —rogó el hombre, pero fue demasiado tarde.

—*Ahora*.

Los Colmillos se dieron vuelta y, como una ola, se lanzaron hacia él. El primer grito salió de la garganta del hombre justo en el momento en que las luces parpadearon y se apagaron.

Kate cayó sobre manos y rodillas en la franja de luz; su campo visual estaba blanco y difuso.

—Se te bajaron los humos, ¿verdad?

El dolor la mantenía firme en la realidad, mientras en su cabeza el monstruo le decía que *peleara*.

Oblígame, pensó, y se obligó a levantarse.

Aquellos tres no eran los mejores guerreros, pero Kate estaba empleando la mitad de su fuerza tan solo para mantener a raya a la oscuridad; para impedir que aquella calma horrible, maravillosa, invadiera su cabeza; para evitar que sus manos arrebataran el cuchillo de un soldado y...

Kate lanzó un codazo hacia atrás y arriba. Fue una jugada sucia, pero los soldados de la FTF estaban entrenados para pelear con los Colmillos, que también peleaban sucio, y de pronto le sujetaron el brazo por la espalda.

Le costó conservar el equilibrio, y por un segundo, mientras forcejeaban, alcanzó a ver la franja de luz, el Edificio y una sombra recostada contra la pared.

No era el Devorador de Caos, sino *Soro*, que estaba lustrando su flauta.

Soro, que observaba la pelea como si fuera un deporte. Entonces sintió que le torcían el brazo con crueldad, y la arrastraron hacia el lugar donde terminaba la franja de luz y empezaba la oscuridad creciente.

—Esperen.

La palabra salió como un susurro. Un ruego. Se negó a gritar, pero veía que las sombras se movían más allá de la seguridad de la iluminación del Edificio; veía el brillo delator de los ojos y dientes de los Corsai, y el pánico la invadió mientras la llevaban hacia aquel límite.

—¿Qué pasa? —le preguntó el soldado, con desdén—. ¿No era que los Harker no tenían miedo de la oscuridad?

Kate cerró los ojos con fuerza e intentó apelar a aquello, fuera lo que fuese, que unía su mente a la del monstruo, como si pudiera *llamarlo*.

—Esta es la parte donde nos suplicas —dijo el soldado, cuando las botas de Kate resbalaron ya cerca del borde, y ella sintió que empezaba a perderse. Su visión se estrechó y su corazón empezó a latir más lentamente. El impulso estaba allí, tan simple, tan claro.

—Taylor —le advirtió al hombre el segundo soldado.

—Basta —llegó la voz del tercero.

Pero Taylor tenía la boca cerca de ella, y Kate sentía su aliento caliente en la piel.

—Suplica —ladró el soldado—, como lo hizo mi tío cuando tu padre...

Kate le clavó la bota hacia atrás en la rodilla, y oyó el chasquido satisfactorio del hueso justo antes de que él gritara. En ese momento de dolor, el soldado aflojó las manos y Kate pudo ubicarse detrás de él y obligarlo a caer de rodillas, con el rostro a centímetros de la oscuridad.

Sería muy fácil empujarlo del otro lado de la línea de luz, hacia donde esperaban los verdaderos monstruos.

—No se acerquen —advirtió a los otros dos soldados cuando empezaron a avanzar hacia ella.

Kate bajó la cabeza.

—Esta es la parte —dijo— en la que *tú* suplicas.

Por momentos se le nublaba la vista, como si estuviera en un sueño, y el soldado empezó a gimotear, y todo en ella quería rendirse. Pero el Devorador de Caos no había acudido; aún estaba allí afuera, libre.

Kate suspiró y volvió a jalar al soldado hacia la seguridad de la luz.

Durante un momento, el subsuelo de la torre quedó a oscuras.

Una oscuridad como Sloan no había visto nunca: una verdadera negrura, la ausencia total de luz. Luego, con la misma rapidez, las luces volvieron a encenderse con apenas la mitad de la intensidad.

Los Colmillos miraron alrededor, confundidos.

Y allí, en medio de ellos, estaba la sombra.

Parecía un borrón en el aire, igual que en el video. No tenía rostro, ni boca, nada más que un par de ojos plateados, redondos como espejos. Al verla, Sloan quedó frío. Y sintió hambre. Como si no hubiera comido en varias noches.

Algunos Colmillos también repararon en el monstruo, y se lanzaron contra él con los puños en alto y los ojos inyectados de sangre, pero se detuvieron en seco. Algo se transmitió entre ellos, un leve movimiento, un destello de plata, y fue como ver caer fichas de dominó. Los Colmillos se apartaron de la sombra y se volvieron unos contra otros...

Y empezó la masacre.

Sloan los observaba desde el escenario, fascinado por aquel frenesí, por el modo en que los Colmillos empezaron a destrozarse entre sí, con movimientos crueles pero deliberados, con una extraña mezcla de urgencia y calma, pero lo que más lo inquietó fue la calma. Debería haber habido gritos, ruegos, ecos de terror y dolor en el recinto de hormigón, pero los humanos se asesinaban en absoluto silencio, mientras la sombra empezaba a moverse entre ellos, y a volverse más sólida con cada paso.

Alice estaba del otro lado del escenario, con un cable en la mano, y cuando la criatura llegó al centro del recinto, lo soltó.

El velo de oro se infló; la jaula cayó con un silbido y aterrizó con estrépito sobre la sombra. El ruido del golpe fue mucho más fuerte que el de la matanza, y aun así los humanos no cesaron, ni siquiera cuando Sloan bajó del escenario de un salto y se acercó a la jaula cubierta.

La sábana de oro se había torcido en la caída, y por una abertura en el oro se veía una hebra de oscuridad. Cuando Sloan espió por allí, casi esperaba ver la jaula vacía, sin la sombra. Pero allí estaba, una forma sólida y negra en el centro de la celda, y cuando Sloan se detuvo ante ella, la sombra levantó sus ojos plateados hasta que se vio reflejado en ellos.

—Hola, mi mascota.

El soldado estaba en el suelo, aferrándose la rodilla.

Los otros dos se le acercaron a toda prisa cuando Kate rodeó al hombre que gemía y empezó a caminar de regreso al Edificio.

Estaba a mitad de camino cuando ocurrió.

Entre un paso y el siguiente, empezó a ver doble, el mundo se hundió y ella empezó a caer. No hacia *abajo*: aún estaba de pie, aún en la franja de luz, pero también estaba en otra parte, en un lugar frío y oscuro, húmedo y de hormigón…

…sus sentidos se llenaron
del sabor acre
de sangre y ceniza
una jaula de oro
que arde
como el humo
y allí
más allá de la jaula
un par de ojos rojos
flotan en la oscuridad
un esqueleto
de traje negro
y el mundo
se estrecha
hasta reducirse
a una única forma
el nombre surge
como humo…
   Sloan.

Sloan examinó a la sombra mientras los Colmillos que quedaban seguían forcejeando, estrangulando y peleando entre los cadáveres que cubrían el suelo. Hubo un movimiento en el límite de su visión: un hombre bañado en sangre empezó a caminar hacia la escalera, con movimientos firmes y decididos.

—Nadie sale de aquí —ordenó Sloan a Alice, que respondió con una sonrisa radiante y enseguida se lanzó hacia allí a toda velocidad, le quebró el cuello a un hombre, y a otro, le arrancó el corazón. Sabía ser eficiente, cuando se le asignaba la tarea indicada.

Sloan volvió a concentrarse en la criatura que estaba en la jaula.

Los videos no le habían hecho justicia.

Habían revelado a Sloan la aparición de la sombra, sí; le habían revelado el modo en que su influencia se propagaba de una víctima a otra, la violencia como enfermedad, contagiosa. Pero en la pantalla de la tablet, la criatura no había sido más que una forma plana y sin rasgos.

Ahora, en su presencia, Sloan se sentía hueco, frío. Sentía un cosquilleo en la piel y le dolían los dientes, y dentro de él empezó a surgir algo tan simple y primigenio como el *miedo*, hasta que se topó con algo más fuerte.

Victoria.

Había allí un ser de oscuridad, como los Corsai; un cazador solitario, como los Malchai; una criatura que hacía que Sloan se erizara, como un Sunai; pero no era ninguna de esas cosas. Era un arma, un ser de absoluta destrucción.

Y ahora le pertenecía a él.

Verso 4

UN MONSTRUO

SUELTO

1

Kate no recordaba haber caído, pero estaba en cuatro patas y de su nariz caían gotas de sangre sobre la brillante luz blanca de la franja. En alguna parte, más allá del zumbido que tenía en la cabeza, oyó pasos, rápidos y constantes, y supo que tenía que levantarse, pero se le partía la cabeza de dolor y sus pensamientos estaban alborotados, como si se hubieran soltado por la sacudida que le había provocado el súbito cambio de quién, qué y dónde.

Sloan.

Sloan tenía al Devorador de Caos.

Nuevamente empezó a ver doble, y por un instante fugaz el Malchai estuvo allí, flotando ante ella sobre la franja, con su piel cetrina estirada sobre sus huesos oscuros, y sus ojos rojos mirándola directamente, *atravesándola* con la mirada. Pero Kate se obligó a ponerse de pie y esa imagen se disolvió, y la reemplazaron unos fríos ojos grises y una cabellera corta y plateada.

Soro.

Kate se echó atrás, o intentó hacerlo, pero Soro la aferró por el cuello de la ropa.

—¿Qué acaba de ocurrir?

A Kate aún le daba vueltas la cabeza, pero logró hallar una verdad.

—Tus soldados me atacaron.

Soro no se conformó. La aferró con más fuerza y se acercó más.

—Te vi caer. ¿Qué pasó?

Kate se resistió a la fuerza de la pregunta de Soro, pero la verdad se le escapó entre los dientes apretados.

—El Devorador de Caos —respondió—. Sloan lo tiene.

La expresión del Sunai se ensombreció.

—¿Cómo lo sabes?

Las palabras salieron por sí solas.

—Lo vi.

Con la otra mano, Soro la tomó por el cabello y la obligó a levantar la cabeza. El flequillo se hizo a un lado y dejó al descubierto el plateado en sus ojos.

Soro lanzó una palabrota por lo bajo.

—No es lo que crees —dijo Kate, pero Soro no la escuchó. Le soltó el cabello y ella intentó soltarse, pero todavía la sostenía de la ropa con mano de piedra.

Soro activó el intercomunicador.

—Aquí Omega llamando a Flynn.

—Escúchame… —empezó a decir Kate.

—Cállate.

—Sloan tiene al Devorador…

El puño de Soro se estrelló contra las costillas de Kate. Esta se dobló en dos intentando respirar, y la luz roja empezó a asomar a su piel. Se le aflojó una rodilla y cayó, pero antes de que alcanzara a levantarse, le colocaron una venda en los ojos y todo quedó sumido en la negrura.

Alice se puso de pie y escupió sangre al suelo.

—Tienen un gusto raro —dijo con una mueca, pero eso no había impedido que asesinara a los Colmillos que habían quedado, y había acabado con la ropa y los brazos teñidos de rojo.

Sloan se puso un par de guantes.

El aire olía a muerte y los cadáveres aún no se enfriaban, pero la sombra que estaba en la jaula ya empezaba a perder su solidez. Pronto volvería a ser humo, lo suficientemente tenue para poder pasar por la abertura en el lienzo de oro, y Sloan no podía permitir eso.

Extendió la mano y tomó el manto que cubría la jaula.

Incluso a través de los guantes, el oro lo *quemó*: su piel empezó a ampollarse y su sangre comenzó a hervir mientras acomodaba mejor la sábana sobre la jaula del monstruo.

Se apartó, con las manos quemadas.

Alice echó un vistazo a la jaula y enseguida apartó la mirada, y Sloan se dio cuenta con cierta satisfacción de que estaba *asustada*.

Alice se dio vuelta para retirarse, pero Sloan la detuvo por el hombro y la obligó a enfrentar la jaula nuevamente.

—¿Qué te parece mi nueva mascota?

—Me parece —respondió Alice— que deberías haberla matado.

Sloan le clavó las uñas.

—¿Estamos listos para esta noche?

Alice se zafó de su mano.

—Tú quédate a jugar con tu nueva *mascota* —dijo, con desdén—. Déjame lo de esta noche a mí.

August regresó al Edificio Flynn poco después del anochecer.

Esa noche había una energía especial en el edificio. Siempre había energía, con tanta gente; pero el ritmo habitual había cambiado, como si le faltara coordinación, y por una vez, no era una impresión que él trajera de la calle: ya estaba allí. En los susurros de la gente, oyó el nombre de Kate.

Fue a buscarla directamente al centro de mando, pero apenas salió del elevador supo que algo estaba mal.

Emily estaba esperándolo.

—August.

Y cuando él le preguntó por Kate, el rostro de Em se ensombreció.

—¿Qué sucede?

—Hubo un incidente.

Una docena de explicaciones posibles pasaron por la mente de August, pero en lugar de analizarlas, se dio vuelta y se dirigió a la sala de vigilancia.

—August —dijo Em, siguiéndolo de cerca—. Estaba infectada.

Y August casi respondió *Lo sé*, pero se contuvo.

—Ilsa —llamó—. Muéstrame dónde está Kate.

Pero su hermana ya estaba esperándolo, con las piernas recogidas contra el pecho, frente a la pared de pantallas. Lo miró, pero August no se detuvo a interpretar la mirada; sus ojos fueron más allá de ella, a las pantallas. Once de ellas mostraban imágenes que iban rotando, pero allí, en el centro, había una cámara que mantenía siempre la misma toma.

Lo primero que August vio, lo único que vio, fue a Kate.

Kate, de rodillas en el centro de la celda, con las manos esposadas al suelo y los ojos vendados. Igual que el soldado.

Los dedos de Ilsa le aferraron la manga del uniforme, como una disculpa muda.

—¿Qué pasó? —preguntó, aunque lo que en realidad quería saber era *¿cómo se enteraron?*

Ilsa pulsó las teclas, y en una segunda pantalla aparecieron Henry y Soro: la sala de observación.

Otra tecla, y empezó a llegar el sonido.

—… perdiendo el tiempo —decía Kate—. Ya les dije que Sloan tiene al Devorador de Caos.

El corazón de August dio un vuelco, pero nadie más parecía reaccionar a esa novedad. Soro estaba en silencio, de brazos cruzados, mientras Henry caminaba por la sala con nerviosismo.

—Y sabes eso —dijo Henry— porque lo *viste*. —A August le pareció oír que Henry respiraba con cierta dificultad, pero podría haber sido por la estática—. Y lo viste porque estás infectada.

Kate meneaba la cabeza.

—Todavía puedo controlarlo.

—Atacaste a un soldado de la FTF —señaló Soro.

—Él me atacó *a mí* —replicó Kate.

—Ya nos contaste lo que hace ese monstruo —prosiguió Henry—. Infecta la mente de los humanos. Y tú trajiste esa infección a mi casa, a mis tropas.

—No —protestó Kate.

—Pusiste en peligro todo este edificio…

—*No.*

Pero Henry hablaba con frialdad.

—¿Sabes, siquiera, qué es esa conexión que tienes con él? ¿Sabes hasta dónde llega? Si tú puedes ver por los ojos de ese monstruo, ¿qué impide que él vea por los tuyos?

Kate abrió la boca pero no dijo nada. A August le bastó lo que había oído. Se volvió hacia la puerta, pero Emily le cerró el paso.

—¿Lo sabías? —le preguntó.

August tragó en seco.

—Ella quería ayudar.

El rostro de Emily se endureció.

—August...

—Ella es nuestra mejor oportunidad de cazar a esa cosa.

En la pantalla, Henry empezó a toser. Soro dio un paso hacia él, pero Henry lo detuvo con una seña.

—Cuéntame una vez más —dijo a Kate— lo que viste...

Pero lo interrumpió de pronto una sirena.

El sonido se abrió paso en la mente de August. La pared de pantallas se apagó y las luces parpadearon, y un segundo después, se cortó la electricidad en todo el edificio.

11

Kate levantó la cabeza al instante.

A pesar de contar con un solo oído y de la venda en los ojos, supo que algo estaba muy, pero muy mal.

La alarma llegaba al interior de la sala de hormigón y rebotaba en todas las paredes. Se oía la voz de Henry en alguna parte, por debajo de todo el ruido, y también la de Soro, pero no se distinguía la forma de sus palabras.

Luego desaparecieron, y Kate quedó sola en la celda, dolorosamente consciente de que seguía encadenada al suelo. Inclinó la cabeza hacia las manos y bajó la venda que le cubría los ojos. Nadie se lo impidió. Ese fue el primer indicio de que había problemas. El segundo fue que, más allá de la venda, el mundo estaba igualmente oscuro.

Durante diez largos segundos, no hubo otra cosa que sirenas y oscuridad, y luego, tan repentinamente como habían comenzado, las alarmas se apagaron y Kate solo percibió la negrura y el zumbido en su cabeza.

Arrancó el suministro eléctrico de emergencia, y la celda quedó envuelta en una semipenumbra azulada.

«Oigan», gritó a la abertura de plástico en la pared, pero nadie le respondió.

Intentando conservar la calma, Kate bajó la cabeza y sus dedos se deslizaron hasta su nuca. Junto al cuello del uniforme, había escondido dos alfileres. Recuperó el primero y se puso a trabajar con las esposas.

El suelo tembló, una sacudida que se transmitió por el hormigón. La luz volvió a fallar, y el alfiler se le escapó de los dedos y cayó fuera de su alcance. Kate maldijo con furia y recuperó el segundo alfiler, obligándose a desacelerarse y mantener los dedos firmes.

Al cabo de unos segundos, las esposas se abrieron, y Kate se puso de pie rápidamente, pero la puerta de la celda estaba trabada. Desde afuera. Ni siquiera había manija, solo una placa insertada en el acero.

Se dio vuelta en busca de otra salida, lo cual era ridículo si se tomaba en cuenta que la habitación constaba de seis losas de hormigón y una sección de plástico irrompible. No tenía armas, nada más que un par de alfileres y la ropa que tenía puesta. Sus botas. Tenían metal en las suelas; tal vez, si aplicaba suficiente fuerza…

La electricidad falló por tercera vez, y la cerradura de la puerta se desactivó. Kate se arrojó contra ella y el acero se abrió antes de que los generadores se volvieran a encender. Pudo salir.

El pasillo estaba vacío, iluminado por aquel mismo resplandor azulado, y el suelo volvió a temblar bajo los pies de Kate, como réplicas leves de un terremoto, mientras subía la escalera.

Había demasiado ruido.

Las sirenas resonaban en la cabeza de August incluso después de apagarse, y el centro de mando era un muro de soldados que hablaban por encima del zumbido de la luz de emergencia y de las voces que emitían los intercomunicadores, recibiendo informes e impartiendo órdenes.

Alguien había atacado los transformadores.

Las torres de metal que derivaban la electricidad al Edificio Flynn y a los cuarteles que lo rodeaban. Las torres de metal ubicadas al *sur* de los edificios de la FTF, lejos del Tajo. En seis meses, los Malchai nunca se habían aventurado tan lejos, no habían llevado a cabo ningún ataque organizado...

Hasta ahora.

«Escuadrones Uno a Ocho, presentarse en área de transformadores», ordenó Phillip.

«Diez a Doce, presentarse en el Tajo», dijo Marcon.

«Trece a Veinte, a la franja UVR», añadió Shia.

«Veintiuno a Treinta, evacuar los cuarteles», transmitió Bennet.

August ya estaba camino a las escaleras, impartiendo órdenes a su propio escuadrón. Tenían un plan para casos como ese. Tenían un plan para casi *todo*. Pero los planes eran una cosa y las realidades eran otra. Los planes eran limpios y claros, estaban plasmados en papel y se ejercitaban; y las realidades, tal como August había aprendido, siempre, pero siempre, eran caóticas.

Apareció Soro, sirviendo de apoyo a Henry, que estaba blanco como un papel y seguía tosiendo. Esta vez, aparentemente, no podía parar. La tos se convirtió en una arcada, y luego en un espasmo, y a Henry le costaba respirar; entonces llegó

Emily y llamó a un paramédico, y Soro apartó a August a un lado.

—Tenemos trabajo que hacer, hermano.

Y August supo que tenía razón.

—Estaré bien —jadeó Henry—. *Vayan.*

Entonces August fue, y bajó la escalera a toda prisa con Soro a su lado. La voz de Leo era como un río en el fondo de su mente: una corriente firme y continua de órdenes, y August se permitió apoyarse en la eficiencia del pensamiento de su hermano. Llegó a la planta baja y, por un instante, pensó en seguir bajando en lugar de salir, pero Kate estaba más protegida en un cuarto cerrado que allí arriba, estuviera ella de acuerdo o no.

Harris, Jackson y Ani ya estaban formados junto a las puertas principales.

—Equipo Alfa.

Le hicieron el saludo militar, y Harris sonreía como si fueran a una fiesta. Harris siempre estaba feliz de pelear. Ani estaba seria pero decidida. Jackson se veía como si lo hubieran interrumpido mientras se duchaba, con el cabello mojado peinado hacia atrás.

Había una fila de jeeps que esperaban en la franja de luz, ya en marcha y con sus faros altos encendidos. La estación eléctrica estaba a apenas tres calles, pero ahora que habían desviado la electricidad a los edificios principales, serían tres calles en total oscuridad.

—Vámonos.

Kate subió los escalones de dos en dos, e intentó limpiarse la sangre seca que le quedaba en el rostro al llegar al primer subsuelo.

La armería era un ejercicio de caos organizado. En la penumbra, los soldados iban de aquí para allá, pertrechándose, mientras los líderes de equipo impartían órdenes y los subordinados hablaban todos a la vez.

—... un ataque a la red central...

—Los transformadores uno a cuatro están fuera de servicio...

De modo que habían atacado la red eléctrica. La oscuridad era algo peligroso en un sitio como Verity, que había hecho de la electricidad el recurso más importante, lo único que mantenía a raya a los monstruos. Sloan estaba subiendo la apuesta. Traía la guerra al terreno de ellos.

—La primera tanda está en camino...

—... algún tipo de explosivo...

¿Qué era lo que ella había sentido?

—... informes de Malchai en la escena...

Atónita, Kate se sumó a la corriente de soldados.

Aún tenía puesto el uniforme de la FTF, y a la media luz de los generadores de emergencia, los detalles se desdibujaban y los soldados se reducían a sombras con uniformes.

La pared del pasillo estaba cubierta de chalecos antibalas y... no eran exactamente cascos, sino una especie de protectores de boxeo con visores que protegían los ojos y dejaban expuesta la mitad inferior de la cara. Le recordaron a los Guardianes, a los intentos de Liam por diseñar un atuendo apropiado, algo que la protegiera.

Estaba por tomar un chaleco cuando se dio cuenta de algo: esa era su oportunidad. Podía aprovechar el caos, pertrecharse y salir.

Ahora sabían sobre su enfermedad, y cuando todo terminara, probablemente volverían a encerrarla en aquella celda. Debería escapar. Pero pensó en Ilsa, que siempre la había ayudado. En August, que casi con seguridad iba camino a proteger la red eléctrica.

Podía marcharse.

O podía quedarse y pelear.

Demostrarles que no era un monstruo.

Alguien le puso un arma en las manos, y se le encendió la sangre y su campo visual se estrechó mientras su pulgar se deslizaba sobre el seguro. Acercó el dedo al gatillo.

Kate expulsó el cargador y guardó el arma y las balas por separado.

Ansiaba tener sus estacas, pero se conformó con un bastón recubierto de hierro, un par de cuchillos y una linterna HUV, y siguió a los demás soldados hacia el vestíbulo, colocándose el casco sobre la marcha. Se bajó el visor sobre los ojos y caminó detrás de los soldados, salió a la calle y llegó a la cinta tenue que, unas horas antes, había sido una franja de luz brillante.

Los jeeps empezaban a salir hacia el lugar del ataque, señalado en el horizonte oscuro por una columna de humo gris y un resplandor de fuego. En la dirección opuesta se alzaba la torre de su padre, como un faro en sombras.

Sloan, susurró la oscuridad en su cabeza.

Sloan tenía al Devorador de Caos, y el impulso de ir por los dos se apoderó de ella como la locura. Pero era justamente eso: una locura. Porque sabía que no podía matar a ambos; sola, no.

Kate se encaminó hacia el último de los jeeps.

La caravana iba trazando una cinta de luz por las calles oscuras, camino a la red de transformadores, con Jackson al volante.

August no tenía su violín —no lo llevaba cuando había tantos soldados— y lo echaba en falta. Tomó un bastón de la caja de accesorios, solo para tener algo en la mano, aunque su superficie le producía un hormigueo y se le revolvía el estómago.

Jackson lanzó una palabrota cuando doblaron la esquina y divisaron la estructura central de la red eléctrica de la FTF.

Estaba en llamas.

Una explosión había destruido una parte de los transformadores, y los restantes siseaban y chisporroteaban en la oscuridad. Los soldados encargados de custodiar la estación estaban esparcidos al pie del edificio auxiliar más cercano; sus cadáveres, o lo que quedaba de ellos, retorcidos y quebrados, rodeados ya de Corsai. August bajó de un salto antes de que el jeep se detuviera, y Soro bajó del siguiente con gracia inhumana, con su flauta-cuchillo ya en la mano.

—¡Enciendan las luces! —ordenó August.

Los vehículos dieron la vuelta y apuntaron sus faros altos hacia los restos de la estación, y los Corsai se dispersaron mientras los técnicos corrían a aislar y resecuenciar la energía que quedaba.

Había varios cables siseando y moviéndose en el suelo, y uno de los edificios auxiliares parecía a punto de derrumbarse.

Y entonces se derrumbó.

Al caer, acabó con otro transformador, y a una calle de allí, una hilera de edificios quedó a oscuras.

Kate bajó del jeep de un salto y se encontró con un mundo en llamas, el aire cargado de electricidad y toda la calle sumida en el caos. Era obvio que los soldados de la FTF estaban habituados a librar batallas pequeñas, y ella también, pero lo que fuera que estaba ocurriendo en la estación eléctrica, no era una batalla. Era una serie de fichas de dominó cayendo en fila.

Pero el primer pensamiento de Kate no tuvo que ver con la electricidad, sino con la cantidad de soldados que había en la calle.

Estamos expuestos, pensó. Estiró el cuello para examinar los techos, y divisó un par de ojos rojos justo antes de que se produjera otra explosión, no en los transformadores, sino en la *calle*.

El suelo se sacudió con violencia, y cerca de allí el pavimento se agrietó y cedió, y un grupo de soldados cayó a la oscuridad. Hubo gritos al oírse otra explosión.

Y otra.

Y otra más.

Alrededor, la calle estaba desmoronándose.

Kate corrió en busca de refugio y sacó su bastón, al tiempo que el suelo temblaba y se partía bajo sus botas. Alcanzó a apoyarse contra una pared justo a tiempo para ver cómo otro sector de la calle se derrumbaba, tragándose a dos soldados más.

Las explosiones provenían de abajo, de los túneles.

—¡Salgan del suelo! —gritó, pero su voz se perdió en el fragor del momento, hasta que recordó el intercomunicador que llevaba sujeto al chaleco. Oprimió el botón y gritó al micrófono.

Algunos de los soldados se incorporaron, pero aún había demasiados caminando entre los despojos, intentando ayudar a los heridos. Idiotas.

La noche estaba llenándose de humo, polvo y escombros. Kate subió unos escalones de una escalera de incendios y entornó los ojos para ver entre el humo, en busca de August. Pero en su lugar vio una cabeza plateada que avanzaba en medio del caos. Soro.

Una tremenda explosión sacudió la noche, y Soro se tambaleó y se cubrió los oídos. El suelo cercano se partió, y las grietas corrieron hacia ellos por la calle. Soro no podía verlas, pero Kate, sí.

Le gritó, y la cabeza de Soro se alzó al instante y miró con irritación.

—¡Muévanse! —gritó Kate, un momento antes de que la calle cediera. Soro se movió justo a tiempo y logró salir del paso.

Kate subió otro escalón y examinó el caos. Vio a August más allá, cubierto de polvo, sosteniendo a un soldado herido.

En el mismo momento, él levantó la mirada y la vio, y levantó una mano justo antes de que el suelo explotara bajo sus pies.

III

El mundo se puso blanco.

En un momento, August estaba de pie en la calle, y al siguiente, se lo tragó la tierra. No podía ver, no podía oír, no podía sentir nada más que la fuerza de la explosión.

¿Es esto lo que se siente, se preguntó, *al deshacerse?*

Pero entonces tocó fondo.

Aterrizó con fuerza, y la caída lo dejó sin aire. Le zumbaba la cabeza por el estallido, y el intenso ruido blanco dominaba sus oídos.

A su alrededor, el mundo estaba oscuro, pero al menos la oscuridad no parecía muy profunda: estaba *delante* de sus ojos, y no detrás. Arriba, en lo alto, había un agujero, y más allá, la noche cargada de humo, la bruma lejana de los faros de los vehículos. A juzgar por el techo abovedado, el eco prolongado y las barras metálicas bajo su espalda, había caído en un túnel del metro.

Cerca de él estaba el soldado herido; su cuerpo estaba torcido en una posición antinatural sobre los escombros. Cuando August intentó moverse, se dio cuenta de que aunque no estuviera herido ni quebrado, estaba *atascado*, con una pierna atrapada bajo hormigón y barras de refuerzo.

Poco a poco, el zumbido metálico se fue apagando en sus oídos y August pudo identificar un sonido diferente: el de una corriente de agua.

El pánico le comprimió el pecho, pero el sonido no se acercaba. El metro estaba construido encima de un río. Cuando August cambió de posición, algunos trozos de mampostería cayeron por las grietas en el suelo hasta el agua, mucho más abajo.

August intentó con todo el peso de su cuerpo zafarse de los escombros, pero no se movieron.

Entre las sombras, los Corsai se burlaron.

sunaisunaiatascadosunai

August buscó alrededor algo, cualquier cosa, que pudiera usar como palanca, y al escudriñar el túnel vio dos puntitos rojos encendidos, como extremos de cigarrillos, danzando en la oscuridad.

—Alice.

—Hola, August.

Tenía algo en la mano. Un control remoto.

Alice movió un objeto con el pie y este rodó hacia él, y se detuvo contra un trozo de hormigón que estaba junto a la rodilla de August. Parecía una pelota deformada, un paquete asegurado con cinta.

Tardó demasiado en darse cuenta de lo que era.

Alice se sentó sobre los escombros más alejados e hizo girar el detonador entre los dedos.

—¿Cuánto tiempo pueden los Sunai contener la respiración?

—¡August!

La voz de Kate resonó en el túnel.

Estaba encima de él, agachada al borde del hueco, atando un cable a un trozo de barra de refuerzo.

No, pensó August. *Corre.*

Pero fue demasiado tarde.

Alice alzó la mirada.

Sus ojos rojos se dilataron, y Kate la miró, conmocionada.

August intentó decir algo, cualquier cosa, pero justo entonces la Malchai accionó el control remoto.

Hubo un estallido y el suelo cedió, y August volvió a caer, enredado aún en el hormigón y el acero, y llevando consigo la mitad del suelo del metro.

Y esta vez, el suelo no detuvo su caída.

¿Cuánto tiempo pueden los Sunai contener la respiración?

Cayó en el agua y se hundió como una piedra.

Kate se quedó observando a la Malchai, y durante un momento extraño, desorientador, no supo, no pudo entender lo que veía. Era como un reflejo de sí misma, distorsionado por el humo y las sombras. Y luego entendió.

Estaba contemplando a un fantasma, una sombra, un monstruo creado a su propia imagen.

Y el monstruo alzó la mirada hacia ella y sonrió justo antes del estallido.

La explosión sacudió el túnel, y Kate casi perdió el equilibrio mientras August caía al río.

—¡Soro! —llamó, al tiempo que aferraba el cable y saltaba a la oscuridad. El cable le quemó las palmas de las manos, pues descendió con demasiada rapidez y golpeó el suelo con fuerza. Al instante se incorporó, con un HUV en una mano y la pistola en la otra.

Las sombras susurraron furiosas a su alrededor, espanta-
das por el haz de luz y por el metal del uniforme.

Un segundo después, Soro aterrizó con agilidad a poca distancia de ella, sin cuerda, sin más que su metro ochenta de extremidades largas y su imposibilidad de quebrarse.

Lo único que Kate dijo fue «August», pero Soro ya estaba en
movimiento, asegurando un cable a su cinturón y lanzándose por
el hueco irregular en el suelo del metro hacia el agua en sombras.

Kate giró con su HUV, que atravesó las nubes de polvo y
las sombras más densas, pero no había rastros de la Malchai.
Apoyó la linterna en el suelo y sacó el cargador de la pistola de
su cinturón, justo cuando algo se movió detrás de ella. Oyó
rocas que se desplazaban del lado de su oído sano, trozos que
caían por las grietas, y se dio vuelta.

La Malchai estaba esperando en el límite de la luz, una versión de pesadilla de la misma Kate: tenía la forma indicada
pero todos los detalles estaban mal.

Sus ojos eran rojos en vez de azules.

Tenía el cabello blanco en lugar de rubio.

Era más delgada que Kate, enjuta como todos los Malchai,
pero se *parecía* a ella, como una imagen distorsionada, un eco,
así como Sloan había sido un eco de Harker: era y no era él,
ninguno de los dos y ambos, y algo intermedio también.

¿Acaso su padre había sentido la misma repulsión al mirar
a Sloan?

¿O solo lo veía como una prueba de su propio poder?

El monstruo frunció los labios —los labios de *Kate*—, y
cuando habló, su voz tenía aquella entonación melódica que
tenía la voz de Sloan, pero también cierta energía áspera.

—Hola, Kate.

Soro sacó un brazo mojado por el hueco, y la Malchai echó un vistazo de reojo. Kate no vaciló. Insertó el cargador en la pistola, la alzó y disparó. La hizo sentir bien, el empuje del retroceso, la satisfacción del *bam bam bam* al disparar tres veces seguidas contra el pecho de la Malchai.

Kate siempre había sido rápida.

Pero su sombra era más rápida y se hizo a un lado antes de que el primer tiro resonara en el túnel. La Malchai giró con aquella gracia horrible y monstruosa y estampó una bota contra el pecho de Kate. Esta cayó al suelo y con el golpe se le vaciaron los pulmones.

El chaleco antibalas absorbió lo peor del impacto, pero aun así quedó sin aliento, y se puso de pie con una mueca de dolor.

La Malchai ya no estaba: se había desvanecido en la oscuridad impenetrable del túnel, sin dejar atrás más que el eco de su risa. Todo en Kate le decía *corre*, no *huye*, sino *corre tras ella*. Alcanzó a dar un paso, dos, hasta que Soro salió del pozo y jaló a August hasta el túnel del metro.

August tosió y tuvo una arcada, con el pecho agitado.

Kate se le acercó.

—August…

—Se pondrá bien —dijo Soro, mientras se alisaba el cabello hacia atrás.

—Es fácil… decirlo… para ti —jadeó August, y escupió agua salobre al suelo.

Pero al arrodillarse a su lado, al ayudarlo a ponerse de pie, mientras salían del túnel, la mirada de Kate volvía una y otra vez hacia la oscuridad que se había tragado a su sombra, y deseó haberla perseguido.

IIII

August estaba sentado en el suelo del vestíbulo; aún le zumbaban los oídos por la explosión.

Había ido directamente a la enfermería del edificio, pensando que encontraría a Henry en una de las camas. En cambio, había encontrado al líder de la FTF de pie, atendiendo a los heridos como si él mismo no acabara de colapsar.

«Es más fuerte de lo que parece», había dicho Em, pero August podía oír la estática en el pecho de su padre, el tiempo que se escapaba, con un ritmo irregular, como un reloj defectuoso.

Pero Henry no quiso mirarlo y tenía las manos cubiertas por la sangre de un soldado, de modo que August se retiró, se recostó contra la pared afuera y se deslizó hasta quedar sentado en el suelo.

Tenía el cabello empapado, y cada vez que respiraba, sentía en sus pulmones el efecto del río.

¿Cuánto tiempo pueden los Sunai contener la respiración?

Había habido un momento bajo la superficie, antes de que Soro lo alcanzara, en que la voz de Leo había acudido al primer plano en su mente y le había dicho que *cayera*, que desatara a su yo más oscuro, el que dormía bajo su piel.

Y August no lo había hecho.

El August al que conocí prefería morir.

Haz que el dolor valga la pena.

No te rindas.

Su cuerpo había gritado; la presión se había convertido en dolor en sus pulmones. Había oído decir que morir ahogado no era tan malo, que en algún momento incluso resultaba una muerte pacífica, pero para él no lo había sido.

¿Se habría rendido, si no hubiera llegado Soro?

Volvieron a encenderse las luces; la luz blanca y constante reemplazó a la azulada de emergencia, y August oyó festejos nerviosos en todo el edificio.

Los técnicos habían contenido los daños en la estación de transformadores y habían desviado toda la energía posible hacia el edificio, pero para ello habían tenido que cortar el suministro a la mayoría de las estructuras de la FTF. Frente a la entrada del edificio, la franja de luz resplandecía a la mitad de su intensidad. Más allá, la noche estaba peligrosamente oscura.

Demasiado oscura para evaluar los daños.

Demasiado oscura para recoger a los muertos.

Tendrían que esperar hasta el amanecer con la esperanza de que quedaran cuerpos para incinerar. Mientras tanto, no cesaba de llegar gente; la población de varias calles a la redonda se apiñaba en un puñado de edificios. El vestíbulo estaba atestado, igual que el salón de entrenamiento, y estaban dividiendo todos los apartamentos, incluso el de los Flynn, entre los escuadrones de Soro y de August. Por eso August se quedó allí, en el suelo frente a la enfermería, y estaba apartándose de la cara el cabello mojado cuando oyó unos pasos familiares que se acercaban.

Todas las personas estaban hechas de sonidos, y August había aprendido los de Kate el día que se habían conocido.

Kate se recostó contra la pared opuesta.

No había dicho nada desde que habían salido del túnel. Tenía el uniforme sucio de polvo y restos de la explosión, y no se veía bien; tenía la piel cubierta de sudor, y la mancha plateada se extendía a los dos ojos.

—Todo el tiempo pensé que volverían a arrestarme —comentó—. Pero parece que todos están ocupados.

No hubo humor en esas palabras. Las pronunció con indiferencia, con mirada inexpresiva, y August adivinó por qué.

Alice.

August se puso de pie.

—Ven conmigo —le dijo, y le tendió la mano.

Kate se dejó llevar, pero tenía los hombros tensos y el cuerpo alerta.

—¿A dónde vamos?

—A algún lugar privado.

Kate levantó una ceja, como si ya no existieran lugares así. Había una fila para los elevadores, de modo que fueron por la escalera, subiendo piso tras piso en silencio. No era un silencio cómodo, sino la clase de silencio que se vuelve más tenso con cada paso. August no sabía qué decir, y si Kate lo sabía, no pensaba decirlo aún.

Cuando llegaron al último piso, no la llevó hacia el apartamento, sino por la escalera oculta hasta la parte plana del techo del edificio.

Durante meses, se había imaginado mostrándole aquella vista. En su imaginación, Kate estaba sentada a su lado, hombro con hombro, sobre la piedra tibia por el sol, y ambos contemplaban la ciudad. En su imaginación, la guerra había terminado y ya no había norte y sur, no había monstruos y humanos; solo Verity, y un manto de estrellas que brillaban en la oscuridad.

En su imaginación, las cosas no salían así.

Apenas quedaron solos, la barrera se rompió.

Kate se volvió hacia él, hecha una furia.

—¿Lo sabías?

August habría podido desviar el tema. Al fin y al cabo, no había sido una pregunta explícita, pero él sabía con exactitud a qué se refería.

—¿Lo *sabías*?

August dejó que surgiera la verdad.

—Sí. Fue más o menos una semana después de que Sloan se hiciera cargo. Estábamos en misión de rescate…

—Todo este tiempo —susurró Kate— supiste que ella estaba aquí y no me dijiste nada.

Los ojos de August se desviaron brevemente hacia la sombra de Kate, aquella forma tenue que se crispaba detrás de ella como un rabo.

—Todos los actos tienen su costo. En alguna medida, tenías que saberlo.

—No. —Meneó la cabeza—. Sabía lo que ocurriría, pero creía… tenía la esperanza, o lo que fuera… que estaría *por allí*, rondando el Páramo. Nunca supuse que estaría *aquí*.

—Pues lo está —dijo August—. Regresó. Con Sloan.

Kate se rodeó el pecho con los brazos.

—Se… se parece a mí, August. Esa *cosa*…

—Alice no se parece en *nada* a ti.

Kate alzó la cabeza.

—¿Alice?

—Así se hace llamar.

Algo cedió dentro de Kate. August pudo sentirlo.

—Por supuesto. —Miró al cielo de un modo que indicó que no podía mirarlo a él—. Mi padre me contó que los Malchai toman los nombres de nuestras sombras. De nuestros fantasmas. De lo que más ocupa nuestros pensamientos. Sloan era su mano derecha; no su primer asesinato, pero sí el primero que dejó su marca.

—¿Y Alice?

Kate cerró los ojos.

—Alice era mi madre. Yo apreté el gatillo en aquella casa, yo maté a aquel desconocido, pero Alice Harker fue mi primer asesinato. Fue por mí que escapamos. Por mí, Callum envió su monstruo a perseguirnos. Por mí, ella está muerta.

Dos lágrimas rodaron por el rostro de Kate, pero las enjugó antes de que August alcanzara a extender la mano.

—Por mí, ese monstruo está aquí.

August tragó en seco. No podía mentir, pero la verdad era cruel. Con cuidado, dio un paso hacia Kate, y al ver que no se apartaba, la rodeó con sus brazos. Ella no se relajó contra él, sino que lo abrazó con fuerza.

—La detendremos —prometió August.

—Es *mi* sombra —replicó Kate, y hundió el rostro en el cuello de él.

Y cuando volvió a hablar, lo hizo con voz tan baja que un humano jamás habría podido oírla.

—*La detendré yo misma.*

Sloan se quitó los guantes y se examinó las manos, la superficie ampollada de sus palmas.

—Sacrificio —musitó a la jaula cubierta—. Callum decía que el sacrificio es la piedra angular del éxito. Claro que Callum prefería sacrificar *a los demás*...

Se interrumpió cuando oyó llegar a Alice.

Eso en sí mismo era raro; ella tenía una capacidad prodigiosa de aparecer y desaparecer de improviso, pero esa noche sus pasos resonaron en el subsuelo. No provenían de la escalera sino del otro lado, del túnel del metro. Durante el reinado de Harker, a los Malchai se los obligaba a ir y venir por allí, para no asustar a los inquilinos humanos del edificio.

En los meses transcurridos desde el ascenso de Sloan al poder, y hasta su proyecto más reciente, el túnel había pasado a ser el terreno de los Corsai, y de nadie más. Pero allí estaba ella, cubierta de ceniza.

—¿Qué tal estuvo nuestra pequeña distracción? —le preguntó Sloan—. Oí las explosiones desde...

—Está aquí —lo interrumpió Alice.

—¿Quién?

—Kate Harker —respondió, con los ojos iluminados—. Está *aquí*.

Las palabras hicieron correr un estremecimiento por la espalda de Sloan. No de miedo, no, sino algo dulce. El sabor de la sangre fresca derramándose sobre su lengua, un regusto a odio, y pensar en la vida abandonando aquellos ojos azules. Los ojos de Callum en el rostro de su hija. Ojos que ninguna suplente, ningún sustituto, ningún sacrificio podía reemplazar.

—¿La viste?

—Se parece a mí, pero mal, toda blandita y humana, y está con los *Sunai*. ¿Cuándo habrá llegado? ¿Lo sabías? —Alice no podía contener el entusiasmo. Empezó a caminar de un lado al otro—. Quería arrancarle esa garganta allí mismo, pero no habría habido nada para saborear, y además me tomó desprevenida, pero la próxima vez...

—No vas a matarla —dijo Sloan.

Los ojos rojos de Alice se dilataron.

—Pero es *mía*.

—Primero fue mía.

—Tú puedes tener a quien quieras...

—*Lo sé*.

Alice emitió un gruñido grave y los dedos de Sloan le rodearon la garganta estrecha. Este sintió un fuerte dolor en las palmas arruinadas de sus manos, y Alice le mostró los dientes y le clavó las uñas en el brazo, pero Sloan no la soltó.

Era obvio que Alice lo había *olvidado*. Había olvidado lo que era ella, lo que era él; olvidado que, para él, ella no era un depredador sino una presa.

Del cuello de Alice, donde se hundían los dedos de Sloan, se deslizaron unas gotas de sangre negra. Sloan levantó su cuerpo delgado del suelo.

—Escúchame —le dijo, con serenidad—, y escúchame bien. No somos iguales, tú y yo. No somos familia. No somos de la misma sangre. Tú eres un cachorrito. Una sombra. Tu fuerza es apenas un eco de la mía. Sigues existiendo porque yo te lo permito. Pero la balanza de mi aceptación es delicada, y si sigues inclinándola, voy a arrancarte esos colmillos uno por uno con mis propias manos, y morirás de hambre. ¿Entiendes?

Alice emitió un sonido grave y salvaje antes de responder.

—Sí...

Sloan vio que empezaba a formar la palabra *padre* y le apretó más el cuello.

Luego la soltó, y Alice cayó de rodillas, muy agitada. Cuando se llevó la mano a la garganta, Sloan disfrutó al ver que le temblaban los dedos.

Se arrodilló frente a ella.

—Ya, ya —le dijo suavemente, al tiempo que volvía a colocarse los guantes—. Katherine me pertenece, pero si me sirves, la compartiré contigo.

Lentamente, Alice alzó la mirada. Sus ojos rojos ardían, y habló con voz ronca.

—¿Qué quieres que haga?

卌 I

—¿Cómo te sientes?

Kate levantó la cabeza, que tenía apoyada en el hombro de August. Supo por el tono de la pregunta, tan cauta y cuidadosa, que August ya no se refería a Alice.

—Aún soy yo —respondió, porque fue lo más cercano a la verdad que pudo decir.

—Si Sloan tiene al Devorador de Caos...

Lo tiene

—Entonces sabemos dónde encontrarlo. Reuniremos un equipo y...

El intercomunicador de August emitió una breve ráfaga de estática. Kate se apartó al oír la voz de Henry en la línea.

—*Me vendrían bien un par de manos firmes aquí abajo.*

Kate dio un paso hacia la cornisa. Meses atrás, la ciudad había estado bañada en luz. Ahora se veían distintos grados de sombra, salpicados por zonas de negrura absoluta.

—Voy para allá —respondió August por el intercomunicador, y se encaminó hacia la puerta.

—¿No era que odiabas la sangre? —recordó Kate.

—Sí —dijo August—. Pero la vida no puede ser siempre agradable.

Vaciló junto a la puerta. Era obvio que esperaba que ella lo siguiera, pero a Kate le producía claustrofobia estar en el edificio. Todavía no.

—Si no te molesta, me quedaré aquí arriba un rato más.

August parecía indeciso, pero ella señaló la vasta extensión de negrura.

—¿A dónde voy a ir? —bromeó—. Además —agregó, con una sonrisa cansada—, aquí arriba es menos probable que Soro me encuentre.

Y también es menos probable que yo lastime a alguien.

August accedió.

—De acuerdo —dijo—. Solo... no te acerques demasiado al borde.

La puerta se cerró, y Kate quedó sola. No se había dado cuenta de que estaba con los nervios destrozados hasta que empezó a quebrarse.

Se agachó en el techo y abrazó sus rodillas; tenía la imagen del monstruo, de *Alice*, grabada en la mente. El informe de bajas, la horrenda lista de asesinatos todos marcados con una *A*.

¿Qué había hecho?

Había pasado los últimos seis meses intentando salvar a otra ciudad mientras la suya ardía, seis meses cazando monstruos mientras el que ella había creado cazaba allí.

Algo sonó en el bolsillo de su uniforme.

Kate alzó la cabeza lentamente. Había tomado el chaleco de la pared del subsuelo, y nunca había tenido oportunidad de revisar los bolsillos. Metió la mano y encontró una tablet del tamaño de la palma de una mano, que formaba parte del equipo de todos los soldados de la FTF. Seguramente alguien había dejado la suya en el uniforme y...

Los pensamientos de Kate se interrumpieron al ver el mensaje en la pantalla.

El título era *KOH*, la clase de sigla que uno no reconocería, a menos que le perteneciera.

Katherine Olivia Harker.

Y cuando dio un golpecito en la pantalla, vio que el mensaje no se había enviado solamente a esa tablet. Lo habían enviado a todas. Una transmisión a toda la señal de la FTF.

El mensaje constaba de una sola línea.

¿Tienes miedo de tu propia sombra?

A.

Kate se olvidó de respirar.

Se sintió otra vez en el túnel, observando cómo su sombra se perdía en la oscuridad y deseosa de seguirla, y esta vez no estaba Soro, ni August, no había nada que la distrajera, y ya estaba de pie, dirigiéndose a la puerta, por la escalera, bajando y saliendo. La necesidad ardía en sus venas como fiebre, y aun sin la presión de aquella presencia muda en su cabeza, sabía que Alice era su creación, su monstruo.

Y era su responsabilidad matarla.

Antes de que matara a nadie más.

Resultó ser que Henry no quería que August lo ayudara a atender a los heridos.

Quería que *tocara*.

—Para los heridos —explicó, señalando la enfermería y a los soldados que habían sufrido las explosiones en la estación eléctrica, dos docenas de hombres y mujeres en literas. En el edificio se estaban acabando los sedantes. Últimamente, no era muy frecuente que hubiera heridos en la FTF: cuando salían en misión, o volvían sanos y salvos o no volvían.

—La sala no está insonorizada —señaló August.

—Entonces toca despacito —repuso su padre—. Vale la pena que algunos queden aturdidos un rato, si los ayuda a tolerar el dolor.

August fue a buscar su violín. Cuando Henry salió de la sala, August cerró la puerta, acercó una silla y vaciló con el arco sobre las cuerdas.

Pensó en el soldado en la celda.

En Soro, quebrándole el cuello.

En Leo, diciendo que era un desperdicio.

Pero también pensó en el alivio que había visto en el soldado, en cómo había dejado de resistirse.

Tal vez somos algo más que asesinos.

Empezó a tocar, suavemente, y al cabo de unos segundos, los sonidos apagados de dolor callaron. La tensión en las extremidades de los pacientes se aflojó, empezaron a respirar sin agitación, y sus almas empezaron a salir a la superficie, e inundaron la enfermería con una luz pálida pero firme.

August exhaló. Su propio cuerpo empezó a relajarse con la música, y por primera vez en cuatro años, la canción misma le parecía una especie de alimento, algo que lo llenaba como la luz, como la vida, como un alma, y…

Empezaron a sonar las tablets. Todas a la vez, en todo el edificio, y August se distrajo y perdió la melodía. ¿Una transmisión general? ¿A toda la fuerza de tareas?

Dejó el instrumento a un lado y sacó su propia tablet del bolsillo.

Leyó el mensaje una vez, y luego otra, y otra más, y luego se puso de pie, echó a correr y el violín quedó abandonado.

Las puertas se abrieron con estrépito y revelaron el techo vacío, el cielo despejado.

Y no había rastros de Kate.

August regresó al apartamento, intentando no perder la calma, diciéndose que ella no haría eso, no iría directamente a una trampa, no lo haría sola; que Kate era demasiado lista para eso...

Pero oyó también las palabras que ella había susurrado contra su cuello, y vio aquel color plateado en sus ojos, un demonio que torcía sus pensamientos hacia la violencia.

Harris y Ani estaban jugando a los naipes en el sofá, con Allegro entre ellos.

Ani levantó la vista.

—No sabía que tenías un gato.

Jackson estaba preparando café, con su tablet en la mano.

—Oye, August, ¿tienes idea de lo que significa esto?

No le respondió.

Nadie en el dormitorio.

Nadie en el baño.

Harris se puso de pie.

—¿Qué pasa?

La mataré yo misma.

No debería haberla dejado sola.

—Es por Kate, ¿verdad? —adivinó Ani, poniéndose las botas—. Me doy cuenta por tu cara.

Jackson le cerró el paso, café en mano. August era más alto, pero él era mucho más corpulento.

—Sal de mi camino —le ordenó August.

—¿A dónde vamos, capitán?

—*Ustedes* no van a ninguna parte —respondió August.

Ani chasqueó la lengua.

—Nadie va solo en misión.

—Nunca les pediría...

—No es necesario que lo hagas —repuso Harris, al tiempo que se subía el cierre del chaleco—. Si tú vas, nosotros vamos.

August meneó la cabeza.

—Ni siquiera les importa ella.

—No —concedió Ani, mientras enfundaba un cuchillo—. Pero a ti te importa. Y es la primera vez que vemos eso.

Jackson terminó su café.

—¿A dónde va?

—A la torre —respondió August.

—¿Qué posibilidad tenemos de alcanzarla antes de que llegue al Tajo?

—Depende de si va a pie...

Ani tomó el intercomunicador.

—Aquí escuadrón Alfa. Necesitamos un jeep.

Sin más, se habían puesto en marcha. Como si se tratara de cualquier otra misión.

—Gracias.

—No nos agradezcas, jefe. No hasta que la traigamos de vuelta.

Kate era muchas cosas, pero tonta no era.

Sabía que era una trampa. Claro que lo sabía. Pero a su modo de ver, o estaría esperándola Alice, o estaría Sloan, y con los dos tenía una deuda que pagar.

No miró atrás; no podía permitirse dudar.

El Tajo se alzaba ante ella, y seguramente la línea de luz que delineaba su columna vertebral dependía de otro transformador, porque seguía encendida, y arriba había soldados caminando hacia uno y otro lado. Kate se aseguró el casco y empezó a subir la escalera, recordándose una y otra vez que era uno de ellos... O, más bien, que aún vestida como en el ataque a la estación eléctrica, *parecía* uno de ellos.

Pasó por encima del borde y puso pie en la espina dorsal del Tajo, dando gracias porque nunca había temido a las alturas. Abajo se extendía Ciudad Norte; desde aquella posición, podía seguir la calle principal directamente hasta Harker Hall.

—¿Qué hace aquí? —le preguntó en tono imperioso un soldado que tenía el porte de un líder de escuadrón.

Kate no titubeó. Las pausas delatan las mentiras.

—Vengo a relevar a alguien, señor.

El soldado extendió una mano, como para estrechar la de ella, pero cuando Kate la aceptó, la atrajo hacia él.

—Las unidades de relevo llegaron hace diez minutos —le dijo, apretándole los dedos—. Pruebe de nuevo.

Kate lanzó un suspiro de exasperación. Realmente no tenía tiempo para eso. Con una mano sujeta aún por el soldado, sacó la pistola con la otra y apuntó al pecho del hombre.

—Voy a pasar por encima de esta muralla —le dijo en voz baja—. De un modo u otro.

La oscuridad despertó en ella: el peso del acero en su mano, la sorpresa en el rostro del soldado, el alivio embriagador de controlar la situación. Sería muy fácil... pero dejó puesto el seguro y el dedo lejos del gatillo, y la vista del arma —o tal vez su voluntad de usarla— bastó para que el hombre la soltara.

Kate dio un paso hacia la escalerilla más cercana.

—Voy a informarlo —le advirtió el soldado— apenas te vayas.

—Adelante —respondió Kate, al tiempo que pasaba una pierna por encima del borde.

Si August no lo sabía, pronto se enteraría.

El jeep estaba esperando en el límite de la franja de luz.

Y con él estaba Soro.

Estaba entre August y el vehículo que esperaba con el motor en marcha.

A veces, cuando Leo estaba con ánimo de rectitud, prácticamente emanaba esa energía, como si fuera calor. Ilsa también parecía crear su propia nube cuando sus pensamientos se desataban, y más de una vez había dicho a August que, cuando él estaba triste, ella podía percibirlo en el aire que lo rodeaba, como un frente frío.

Si era verdad que los Sunai podían alterar el espacio que los rodeaba, entonces el aire que rodeaba a Soro era una tormenta. August hizo una seña a su escuadrón para que esperara y siguió avanzando.

—Vas a seguirla —dijo Soro. No era una pregunta.

—Sí.

Soro no se movió, y August tuvo que hacerlo. Kate estaba alejándose más a cada segundo.

—Si piensas impedírmelo...

Los ojos grises de Soro se endurecieron.

—Eres capaz de arriesgar estas vidas, y la tuya, por una pecadora.

—No —lo corrigió August—. Soy capaz de arriesgarlas por una amiga.

Soro suspiró y caminó hacia él, y August se preparó para una pelea, pero no la hubo. El otro Sunai pasó de largo, de regreso al Edificio Flynn.

—Entonces vayan — dijo —. Antes de que sea demasiado tarde.

卌

II

El jeep derrapó al detenerse en la base del Tajo.

El aviso había llegado un minuto antes por los intercomunicadores: una joven integrante de la fuerza había logrado cruzar a punta de pistola.

Jackson hizo señas con los faros altos, pero el portal no se abrió. August y Harris descendieron mientras un soldado se acercaba a ellos.

—Está cerrado por seguridad, señor. Nadie puede cruzar...

—Pero ya *dejaron* cruzar a alguien.

—Sacó una pistola...

—¿Y con eso basta? —preguntó Harris, liberando su pistola.

August lo detuvo por la muñeca. En alguna parte cerca de allí, se oyó un chirrido de neumáticos sobre el asfalto. Otro vehículo iba en camino.

—Necesitamos pasar —dijo al soldado—. *Ahora.*

El soldado meneó la cabeza.

—Tengo órdenes estrictas.

—Y yo soy August Flynn.

—Con todo respeto —insistió el soldado—, mis órdenes son del más alto mando.

Las luces del segundo jeep que llegó iluminaron el costado del Tajo hasta detenerse, y de él bajó Henry. ¿Soro le habría dicho algo, o habría visto el mensaje él mismo?

—Henry, tengo que...

—Señor —dijo el soldado al mismo tiempo—. Yo solo...

—Abran el portal —ordenó Henry.

Esta vez el soldado no vaciló. Envió la orden por radio y el portal empezó a abrirse lentamente. August se volvió hacia su padre.

—¿Nos dejas ir?

—No —respondió Henry, dirigiéndose hacia el jeep de August—. Voy con ustedes.

—No se ofenda, señor —intervino Harris—, pero no creo que sea buena idea.

Henry rio por lo bajo mientras abría la portezuela.

—Pues entonces es una suerte que yo sea su superior.

—Podemos ocuparnos nosotros —insistió Ani.

Pero August solo observó a su padre, su palidez enfermiza, su cuerpo demasiado delgado. No tenía sentido. Henry no estaba en condiciones de pelear.

—¿Por qué?

Henry le apoyó una mano en el hombro.

—Soy un hombre, no un movimiento —explicó—. Pero si lo que se necesita para poner fin a esta guerra es un movimiento, haré mi parte. Ahora —y su mano le apretó el hombro por un momento—, vayamos por la señorita Harker.

Ciudad Norte estaba más oscura.

Ese fue el primer pensamiento de Kate mientras recorría las calles, con la linterna HUV en una mano y la pistola en la otra. Los Corsai murmuraban desde las sombras, mostrando sus dientes y garras.

harkerharkeresunaharker

Su uniforme de la FTF estaba reforzado con metal, pero una cosa era *disuadir* a los monstruos, y otra muy distinta era *detenerlos*. Por eso, intentaba moverse siempre por la luz, la poca que había.

Frente a ella se alzaba la torre de su padre.

O, mejor dicho, en su lugar se alzaba una enorme sombra.

Kate aminoró el paso. Se detuvo debajo de una farola de poca intensidad; la lamparilla vacilante era lo único que la separaba de una zona de oscuridad total.

Esa zona trazaba un círculo sin luz en torno a la base de Harker Hall, una imagen invertida del foso de luz que rodeaba el Edificio Flynn. Parecía una cosa física, aquella oscuridad; algo más que aire y noche.

Un muro de negrura.

E incrustado en ese muro, un par de ojos rojos.

El Malchai salió de la oscuridad, y Kate no vio a su propia sombra, sino a la de su padre.

Sloan.

Lo había visto en sueños, en sus recuerdos, pero palidecían en comparación con la realidad. En sus visiones, Sloan se reducía a una silueta enfundada en un traje oscuro. Se reducía a colmillos, sangre y malicia. Pero ahora estaba ante ella, con su carne gris estirada sobre sus huesos ennegrecidos, y sus dedos, que terminaban en puntas plateadas. El miedo fue como un golpe en el pecho para Kate, y Sloan sonrió como si pudiera *oír* su corazón traidor, que latía a más no poder.

Cuando habló, su voz le raspó la piel como un cuchillo. Metal sobre piel.

—Katherine.

El sonido de su nombre en labios de Sloan, dulce e incitante.

—Sloan —respondió, esforzándose por hablar con un tono frío—. Qué sorpresa.

Sloan abrió las manos.

—No habrás creído que te dejaría para Alice. Con todo lo que hemos vivido juntos.

Kate aferró la pistola. La noche emitió sonidos leves a su alrededor, salpicada de puntitos rojos a medida que otras sombras emergían de la oscuridad. Malchai. No uno ni dos, sino media docena, que formaron un círculo en torno a ellos.

—No es lo que yo llamo una pelea justa.

Sloan chasqueó la lengua.

—¿Qué cabida tiene lo justo en un mundo como el nuestro? *Justa* es una bandera blanca. Es palabra de cobardes. —Señaló el atuendo de Kate—. Cambiaste de bando. Tu padre estaría decepcionado.

—Mi padre está muerto.

Kate mantuvo la cabeza en alto. Quería mirar a Sloan a los ojos cuando lo matara. Clavarle el cuchillo bajo la piel y hacia arriba, en el corazón, y saborear aquella deliciosa tibieza.

El Devorador de Caos susurraba dentro de ella, sediento por la sangre de Sloan. El miedo de Kate se transformó en odio, frío e inmutable, pero contuvo al monstruo. Todavía no, todavía no. De eso no podría regresar. Lo dejaría salir, si era necesario. Cuando fuera necesario.

Pero sería con sus propias reglas.

—Has cambiado —observó Sloan. Sus labios se separaron, y asomaron sus dientes puntiagudos—. Pero aún puedo saborear tu…

—Abajo, perro —gruñó Kate, y disparó.

Pero Sloan se movía como la luz, como el humo, como nada, y cuando sonó el disparo, ya estaba detrás de ella, rodeándole los hombros con un brazo y atrayéndola contra él.

Su aliento parecía hielo contra el cuello de Kate.

—He esperado este momento.

—Pues sigue esperando —gruñó, y lanzó un codazo hacia atrás y arriba, contra el costado de la cabeza de Sloan. Este era rápido, pero Kate había aprendido a pelear sucio. El Malchai retrocedió un solo paso, pero bastó para que ella se soltara y se apartara otros dos, tres pasos.

Sloan rio: un sonido horrendo, demasiado agudo.

—Eres aún más obstinada de lo que recordaba.

Los otros Malchai se movieron y cambiaron de posición; la sed de sangre impregnaba el aire, pero era obvio que Sloan les había dicho que Kate era para él. ¿Durante cuánto tiempo le harían caso? Su padre había intentado tener a los Malchai como perros, pero no le había ido bien.

Kate sacó un cuchillo mientras Sloan volvía a atacarla.

Lanzó una estocada, pensando que él retrocedería o, al menos, la esquivaría. Pero no lo hizo. El Malchai se ladeó ligeramente a la izquierda y dejó que el cuchillo se le clavara en el brazo mientras él seguía avanzando. Empezó a manar sangre negra, que le manchó la manga del traje, pero en el rostro de Sloan no hubo sorpresa ni dolor. Kate ni siquiera tuvo tiempo para sacar el cuchillo y replegarse. Estaba demasiado cerca.

Sloan la aferró por la garganta y le dio una patada en el tobillo, y durante un segundo terrible, cuando Kate cayó sobre el pavimento, fue como si estuvieran otra vez en la gravilla, frente a la casa en el Páramo, cuando Sloan presionaba el cuerpo de ella contra las piedras y le apretaba la garganta.

Kate se obligó a traer su mente al presente.

Sloan estaba encima de ella; el mango del cuchillo quedó atrapado entre los dos, de modo que Kate no podía extraer la hoja. Aún tenía la pistola en la otra mano, pero cuando intentó levantarla, la mano de Sloan la detuvo y le apretó la muñeca contra el pavimento.

Sloan la tenía inmovilizada. No olía a muerte. Nunca había olido así. No, olía a violencia. A cuero, sangre y dolor.

Los dientes filosos de Sloan brillaron cuando los clavó en el brazo de Kate, y de la garganta de ella escapó un grito.

La oscuridad empezó a rodear su mente, el monstruo empezó a surgir, pero Sloan se apartó súbitamente. Tenía la boca manchada con la sangre de Kate, pero no sonreía.

Sus dedos se hundieron en el cabello de ella y la obligaron a echar la cabeza hacia atrás, pero no para dejar al descubierto su garganta, se dio cuenta Kate, sino para verle los *ojos*.

De los labios de Sloan escapó un gruñido de furia.

—¿Qué has hecho? —le preguntó, pero justo en ese momento un par de faros altos horadaron la oscuridad. Sloan estaba a medio incorporarse cuando un disparo partió el aire, y una bala expansiva le dio en el pecho.

El jeep se detuvo con un chirrido de neumáticos, con Harris y su arma aún asomados por la ventanilla.

Sloan trastabilló hacia atrás, y los demás monstruos se agitaron en un frenesí de uñas y dientes.

August ya estaba fuera del jeep, sacando un cuchillo, y Harris se lanzó a la refriega. Ani detonó una serie de granadas luminosas, un efecto estroboscópico cegador que aturdió a los Malchai y les dio tiempo a Jackson y Henry para llegar a Kate, que ya se había puesto de pie. De sus dedos goteaba sangre, pero tenía un cuchillo con sangre negra en una mano, y en la otra, una pistola.

Sloan también se había levantado; el proyectil le había dado en el pecho, había atravesado el traje y la piel, pero era evidente que no había llegado al corazón. Sus ojos rojos divisaron a August, que se lanzó hacia él, pero lo interceptaron otros dos Malchai. August no se detuvo: a uno lo degolló, y al otro le clavó el cuchillo hacia arriba por debajo de las costillas. En su mente oía la voz de Leo.

Este es tu propósito. ¿No te hace sentir bien?

Giró en busca de Sloan, cuando Harris soltó un grito estrangulado. Un Malchai le había clavado los colmillos en el hombro, pero Ani estaba allí y hundió el cuchillo en el cuello del monstruo. Este cayó, y Harris lanzó un aullido y se puso a pisotear el pecho del Malchai hasta que se agrietó, se partió y cedió.

—Creo que está muerto —le dijo Jackson, mientras se limpiaba sangre negra de la cara—. Todos están muertos.

August giró a un lado y al otro.

Kate se aferraba el brazo mientras Ani ejercía presión en el hombro de Harris, y August comprobó con horror que ninguno de los cadáveres era el de Sloan.

El Malchai había desaparecido.

Y Henry Flynn, también.

||||| |||

—¿No está? ¿Cómo que *no está?*

Emily Flynn no era de gritar. Las pocas veces que August la había visto enfadada, pero enfadada de verdad, su voz había perdido todo su volumen, toda su calidez. Se volvía callada y fría. El resto del Consejo de la FTF no tenía la misma compostura, y sus preguntas iban y venían por el centro de mando.

Ilsa estaba en la puerta, con una expresión distante en los ojos, y August deseó que aún tuviera su voz, aunque sabía que, si intentaba hablar en ese momento, lo que le saldría serían preguntas y divagaciones sin respuesta.

Soro sí tenía su voz, pero estaba de espaldas a la pared en silencio, con expresión calma menos en un punto. Sus ojos.

Los ojos de Soro, del color de la piedra, planteaban una pregunta muda.

¿Ella lo valió?

Emily levantó una mano pidiendo silencio, se inclinó sobre la mesa y miró a August a los ojos.

—Explícamelo.

August abrió la boca, pero quien habló fue Kate. Se apartó del paramédico que estaba vendándole el brazo.

—La culpa es mía.

—Te creo —dijo Em—. Pero eso no responde mi pregunta.

—Él insistió —explicó August.

Voy con ustedes.

Marcon meneó la cabeza.

—¿Por qué haría eso?

—¿Por qué se lo *permitieron*? —acotó Emily, sin dejar de mirar a August.

En efecto, ¿por qué se lo había permitido?

¿Porque Henry Flynn era el comandante en jefe de la FTF?

¿Porque creía en algo más importante que él mismo?

¿Porque August pensó que tenía un plan?

—Porque se está muriendo.

August oyó las palabras que salieron de su boca. Se hizo silencio en la sala. El rostro de Emily se ensombreció.

Henry nunca había dicho esas palabras, no a August, y este nunca se lo había preguntado. No había necesitado preguntárselo; no había querido hacerlo, en los meses que había pasado observando cómo Henry iba adelgazando más y más, oyéndolo toser, y tampoco en los momentos posteriores al cruce del Tajo. Había un punto extraño, entre saber y no saber. Un punto en el que las cosas podían vivir en el fondo de la mente sin pesar en el corazón.

—Eso no explica… —empezó a objetar Paris.

—¿No? —replicó Kate—. Tal vez quería que su muerte sirviera de algo.

—Tú no tienes derecho a hablar —intervino Marcon.

—Si no te hubieras ido —agregó Shia—, Henry no habría…

—Si no me hubiera ido —repuso Kate—, Henry Flynn habría encontrado otra excusa para hacerse matar.

El aire se volvió quebradizo, y August sintió que Ilsa y Soro se tensaban.

—No nos consta que esté muerto —dijo Emily, con voz apretada.

—¿Qué les decimos a los soldados? —preguntó Marcon.

—No *podemos* decírselo —dijo Shia.

—*Tienen* que decírselo —replicaron al unísono Kate y Bennett.

Emily se enderezó.

—Henry querría que lo supieran.

Ilsa dio unos golpecitos en el marco de la puerta. August y Soro la miraron brevemente, pero nadie más pareció oírla. August observó mientras su hermana sacaba una tablet y sus dedos se movían sobre la pantalla.

—Lo último que necesitamos —arguyó Marcon— es una revuelta.

—En realidad —opinó Paris—, creo que eso es exactamente lo que necesitamos.

Con un último movimiento de los dedos de Ilsa, todas las pantallas de la sala se encendieron y empezaron a mostrar imágenes, no de la ciudad, sino del edificio: el salón de entrenamiento convertido en cuarteles, el vestíbulo, la cafetería… una habitación tras otra llena de gente, todos hablando. El sonido se coló en la sala, una cacofonía de voces, mientras cadetes y capitanes, soldados y miembros de los escuadrones nocturnos, hablaban todos a la vez.

«Tienen al Comandante Flynn».

«No podemos quedarnos aquí sentados».

«Deberíamos estar allí».

«¿Qué estamos esperando?».

—Bueno —observó Kate—, parece que ya se enteraron.

August recordó las últimas palabras de Henry.

—Es un hombre, no un movimiento —dijo, repitiendo las palabras de su padre—. Pero si lo que se necesita para poner fin a esta guerra es un movimiento...

Emily lo miró por sobre la mesa.

—*Si* Henry está vivo —dijo lentamente—, vamos a pelear por recuperarlo.

Marcon se cruzó de brazos.

—¿Y si no lo está?

Sloan estaba quitándose las esquirlas de metal de la piel con una pinza, y las dejaba caer una por una en el tazón, cubiertas de sangre negra viscosa.

Su traje estaba arruinado, la camisa estaba a un lado y su pecho era una masa de carne desgarrada. Las esquirlas eran de plata, y le quemaban la piel al retirarlas, pero era una sensación superficial y fugaz, no tan diferente del placer. Se dijo que debía disfrutarla, aunque le temblaba la mano al trabajar.

Los dos ingenieros estaban caídos contra la mesa, con la garganta desgarrada.

Sloan no había tenido tiempo de saborearlos, pero le habían ayudado con la herida, y a quitarse de la boca el sabor rancio de la sangre de Kate.

Del otro lado de la habitación, estaba Flynn con la cabeza caída, y un hilo de sangre trazaba una línea desde su sien hasta el mentón antes de caer al suelo. Sloan siempre había imaginado a Henry Flynn como la otra cara de una moneda, como una fuerza igual a la de Harker pero opuesta.

Se había equivocado.

De cerca, Flynn no era más que un humano demasiado delgado, con canas en las sienes y piel cetrina. Olía a… *enfermedad*. Qué decepción. No obstante, Sloan no podía sino maravillarse por la buena suerte de que le hubieran depositado en sus manos al líder de la FTF. Había perdido a Katherine y ganado un ídolo… aunque fuera falso.

Sloan se enderezó y se enjugó la sangre que le quedaba en el hombro.

—¿Por qué no está muerto? —preguntó Alice, que entró hecha una furia—. ¿Y a ti, qué te pasó? —Echó un vistazo a los ingenieros—. No me guardaste nada.

Sloan se puso una camisa negra limpia.

—Deberías estar vigilando a nuestra mascota.

—¿Y Kate? —preguntó Alice—. Me prometiste…

—Katherine regresará con nosotros —respondió Sloan—. Y cuando lo haga —añadió—, puedes *quedártela*.

Al oír eso, Alice sonrió, radiante.

—¿Evacuaste a los Malchai? —preguntó Sloan.

—A la mayoría —respondió Alice, y se sentó de un salto en la encimera. Miró el tazón con las esquirlas y frunció la nariz—. Quedan algunos en el vestíbulo, pero estaban profundamente dormidos. No quise despertarlos. —Volcó su atención a Flynn—. Hablando de eso…

Sloan se volvió a tiempo para ver a Flynn abrir los ojos. Este intentó moverse, pero Sloan lo había amarrado a la silla con alambre, y lo observó forcejear, hacer una mueca de dolor y luego quedarse quieto al darse cuenta de dónde estaba.

—Tengo que admitir —comentó Sloan, mientras se abotonaba la camisa— que esperaba más.

Flynn tosió, y hubo un profundo estertor en su pecho.

—Lamento decepcionarlo.

—No ofreció mucha pelea —musitó Sloan—. Casi se podría pensar que *quería* acabar en esta situación. ¿Espera levantar a la tropa? —El hombre alzó la cabeza al oír eso, y Sloan supo que estaba en lo cierto—. Fue una jugada muy arriesgada, señor Flynn.

—A diferencia de usted —replicó Henry, agitado—, hay cosas que me importan... más que mi vida. La fuerza de tareas... finalmente va a... traer la guerra aquí... a mí... a usted.

Sloan extendió una mano e hizo girar la silla de Henry hacia los ventanales. Aún faltaban dos horas para que amaneciera, y la noche estaba en su punto más oscuro. Sloan señaló el faro de luz que era el Edificio Flynn, y bajó la voz para susurrarle al oído:

—Justamente con eso estoy contando.

Flynn se puso tenso.

Alice, que ahora estaba sentada con las piernas cruzadas sobre la encimera, rio entre dientes.

—Hora de repartir las cartas, a ver quién tiene la mejor mano.

Flynn meneó la cabeza.

—Kate sabía que para usted sería un juego.

A Alice se le iluminaron los ojos al oír el nombre de su creadora, pero Sloan levantó una mano.

—¿Cree en el destino? Callum no creía. Yo tampoco. Y, sin embargo, aquí está usted.

Alice se puso a jugar con un círculo de metal. Era un collar, de los que usaban los Colmillos. Sloan se lo quitó de las manos.

—Haz algo útil —le dijo, y señaló una cámara que había sobre un trípode. Alice suspiró y bajó de la encimera. Sloan regresó junto a Flynn y le colocó el collar, y disfrutó al verlo estremecerse por la sensación del metal. Sloan volvió a girar la silla y examinó su obra. Faltaba algo. Tomó un rollo de cinta adhesiva.

—Cuando conocí a Leo, me preguntó si creía en Dios. —La cinta hizo un ruido de desgarramiento al estirarla para cortar un trozo—. Creo que pensó que le diría que no, pero si *nosotros* no somos la prueba de que hay un poder superior, ¿qué otra cosa podría serlo? —Cortó la cinta con los dientes—. A mí me agrada pensar que somos simplemente lo que ustedes, los humanos, han sembrado y cosechado. Ustedes nos tienen merecidos. En eso, Leo y yo pensábamos igual.

La mirada de Flynn se endureció.

—Leo le clavó una barra de metal en la espalda.

Sloan hizo un gesto con la mano, como restándole importancia.

—Yo habría hecho lo mismo por él. Los actos monstruosos merecen mi respeto. Además, *erró*.

Flynn lo miró con fuego en los ojos. Conque sí le quedaba aún una chispa.

—Si va a matarme…

—No, eso no está en mis planes, aunque lo disfrutaría mucho. —Sloan se le acercó—. Muerto, es un mártir.

Presionó la cinta sobre la boca de Flynn.

—Vivo, simplemente es un *cebo*.

Eran todos idiotas, pensó Kate.

Henry Flynn le había entregado a la FTF una causa, una razón para pelear. Y el Consejo no dejaba de obstaculizarla.

—No *importa* si está vivo o no —dijo, un comentario que le ganó los ojos dilatados de August, la mirada fría de Soro y mucha reprobación por parte de los demás presentes. Kate siguió hablando—. Ustedes siempre han estado divididos en norte y sur, nosotros y ellos. Siempre están hablando de seguridad, de defensa; pero esas personas, sus soldados, *quieren* pelear, y ahora tienen algo, alguien por quien hacerlo. Entonces, por Dios, no desperdicien esta oportunidad.

Justo entonces, todas las pantallas de la sala parpadearon y quedaron oscuras. Todos miraron a Ilsa, pero ella estaba observando su propia tablet de un modo que decía a las claras que no había sido ella.

Cuando volvió la señal, en lugar de las tomas de las distintas áreas del edificio, todas las pantallas mostraban la misma imagen.

La de Henry Flynn.

Ensangrentado, semiconsciente, pero vivo.

La señal no tenía sonido, y aunque lo hubiera tenido, Henry tenía la boca cubierta por una cinta, y un artefacto de metal en el cuello. Kate tardó un segundo en procesar los cables y el pequeño temporizador en cuenta regresiva.

59:57

59:56

59:55

59:54

Sin más, la sala entera se puso en movimiento. Se empujaron sillas y las personas se pusieron de pie. La señal se estaba transmitiendo a todo el edificio, a todas las pantallas y a todas las tablets, no solo en el centro de mando.

Fue un regalo. Un punto sin retorno. A los soldados, que ya estaban ansiosos por pelear, acababan de darles un objetivo (la torre), y aunque los miembros del Consejo *quisieran* debatir, ya no podrían frenarlos.

59:42

59:41

59:40

Ilsa apoyó las manos abiertas en la pantalla más grande, con los dedos extendidos sobre el rostro grisáceo de Henry Flynn, mientras August, Emily y Soro hablaban por sus inter-comunicadores, impartiendo órdenes.

—... reúnan a los escuadrones uno a treinta y seis...

—... autorizar portación de armas...

—... procedimiento de clausura por seguridad...

Kate aún seguía con la mirada fija en la imagen, no en Flynn, sino en la habitación en la que se encontraba. Reconoció los ventanales que tenía detrás, la silla a la que estaba amarrado, la decoración de acero, vidrio y madera, todas aquellas superficies frías y los bordes agudos que eran distintivos del gusto de su padre.

El apartamento del último piso.

58:28

58:27

58:26

—Sé exactamente dónde está.

卌
IIII

Durante seis meses, August había observado cómo, poco a poco, se iba disgregando la FTF.

Ahora, en un suspiro, volvió a unirse.

Era como una sinfonía, pensó. Cada instrumento estaba bien afinado.

Un equipo tras otro de cadetes fueron ocupando sus lugares en el edificio, encargados de custodiar la estructura y a los diez mil civiles que ahora se refugiaban allí, mientras los Escuadrones Nocturnos se preparaban para tomar la torre por asalto. Entre ellos divisó a Colin, y el chico le ofreció a August una sonrisa y un saludo militar cuando lo vio pasar, violín en mano.

Kate iba caminando junto a August, la mirada firme, el rostro inexpresivo. Él se había acostumbrado a ver sus expresiones cambiantes, sus estados de ánimo variables, y era inquietante recordar lo bien que sabía disimularlos.

¿Habría podido convencerla de que se quedara?

No.

Esta pelea era tanto de ella como de él.

Incluso más, tal vez.

Casi habían llegado a las puertas cuando Ilsa tomó a August por la muñeca y lo jaló hacia atrás.

—¿Qué pasa? —le preguntó August, y ella lo abrazó con tanta fuerza que lo sobresaltó.

No te vayas, parecían decirle sus brazos. O quizá, simplemente, *regresa*.

Y August se preguntó si ella siempre había sabido que las cosas acabarían así. Si era eso lo que había visto en la ciudad que había creado sobre la encimera de la cocina, la que se reducía a cristales de azúcar que sabían a ceniza.

August se apartó, o lo apartó Ilsa, no estaba seguro; solo supo que ya no sentía el peso de sus brazos.

El grueso de los Escuadrones Nocturnos se habían reunido en la estación eléctrica: más de trescientos soldados armados y listos para la guerra, y August se cargó el estuche del violín al hombro mientras caminaban hacia el jeep que encabezaba la caravana. Harris, Jackson y Ani ya estaban en el vehículo; Em iba al volante.

Una venda manchada de sangre asomaba bajo el cuello del uniforme de Harris, pero él estaba bien despierto y ansioso por pelear. Hizo lugar, y August estaba subiendo al jeep cuando se acercó Soro desde otro vehículo y extendió una bolsa. No a él, sino a Kate.

Al ver que vacilaba, con visible desconfianza, Soro soltó la bolsa a los pies de ella y regresó con su propio escuadrón. La bolsa cayó con un ruido metálico. Kate se arrodilló y encontró en ella un par de estacas de hierro.

—No te hubieras molestado —dijo a Soro antes de subir al jeep.

August apoyó el violín sobre su regazo y Kate se sentó a su lado, haciendo girar una estaca entre los dedos. Cuando el jeep arrancó, August echó un vistazo hacia el edificio y vio a su hermana de pie en la entrada, con una mano apoyada en el vidrio, pero estaba demasiado lejos para ver su expresión.

Sloan se acercó a la sábana de oro.

La sombra encerrada en la jaula empezaba a impacientarse. Su silencio había pasado de ser una mano a un puño, de un puño a un gran peso, y su disgusto era como una ola de frío en el subsuelo.

caoscaoscaoscaos, susurraban los Corsai desde sus rincones.

El camión esperaba cerca de allí, con el motor en marcha. Un Malchai abrió la parte trasera y bajó una rampa, y Sloan observó mientras otros cuatro tomaban unas pértigas de madera, las introducían debajo de la jaula cubierta y la levantaban. El monstruo que estaba adentro no pesaba nada, pero la jaula era de acero, y a los Malchai les costó subirla.

—Cuidado con el oro —los previno Sloan, mientras se acomodaba los guantes.

La sábana se movió y casi rozó el mentón de un Malchai. El monstruo gruñó y casi soltó su extremo, pero Sloan estaba allí para sostenerlo. Le habría arrancado la garganta a ese monstruo, pero no tenían tiempo que perder.

Por fin terminaron de cargar la jaula en el camión, y Sloan se acercó; la cercanía del oro era un dolor que intentaba disfrutar. Podía sentir a la sombra bajo la sábana, como un dolor en los dientes, una sed en la garganta, y supo que estaba hambrienta.

—Pronto, mascota mía.

39:08

39:07

39:06

La caravana avanzaba en medio de la noche, y la voz de Emily Flynn se oía en el automóvil y por los intercomunicadores al mismo tiempo.

—A cada escuadrón se le asignó un piso para despejar. Irán recorriendo la torre sistemáticamente. A los Malchai deben eliminarlos apenas los vean. A los Colmillos deben incapacitarlos. Tal como se les ha informado, en alguna parte del edificio hay otra clase de monstruo, uno que tiene la capacidad de alterar la mente de las personas. Si se encuentran con él, deben cerrar los ojos. Si algún miembro de su equipo resulta afectado, deben incapacitarlo…

Llegaron al Tajo.

Las puertas estaban abiertas.

No se detuvieron.

El tiempo transcurría en la mente de Kate mientras el jeep avanzaba a toda velocidad hacia el muro de oscuridad en la base de la torre. Le dolía el brazo por la herida irregular que le habían dejado los dientes de Sloan más temprano, pero se aferró al dolor como a una cuerda, y la sangre que manchaba la venda le recordaba que aún era humana.

Los jeeps llegaron a la zona de negrura total y se internaron en ella, espantando a las criaturas de la oscuridad con sus faros altos. August se inclinó hacia ella y le habló a su oído sano.

—¿Qué te pasa?

Nada. Algo. Todo.

No estaba segura.

Lo *había* estado, hasta que había visto a Henry Flynn en aquella pantalla, amarrado como un premio, como un *regalo*. Era demasiado simple. Demasiado obvio. Demasiado fácil.

¿Era una provocación? ¿Era una trampa? ¿Qué les esperaba en aquella torre? ¿Sloan? ¿Alice? ¿El Devorador de Caos? ¿Estaban jugando bajo las reglas de Sloan? ¿Tenían otra opción?

Algo se le escapaba, a todos, y estaba allí mismo, solo que fuera de foco, y no llegaba a distinguirlo.

—¿Kate? —insistió August.

—¿Y si nos equivocamos? —murmuró Kate por lo bajo, para que nadie más que él pudiera oírla—. ¿Y si esto es un error?

August frunció el ceño.

—Esto es lo que Henry quería —dijo—. Lo que necesitábamos. Un motivo para atacar.

Y tenía razón.

Todo estaba saliendo tal como se había planeado.

Y por eso mismo, Kate desconfiaba.

Los jeeps se detuvieron al pie de la torre.

August aguzó el oído cuando apagaron los motores, pero había demasiados soldados, demasiada estática.

Dejaron las luces encendidas, para alejar la oscuridad, y los Corsai se movían en ella, hambrientos. Donde no llegaba la luz, las uñas rascaban los costados de los jeeps y producían un sonido agudo con el roce sobre el metal.

Los Escuadrones Nocturnos se reunieron al pie de las escaleras. En su mayoría, tenían armas de fuego, pero Kate llevaba una estaca de hierro, August sostenía el arco de su violín como una espada, y Soro aferraba con fuerza su flauta-cuchillo. Subieron como si cada una de las seis escaleras pudiera ocultar explosivos, pero nada ocurrió. Nadie tropezó con ningún cable. No hubo ninguna explosión repentina.

August y Soro iban por delante y se detuvieron ante las puertas de la torre. Más allá de las puertas había oscuridad, y August apoyó las manos extendidas en el vidrio, intentando captar el *tic-tac* de una bomba, la respiración ronca y el siseo de Corsai que esperaran que los soltaran. Pero lo único que oyó fueron los corazones acelerados de los soldados que lo seguían, y una respiración leve, casi imperceptible, en alguna parte del edificio. Hizo una seña a Soro, y juntos abrieron las puertas de la torre.

Arrojaron granadas luminosas al suelo del vestíbulo, y el rebote del metal en la piedra fue seguido un segundo después por una luz blanca enceguecedora. Los soldados entraron, armas en alto. Una docena de Malchai se levantaron de un salto y sisearon sorprendidos; luego atacaron a los soldados más cercanos, enseñando los dientes.

August se volvió y degolló a un monstruo, mientras Kate le clavaba la estaca a otro en el pecho y Harris cortaba a un tercero con un grito de triunfo. Soro despachó a dos más, abriendo camino, y corrieron por el vestíbulo hasta los elevadores. Emily llegó primero y presionó el botón para llamar mientras los demás llegaban a las puertas y daban media vuelta para enfrentar a lo que fuera que iba por ellos.

Pero no llegó nada.

Los pocos Malchai que habían encontrado estaban muertos, y los otros Escuadrones Nocturnos ya empezaban a separarse con rumbo a los otros pisos.

Demasiado fácil, pensó August mientras se abrían las puertas a sus espaldas.

—Demasiado fácil —murmuró Kate mientras entraban al elevador. Oprimió el botón del último piso con la familiaridad de quien regresa a casa. Ella también pareció darse cuenta, y su mano vaciló en el aire.

—No nos eches mala suerte —le advirtió Ani mientras el ascensor subía.

—Sí —concordó Jackson—. Esto se puede caer en cualquier momento.

Todos quedaron en silencio, y lo único que se oía en el cubículo de acero eran los latidos de sus corazones y el murmullo casi inaudible de Emily marcando el tiempo.

August nunca había tenido miedo de morir, a pesar de todo lo que pensaba en ello. Desde luego, le molestaba la idea de deshacerse, pero su propia muerte era un concepto que no llegaba a entender, por mucho que lo intentara.

Pero la *pérdida*... eso sí lo asustaba.

La pérdida de sus seres queridos.

La pérdida de sí mismo.

La ausencia que dejaban ambas pérdidas.

Leo habría desdeñado una cosa así; Soro no entendería para qué pensar en ello, e Ilsa nunca había sido de reflexionar sobre lo inevitable. Pero para August, ese miedo era la sombra en su vida, el monstruo con el que podía luchar pero al que nunca podría matar, la razón por la que tanto había deseado *no* sentir.

Y allí de pie, rodeado por su familia, su equipo, sus amigos, el miedo se instaló, porque Ilsa estaba sola, Henry estaba muriendo, y tanto de lo que amaba cabía en un cubículo de metal.

Y todo podía perderse.

Kate le apretó la mano, y pronto el elevador se detuvo y las puertas se abrieron.

Ante ellos se extendía el apartamento de Harker, silencioso y oscuro, y lo primero que August oyó fue el sonido de una respiración sofocada. Avanzó sin pensarlo, recorrió el pasillo y entró a la sala, y allí estaba.

Henry.

Amarrado a la silla, aturdido y pálido, pero vivo.

Los números rojos se encendían en forma intermitente en el collar que tenía puesto.

24:52

24:51

24:50

—Ani —ordenó Emily, pero Ani ya estaba junto a Henry, y también Jackson, controlándole los signos vitales, mientras Harris y Soro revisaban el apartamento.

Em se arrodilló frente a su esposo.

—Aquí estoy —le dijo—. Aquí estamos. Eres un grandísimo tonto, y voy a matarte una vez que te salvemos, pero aquí estamos.

Henry intentó hablar, pero tenía la boca tapada por la cinta, y cuando Em extendió la mano para quitársela, Ani la detuvo.

—No toques nada —le advirtió— hasta que desactive esto.

La cabeza de Henry cayó hacia adelante mientras sonaba el intercomunicador que August llevaba sujeto al cuello del uniforme.

—*Primer piso: no encontramos nada.*

—Aquí hay dos cadáveres —anunció Kate—. Los dos humanos.

Harris reapareció.

—Nada en las habitaciones.

—Aquí no hay nadie más —dijo Soro.

No tenía sentido.

—*Segundo piso: vacío* —anunció otra voz por el intercomunicador.

August miró alrededor. ¿Y los Malchai? ¿Y los Colmillos? ¿Dónde estaban todos los monstruos? Vio las mismas preguntas en el rostro de Kate mientras ella tomaba una tablet que estaba debajo de uno de los cadáveres.

—Esto no tiene sentido —dijo Ani, jalando el mecanismo.

—Espera… —empezó a advertirle Em, pero Ani ya estaba quitándole el collar a Henry y separando las piezas con una fuerza que nadie debería usar al manejar una bomba activa.

Pero entonces August comprendió: *no estaba* activada.

No era una bomba; solo un collar, como los que usaban los Colmillos, con algunos trozos agregados de cables de colores y un temporizador.

—¿Qué diablos? —exclamó Harris.

—*Tercer piso: nada por aquí.*

Luego de retirar el collar, Ani despegó la cinta de la boca de Henry. Estaba ronco y respiraba con dificultad, pero sus palabras resonaron en el apartamento.

—Es una… trampa.

Todos se tensaron, mientras seguían llegando informes por los intercomunicadores.

—*Cuarto piso: no encontramos nada.*

—Si es una trampa —dijo Em—, ¿por qué no nos han atacado?

—Porque —respondió Kate, levantando la tablet— el objetivo no somos nosotros.

A través de una mancha de sangre en la pantalla, August vio un mapa de la ciudad, con un edificio muy familiar dibujado sobre una cuadrícula. El Edificio Flynn.

Kate ya estaba caminando de regreso al elevador.

—Tenemos que irnos. Ahora.

Soro impartió una serie de órdenes por su intercomunicador mientras Jackson y Ani levantaban a Henry. Se le aflojaron las piernas y el aire silbaba en su pecho. Tenía la piel grisácea.

—Quédate conmigo —le pidió Em.

Kate llamó el elevador, y August pensó en Ilsa, de pie en la entrada del edificio; en Colin, en el vestíbulo; en diez mil personas inocentes apiñadas en un edificio hecho para mil quinientas.

El ascensor anunció su llegada, pero cuando se abrieron las puertas, no estaba vacío.

Bajo la luz del cubículo estaba Alice.

—¿Van a alguna parte?

El camión avanzaba dando tumbos por el terreno desparejo de los túneles, debajo de la ciudad; sus dos faros trazaban un sendero de luz en la negrura. Más allá del vehículo, los Corsai siseaban, pero Sloan los compensaría luego. Al fin y al cabo, pronto habría cadáveres de sobra.

Por fin divisaron el agujero.

Alice había hecho bien su trabajo: se había abierto un gran cráter entre el nuevo túnel y el viejo, y habían despejado los escombros para hacer una especie de camino. El camión siguió avanzando a baja velocidad, y emergió en una estación abandonada del metro. Había una escalera ancha que alguna vez se había cerrado con una sección de techo al clausurarse el metro, y luego se había construido encima, pero eso también se había abierto con una explosión.

Los Malchai descargaron la jaula del camión mientras Sloan subía la escalera y salía al espacio superior. Abrió los brazos en gesto de triunfo.

Estaba dentro del Edificio Flynn.

Era un corredor sencillo de hormigón, en cuyas paredes se leía S3 —tercer subsuelo—, y había una serie de puertas de acero abiertas que daban a unas salas con aspecto de celdas. *Estas serían perfectas*, pensó, *para los Sunai: Soro en esta y August en aquella*. Sería muy fácil: los privaría de alimento hasta que pasaran a la oscuridad.

Los Malchai izaron la jaula cubierta al pasillo, y las manos enguantadas de Sloan se apoyaron en la sábana de oro. Le dolió la piel al hacerlo, pero también experimentó una deliciosa expectación. Era como el momento previo a una cacería, esos segundos después de soltar la presa, cuando dejaba que se acumulara la tensión en su interior y sus sentidos se aguzaban, hasta que todo quedaba perfectamente claro y definido.

—¿Puedes sentirlos, allí arriba? —murmuró—. Son mi ofrenda para ti.

Sloan aferró la sábana de oro y disfrutó el calor abrasador al retirarla. Se imaginó como un mago realizando un truco, solo que en lugar de esperar que la jaula estuviera vacía, esperaba que aún estuviera ocupada.

Y lo estaba.

Unos ojos plateados que flotaban en una nube de sombra lo miraron, justo antes de que se disparara una sirena.

Sloan alzó la mirada, vio el ojo rojo de una cámara de seguridad y sonrió, porque las alarmas llegaban muy, pero muy tarde.

La jaula estaba vacía.

La sombra había desaparecido.

Alrededor, la luz parpadeó, se atenuó, y segundos más tarde, desde algún lugar más arriba, lo recompensó el sonido de gritos.

HHH
HHH
I

El monstruo encuentra a
la muerte
esperando
en diez mil
corazones palpitantes
diez mil
cuerpos inquietos
afinados como
instrumentos
listos
para ser tocados
y juntos
harán
una
música
maravillosa.

```
卌
卌
||
```

Alice salió del elevador.

A Kate se le revolvió el estómago al verla. La Malchai tenía puesta ropa que había sido de Kate, y las mangas estaban manchadas de sangre seca. Incluso se había recogido el cabello blanco en una cola de caballo, y sus ojos rojos brillaban bajo un flequillo pálido.

August ya estaba levantando su violín, y la flauta de Soro iba a mitad de camino hacia la boca, pero antes de que ninguno de los dos llegara a tocar, Alice abrió la mano y reveló un detonador.

—No, no —dijo—. Ustedes serán rápidos, pero yo lo seré más.

Soro la miró con furia, y August apretó los dientes y bajó el instrumento una fracción. Podía ser una amenaza vacía, pensó Kate, pero el brillo en los ojos rojos de Alice le indicó que no lo era.

—¿Ya se van? Pero si acaban de llegar…

Las palabras podían estar destinadas a todos, pero Kate sabía que iban dirigidas a *ella*.

Y entendió.

No se trataba de norte y sur, ni de la guerra entre Sloan y Flynn.

Esto era entre *ellas*.

—Alice —empezó August, pero Kate lo interrumpió.

—Si me quedo —preguntó a la Malchai—, ¿los dejarás ir?

La sonrisa de Alice se expandió.

—Ni siquiera intentaré impedírselo. —Se hizo a un lado y señaló el ascensor—. Libertad, toda suya, por el módico precio de una sola pecadora.

—No —gruñó August, pero Kate seguía con los ojos fijos en Alice.

—Yo me encargo de esto —dijo—. Tomen a Henry y vuelvan al Edificio. Allí los necesitan.

—Iremos juntos.

Kate miró brevemente a August y vio dolor en sus ojos, y miedo, y eso le dio esperanza. De que no se hubiera rendido. De que aún fuera él.

—August —respondió—. Si no se van, morirá gente.

—Bueno —acotó Alice alegremente—, supongo que ya están muriendo.

Como si la hubieran oído, salió estática por los intercomunicadores, seguida por una señal de auxilio, no de los Escuadrones Nocturnos, sino del Edificio Flynn.

—*Mayday… mayday… nos están atacando…*

—*Tic-tac* —murmuró Alice.

Flynn intentó incorporarse, hablar, pero no le salió nada, y el aire silbó en sus pulmones al esforzarse por respirar.

—Caramba —observó Alice—. Eso no suena muy bien.

—*Vayan* —insistió Kate.

Soro fue el primero en moverse. Miró a Kate con expresión indescifrable mientras entraba en el elevador, seguido por Jackson y Ani, que llevaban a Flynn, y por último Emily, cubriéndolos por si la Malchai cambiaba de idea. August fue el último en retirarse, con la mandíbula apretada. Kate se obligó a mirarlo, y hasta logró esbozar una sonrisa sombría, agradecida, de pronto, porque la esperanza no contaba como una mentira.

—Nos veremos allí —dijo Kate, antes de que las puertas se cerraran.

El jeep atravesaba la noche a toda velocidad.

Las señales de auxilio no dejaban de llegar, y el canal se llenó de informes aterrados acerca de una sombra y de soldados que se volvían locos. August entendió lo que significaban: el Devorador de Caos estaba dentro del Edificio Flynn.

Soro aceleró mientras las voces que salían por los intercomunicadores cesaban y en su lugar se oía estática, o disparos; en el asiento trasero iba tendido Henry, y Em le repetía «quédate conmigo» una y otra vez mientras Jackson comprobaba sus signos vitales y August se tomaba la cabeza entre las manos y cerraba los ojos y veía a Kate, y la expresión que ella tenía cuando la dejó en el apartamento, y se dijo que no había tenido alternativa… pero no era verdad. Siempre había una alternativa. ¿Acaso el objeto de estar vivo no era poder elegir?

—Kate eligió. —Las palabras provenían de Soro. La expresión en su rostro le indicó que había estado hablando en voz alta—. Ella eligió quedarse y pelear. Ahora bien —agregó el Sunai—, ¿qué vamos a hacer *nosotros*?

August se enderezó, porque Soro tenía razón. Kate estaba peleando. Henry estaba peleando. Ahora les tocaba a ellos.

Aferró el violín. No sabía cómo detener al Devorador de Caos, pero sí cómo impedir que los soldados se mataran entre sí.

Solo necesitaban entrar.

—Cuando lleguemos al Edificio —dijo—, tú y yo entraremos por atrás. Los Escuadrones Nocturnos se quedarán en la franja de luz.

—Ni lo sueñes —murmuró Harris desde el asiento trasero.

—Es una orden —replicó August—. Ahora el edificio es zona de cuarentena. Avisa por los intercomunicadores: que *nadie* traspase la franja de luz. Formen una barrera con los jeeps, y detengan *cualquier cosa* que salga. Soro y yo nos ocuparemos del resto.

Sloan no pudo resistir la tentación.

Quería disfrutar la vista. Las alarmas se habían apagado, pero la luz seguía tenue y parpadeando mientras subía la escalera, y los sonidos de la matanza se acercaban a cada paso. Un cuerpo cayó rodando por la escalera, con el uniforme desgarrado como por uñas.

Los humanos podían ser verdaderamente monstruosos, pensó, al pasar por encima del cadáver.

Cuando llegó a la planta baja, lo recibió el dulce aroma de la sangre fresca. Había sangre en el suelo pálido del vestíbulo, y en las paredes, y en los cadáveres; por doquier, los vivos estaban atacándose entre sí.

Un hombre hundió un cuchillo en el vientre de otro, y una mujer estaba estrangulando a un niño, y Sloan caminó entre ellos como un fantasma, sin que nadie reparara en él, pues tenían los ojos plateados por el poder del monstruo.

La sombra estaba en el centro del vestíbulo. Iba solidificándose con tanta violencia, y los Sunai, la única esperanza de la FTF, estaban del otro lado del Tajo, atacando una torre vacía. Cuando regresaran al edificio, todo habría terminado. Cuando...

Un silbido de acero cortó el aire, y Sloan se volvió justo a tiempo para esquivar un cuchillo que apuntaba hacia arriba y que le cortó la camisa y le rozó la piel.

Se encontró cara a cara con un fantasma.

Un fantasma con una nube de rizos rojos y una cicatriz irregular en la garganta.

—*Ilsa.*

El jeep rodeó el edificio y se detuvo derrapando, seguido de cerca por el resto de la caravana. August y Soro se lanzaron hacia la franja de luz.

Había una puerta trasera entreabierta, bloqueada por el cadáver de un soldado que obviamente había intentado escapar y no lo había logrado; tenía la espalda salpicada de balazos. No había tiempo para ocuparse de los muertos. August cerró los ojos un instante al pasar por encima del cuerpo, y Soro lo siguió, aferrando con fuerza su flauta-cuchillo.

Adentro, el edificio era un caos. Bajo la luz que parpadeaba, August vio los cadáveres que cubrían el pasillo, en su mayoría de uniforme gris y verde.

Había un soldado caído, con la espalda apoyada en las puertas de la sala de entrenamiento, y el corazón de August dio un vuelco al reconocer los cálidos ojos pardos y el rostro franco.

Colin estaba sangrando, no se veía por dónde, pero cuando August se acercó, el muchacho levantó la cabeza y sonrió.

—Están a salvo —dijo—. Alcancé a cerrar las puertas antes de... —tosió—... antes de que los viera... antes de que vieran...

Dejó la frase inconclusa y cerró los ojos. August quiso tomarle el pulso, pero la mano de Soro ya estaba en su hombro, indicándole que se diera prisa. Tenían que seguir. Cada segundo era una vida, y August se incorporó justo en el momento en que llegó una voz desde el vestíbulo.

Una voz que le trajo un recuerdo de fiebre, de acero frío y de caer.

Pero no fue solo la voz del Malchai. Fue la palabra que dijo.

Ilsa.

August se volvió hacia Soro.

—Ve al centro de mando —le dijo—, activa el intercomunicador y empieza a tocar.

Los ojos del Sunai se iluminaron al comprender, y ambos se dirigieron a la escalera, mientras August corría hacia el vestíbulo, hacia su hermana y hacia Sloan.

││││ ││││ │││

—Manchaste mi ropa de sangre —dijo Kate mientras observaba la habitación, intentando trazar un sendero mentalmente.

La Malchai se miró la camiseta.

—Mmm, ¿de quién será? —Sonrió, enseñando los dientes—. ¿Sabes qué es lo que me pregunto siempre?

Kate dio un paso al costado, acercándose al sofá.

—¿Por qué tu cabello no es tan lindo como el mío?

Alice la miró con irritación.

—Cómo me sentiré cuando te quite la vida. —La Malchai se agachó y dejó el detonador en el suelo, en posición vertical—. Tiene cierta belleza, ¿no crees? Una especie de poesía. ¿Qué sucede cuando el efecto mata a la causa? —Se incorporó—. Pasé los últimos seis meses mirando cómo Sloan te mataba. Preguntándome si yo lo disfrutaría siquiera la mitad de lo que lo disfrutaba él. Y creo que sí.

Kate aferró la estaca con más fuerza mientras, en su cabeza, la sombra estaba ansiosa por entrar, por que la dejara *salir*.

—¿Ya terminaste?

Alice hizo pucheros.

—No eres muy conversadora, ¿verdad? De acuerdo, entonces.

Se lanzó, tan rápido que pareció borrarse, desaparecer, pero Kate ya estaba también moviéndose hacia el costado. Puso un pie en el sofá y se impulsó, y atacó con la estaca la silueta borrosa.

Un instante demasiado tarde.

El arma rozó el suelo. Kate rodó y se levantó, y giró justo a tiempo para bloquear la patada que Alice le lanzó al pecho. Sintió un estallido de dolor en el brazo al recibirla, y la estaca cayó al suelo y se apartó deslizándose.

Kate ahogó una exclamación y sacó la segunda estaca al tiempo que intentaba apartarse, pero la Malchai ya estaba allí. Sus uñas le arañaron el rostro, y se formaron finas líneas de sangre en el rostro de Kate.

Alice sonrió al verse sangre en los dedos.

—Francamente, no creerás que puedes vencerme —dijo, sacudiendo los dedos para quitarse la sangre—. Soy tú, pero mejor, Kate. No tienes la menor posibilidad.

Kate acomodó la estaca en la mano.

—Puede que tengas razón.

Se pasó una mano por el cabello y se apartó el flequillo de la cara, y las grietas plateadas quedaron a plena vista. Los ojos de Alice expresaron sorpresa, y luego suspicacia, y esta vez le tocó sonreír a Kate.

—Por eso es una suerte —agregó— que ya no sea del todo yo.

Desde aquel momento en Prosperity, había tenido deseos de pelear, de lastimar, de matar, y se había resistido, y resistido, y resistido, había huido de la sombra, sabiendo que solo era cuestión de tiempo hasta que la alcanzara.

Y ahora, al fin, podía dejar de huir.

Lo único que tenía que hacer era dejar entrar la oscuridad.

Lo único que tenía que hacer era dejar salir al monstruo.

Y lo hizo.

La resistencia de Kate se desmoronó, y el mundo calló mientras la sombra se apoderaba de ella.

Allí no había temor.

No había nada más que aquella habitación.

Aquel momento.

El hierro que cantaba en sus manos.

El monstruo que tenía delante.

Alice la miró con desconfianza, como si pudiera *ver* el cambio en Kate.

—¿Qué eres? —gruñó.

Y Kate rio.

—No estoy segura —respondió—. Averigüémoslo.

August llegó al vestíbulo justo a tiempo para ver a Sloan empujar a Ilsa contra la pared opuesta; de los dedos de ella cayó un cuchillo. Tenía el cabello empastado de sudor; el cuello de la blusa, desgarrado, revelaba una franja de estrellas en su hombro.

Sloan apartó el cuchillo de una patada y se le acercó.

—¿Qué dices? —susurró, furioso—. No te oigo.

—¡Sloan! —gritó August. El monstruo suspiró y dejó caer a Ilsa.

—August —dijo el Malchai con voz melosa—. Tanto tiempo.

La última vez que se había enfrentado a Sloan, August estaba hambriento, afiebrado, al borde de la mortalidad. Amarrado en un depósito y golpeado al punto de caer en la oscuridad.

Pero había cambiado.

Aún estaba cambiando.

Sloan trazó un arco con la mano, señalando el caos.

—¿Ya conoces a mi mascota?

El edificio era un campo de batalla. Soldados que forcejeaban en el suelo cubierto de sangre, atrapados en su hechizo violento.

Date prisa, Soro, pensó.

Muchos de los soldados aún estaban vivos, pero estaban matándose entre sí, y allí, en el centro del vestíbulo, inmóvil como el ojo de una tormenta, estaba el Devorador de Caos, con la cabeza hacia atrás y los brazos abiertos, como para recibirlos a todos.

Al observarlo, August volvió a sentir aquel horrible vacío, como un hambre, en el pecho. Se obligó a volver a mirar a Sloan.

—Veo que aún te aferras a esa cáscara humana. —El Malchai chasqueó la lengua—. Leo me habría enfrentado con su verdadera forma, de monstruo a monstruo, uno contra uno.

Ilsa se había puesto de pie, y el aire que la rodeaba se había vuelto helado. August había visto a su hermana perdida, gentil y soñadora, pero jamás la había visto enfadada.

Hasta ahora.

Ilsa tenía el cuchillo en la mano, y August tenía en la suya el arco del violín, y seguramente Sloan presintió que la balanza dejaba de favorecerlo, porque dio un paso atrás, pero tropezó con el cadáver de un cadete, y en ese instante de equilibrio precario, August e Ilsa atacaron.

Sloan tuvo que elegir. Y eligió a August. Pero mientras el Malchai apartaba el arco con un golpe, Ilsa se ubicó a su espalda con la gracia de una bailarina y le pasó el cuchillo por el dorso de las rodillas. El Malchai rugió y se tambaleó; una pierna amenazó con aflojarse, pero August lo aferró por el cuello de la ropa.

Sloan intentó arañarle los ojos y dio un salto hacia atrás, pero allí estaba Ilsa. De una patada, le dobló la otra pierna, y Sloan cayó de rodillas. Acercó el cuchillo a la garganta de Sloan mientras August recogía el arco caído.

El Malchai mostró los dientes.

—Dime, August, ¿dónde está Katherine? No la habrás *dejado* con Alice, ¿verdad?

—Cállate.

Sloan rio.

—Dala por perdida.

Hubo un asomo de sorpresa en el rostro de Ilsa, y seguramente se le aflojó la mano, porque Sloan se levantó en un último y desesperado intento de liberarse. El cuchillo de Ilsa le hizo un corte superficial en la garganta, y August se interpuso en el camino del Malchai.

—Te equivocas —gruñó August, y le clavó el arco de acero directamente en el corazón.

El Malchai se tambaleó, pero a diferencia de Leo, August no había errado, y un momento después Sloan cayó; sus ojos rojos se dilataron un instante, hasta que su luz se apagó.

```
卌
卌
||||
```

El monstruo está de pie
en el centro
de un sol
que brilla
más
y más
con cada
vida robada.

Kate se lanzó hacia el taco de cuchillos.

Sus dedos apenas alcanzaron a rozar el mango del más cercano antes de que Alice, de un golpe, los quitara de la encimera. Los cuchillos se soltaron y se dispersaron por el suelo de la cocina. Kate rodó y recogió uno, y Alice tomó otro.

—¿Qué se siente —preguntó Alice, haciendo girar el cuchillo— al saber que solo estoy aquí por ti?

El cuchillo surcó el aire; Kate lo esquivó por muy poco, y la hoja se clavó en el armario. Intentó clavar el suyo en el costado de Alice, pero ahora la Malchai tenía el taco en la mano y detuvo la punta con la madera, tras lo cual se lo arrancó de las manos y la golpeó con el taco en las costillas.

Kate sintió un dolor fugaz en el pecho, como un estallido de luz que la sombra absorbió rápidamente. Con la sangre encendida, recogió una hachuela de cocina.

—¿Saber que todas las personas a las que maté, y han sido muchas —añadió Alice con un júbilo demente— están muertas por *tu* culpa?

Las palabras iban dirigidas a hacer daño.

—¿Que todo lo que hago, puedo hacerlo gracias a ti?

Pero Kate no sentía nada.

—¿Puedes sentirlo —siguió provocándola Alice— cuando las mato?

Nada más que el peso y la frescura de las armas en las manos.

—¿Te da escalofríos?

—¿Alguna vez te *callas*? —replicó Kate. Amagó con el cuchillo y le clavó la estaca en la mano, y la mano quedó clavada a la encimera. Alice rugió de dolor, pero mientras Kate se disponía a degollarla, se soltó.

Volvieron a chocar, una y otra vez.

Y a separarse, una y otra vez.

Hasta que el suelo quedó salpicado de sangre, roja y negra.

Hasta que la sangre goteaba de manos y mandíbulas como sudor.

Alice rio.

Y Kate gruñó.

Y cayeron juntas.

cada grito
como un hilo
como un músculo
que lo
une
hasta que
al fin...

August arrancó el arco y dejó que el cadáver de Sloan, o lo que quedaba de él, cayera al suelo. Justo en ese instante, Ilsa inhaló súbitamente. Era lo más parecido a un sonido que había emitido en varios meses, y August se dio vuelta para ver lo que ella estaba mirando.

El Devorador de Caos aún estaba allí, pero ya no era una sombra de ojos plateados.

Era un ser de carne y hueso. August oyó cómo sus pulmones se llenaban de aire, y algo parecido a un corazón latía en el hueco de su pecho, mientras se le formaba una boca en la cara, y los labios se abrieron en una sonrisa, y la sonrisa se abrió y reveló una voz, y...

Soy
real.

La voz del monstruo atravesó a August como una tempestad, se abrió camino hacia su cabeza, hacia su pecho. Atizó la brasa que ardía en su centro, la oscuridad que esperaba la liberación, y August intentó aferrarse el corazón inflamado, y las marcas en su piel brillaron, enrojecidas.

Peleó

y perdió

y empezó a caer...

hacia aquel yo oscuro...

fuera de su cuerpo...

fuera de...

La música empezó a salir por los altavoces, y las notas firmes de la canción de Soro se derramaron por el vestíbulo.

Refrescaron a August como un bálsamo, y apagaron el fuego antes de que se propagara. August se incorporó con dificultad sobre manos y rodillas y vio a Ilsa doblada en dos en el suelo, cerca de él; la luz de sus estrellas se iba apagando a medida que la fiebre la abandonaba. Alrededor, la pelea cesó.

Los dedos soltaron las armas, y las manos se apartaron de las pieles, y los ataques se transformaron en cuadros vivos, hasta que terminaron por completo.

La luz afloró de las pieles, blanca al principio, luego manchada de rojo, y el resplandor carmesí sobrepasó los bordes de las almas, manchando a todos y cada uno.

La música no podía resucitar a los muertos, pero todos los que quedaban con vida se calmaron, envueltos por el hechizo del Sunai.

Solo el Devorador de Caos se movió.

Se estremeció y se crispó, esforzándose por conservar su forma, intentando abrir una boca que se disolvía, reaparecía y volvía a disolverse, encerrando su voz. Pero a medida que se resistía a la música, empezó a *ganar*. Sus contornos se endurecieron, y la línea de su boca se hizo firme, y August supo que no quedaba mucho tiempo.

El aire que rodeaba al monstruo se agrietó y se partió, y de él salieron líneas oscuras como esquirlas, la *ausencia* de alma, fría y vacía.

August se puso de pie y se obligó a avanzar.

Había segado el alma de un Malchai, y eso casi lo había matado.

Había segado la de su hermano, y esta aún peleaba dentro de él.

Y mientras sus dedos rozaban la esquirla más cercana, se preguntó qué sería de…

Algo pasó junto a él, veloz como el aire.

Una nube de rizos y una serie de estrellas, absorbidas por el humo mientras Ilsa se *transformaba*.

Entre un paso y el siguiente, Ilsa desapareció, y en su lugar quedó un Sunai de cuernos curvos y alas en llamas. Una luz azul, como el centro mismo de una llama, resplandecía a través de la piel de Ilsa, que rodeó con sus brazos al Devorador de Caos, y el recinto *estalló* en plata y sombra, dos fuerzas que colisionaron de un modo que sacudió al mundo.

August se tambaleó y se protegió los ojos.

Cuando volvió a mirar, el Devorador de Caos había desaparecido, e Ilsa estaba de pie, sola en el centro del vestíbulo.

Nuestra hermana tiene dos lados, había dicho Leo. *Y nunca se tocan.*

August siempre había imaginado la verdadera forma de Ilsa como lo opuesto a su forma humana: cruel, porque ella era buena; pero cuando miró los ojos negros del Sunai, lo único que vio fue a su hermana.

Y ante sus ojos, el humo se retiró y las alas se quemaron, y los cuernos volvieron a convertirse en rizos rojos.

Pero la piel de Ilsa, que debería haber quedado lisa y sin estrellas, estaba agrietándose. Unas líneas oscuras, como fisuras profundas, aparecieron en sus manos y se extendieron por sus brazos y sus hombros, hasta su rostro.

Ilsa miró a August, y este vio tristeza en los ojos de su hermana, que inmediatamente se destruyó y se hizo añicos contra el suelo.

‖‖‖

‖‖‖

‖‖‖

Kate trastabilló. De pronto, se le nubló la vista, y cuando volvió a enfocarse, el mundo estaba pesado y opaco, había perdido la definición. Le temblaban las piernas y le dolía el cuerpo, y la sombra había *desaparecido* de su cabeza.

Y Alice estaba encima de ella.

La Malchai aferró a Kate por la garganta y la aplastó contra los ventanales. El vidrio se agrietó contra su espalda, y las astillas se extendieron peligrosamente.

—¿Qué pasa? —la provocó Alice—. ¿Te estás cansando?

En lugar de intentar zafarse, Kate la aferró por el cuello de la ropa y se retorció con fuerza, con lo cual le hizo perder el equilibrio.

Con eso ganó apenas un instante, pero fue suficiente para tomar aliento y poner entre ellas lo que quedaba de la mesa de café: una pila de madera y vidrios rotos. Alice pasó por encima de los restos con cuidado exagerado, y Kate retrocedió un paso, y luego otro.

Estaba escapando.

Y Alice lo sabía.

La mente de Kate se aceleró, intentando armar un plan con sus últimas fuerzas.

Sobre la encimera había un cuchillo, empapado en sangre.

Alice chasqueó la lengua.

—Qué aburrido.

Pero Kate se lanzó para tomarlo.

Casi lo consiguió.

Sus dedos rozaron el metal, pero Alice le aferró la pierna y sus uñas se le clavaron profundamente en la pantorrilla. Kate gritó de dolor, un sonido animal que pareció enardecer a la Malchai, que la arrastró al suelo. Kate se retorció hasta quedar de espaldas y lanzó una patada al rostro de Alice. La Malchai retrocedió, y Kate pudo levantarse rápidamente. Intentó no prestar atención a la sangre que le caía en los ojos, al dolor creciente, a todo, salvo a los ojos rojos de Alice, que brillaban en la penumbra.

Flexionó los dedos, consciente de que sus manos estaban vacías. A mitad de camino entre las dos, una estaca de hierro resplandecía en el suelo, y Alice sonrió, como desafiándola a llegar primero.

Kate sabía que no podría; era demasiado lenta sin el monstruo en su cabeza, y estaba perdiendo sangre, perdiendo fuerza, *perdiendo*.

—Me rindo —dijo—. Tú ganas.

Las palabras tomaron a Alice por sorpresa, y eso fue exactamente lo que Kate necesitaba. Se lanzó hacia el arma. Alice se movió un segundo después, pero la mano de Kate ya había alcanzado la estaca. Kate se dio vuelta y se enfrentó al monstruo cuando el monstruo la enfrentó.

Kate le clavó la estaca en el corazón.

Y Alice le hundió la mano en el pecho.

|||| |||| ||||

|||| |||| ||||

|||| |||| ||||

|

August cayó de rodillas al suelo del vestíbulo.

No quedaba nada de Ilsa, nada más que una pequeña pila de polvo blanco en un mundo rojo, y se oyó llamándola una y otra vez hasta que el nombre perdió su significado, hasta que su voz se quebró. Extendió la mano y pasó los dedos entre las cenizas.

Luego se obligó a tomar el intercomunicador, a pronunciar las palabras, obligó a su cuerpo a ponerse de pie, y la música se detuvo y reapareció Soro, y sus ojos oscuros se dilataron al ver tantas almas manchadas. Y momentos después, entraron los Escuadrones Nocturnos, y los vivos volvieron a ser ellos mismos, y el Edificio quedó sumido en el horror, en la tristeza y en el ruido.

August empezó a retirarse, y sintió que algo se quebraba bajo su talón. Una tablet abandonada. Se arrodilló para recogerla, y vio que seguía transmitiendo desde el último piso de Harker Hall. La pantalla estaba oscura, y la toma se veía vacía. No había señales de Alice. Ni de Kate.

No había señales de vida.

La tablet cayó al suelo.

August echó a correr.

Las puertas del elevador se abrieron, y August entró corriendo al apartamento de Harker.

Era un caos de muebles derribados, vidrios rotos y armas esparcidas, y uno de los ventanales parecía una telaraña violenta de grietas. Había sangre en casi todas las superficies, sangre roja, sangre negra, y en el suelo había una pila de ceniza y sangre negra, pero apenas reparó en todo esto, porque no vio otra cosa que a Kate.

Kate, sentada en la oscuridad junto a la encimera de la cocina, con un brazo en la falda y el otro apoyado en la encimera, con su estaca de hierro en la mano.

Alzó la vista cuando entró August. Ya no tenía la mancha plateada en los ojos; solo aquel azul firme, que parecía más azul por la sangre que le cubría el rostro.

—¿Ganamos? —le preguntó Kate.

De la garganta de August escapó un sonido, mitad risa, mitad sollozo, porque no sabía qué responder. Le parecía mal decir que habían ganado cuando había tantos muertos, cuando Ilsa se había reducido a cenizas, y Henry estaba muriendo, y el Edificio Flynn estaba teñido de rojo. Pero el Devorador de Caos ya no estaba, y Sloan había muerto, de modo que respondió:

—Sí.

Kate lanzó un suspiro tembloroso y cerró los ojos.

—Bien.

Soltó la estaca, y August frunció el ceño al verle la palma de la mano cubierta de sangre. La sangre goteaba al suelo bajo el taburete.

—Necesitas un médico.

Pero Kate le sonrió con aire cansado.

—Soy más fuerte de lo que parezco —dijo—. Solo quiero irme...

Bajó del taburete, y su rostro se ensombreció de dolor cuando empezó a caminar hacia él.

Nunca llegó.

August ya estaba allí cuando se le aflojaron las piernas, y la sostuvo, y bajó con ella al suelo, y aun con la poca luz que había, pudo ver la mancha de sangre en el frente de la camiseta de Kate, igual que cuando estaban en el vagón del metro, cuando se había encendido la luz y el mundo había dejado de ser blanco y negro para convertirse en rojo.

—Quédate conmigo —dijo.

Eso mismo le había dicho ella una vez, cuando él estaba enfermo, cuando estaba ardiendo. Le había tomado la mano caliente y lo había ayudado a ponerse de pie, y él se había levantado y había resistido... Por eso, ahora ella *tenía* que resistir.

—Quédate conmigo, Kate.

—¿Se quedan *contigo*? —murmuró Kate, y August no entendió a qué se refería, porque lo único que podía ver, lo único en lo que podía pensar era en la sangre.

Había tanta sangre...

Le empapaba la ropa, brotando de un desgarro irregular, demasiado oscuro, en la camiseta, pero cuando August le presionó la herida con las manos, Kate se estremeció y la luz roja afloró a su piel.

—*No.* —August intentó apartarse, pero Kate le detuvo la mano y la sostuvo en su lugar—. Kate, por favor, déjame...

—Las almas que tomas... —Sus dedos aferraron los de él con fuerza—. ¿Se... quedan contigo?

Entonces August entendió lo que le preguntaba, y entendió por qué, pero no supo qué responder. Pensó en Leo, en la voz de su hermano en su cabeza; pensó en todas las otras voces que nunca oía.

—No lo sé, Kate. —Le temblaba la voz—. No lo *sé*.

—A veces —dijo Kate, con los dientes apretados— quisiera que pudieras mentir.

—Lo siento.

Las lágrimas caían por el rostro de August.

—Yo no.

Kate presionó la mano sobre la de él, y August bajó la cabeza, intentando hacer presión sobre la herida, mientras la luz roja se hacía más y más intensa y empezaba a fluir a través de su piel.

August no la quería; solo quería devolvérsela, ayudarla a resistir como ella lo había ayudado a él. Pero no podía. No sabía cómo. Cerró los ojos mientras la luz del alma de Kate fluía a través de él, fuerte y brillante.

—No lo sé —susurró—. No sé si las almas se quedan conmigo. Pero espero que sí.

No hubo respuesta.

August abrió los ojos.

—¿Kate?

Pero la habitación estaba oscura y en silencio, y Kate estaba muerta.

Elegía

Encontró a Allegro llamando con su pata a la puerta de Ilsa.

Habían pasado tres días, y el gato aún no parecía entender que su hermana ya no estaba.

August se arrodilló.

—Lo sé. —Extendió la mano con cuidado para acariciar al gato—. Yo también la extraño.

Allegro lo miró con tristeza en sus ojos verdes; luego saltó a sus brazos y frotó la cabeza contra el mentón de August. Estaba claro que lo había perdonado.

August llevó al gato a su cuarto y lo depositó sobre la cama, junto a la tablet de Kate. El resto de sus cosas —las estacas de hierro, el encendedor de plata— estaban en un bolso debajo de la cama, pero a lo que siempre volvía era a la tablet.

No estaba bloqueada, y al encenderla por primera vez había encontrado el buzón lleno de mensajes sin enviar. Notas a medio escribir, dirigidas a personas a las que él no conocía, a las que Kate nunca volvería a ver.

Kate… El nombre resonó dentro de él como el sonido de una cuerda. No había ninguna voz en su cabeza, ninguna manera de saber si ella estaba con él. No podía saberlo, pero sí podía abrigar la esperanza.

August se sentó en el borde de la cama, con la tablet en las manos, y fue bajando por los mensajes hasta encontrar el de Ilsa, el que solo decía AUGUST.

Sintió dolor en el pecho.

Las extrañaba a ambas, de maneras diferentes, y se maravilló, a pesar del dolor, al ver cómo las distintas personas dejaban vacíos distintos.

Alguien llamó a la puerta, y August levantó la vista y vio a Henry en la puerta, con una mano apoyada en el marco. Se movía como si fuera de cristal, como con temor de quebrarse a cada paso. Pero aún no se había quebrado.

—Ya es hora —dijo Henry.

August asintió y se puso de pie.

La FTF se había congregado en la base del Tajo, con franjas negras en las mangas.

Señal de luto por los muertos.

Estaban de pie ante la puerta central, Henry apoyado en Emily, y a su lado, el Consejo. Henry decía que era importante que los soldados vieran los rostros del futuro además de los del pasado.

August estaba junto a Henry, y Soro, al lado de August, y un espacio entre ellos señalaba la ausencia de Ilsa. De los dedos de August pendía su violín. Quería tocar por los cadáveres que estaban en la muralla, por los muertos y los perdidos, por Ilsa y por Kate, y por todos aquellos que habían sido arrancados por actos monstruosos, pero esperaría hasta que terminara la ceremonia y bajara el sol, y si los vivos querían escuchar, perderse por un momento en la música, eran bienvenidos.

Pero por ahora, nadie hablaba; no hubo discursos, y estaba bien. El luto era su propia música: el sonido de tantos corazones, de tantas respiraciones, de tantas personas juntas.

La multitud se extendía desde el Tajo hasta el Edificio Flynn: un mar de rostros levantados hacia la muralla donde estaban acomodados los cadáveres, doscientos noventa y ocho integrantes de la FTF envueltos en sudarios negros, como marcas de conteo.

Era un día templado de comienzos de la primavera; el sol atravesaba las nubes, y August tenía la camisa arremangada, con sus propias marcas de conteo al descubierto.

Ciento ochenta y siete.

No volvería a perder la cuenta.

Colin estaba cerca del frente, entre la multitud. A pesar de sus heridas, aún quería ingresar al Escuadrón Nocturno. Siempre había tenido una esperanza muy obstinada.

Esperanza obstinada, así la llamaba él.

A August le agradaba esa frase.

Probablemente Kate diría que ella era la obstinada y él era la esperanza, y August no sabía si estaría en lo cierto o no, pero se aferró a esa idea, a la esperanza, mientras Henry agachaba la cabeza, igual que August, Soro, Emily, el Consejo y toda la gente, y el gesto se fue propagando de fila en fila mientras los soldados del Tajo encendían el fuego y los cuerpos en la muralla empezaban a arder.

August estaba de pie en el techo del Edificio Flynn mientras el sol se ponía y el fuego se reducía a brasas en el Tajo.

Hubo pasos detrás de él, y un momento después presintió la llegada de Soro; su presencia era algo tan sólido que casi se podía apoyar en ella.

Incluso ahora, lo asombró el peso de su voluntad, la firmeza de su decisión, inquebrantable como nunca había conocido. August estaba lleno de preguntas, de dudas, de deseos y esperanzas, temores y defectos. No sabía si eran debilidades o fortalezas; solo sabía que no quería vivir sin ellos.

Durante un largo rato, quedaron en silencio, pero por una vez, fue Soro quien habló primero.

—Vi sus almas —dijo—. Todos esos humanos, manchados de rojo. ¿Cómo debemos juzgarlos ahora?

August miró al otro Sunai.

—Tal vez no debemos.

Esperaba resistencia, pero Soro volvió a quedar en silencio, haciendo girar su flauta-cuchillo entre sus dedos mientras contemplaba el horizonte irregular, y August miró en la misma dirección, más allá del Tajo y del humo, hacia el lado norte de la ciudad.

Una vez, en su primer mes, a August se le había caído un frasco de vidrio vacío.

Se le había escapado de entre los dedos y se había hecho añicos en el suelo de la cocina, y había cientos de fragmentos, algunos de tamaño suficiente para sostenerlos en la palma de la mano, y otros que parecían motas de polvo, imposibles de ver a menos que les diera la luz. Había llevado una cantidad exasperante de tiempo recoger todos los trozos, y aun cuando pensaba que se habían terminado, volvía a ver destellos de vidrio horas, días, semanas más tarde.

Los monstruos de Verity eran como aquel frasco.

Sloan y Alice, los fragmentos más grandes, ya no estaban, pero quedaban muchas astillas más pequeñas. A los Corsai, solo podían esperar matarlos de hambre y luz, mientras que algunos de los Malchai habían huido al Páramo, y los demás estaban dispersándose por la ciudad, decididos a sobrevivir. Los Colmillos, en su mayoría, se habían ido, pero algún que otro rezagado caería pronto. En manos de los monstruos. O en las de él.

Ahora los destellos llenaban la ciudad, los fragmentos estaban muy esparcidos, y August no sabía cuánto tiempo les llevaría encontrarlos a todos, eliminarlos y hacer que Verity volviera a ser un territorio seguro.

En cuanto a los humanos, seguían divididos: por la ira, la pérdida, el miedo y la esperanza. Había avances, pero August empezaba a comprender que siempre habría grietas en la superficie, sombras en la luz, cien matices de gris entre el negro y el blanco.

Las personas eran caóticas. No solo se definían por lo que habían hecho, sino también por lo que *habrían* hecho, en otras circunstancias, moldeadas tanto por sus actos como por sus remordimientos, por las decisiones que defendían y por aquellas que lamentaban haber tomado. Por supuesto, no se podía volver atrás, pues el tiempo solo transcurre hacia adelante; pero las personas podían cambiar.

Para mal.

Y para bien.

No era fácil. El mundo era complicado. La vida era dura. Y con mucha frecuencia, vivir era doloroso.

Entonces haz que el dolor valga la pena.

La voz de Kate susurró a través de él, súbita y bienvenida, y August inhaló profundamente. La oscuridad se cernía sobre la ciudad, y aún había mucho trabajo que hacer.

—¿Estás listo, hermano? —preguntó Soro.

Y August levantó el violín y se acercó a la cornisa.

—Estoy listo.

Agradecimientos

Este libro casi me mató.

Siempre digo eso, pero juro que esta vez lo digo en serio. No es señal de que no me haya encantado el trabajo; al fin y al cabo, los libros no pueden hacernos daño a menos que nos encariñemos con ellos.

Así entran: por las grietas que forma el cariño en nosotros.

Este libro casi me mató porque me encariñé con él. Me encariñé mucho con Kate y August, y con relatar su historia. Supe desde el comienzo que no sería una historia feliz. Esperanzadora, sí, pero en un mundo donde hay sitios como Verity, hasta los finales esperanzadores tienen su costo.

Este libro me costó algo, pero no me mató, gracias a quienes estuvieron a mi lado.

A mi agente, Holly Root, que me recordaba que debía respirar.

A mi editora, Martha Mihalick, que me ayudó a levantarme cada vez que me caí (y que me mantuvo en pie).

A mi equipo en Greenwillow, que nunca perdió la fe.

A mi madre y mi padre, que me aseguraron que yo ya había pasado por esto.

A mis amigos, que tenían los e-mails, los mensajes de texto y los recuerdos como prueba.

Se dice que ninguna labor es individual, y en este caso ha sido más cierto que nunca.

Gracias.

ECOSISTEMA DIGITAL

NUESTRO PUNTO DE ENCUENTRO

www.edicionesurano.com

2 AMABOOK
Disfruta de tu rincón de lectura y accede a todas nuestras **novedades** en modo compra.
www.amabook.com

3 SUSCRIBOOKS
El límite lo pones tú, **lectura sin freno**, en modo suscripción.
www.suscribooks.com

DISFRUTA DE 1 MES DE LECTURA GRATIS

1 REDES SOCIALES:
Amplio abanico de redes para que **participes activamente**.

4 APPS Y DESCARGAS
Apps que te permitirán leer e **interactuar con** otros lectores.